长篇报告文学

蒙泽敏
杨正勇 著

Five-hundred-meter
Aperture Spherical
Radio Telescope

中国天眼

一部荡气回肠的观天巨目诞生实录

一曲仰望星空的科技报国时代赞歌

长江出版传媒
Changjiang Publishing & Media
湖北科学技术出版社
HUBEI SCIENCE & TECHNOLOGY PRESS

图书在版编目（CIP）数据

中国天眼 / 蒙泽敏，杨正勇著．— 武汉：湖北科学技术出版社，2021.6

ISBN 978-7-5706-1472-1

Ⅰ．①中…　Ⅱ．①蒙…　②杨…　Ⅲ．①报告文学—中国—当代　Ⅳ．①I25

中国版本图书馆 CIP 数据核字（2021）第 077737 号

中国天眼
ZHONGGUO TIANYAN

策　　划：章雪峰　杨瑰玉
执行策划：严　冰
责任编辑：章雪峰　严　冰
美术编辑：喻　杨
责任校对：陈横宇
责任印制：刘春尧
出版发行：湖北科学技术出版社
地　　址：武汉市雄楚大街 268 号出版文化城 B 座 13—14 楼
邮　　编：430070
电　　话：027-87679468
网　　址：www.hbstp.com.cn
印　　刷：武汉市金港彩印有限公司
邮　　编：430023
开　　本：700 × 1092　1/16　23 印张
版　　次：2021 年 6 月第 1 版
印　　次：2021 年 6 月第 1 次印刷
字　　数：320 千字
定　　价：98.00 元

序 言

始终与国家利益相向而行

在贵州南部雄浑磅礴的万山丛中，镶嵌着一口巨大的“天锅”。那银白色的天锅雍容华贵，显得那样庄严安详。锅壁上均匀布局的三角形反射面板熠熠生辉，犹如天神的盔甲；天锅四周高耸的六座铁塔，犹如天神守护天际的长矛。

头上顶着璀璨的星空，身边依着苍翠的群山，这口天锅与天空、大地形成了一幅和谐壮美的宏大画卷。

观星河耿耿，听宇宙风声！

它，就是名震世界的“中国天眼”，当今世界上最大、最灵敏的500米口径球面射电望远镜（以下简称中国天眼、天眼或FAST）！中国天眼从构想、选址、预研究，到立项、建设、落成启用，历经漫长的23年，自2016年9月25日落成启用以来，取得了一系列重大科研成果。

习近平总书记在致我国500米口径球面射电望远镜落成启用的贺信中，希望项目参与者再接再厉，发扬开拓进取、勇攀高峰的精神，弘扬团结奋进、协同攻关的作风，高水平管理和运行好这一重大科学基础设施，早出成果、多出成果，出好成果、出大成果，努力为建设创新型国家、建设世界科技强国作出新的更大的贡献。

如今，中国天眼4岁多了。这4年多来，中国天眼不仅取得一系列重大科研成果，而且推动原来寂寂无闻的平塘华丽转身，一跃成为国际知名的天文科普旅游和天文科研的重要基地，成为中外游客到贵州的网红打卡地，有力助推平塘县乃至黔南、贵州的决战决胜脱贫攻坚事业。

中国天眼，包含着自力更生、奋发图强的中国自信

作为我国科学家创新设计、研发制造、调试运行的中国自主知识产权的大型科学装置，中国天眼取得三大自主创新成果：一是利用独一无二的天然喀斯特巨型洼地作为望远镜台址，使得望远镜建设突破百米极限；二是自主发明主动变形的反射面，能在观测方向形成瞬时抛物面汇聚电磁波；三是自主提出轻型索拖动馈源支撑系统和并联机器人，实现望远镜接收机的高精度指向和跟踪。

中国天眼从提出构想到落成启用，技术和材料完全由我国自主研发、自主生产、自主制造，充分体现了天眼团队尤其是南仁东老师自力更生、奋发图强、执着追求的崇高理想。

天眼给人的第一感觉就是大：反射面直径 500 米，深 146 米，沿着大锅的圈梁走一圈需要 40 分钟左右，面积有 30 个标准足球场那么大，是世界上最大的单口径巨型射电望远镜，拥有国际一流的灵敏度和综合性能。它能随着天体移动不断实时主动变形，自动带动钢索网上的 4450 块反射面板变化为瞬时抛物面，将来自宇宙的秘密通过电磁波汇聚，尽收眼底，一览无余。

中国天眼漫长的研发建设征程中，西方对我国建设大射电望远镜进行全面技术封锁。南仁东带领团队，一切从零开始，边研究边试验，馈源舱、反射面、索网全部白手起家。建成后，一举成为中国在世界上独一无二的项目：与号称“地面最大的机器”的德国波恩 100 米望远镜相比，中国天眼灵敏度提高约 10 倍；与美国阿雷西博 305 米望远镜相比，中国天眼综合性能提高约 10 倍，并将在未来 20 年到 30 年保持国际一流设备的地位。

中国天眼，包含着开拓创新、敢为人先的执着追求

在激烈的国际竞争中，唯开拓者进，唯创新者强，唯开拓创新者胜。1994 年 3 月，南仁东研究员在原有构想的基础上，提出中国天眼（当时叫大射电望远镜）的初期工程概念。说到做到，当年南老师及其团队就开始为项目选址，从最初的1000多个圈选点中筛选，进行艰苦卓绝的实地勘察，踏遍青山，最终于2006年7月14日选定平塘县的大窝凼，仅选址就耗时12年。

2001年中国天眼作为科技重大项目获得正式立项，2008年11月国家发展和改革委员会批复可行性研究报告，同年12月26日，毛泽东同志诞辰115周年这天，在大窝凼举行奠基典礼。

从提出概念到工程理论验证，到进行模型试验，到完成技术攻关，历经18年。2011年3月25日，中国天眼开工建设，历时5年半落成启用，总投资近12亿元。2016年9月中国天眼主体基本建设完成，此时南仁东老师已罹患肺癌，但他舍命工作，亲眼见证耗费他23年心血的中国天眼开始接收来自宇宙深处的脉冲星信号。

中国天眼不仅推动了我国相关新兴产业技术的革新与发展，产生了较大的社会经济效益，同时成为引领平塘、黔南乃至贵州经济社会发展的一大亮点。尤其值得自豪的是，它标志着中国一跃成为拥有世界最大射电望远镜的国家，把中国天文学研究水平提升到了世界第一梯队。

近年来，中国的科学家与建设者们用一系列超级工程书写中国奇迹，从绿色建筑上海中心大厦到跨海大桥港珠澳大桥，从天眼探空到蛟龙探海，从神舟飞天到高铁奔驰，中国智慧、中国速度一次次展现了当代中国的风采，令国人骄傲，令世界瞩目。

中国天眼，包含着精益求精、追求卓越的科学担当

这座钢筋铁骨的庞然大物，圈梁周长1.6千米，圈梁、索网和支撑馈源舱的6座高塔用掉1万多吨钢材，反射面板用掉2000多吨铝合金。尽管它又大又重，但绝不粗糙，处处都是头发丝般毫米级的精度控制。与国外的射电望远镜不同，FAST的馈源舱可以移动，而且将本应达万吨重量的馈源平台降至30吨。索网结构则随着天体的移动自动变化，带动钢索网上活动的每一块反射面板发生变化，将望远镜接收机移动到抛物面的焦点上，自如地观测 40 度天顶角内任意方向的天体。

中国天眼能够接收到 137 亿光年以外的电磁信号，观测范围可达已知宇宙边缘。众多独门绝技让其成为世界射电望远镜中的佼佼者。自落成启用至今，中国天眼综合性能达到国际领先水平，已经发现 300 多颗脉冲星，同时在谱线、快速射电暴等研究领域取得重大成果。随着观测研究的深入，中国天眼将为人类揭示更多的宇宙奥秘，作出更多更大贡献。

当今天文学界，中国天眼无论是技术上的突破，还是学科之间的融合，至少在 30 年内，都敢称时代的“孤品”“极品”！

中国天眼，包含着爱国奉献、顾全大局的情怀品格

彭勃、聂跃平、朱博勤等科学家，与南仁东老师一起干的时候都是三十几岁的青年才俊，在他们的人生黄金时代，并肩在遥远而清贫的大山深处奋斗了十几二十年。

选址初期，贵州尤其是平塘，无论是党委、政府还是普通百姓，从上至下热忱为科学家提供优质服务，及时提供各类地质、气象、无线电监测资料，让专家对平塘全面了解，为天眼选址做好铺垫。

中国天眼项目正式批复后，平塘投入的支持力量更像是一场会战。平塘在财政非常困难的情况下，在 FAST 选址建设前期就投入了 3700 多万元，修建 FAST 所需的临时办公用房、水窖，架设专用电线，以及进行大窝凼 12 户居民整体搬迁安置。抽调了 1000 多名干部，专攻 FAST 核心区域移民搬迁安置、土地征收及水、电、路基础设施等系列前期工作。

中国天眼建设后期，平塘对核心区域的 2 个镇 8 个村 35 个村民小组 1794 户 8097 人进行搬迁安置，工作量和投入的资金更大，如果没有农民兄弟舍小家为国家的配合支持，根本无法想象。平塘县从长达 12 年的选址，到 2008 年 12 月 26 日的奠基，到征地动员，到搬迁安置，到工程建设，到保护天眼顺利运行，贡献卓越，至诚至真，可歌可泣！

“中国天眼之父”南仁东生前曾和家人说过这样一句话：“我特别不希望别人记住我。”甚至，连遗言都是“丧事从简，不举行追悼会”。干干净净地来，默默无闻地走，他留存的是一位科学家的淡泊和风骨。

中国天眼，包含着团结奋进、协同攻关的优良作风

中国天眼从 1993 年提出构想到 2007 年正式批复，由最初不到 5 人的研究小组发展到上百人的团队；到 2011 年正式开工，清华大学、哈尔滨工业大学、西安电子科技大学等全国近 200 家大专院校、企业、研究所直接参与了这项大科学工程建设，参加者都是我国相关领域科技水平、科研水平最高的赫赫有名的单位。

2010 年，中国天眼工程经历了一场近乎灾难性的考验，索网疲劳试验不过关。700 多天，几十家生产企业，近百次失败，终于在南仁东主导下研制出了满足 FAST 要求的钢索。这项自主创新的技术，已成功应用到港珠澳大桥等重大工程中。

大窝凼艰苦的环境里，先后有 5000 多位科研工作者和工程技术人员、工人以及管理人员投入到密集、有序的中国天眼建设中。在工程最为复杂的反射面板的安装上，高难度的高空拼装作业花了整整 11 个月，科学家和技术工人团结奋进、协同攻关的优良作风在这项艰难的工作中表现得淋漓尽致！

首席科学家和总工程师南仁东用自己极致的智慧，用自己伟大的人格魅力，团结带领老、中、青三代科技工作者将这个宏大的工程做到极致，在世界天文史上镌刻下中国新的高度，缔造成为世界上独一无二的神话！

2021 年 2 月 5 日上午，习近平总书记在贵阳亲切会见了中国天眼项目负责人和科研骨干，听取中国天眼建设历程、技术创新、国际合作等情况介绍。习近平指出，中国天眼是国家重大科技基础设施，是观天巨目、国之重器，实现了我国在前沿科学领域的一项重大原创突破，以南仁东为代表的一大批科技工作者为此默默工作，无私奉献，令人感动。通过视频察看中国天眼现场，并同总控室的科技工作者代表连线，习近平勉励广大科技工作者以南仁东等杰出科学家为榜样，大力弘扬科学家精神，勇攀世界科技高峰，为加快建设科技强国、实现科技自立自强作出新的更大贡献。

中国天眼这个国家重器、国家利器，将引领中国天文走向“黄金时代”。南仁东曾说：“美丽的宇宙太空，以它的神秘和绚丽，召唤我们踏过平庸，进入到无垠的广袤。”今天，让我们从中国天眼精神中，树立创新思维，增强民族担当，培养人类情怀，承担起培根铸魂的神圣使命，更加充满信心地迈向全面建设社会主义现代化强国的新征程！

通过文学作品记述、重现中国天眼群体英雄事迹和中国天眼精神的长篇报告文学著作，目前在国内还是一个空白。蒙泽敏同志作为一个有情怀有担当的民革党员，作为一个黔南人，作为一个布依族干部，作为一个在报告文学界享有较高声誉的国家级作家，艰辛采访，刻苦创作，与另一位作者杨正勇精诚合作，成就了一部荡气回肠的观天巨目诞生实录，一曲仰望星空的科技报国时代赞歌。他们的默默付出和努力，是在践行社会主义核心价值观，是值得肯定的。

是为序！

郑建邦

2021年2月

（郑建邦先生系全国政协副主席、民革中央常务副主席）

目 录

引子

1993 年，国际上成名已久的天文科学家、时任中国科学院北京天文台（2001 年更名为中国科学院国家天文台）副台长的南仁东博士，提出在中国建设大射电望远镜的构想。

1994 年开始，科研团队历经 12 年的选址，从最初圈选的 1000 多个点到备选的 391 个点中逐个现场考察、勘测、比选，最终于 2006 年 7 月 14 日，确定选址在贵州省黔南布依族苗族自治州（简称黔南州）平塘县克度镇大窝凼，建设 500 米口径球面射电望远镜（five-hundred-meter aperture spherical radio telescope），简称 FAST，后被誉为“中国天眼”。

为了这个奇迹的诞生，大窝凼及其周边方圆 10 千米的原住民依依不舍地离开了世代繁衍生息的故土。

中国天眼，2011 年 3 月 25 日在平塘县克度镇大窝凼正式开工，经过 5 年半的建设，2016 年 9 月 25 日落成启用。

自 1993 年至 2016 年的 23 年里，以南仁东为代表的众多科学家和建设者为它付出了青春、智慧和汗水，构筑出这个人类探索遥远太空的梦想。在大窝凼艰苦的环境里，先后有 5000 多位工程技术和科研人员、工人以及管理人员投入紧张、有序的中国天眼建设中，他们克服了场地、天气等困难，设计并实施了一个又一个巧妙的施工工艺，中国天眼的落成启用是所有工程参与者们执着、创新、奉献精神的结晶。时任国家天文台台长、FAST 工程经理的严俊表示：“FAST 是人类瞭望宇宙的巨眼，这个在大窝凼深山沟中从无到有的建设过程，堪称一个工程奇迹。”

中国天眼，500 米口径球面射电望远镜，利用贵州喀斯特地貌的洼坑作为望远镜台址，其拥有 30 个标准足球场大的接收面积，是具有我国自主知识产权，世界最大单口径、最灵敏的射电望远镜。中国天眼能够接收到 137 亿光年以外的电磁信号，观测范围可达已知宇宙边缘。借助中国天眼，科学家可以窥探星际之间互动的信息，观测暗物质，测定黑洞质量，甚至搜寻可能存在的星外文明。众多独门绝技让其成为世界射电望远镜中的佼佼者。中国天眼承载着科学家们追求科学创新、实现巡天梦想的期望，也承载着贵州人民乘势发展、繁荣昌盛的念想。

北京时间 2017 年 9 月 15 日 23 时 23 分，距中国天眼落成启用一周年只差 10 天，“中国天眼之父”南仁东先生因肺癌突然恶化，抢救无效，在美国波士顿逝世。他用 23 年的奋斗，打开了中国人探索宇宙的天眼，他在贵州大窝凼里留下的 500 米口径球面射电望远镜，成为他人生最后的绝唱！

平塘 31 万人民跟南仁东等科学家、工程技术人员一样，为工程建设作出卓越贡献而当载入史册。

浩瀚星空，广袤苍穹，自古以来寄托着人类的科学憧憬，已经正式运行的中国天眼，未来任重道远。如果说中国天眼的能力拓展了人类的视野，那黔南大地上的人们就是距离宇宙新视野最近的居民，在接下来的岁月里，黔南人民将一直是中国天眼的忠实守护者！

第一章

中国天眼
贵州诞生

ZHONGGUO TIANYAN
GUIZHOU DANSHENG

2020 年 1 月 11 日，被誉为“中国天眼”的国家重大科技基础设施——500 米口径球面射电望远镜顺利通过国家验收，正式开放运行。

北京时间 2017 年 9 月 15 日 23 时 23 分，离中国天眼落成启用一周年还有 10 天的时候，为中国天眼操劳了 23 年的“中国天眼之父”南仁东，鞠躬尽瘁，化作为天上的一颗星辰。

平塘人民不仅是中国天眼的见证者，. 更是中国天眼的参与者！

2020 年 12 月 15 日，国际科学期刊《自然》杂志公布了 2020 年十大科学发现，中国天眼在快速射电暴方面的研究成果入选。

这是天文学家第一次观测到位于银河系内的快速射电暴，最新观测证实极强磁场中子星是快速射电暴的来源之一，极强磁场中子星也成了目前唯一被观测验证的可以产生快速射电暴的天体。

同日，法国新闻社报道，2021 年 4 月 1 日起，中国天眼将面向国际天文学家开放使用，彰显中国成为全球科研中心的愿景，体现中国构建人类命运共同体的大国理念！

1 FAST 正式开放运行

2020 年 1 月 11 日，被誉为“中国天眼”的国家重大科技基础设施——500 米口径球面射电望远镜顺利通过国家验收，正式开放运行。

FAST 是 20 世纪 90 年代初，中国科学家提出设想，利用贵州省喀斯特巨型洼地建设的世界最大单口径射电望远镜。历经 12 年的选址，5 年的预研究、立项批复，2011 年 3 月 25 日 FAST 正式开工。历经 5 年半的艰苦建设，FAST 团队攻克了望远镜超大尺度、超高精度的技术难题，高质量按期完成了工程建设任务。

2016 年 9 月 25 日，中国天眼落成启用，进入调试期。

国际传统大型射电望远镜的调试周期一般不少于 4 年，而 FAST 巨大的接收面积使其结构系统更为复杂。FAST 团队经过 2 年的紧张调试工作，实现了跟踪、漂移扫描、运动中扫描等多种观测模式，数项关键

▲ 国家重大科技基础设施——500 米口径球面射电望远镜落成启用

指标超过预期，于 2019 年 4 月通过工艺验收并向国内天文学家试开放。

FAST 自试运行以来，设施运行稳定可靠，其灵敏度为全球第二大单口径射电望远镜的 2.5 倍以上。这是中国建造的射电望远镜第一次在主要性能指标上占据制高点。同时，FAST 在调试阶段获得了一批有价值的科学数据，取得了阶段性科学成果。

时任中国科学院院长、党组书记白春礼表示，FAST 采用全新的设计理念，利用贵州省喀斯特洼地作为望远镜台址，开创了建造巨型望远镜的新模式。FAST 作为世界最大单口径射电望远镜，实现了多项自主创新，显著提高了我国相关学科、相关领域产业技术水平和自主创新能力。

随着性能提升，FAST 科学潜力已初步显现，目前已发现 300 多颗脉冲星。FAST 已实现偏振校准，并利用创新方法探测到银河系星际磁场。未来 3 ~ 5 年，FAST 的高灵敏度将有可能在低频引力波探测、快速射电暴起源研究、星际分子研究等前沿方向取得重大突破。

国家验收委员会认为，FAST 工程建设实现了多项自主创新，显著提升了我国射电天文研究和技术水平，推动了相关产业技术的革新与发展，产生了较大的社会经济效益。FAST 综合性能达到国际领先水平，对促进我国天文学实现重大原创突破具有重要意义。

2 南仁东已化作天上的一颗星辰

在中国天眼正式开放运行这个大好日子里，很多人肯定会想起一个名字——南仁东。

中国天眼是以南仁东为代表的老一代天文学家于 20 世纪 90 年代提出构想，利用贵州省喀斯特巨型洼地建设而成的世界最大单口径射电望远镜。如今，这可能是中国知名度最高的大科学装置之一，这个落成于 2016 年、看上去像一口大锅的球面射电望远镜，让中国拥有了全世界最灵敏的"耳朵"。

中国天眼的家——贵州省平塘县克度镇金科村大窝凼！

如果将时间的指针回拨到 20 世纪 90 年代，我们看到的大窝凼就是另一番景象。这里不通路、不通水、不通电，与工业文明几乎完全隔绝，20 千米的距离，就是村民眼中的整个世界。

27 年过去了，这片大山深处藏着怎样的传奇故事？

那是 1994 年，当时中国最大的射电望远镜口径只有 25 米，科学家为了做研究，有的时候就只能跑到国外去借用别人家的设备。

中国难道就不能造自己的大射电望远镜吗？

造，就要造最大的！

南仁东提出建造 500 米口径球面射电望远镜的工程概念，那一年，

▲ 大射电望远镜建设选址点：平塘县克度镇金科村大窝凼

他已经 49 岁。

这位年近半百的天文科学家，把眼睛瞄向了喀斯特地貌集中的贵州，在这里，他要给天眼找一个“家”。南仁东带着 300 多幅卫星遥感地图，几乎走遍了贵州所有的洼地。

2020 年 11 月 18 日上午，中国科学院遥感与数字地球研究所，在聂跃平老师办公室里，聂老师向我们打开记忆的闸门——

记得 20 世纪 90 年代南老师在平塘给天眼找家的一天，瓢泼大雨从天而降，眼看着山洪就要冲下来了，他连滚带爬地回到垭口时，全身都已经湿透。身边的人都吓出了冷汗，南仁东却一笑带过。

像这样大大小小的危险，伴随着他寻址的 12 年。

工程建设的 5 年半，同样不易。身为 FAST 的首席科学家和总工程师，南仁东给自己的定位就是牢牢扎根在现场的一名工人。

“我不是一个战略大师，我是一个战术型的‘老工人’。”

2014 年，在天眼反射面吊装之前，南仁东进行“小飞人”试验。这项试验要把人吊起来，送到 6 米高的试验节点，南仁东坚持第一个上。

那一年，他已经 69 岁。

“这个东西（天眼）如果有一点瑕疵，我们怎么对得起国家。”南仁东说。

…………

“嘟呜嘟——嘟呜嘟——”

“嘟——嘟——”

2017 年 10 月 10 日，位于北京北四环外的国家天文台办公大楼内，500 米口径球面射电望远镜捷报传来，中国天眼完美“首秀”，第一次发现脉冲星。

这个消息，立即震惊了国际天文学界！

当来自 1.6 万光年外和 4100 光年外的脉冲信号在现场响起时，那个留着八字胡，喜欢喝可乐，西装口袋里常常揣着块饼干的“小老头”——著名天文学家、中国科学院国家天文台研究员、曾任 FAST 工程首席科学家兼总工程师的南仁东却没能等到这一刻。人们为有中国天眼这一大国重器自豪之余，更多了一份遗憾——这个工程的最主要缔造者，没能亲眼看到这一切。

北京时间 2017 年 9 月 15 日 23 时 23 分，离中国天眼落成启用一周年还有 10 天的时候，为中国天眼操劳了 23 年的“中国天眼之父”南仁东，鞠躬尽瘁，化作为天上的一颗星辰（国际永久编号为“79694”的小行星被命名为“南仁东星”）。

“人是要做一点事情的。”这是南仁东生前常说的一句话。FAST 建造期间，他踏遍贵州上百个地方，带领老、中、青三代科技工作者在世界天文史上镌刻下新的高度。而今，南仁东口中的“那一点事”——那座被世人誉为“中国天眼”的世界最大 500 米口径球面射电望远镜屹立在祖国西南，但“中国天眼之父”却永远离开了。

南仁东助手张承民回忆，自己曾陪着南老师去过医院两次，都是工作途中车子开在半路上，南仁东觉得不行了，才顺道拉他去的医院，最后都因为没有时间等待，病没有看成。张承民说：“我后来回想，南老师生病应该不是在2015年查出肺癌的时候，他至少2005年就生病了。FAST是个有挑战性、冲击性、超越性的项目，作为领头人，他始终承担着巨大的压力。他是因为长期疲惫不堪，积劳成疾的。南老师自己其实是有感觉的，他怕一旦身体查出大问题，那FAST怎么办？所以他能躲就躲，每次都是肺部疼痛到极点，特别难受得喘不过气来，感到实在撑不住了，才同意上医院。可是缓过气来，还没轮到他看病，就又忙着离开医院，不看了。”

▼ 永远的南老

72 载人生路，南仁东永远闭上了双眼，但给人类留下了观察星辰的天眼！

3 从 1994 年到 2020 年

1994 年 5 月，中国科学院遥感应用研究所聂跃平博士后到贵州考察岩溶地貌状况，初步确定贵州普定县和平塘县两个出露石灰岩较厚的地区作为大望远镜（Large telescope，简称 LT）工程选址目标。平塘县根据要求提供县内峰距在 200 ～ 600 米的峰丛洼地共计 172 个，组织绘制了《平塘县峰丛洼地分布图》上报北京天文台。

1994 年 7 月，中国科学院遥感应用研究所组织有关专家编写了《关于在中国贵州省选择大天文望远镜工程场地的报告》，专门对平塘县和普定县两地的自然特征、人口、交通、工程地质等条件进行翔实的分析和比较，平塘县专门呈报《LT 项目的进展及在平塘选址的情况通报》，详细陈述了平塘县地理和电波环境的优越性，为争建 LT 做了积极的工作。

1994 年底，以北京天文台为核心，包括中国科学院、教育部、电子工业部、中国航天工业总公司等 22 个相关单位组成了 LT 中国推进委员会。

1995 年 6 月 15 日，平塘县成立“国际大望远镜（LT）项目接待工作领导小组”，由县长任组长、副县长任副组长主持工作，县四家班子分管领导，政府办、宣传部、公安、财政、水利、区划办、卫生、交通、供电、建设、邮电、文体广电及相关部门负责人和乡镇领导为成员，专门负责中外专家到平塘选址考察接待工作。

1995 年 10 月 2 日，LTWG 暨 W-SRT 天文国际会议（以下简称 LT 第三次国际会议）在贵阳开幕。贵州首次迎来30多位著名的外国天文学家，南仁东是这次国际会议的主席。他致欢迎辞并宣读国家科委副主任徐冠华院士贺信，贵州省副省长龚贤永代表贵州省人民政府到会祝贺。

1995年10月3日，参加LT第三次国际会议的国际天文学家到平塘考察，平塘全力做好接待工作，平塘人民的热情大方让国外专家深受感动。LT第三次国际会议，包括实地考察共6天。10月5日，贵州省省长陈士能特意举行招待晚宴，招待莅临会议的天文学家。贵州省、黔南州、平塘县三级党委政府的高度重视和贵州人民深切真诚的期盼，感动着莅会的每一位外国天文学家，为中国争建LT项目营造了良好的社会氛围，赢得了与会天文学家的共识。

1996年1月，LT中国推进委员会正式向国际无线电科学联盟（URSI）大射电望远镜工作组（LTWG）提交了LT争建建议书。以这份建议书为标志，贵州平塘正式进入了LT的选址序列。

1997年7月，LT中国推进委员会提出“LT中国工程概念先导单元”的初步构想：由我国独立建造一台世界上最大单口径球面射电望远镜。

1998年4月，LT中国推进委员会在LT学术年会上明确提出FAST工程概念，并认证了贵州喀斯特洼地观测基地、主动球面反射面和光机电一体化馈源索支撑等关键技术，随后FAST项目委员会正式成立。

1998年7月21日至23日，南仁东、段宝岩、聂跃平、朱丽春一行来到平塘，分别前往卡罗乡鸡窝冲（55号洼地）和卡蒲乡冗薅（71号洼地）进行实地考察。为寻找更为理想的洼地，根据要求，平塘接待小组立即组织专人在地形图上对平塘的洼地重新进行搜索，克度镇大窝凼（11号洼地）就是这次增补的选点。至此，大窝凼进入科学家的视野。为方便专家进入，当地村民在政府只无偿提供六七吨炸材的情况下，仅用28天就修建了一条7.8千米的毛坯公路。

1999年，LT易名为SKA（平方千米阵列射电望远镜）。1月，北京天文台专函通知平塘，尽快提供11号洼地年最高气温、最低气温、风力等气象资料。平塘县当即委派气象局对该地进行气象观测，并附上交通、水源、电源等配备情况资料送呈天文台。

2000年1月9日，平塘突降大雪，县气象局预先对11号洼地积雪深度和融化时间进行测量观察记录；10日，贵州省科学技术厅要求平塘和普定立即将观测结果上报，平塘县在第一时间内准确上报了观测结果。为此，北京天文台专门致电平塘，对平塘县的服务表示满意和感谢。

2000年4月17日至21日，射电源与闪烁国际学术研讨会在贵阳召开，平塘县政府主要领导带队前往贵阳，向南仁东、彭勃、段宝岩和会议执行主席理查德·斯特罗姆详细了解FAST项目预研究进展情况。

2000年6月7日，贵州省地方协调组在贵阳召开协调组成员会，随后黔南州成立FAST项目黔南协调联络组，随即FAST项目平塘协调联络组成立。

2000年6月29日至7月5日，贵州省无线电管理局电磁波监测组到平塘，对平塘境内的5个洼地进行无线电波干扰监测，平塘县积极做好接待服务相关工作。

2002年1月，平塘县政府主要领导带队，到国家天文台汇报工作，表达平塘人民的热情和对FAST项目落户平塘的渴望。

2003年1月和2004年2月，黔南州政府时任主要领导率平塘县主要领导及相关部门负责人两度前往国家天文台拜访FAST项目课题组成员，并进行座谈，表达对国家天文台的感谢和黔南州人民对FAST项目落户黔南的渴望。

2003年5月15日，FAST项目平塘协调联络组按照国家天文台向国际大射电望远镜组织申报SKA选址项目材料要求，在规定时限内提前上报有关材料报告，积极为争建大射电望远镜落户平塘做好协调服务工作。

2003年11月，FAST项目平塘协调联络组向贵州大学FAST观测基地第二轮普查和优选（查漏）工作组移交相关地方资料。

2003 年 12 月、2004 年 5 月，贵州省无线电管理局电磁波监测组两次到大窝凼进行无线电波监测，平塘积极做好接待与服务工作。

2004 年 9 月至 12 月，为方便专家学者到大窝凼考察和测试，平塘县筹资 40 万元在大窝凼建成一栋 120 平方米的科考用房，配套建成两座 30 立方米的水池，架设电线，同时对册三公路到大窝凼 15 千米的道路进行改造，通达条件得到改善。

2004 年 11 月 29 日，FAST 项目平塘协调联络组积极向 FAST 项目课题组提交《大射电建设对大窝凼环境影响初探》报告，涉及大窝凼群众情况、耕地面积、观测基地建设对当地的影响等。

2005 年 1 月，历经十多年艰辛的预研究，国家自然科学基金交叉重点项目“巨型射电天文望远镜的新模式”启动。国家自然科学基金委员会数学物理科学部常务副主任汲培文很认真地聆听了南仁东的汇报，他提交的申请也经过调查论证，获得了 200 万元的资助。南仁东团队有人激动得热泪盈眶：“FAST 这回有救了！”

2005 年 7 月 2 日至 31 日，URSI 两位荷兰专家、国家天文台彭勃博士、贵州省无线电管理局电磁波监测组等有关专家，到大窝凼进行为期 28 天的无线电波干扰监测，平塘县积极做好接待服务工作。

2005 年 9 月，贵州省政府分管领导率平塘县委主要领导、县政府分管领导到国家天文台拜访，了解 FAST 项目研究进展情况。

2006 年 3 月 29 日至 4 月 1 日，FAST 项目国际评估与咨询会议在北京召开。这是关系中国 500 米口径球面射电望远镜前景最高级别的国际会议，共有 11 位国外顶级天文学家、6 位中国院士参加，南仁东用英语主讲。本次会议主席是美国国家射电天文台台长鲁国镛，副主席是中国科学院院士、国际天文学联合会副主席叶淑华。

2006 年 7 月 14 日，国家发展和改革委员会宣布 FAST 项目落户贵州平塘；中国科学院将 FAST 立项建议书正式上报国家发展和改革委员会；国家发展和改革委员会高技术产业司正式启动 FAST 项目的评估论证。平塘县委、县政府积极给予支持，及时主动向国家天文台作出三项承诺：一是无偿提供克度镇大窝凼 0.24 平方千米的土地；二是负责完成 FAST 项目建设地方圆 3.14 平方千米内移民搬迁；三是确保大窝凼方圆 5 平方千米为天文控制区，无偿提供原克度水管所区域的 30 亩（1 亩≈ 667 平方米）土地作为 FAST 总部建设用地。

2006 年 8 月 12 日至 24 日，国际天文学联合会（IAU）第 26 届大会在捷克首都布拉格举行，南仁东当选为国际天文学联合会射电天文分部主席，这是中国天文学家第一次在此层面担任职务，在国际射电天文界得到同行广泛认可与尊重。IAU 于 1919 年 7 月在比利时首都布鲁塞尔成立，1922 年于意大利罗马召开首届天文学家大会，以后每三年召开一次，会期两周，堪称天文学界的奥林匹克。

这届大会上，南仁东在布拉格国际会议中心五楼宴会厅，首次与世界上第一个发现脉冲星的英国科学家乔瑟琳·贝尔女士见面。乔瑟琳·贝尔对中国政府的科技攻策和南仁东的积极进取精神表示高度赞扬，衷心期盼 FAST 早日建成，造福人类。乔瑟琳·贝尔曾于 2005 年到过中国，希望会晤南仁东，其时南仁东正在大窝凼深处，手机联系不上，在京的南仁东助手张承民代表南仁东接待了乔瑟琳·贝尔女士。此后，乔瑟琳·贝尔不论是在国际上还是到中国来，都非常支持中国 FAST 的建设！

2007 年 5 月，平塘县政府组织县建设、交通、国土、区划等部门专业技术人员，进驻大窝凼开展相关工作，完成进场公路开挖工程量及投资预算，办公区、生活区选点及绘图等工作。

2007 年 7 月 10 日，国家发展和改革委员会正式批复 FAST 项目立项（发改高技〔2007〕1538 号），由中国科学院和贵州省人民政府共同建设。

批复内容如下："一、根据国家科教领导小组第三次会议审议确定的国家重大科技基础设施建设规划，鉴于500米口径球面射电望远镜（FAST）的建设对于提高我国天文学领域研究水平和国际地位具有重要意义，原则同意将FAST项目列入国家高技术产业发展项目计划。二、项目的目标是建造一个500米口径球面射电天文望远镜，成为世界上最大的单口径射电望远镜，形成具有国际先进水平的天文观测与研究平台，为我国开展暗物质和暗能量本质、宇宙的起源和演化、太空生命起源和寻找地外文明等研究活动提供重要支持，促进科技人员在探索宇宙中性氢、研究极端状态下的物质结构与物理规律、探测星际分子等方向取得新的发现。三、项目主要建设内容包括望远镜主动发射面、馈源支撑系统、测量与控制系统、馈源与接收机以及台址勘查与开挖、勘测基地的建设等。项目建设地点为贵州省黔南自治州，建设期5.5年。四、项目总投资62743万元，其中工程费用57027万元，其他费用1737万元，预备费用3979万元。资金来源：国家安排60000万元，贵州省人民政府出资1998万元，其余由项目单位自有资金解决。五、项目由中国科学院国家天文台作为项目法人。请加强与国内外相关科研单位的合作，确保项目建设工作顺利开展，并在建成后实现开放共享。请你们据此抓紧组织开展可行性研究工作，进一步细化方案，落实相关建设条件，在条件具备后将可行性研究报告报我委审批。"

2007年10月30日，由国家天文台等单位31位专家组成的考察组对FAST台址进行实地考察；10月31日，国家天文台与中国中元国际工程有限公司FAST台址考察研讨会在平塘县克度镇召开，平塘县委、县政府主要领导率县科技、交通、供电、环保、气象、国土、建设等部门参加国家天文台与中国中元国际工程有限公司召开的FAST工程观测基地考察研讨会，听取专家对FAST建设地气象、交通、供电、通信和工程造价情况的介绍，以保证 FAST 项目建设方案的设计更加合理、项目开工建设顺利进行。

2008 年 2 月 27 日，平塘县政府组织相关部门召开大射电项目移民搬迁专题会议，强调大射电望远镜项目建设移民搬迁工作是事关群众根本利益的大事，要抓紧、抓实、抓好，确保居住在大窝凼内的 12 户群众顺利搬迁。

2008 年 3 月 12 日，国家天文台郭永卫、高龙博士到平塘完成相关气象监测设备的选址、场地平整、安装、调试，实现大窝凼气象实时监测的自动传输。

2008 年 3 月 22 日，中国科学院和贵州省联合上报的《国家重大科技基础设施——500 米口径球面射电望远镜项目可行性研究报告》在北京通过专家评审。4 月 10 日，平塘县在克度镇召开 FAST 项目观测基地移民搬迁工作及“三通一平”（通水、通电、通路与场地平整）工作会，FAST 项目观测基地移民搬迁工作正式启动。4 月底，受国家天文台的委托，贵州省第一测绘院负责承担 FAST 项目台址 1：1000 高精度地形测绘，FAST 项目望远镜主动反射面区域洼地 1：500 高精度地形测绘在大窝凼正式展开。5 月 13 日，贵州省发展和改革委员会组织召开 FAST 项目工程专题工作会，研究项目用地及征地补偿标准等事宜，参加会议的有贵州省黔南州发展和改革局、国土资源局、林业局等部门领导和平塘县发展和改革局、大射电办公室、国土资源局、林业局等负责人。8 月 20 日，FAST 台址区 1：1000 地形精确测量通过专家组验收，FAST 项目工程 1：500 台址详勘及岩土开挖初步方案专家咨询会在平塘县举行；11 月 11 日，国家发展和改革委员会对《国家重大科技基础设施——500 米口径球面射电望远镜项目可行性研究报告》进行批复，原则同意该报告，并将该项目列入国家高技术产业发展项目计划；12 月 12 日，中国科学院和贵州省发展和改革委员会在北京召开 500 米口径球面射电望远镜国家重大科技基础设施建设项目的初步设计及概算专家评审会，专家评审组一致通过该项目的初步设计及概算，概算总投资 73263 万元。

2008 年 12 月 26 日，FAST 工程奠基仪式在平塘县大窝凼隆重举行。参加仪式的有中国科学院、科学技术部、工业和信息化部、国家天文台、南京大学及 FAST 合作项目单位主要领导，贵州省政府及发展和改革委员会、国土资源局、科学技术厅、环境保护局、交通运输厅、住房与城乡建设厅、贵州大学等省直部门，黔南州及平塘县有关领导。

2009 年 2 月 10 日，平塘县克度镇大窝凼 12 户群众移民安置房正式动工建设。11 月 20 日，大窝凼 12 户群众全部完成搬迁并入住移民安置新居。

2010 年 9 月 26 日，平塘县组织有关专家到大窝凼对贵州正业工程技术投资有限公司完成的“FAST 工程观测基地开挖施工图设计”进行评审，并一致通过施工图设计。

2011 年 1 月 23 日，FAST 观测基地开挖仪式在平塘县克度镇大窝凼举行，中国科学院、国家天文台等有关单位领导在开工仪式上对贵州省、州、县各级党委政府和有关部门的大力帮助与支持给予了高度评价和感谢。

2011 年 3 月初，中国科学院和贵州省人民政府联合批复 FAST 项目开工报告。3 月 25 日，FAST 工程正式开工建设，工期 5 年半（2011 天）。全国近 200 家企业、大专院校、研究所 5000 余人直接参与了这个大科学工程建设。参加者多来自我国各领域赫赫有名的单位：中铁十一局集团、江苏沪宁钢机、青岛东方铁塔、中国建筑第二工程局、大连华锐重工集团、天津优瑞纳斯液压机械、中国电子科技集团第五十四研究所、柳州欧维姆、浙江东南网架、武昌船舶重工集团、太极计算机、北京普达迪泰科技、中国科学院自动化研究所、中国中元国际工程有限公司、北京市建筑设计研究院、中国电力工程顾问集团华北电力设计院、贵州地质工程勘察设计研究院、贵州省建筑工程勘察院……他们无一不是 FAST 建设的有功之臣。

2012 年 8 月 21 日，国际天文学联合会第 28 届大会开幕式在北京国家会议中心开幕。来自世界 88 个国家和地区的 2000 多名天文学家汇聚北京。时任国家副主席习近平出席开幕式并发表热情洋溢的致辞，他在致辞中说：我们看到，天文观测的每一次重大发现，都不断深化着人类对宇宙奥秘的认识；天文科学的每一项重大成就，都极大丰富了人类知识宝库；天文学与其他学科交叉融合实现的每一次重大突破，都对基础科学乃至人类文明进步带来现实的和长远的深刻影响。

2013 年 5 月 23 日，为纪念 FAST 的建设及平塘县为 FAST 建设提供的服务和支持，经国际天文学联合会小天体命名委员会批准，中国科学院国家天文台将国际永久编号为第 92209 号的一颗小行星命名为“平塘星”，并在平塘县城举行命名仪式。

2013 年 10 月 1 日，贵州省人民政府开始施行《贵州省 500 米口径球面射电望远镜电磁波宁静区保护办法》，设立了以 FAST 观测基地为中心，半径为 30 千米的 FAST 电磁波宁静区，并分 3 个区域（以射电望远镜观测基地为圆心，半径 5 千米为核心区，5 ~ 10 千米的环带为中间区，10 ~ 30 千米的环带为边远区）按照不同要求对 FAST 观测基地周边的电磁环境进行保护。面对电磁波环境质量的严格要求，平塘县及时采取有效措施，投入资金 3167 万元，对核心区内盘江龙盟、雅海、安泰、登鸿、澳华 5 家大理石企业的 8 座矿山进行关闭并实施覆土复绿。

2013 年 12 月 31 日，这一年的最后一天，FAST 工程圈梁顺利合龙。FAST 圈梁合龙，是中国天眼建设第一个里程碑工程。

2015 年 2 月 4 日，FAST 工程安装了最后一根钢索，大跨度索网安装合龙，意味着 500 米口径球面射电望远镜支撑框架建设完成，FAST 工程的第二个自主创新变成现实！

2015 年 5 月 22 日，平塘县政府致函黔南州水库和生态移民局，提

▲ 大跨度索网安装完成

出审定 FAST 5 千米核心区移民搬迁实施计划。9 月 23 日，平塘县成立 FAST 核心区移民搬迁安置工作领导小组，全面启动 FAST 核心区群众搬迁工作。

2016 年 9 月 25 日，FAST 落成启动仪式在黔南州平塘县大窝凼观测基地举行。中共中央总书记、国家主席、中央军委主席习近平专门为 FAST 的落成启用发来贺信！中共中央政治局委员、国务院副总理刘延东，中国科学院院长白春礼，国家发展和改革委员会副主任连维良，FAST 总工程师、首席科学家南仁东，贵州省委书记陈敏尔，贵州省省长孙志刚共同按下启用球。落成启动仪式上，刘延东宣读了习近平主席的贺信。

2017 年 4 月 13 日，平塘县政府联合国家天文台，组织已经稳定生活于克度镇移民安置新居的大窝凼 12 户所有乡亲，邀请他们回到原先居住的大窝凼，见证这里发生的巨大变化。

2017 年 2 月，平塘县在克度镇的航龙、光明和塘边镇的塘泥开工建设 3 个 FAST 冰雹第三级防御保护炮站，于 10 月正式投入使用，有效避免或减轻了冰雹灾害对 FAST 安全运行的影响，并每年投入 120 万元维持炮站日常运行。

2018 年 9 月 8 日，平塘县成立了中共平塘县委中国天眼环境安全保障领导小组，组建重大发展规划调整工作专班、县城现代化区域中心城市打造工作专班、政策支持保障工作专班、信访维稳意识形态工作专班、脱贫攻坚工作保障工作专班、重大项目策划申报工作专班、FAST 核心区群众搬迁工作专班、中国天眼安全运行协调保障工作专班、产业革命保障工作专班、社会事业保障工作专班、党的建设保障工作专班、党风廉政建设工作专班 12 个工作专班，进一步对落实省委、省政府要求进行安排部署。

2018 年 10 月初至 12 月底，平塘县全部完成进出 FAST 观测基地公路沿线核心区克度镇金科村牛角组、抹茫组和航龙村播进组 358 户 1556 人 435 栋房屋，以及一所小学、金科村村委会办公楼的搬迁拆除工作。截至 2019 年底，平塘县共搬迁核心区群众 1410 户 6633 人，拆除房屋 1099 栋，投入搬迁安置资金 15.95 亿元，流转核心区土地 1020.76 公顷，每年流转土地费约 2016.4 万元。

2018 年 10 月，平塘县积极配合省交通厅开展征地拆迁、三线迁改等相关工作，于 2019 年 5 月 30 日提前完成国道 G552 平塘县孤家坳至罗甸县董架段改移工程并顺利通过验收，并于 6 月 28 日完成原 G552 克度镇至罗甸县董架村段封闭工作。同时，平塘县制定《平塘县 FAST 宁静区“低慢小”飞行器管理办法》《关于进一步强化“中国天眼”环境安全保障有关工作纪律的通知》《平塘县 FAST 宁静区矛盾纠纷化解处置机制》《平塘县 FAST 环境安全保障信访维稳和群体性事件处置机制》，进一步规范 FAST 宁静区无人机使用审核程序。联合罗甸县政府、惠水县政府印发《FAST 宁静区内广大群众的行为规范通告》，对 FAST 电磁波宁静区内广大群众的行为进行规范引导，提升保护意识，引导群众和访客自觉遵守FAST保护相关规定，切实维护FAST宁静区社会安全、和谐、稳定，为推进 FAST 科研事业发展保驾护航，至今宁静区未发生重大群体性安全事件。11 月中旬，完成中国天眼政务安检通道设置，配备相应安检人员和设施设备，建设专用休息室、物品寄存柜等。同时，积极配合省自然资源厅启动 FAST 中心观测基地危岩体应急治理工程，于 12 月底保质保量竣工。

2018 年 10 月至今，平塘县积极按照省、州无线电管理机构的要求，完成关闭拆除县内 FAST 核心区全部手机通信基站 7 个、中间区手机通信基站 18 个、边远区手机通信基站 1 个，持续改善 FAST 周边电磁波环境。

2019 年 1 月初至今，平塘县与 FAST 观测基地通过开展青年联谊、文化表演、特邀列席县委全委会和县“两会”、出席重大活动等形式多样的联谊慰问活动，丰富科研团队的日常生活，进一步密切“台地”联系；组织省州县医务专家为观测基地驻地专家提供医疗健康服务。向省州交通部门申请获批将克度至贵阳客运班线延伸至航龙新访客服务中心发车，并向 FAST 科研团队及家属发放 120 张公交卡，在黔南州范围内免费乘坐公交车。在克度镇金科村绿水组水源点投放鱼苗，保障农产品供应多样化。

2019 年 1 月 31 日，平塘县积极向上级申报设立的中国天眼宁静区保护法庭，在克度镇正式挂牌成立。5 月初，平塘县将 FAST 访客接待服务中心搬迁至天文小镇天幕商业街，让访客接待标准化、规范化，至今没有发生访客违反管理制度和电子产品存放的事件。8 月 8 日，平塘县建立县委中国天眼环境安全保障领导小组办公室克度工作站及塘边、通州、大塘、牙舟、甲茶工作联络点，加强对涉及中国天眼安全保障相关工作的监督反馈，保障中国天眼运行安全稳定。9 月 30 日，完成鼠场、大塘、牙舟 3 个炮站自动化改造，实现了平塘辖区炮站全部实现自动化，至今共对 6 次强对流天气及时开展人工消雹作业 32 次，累计使用 2000 发人工增雨防雹弹和 1 枚火箭弹，有效降低了强对流天气对中国天眼的影响。

2019 年 10 月以来，平塘县制定印发《“中国天眼”科普教育基地安全应急处置机制》，加强预防和应对中国天眼科普教育基地可能发生的各类事故（件）风险；制定印发《“中国天眼”科普教育基地舆情应急处置预案》，强化应对和处置中国天眼科普基地可能发生的各类舆情事件，预防、减少和消除突发重大舆情造成的负面影响。

2020 年 1 月 10 日，平塘县委主要负责同志主持召开平塘县迎接中国天眼工程国家验收工作专题会，要求全力协调配合中国天眼观测基地来宾接送、设立临时医疗服务点、做好食宿安排等后勤服务保障工作。1 月 11 日，中国天眼正式通过国家验收，正式开放运行，平塘县顺利完成相关协调服务工作。

2020 年初，新冠肺炎疫情发生以来，平塘县心系中国天眼科研团队生命健康安全，积极协调提供防疫物资口罩 800 只、医用酒精和消毒液 12 桶，推送防疫政策和信息 30 余次；在中国天眼观测基地科研人员节后返岗之际，主动与中国天眼观测基地对接沟通，通过设置疫情防控检查点，对返岗科研人员做好体温测试、排查登记等防控措施，构建疫情防控安全屏障，确保科研人员及时快速进入观测基地开展工作，保障中国天眼正常运转。4 月 2 日，平塘县制定印发《关于做好“中国天眼”宁静区森林防火工作的通知》，切实增强做好森林防火工作的责任感和使命感，采取有力有效措施保障中国天眼安全运行。

2020 年 9 月，习近平总书记在科学家座谈会上称赞南仁东是爱国科学家的典范，并为科学家们的好奇心点赞：“科学研究特别是基础研究的出发点往往是科学家探究自然奥秘的好奇心……凡是取得突出成就的科学家都是凭借执着的好奇心、事业心，终身探索成就事业的。”11月，中国科学院国家天文台在北京召开新闻发布会，中国科学院院士、FAST科学委员会主任武向平宣布FAST将从2021年起面向全世界开放，中国天眼将成为“世界巨眼”。

2020年12月1日，被誉为地球“两大眼睛”之一的美国阿雷西博射电望远镜发生坍塌，至此，地球“两大眼睛”只剩中国天眼。中国天眼成为世界射电天文学领域内“唯一重要的仪器”。

2020年12月7日至9日，中共贵州省委十二届八次全会在贵阳召开，省委书记谌贻琴对中国天眼环境安全保障工作作出重要指示，州委十一届十一次全会也对保护大国重器中国天眼建成运行提出重要要求。平塘县委、县政府高度重视，深入学习贯彻落实全会精神，深刻领会、准确把握全会精神实质，将围绕“十四五”规划发展主线，抓好电磁波宁静区、核心区人口搬迁，走科学发展道路，推动新型城镇化建设；推动天文科普旅游产业与乡村振兴融合发展，打造乡村振兴示范点，着力提升公民科学素养、爱国情怀；健全规范制度机制，严格按照制度执行落实等方面，责无旁贷抓好落实，为保障中国天眼安全运行贡献贵州、黔南、平塘力量。

4 平塘，中国天眼的家

中国天眼，即500米口径球面射电望远镜，是具有我国自主知识产权、世界最大单口径最灵敏的射电望远镜。1993年，时任中国科学院北京天文台副台长的南仁东博士，提出在中国建设大射电望远镜的构想，1994年开始，科研团队历经12年的选址，从最初圈选的1000多个点中逐个筛选，最终于2006年7月14日确定选址在贵州省黔南州平塘县克度镇绿水村（并村后改名为金科村）大窝凼。2011年3月25日正式启动建设，通过5年半的建设，前后经历23年，中国天眼于2016年9月25日在平塘县克度镇落成启用。

中国天眼承载着科学家们追求学术创新、实现巡天梦想的期望，也承载着平塘人民乘势发展、繁荣昌盛的念想！

中国天眼从最初的选址建设到落成启用，平塘县历届党委、政府高度重视，把服务好中国天眼建设作为推动地方经济社会跨越发展的重大机遇，作为全县最重要的大事，举全县之力、集中优势力量，积极提供力所能及的支持和服务，确保国之重器如期落成启用，安全运行。

中国天眼落成启用，是南仁东先生用一生诠释工匠精神的伟大成果，是FAST团队、广大科研工作者和平塘31万人民共同努力的卓越结晶，是国家集中力量办大事的生动实践。

在FAST项目23年的选址、建设历程中，平塘干部群众积极配合国家天文台做好FAST选址和建设工作。1994年至2006年FAST选址的12年间，主动创造条件做好选址工作。平塘县对FAST项目投入大量的人力、物力、财力和精力，据统计，仅2002年至2008年，在FAST项目协调和服务方面投入的资金就达190余万元。

2006年，平塘县委、县政府主动创造项目落地建设条件，积极向国家天文台无偿提供克度镇大窝凼0.24平方千米的土地；负责完成FAST项目建设地方圆3.14平方千米内移民搬迁，无偿提供原克度水管所区域的30亩土地作为大射电望远镜总部建设用地。

2011年至2016年，项目正式开工建设，平塘主动创造项目施工条件，动工前全面完成大窝凼12户人家65口人的搬迁、房屋拆迁、土地征收工作。及时组织修建了中国天眼工程进场公路、工作用房、抽水站、高位水池，解决大射电望远镜10千伏临时施工用电，专门架设了35千伏克度镇至中国天眼18千米输电线路及变电站，为工程建设提供了坚强的基础保障。

2016年9月25日中国天眼落成启用后，做好其环境安全保障成为平塘县的首要政治责任，是落实习近平总书记对中国天眼贺信和指示批示精神的具体实践，是践行“两个维护”的具体行动。平塘县闻令而动，迅速作为，坚持国家利益至上、国家安全至上，以高度的政治责任感、使命感，认真学习领会习近平总书记重要批示精神，深入贯彻落实省、州关于中国天眼环境安全保障工作的系列决策部署，全力做好中国天眼环境安全保障工作，为实现中国天眼“早出成果、多出成果，出好成果、出大成果”的目标作出平塘应有的牺牲和奉献。

为切实做好中国天眼安全运行环境保障工作，平塘县在省委省政府和州委州政府的坚强领导下，主动作为，迅速组建“中国天眼”环境安全保障领导小组，设立12个工作专班，加强与国家天文台对接，建立了高效便捷的台地沟通机制，严格执行《贵州省500米口径球面射电望远镜电磁波宁静区保护办法》，有效加强对中国天眼环境安全的服务保障，加强通信设施管控和矿山治理恢复。为保护中国天眼环境安全，关闭了中国天眼核心区周边7个通信基站，对1个基站降低功率；积极开展中国天眼宁静区30千米范围内的无线电监测排查，继续加强干扰源核查工作，确保排查信息精准；继续加大宁静区各出入关口的执勤值守工作，防止干扰源进入；制定中国天眼宁静区《无人机管理通告》和《“中国天眼”核心区“低慢小”航空器管理办法》，落实管护体系，确保中国天眼及周边重点区域安全。全面关闭核心区内5家企业8座矿山，及时对矿山进行植被恢复治理，积极配合贵州省自然资源厅和中国科学院国家天文台对中国天眼中心观测基地周边山体危岩进行治理，如期保质保量完成整治。加强访客管控和安全维稳管控。制定《平塘县“中国天眼”安全保卫工作方案》《平塘县“中国天眼”访客管理规定》等工作机制；

在大射电望远镜主体建筑附近安装监控设备，在 4 个主要路口设置视频监控卡口；成立天眼警务室，设立中国天眼宁静区保护法庭，加强核心区治安巡逻防控。规范访客管理，合理安排中国天眼瞭望台访客数量，严格访客安全检查，杜绝电子产品进入核心区。完善中国天眼观测基地参观考察制度，在中国天眼迎宾馆设置政务接待专用安检通道，规范政务考察。同时，加强中国天眼的安全保卫工作，积极与省、州对接武警进驻克度保护中国天眼相关事宜，确保中国天眼环境绝对安全。

加强宁静区项目建设管控和群众搬迁安置，严格执行省政府颁布的《贵州省 500 米口径球面射电望远镜电磁波宁静区保护办法》、省 FAST 领导小组《关于规范 FAST 宁静区项目前置审批和推进 FAST 核心区搬迁工作的意见》《500 米口径球面射电望远镜 FAST 宁静区（周边）重大项目审批（备案）制度》规定，制定了《平塘县 FAST 宁静区项目前置审批（备案）暂行规定》，积极主动与国家天文台、中国天眼观测基地沟通对接，进一步规范平塘宁静区范围内的项目申报审批流程，提高管控力度。同时，在省、州的精心指导下，通过深入细致做群众工作，截至 2019 年底，平塘县共搬迁核心区群众 1410 户 6633 人，投入搬迁安置资金 15.95 亿元，核心区剩余未搬迁群众涉及 425 户 1927 人。

为加强中国天眼的保护，减少人为活动对中国天眼观测造成影响，平塘每年投入约 2016.4 万元对核心区内 15311.45 亩（约 10.21 平方千米）土地进行流转，有效保障了中国天眼的安全运行。加强极端天气防范，在距中国天眼 6 ~ 8 千米的克度镇航龙村、光明村及塘边镇塘泥村新建了 3 个中国天眼冰雹第三级防御炮保护站，有效降低了冰雹灾害对 FAST 安全运行的影响。

我们可以自豪地说——

平塘人民不仅是中国天眼的见证者，更是中国天眼的参与者！

第二章

科技报国 星辰大海

KEJI BAOGUO
XINGCHEN DAHAI

1993年，时任中国科学院北京天文台副台长的南仁东博士率先提出了利用喀斯特地貌洼地建造大型射电望远镜的构想，以争取其成为SKA列阵的先导单元。1994年，南仁东博士又建议在贵州喀斯特洼地上建造世界第一台FAST。这一建议得到国内和国际同行的广泛关注和高度评价。

这个被誉为“中国天眼”的500米口径球面射电望远镜，自南仁东于1993年提出构想，历经23年论证、选址、立项、建设，2016年9月25日落成启用。

南仁东身上蕴藏着中国知识分子深厚的家国情怀。这种情怀，使他将人生的价值附丽于祖国的前途命运，将个人的分量置于国家的天平上衡量。

美丽的宇宙太空
以它的神秘和绚丽
召唤我们踏过平庸
进入到无垠的广袤

古今中外，总有一些人想弄明白这几件事：我们从哪儿来？宇宙有多大？最小的粒子有多小？

茫茫宇宙，蕴藏着许许多多奥秘，需要人类去研究，去探索，去发现。

在贵州的深山里，就有这么一群人！

1 浩瀚星空，广袤苍穹

目前全球经认证的脉冲星共有 2800 多颗，它们可以成为人们研究“最小粒子”的实验室，帮助探索宇宙到底有没有边界等，这种能对人类认知宇宙产生巨大帮助的天体就像金子一样稀有和珍贵。

“宇宙”这个词是中国人原创的，“宇宙”这两个汉字是中国人发明的。“宇”指无垠的空间，“宙”指无限的时间。这里的时间与空间，都是相对于地球上人类的认识而言的，如果没有人类对时空的认识，茫茫宇宙是无所谓空间和时间的。

中国最早提及“宇宙”二字的是春秋时期（前 770—前 476）葵丘濮上人辛计然。辛计然，字文子，是与孔子同时代的思想家，也是老子（李耳）的弟子，是道家文献《文子》一书的作者。唐玄宗天宝元年尊

《文子》为《通玄真经》。该书第八章《自然》中曰：“往古来今谓之宙，四方上下谓之宇。”这句话中的“宙”是时间概念，“宇”则是空间概念；“宙”代表古往今来，指所有的无限时间，“宇”代表四方上下，即所有的无垠空间。所以，“宇宙”便是所有的空间和时间。

其实，先秦的思想家们都有过自己的宇宙观。老子在他的《道德经》中说：“有物混成，先天地生……吾不知其名，字之曰道……域中有四大，而人居其一焉。人法地，地法天，天法道，道法自然。”文中老子还提出了“道”和“域”的观点，认为“道”是天地万物之源，它独一无二，无处不在，永远不会改变，永不停歇，循环往复运动，它是域中（空间）的最高法则，宇宙间万物都应效法“道”，遵循“道”。

战国时期著名的思想家、哲学家，道家学派的主要代表庄子（约前369—前286）在其《庄子·庚桑楚》中说，“有实而无乎处者，宇也。有长而无本剽者，宙也”。“实”系指确实存在的，“无乎处”是不知其具体位置的意思，知道确实存在而又不知其具体位置，这指的是“空间”，所以“宇”是空间。“长”是时间的尺度，“本”是开始（始）之意，“剽”是结束（末）的意思，有长度而看不到开始和结束，则是“时间”的特性，故称为“宙”。“宇宙”二字就是指所有的空间和时间。而他在《庄子·齐物论》中亦有“奚旁日月，挟宇宙？为其脗合”之语，意思是依傍日月，怀藏宇宙，与万物为一体。

法家的尸佼，在其著作《尸子》中提出“四方上下曰宇，往古来今曰宙”。这是迄今在中国典籍中找到的与现代“时空”概念最妥帖的对应。这两句话说明宇宙就是具有时空属性的运动着的客观世界。尸佼的宇宙论对中国理论思维影响甚大，他发展了先秦思想。尸佼对于时间观的论述是“其生也存，其死也亡”。“草木无大下，必待春而后生。人待义而成”。“人之生亦少矣，而岁之往亦速矣”。这段论述用哲学的语言表述，就是“时间是客观事物的根本属性”。人、草木等一切有机体的产生、发展和消亡，都是通过时间的连续性呈现的，都是时间上连续运动的过程，是一个有限与无限的统一。“人待义而成”说的是人不仅具有自然属性，还具有社会属性。重要的是，他将这些内容，都视为宇宙观不可分割的组成部分。

时间与空间是哲学的概念。我们由此可以再次领略，中国古代天文学几乎一开始就与哲学相联系。“宇宙”二字所形成的中国先人对“浩瀚星空，广袤苍穹”的认识，凝聚着令我们肃然起敬的智慧。

西汉淮南王刘安主编的哲学及杂家文献《淮南子》中的《齐俗训》也言及“往古来今谓之宙，天地上下谓之宇”。

东汉天文学家张衡不仅深刻解读了宇宙，而且亲手制作出他对日月星辰认识的具体实物形象之结晶——浑天仪。

张衡（78—139），字平子，南阳西鄂（今河南南阳石桥镇）人，东汉时期杰出的天文学家、数学家、发明家、地理学家、文学家，他与司马相如、扬雄、班固并称汉赋四大家。他的《灵宪》和《浑仪图注》是不朽的天文学文献。他在《灵宪》中说道：“过此而往者，未知或知也。未知或知者，宇宙之谓也。宇之表无极，宙之端无穷。”他将天比作鸡蛋壳，把地比作其中的蛋黄，硬壳外的宇宙是无限的。

我们的祖先通过仰望星空，创建天文学，发展了农耕社会，并通过追问天地万物的来历，创立哲学。自神话传说“盘古开天地”“女娲补天”“夸父逐日”“后羿射日”“嫦娥奔月”伊始，中国人一直向往着探索天际，奔向星空。

当明代的万户乘上他自制的“火箭”试图飞上天空时，表明人们对了解天空已经有着强烈的愿望。张衡、郭守敬制作的天文测量工具，代表着当时的中国天文学是领先于世界天文学领域的，或者说至少是与世界上其他文明古国齐头并进的。

自秦汉时期起，我国许多朝代就设有太史令以掌管天时星历，负责观察天象，制定历法，推算节气。随之，唐初设置了“太史局”，后改为“浑天监”；宋元设立“司天监”，并同时置有“太史局”和“太史院”；元代设有“回回司天监”；明改名为“钦天监”，命监正、监副等官员监视“天道”之运行。虽然各个朝代名称不一，但“钦命监天”之职不变！由此可以见得，中国历朝历代的天文监测和研究机构都是由国家设置的。

然而，受制于思想的束缚和观测工具的落后，数千年来，中国的天文学几乎是处于举足不前的状况，以至于在清朝顺治初年，德国人汤若望受摄政王多尔衮之邀，用“西洋新法”分毫不差地测算出当年八月即将来临的日食时，而中国的天文（历法）官员们分别用传统的大统历和回回历所测算的结果，在时间上却与之有着大相径庭的误差。最后，顺治帝只得聘汤若望为本朝的钦天监。到明清时期，在这一科学领域，中国已经被西方甩得远远的。

中华人民共和国成立以后，中国的科学家奋起直追。1970 年 4 月 24 日 21 时 35 分，在酒泉卫星发射基地成功发射的“东方红一号”卫星，标志着中国成为继苏联、美国、法国和日本之后，世界上第五个用自制火箭发射国产人造卫星的国家。在空间探测器方面，中国实施了“嫦娥一号”和“嫦娥二号”的绕月探测，“嫦娥三号”的月球软着陆，开展了着陆器的就位探测和“玉兔”号月球车的巡视探测。中国的“天宫”实验室眺望苍穹，俯瞰地球；中国的女宇航员在“天宫”中曼舞，男宇航员在太空中行走……

20 世纪 90 年代以后，中国加快了研究射电望远镜技术的步伐，积极参与国际建设超级“大射电望远镜”的计划行列。1993 年，在日本举行的国际无线电科学联盟（URSI）大会上，中国参与了由法国、美国、英国、德国、俄罗斯、荷兰、澳大利亚、加拿大、印度共十个国家提出的建造“平方千米的由多架望远镜组成阵列的超大射电望远镜”计划

（简称 LT 计划，1999 年更名为 SKA 计划）。1994 年，中国科学院北京天文台副台长南仁东博士提出了利用喀斯特地貌洼地作为台址的建议，拟建造 500 米口径球面射电望远镜（FAST），以争取其成为 SKA 列阵的先导单元。此后，南仁东博士又建议在贵州喀斯特洼地上建造世界第一台 FAST。这一建议得到国内和国际同行的广泛关注和高度评价。

随着中国“嫦娥工程”的实施，北京密云、上海佘山、新疆乌鲁木齐和云南昆明四地的射电望远镜，圆满地完成了探月卫星数据的接收和卫星准确定位的测控通信任务，大大鼓舞了中国自主建造世界最大口径射电望远镜的信心。

只是，在 2016 年 9 月 FAST 落成启用之前，在这项为人类天文事业“淘金”的工作中，中国还没有成为主力。为此，FAST 的总工程师南仁东说：“别人都有大射电望远镜，我们没有，我挺想试一试！”

2 这是一个疯狂的计划

20 世纪 90 年代初，中国最大的射电望远镜口径只有 25 米。对老一辈天文学家来说，拥有大口径的望远镜一直是个梦想。我国天文学长期落后，主要受制于望远镜设备。

第二次世界大战后射电天文学方兴未艾，接连涌现类星体、脉冲星、星际分子和微波背景辐射四大天文发现，而我国在这一领域却长期处于空白状态。

1993 年，国际无线电科学联盟（URSI）大会在日本举行，中国参加这次大会的代表是北京天文台的天文学家吴盛殷研究员。科学家们在大会上提出，在全球电波环境继续恶化之前，人类应该建造新一代功能更加强大的射电望远镜，接收更多来自外太空的信息。

听到这个提议后，时近 50 岁的南仁东兴奋不已："如果中国能抓住这个时机，那么建成后中国的天文学研究就有可能领先国际几十年。"会议结束后吴盛殷刚回到国内，一向低调的南仁东第一时间主动跑去推开吴盛殷办公室的门，激动地说："咱们中国也建一个吧！"

南仁东最初将中国的大射电望远镜梦寄托在了平方千米阵列射电望远镜（SKA）身上。那是一项大型国际科研合作项目，其技术路线是将上千个反射面天线和 100 万个低频天线组成一个超过 100 万平方米的接收区域，收集来自宇宙的电磁波信号。

当时在国际射电天文圈里有两张活跃的中国面孔，一个是南仁东，另一个是他的师弟、后来成为 FAST 工程副经理的彭勃。他俩轮流飞往国外参加射电天文研讨会议，执着地想将 SKA 的建设引入中国。

但有一天，这两个互为支柱的人为 SKA 吵起来了。这条路越往前走，南仁东越觉得走不通，他开始反对在中国建 SKA。"把 SKA 弄过来，弄死你我，都弄不成！"他跟彭勃说。南仁东的学术风格以"谨慎保守"著称。

"先弄过来！弄死你我，还有后来人！"彭勃和南仁东正好相反，他外号叫"彭大将军"，是出了名的敢想敢说敢干的湖南汉子。

2020 年 11 月 25 日上午，在中国科学院国家天文台著名科学家严俊老师办公室，我专程来拜访前一天下午刚自海南文昌嫦娥五号发射现场风尘仆仆返京的严俊博士，面对面聆听他讲述中国天眼的励志传奇故事。

严俊博士，曾任中国科学院国家天文台台长、FAST 工程经理，现任中国科学院探月工程总体部首席科学家、月球应用科学首席科学家。

我们要建多大口径射电望远镜？在哪建？怎么建？经过多次争论和多方论证，南仁东和彭勃的同门师兄、天文学家吴盛殷科学计算出，在中国建设一个 500 米口径的射电望远镜最合适，既能超越已有设备，又现实可行。大家便统一想法，将 SKA 的梦想，嫁接到现在的 FAST 身上。

在中国建设一个约 500 米口径的射电望远镜，这是一个疯狂的计划，因为在当时，中国最大的射电望远镜口径还不到 30 米哩！

于是，一群对探索终极问题最有热忱的人开始创业。

时任国家天文台台长严俊博士在他发表于 2016 年第 10 期《中国国家天文》的《FAST 跨世纪的奇迹》一文中如是记录："二十三年前，中国一批怀有大射电望远镜梦想的天文学家们，就开始构想把'大射电望远镜'建在中国。一年之后的 1994 年，宣布成立大射电望远镜中国推进委员会——这是在当时，乃至现在都很少有人知道的一个执着的团队！"

这个被誉为"中国天眼"的 500 米口径球面射电望远镜，自南仁东于 1993 年提出构想，历经 23 年论证、选址、立项、建设，2016 年 9 月 25 日落成启用。

然而，对于当时的中国来说，这个 500 米口径球面射电望远镜的建造计划大胆得近乎疯狂！

FAST 工程建设的艰难程度远超想象，它不仅涉及天文学、力学、机械工程、结构工程、电子学，还涉及岩土工程等几十个不同专业领域，且关键技术无先例可循，关键材料急需攻关，现场施工环境也异常恶劣复杂。

因此，几乎所有业内专家都不看好这个项目，有人甚至认为是天方夜谭。

▲ 1994 年选址现场

尽管如此，天生倔强又爱迎接挑战的南仁东决定坚持这个计划。从 FAST 的选址、立项、可行性研究，到指导各项关键技术的研究以及模型试验，南仁东似乎为这只天眼着了魔，把余生的精力毫无保留地抛洒给了它。

在国际上，用钢结构建造的望远镜，100 ~ 150 米已经是工程的极限，要想做 500 米口径的望远镜，就要依靠地势。

为了解决望远镜的支撑问题，他们需要找到一个天然的“大坑”，让望远镜像一口大锅一样“坐”在里面；为了解决电磁波信号接收机（即馈源舱）的移动问题，他们需要设计可靠又省钱的机械结构；为了让望远镜能够在最大范围内灵活追踪天上的目标，他们需要望远镜反射面能活动——正是这些挑战，逼出了 FAST 的一项项技术创新。

中国西南的大山里，有着建设天眼极佳的地理条件：几百米的山谷被四面的山体围绕，天然挡住外面的电磁波。贵州的喀斯特地貌，坑洼众多，成了天然的候选台址。

可是选择哪个窝凼作为天眼的家？

2020 年 11 月 17 日下午，中国科学院国家天文台，FAST 工程台址与观测基地系统总工程师朱博勤博士透过厚厚的眼镜片看向我们：

时光不负情深。十几年下来，综合尺度规模、电磁波环境、生态环境、工程地质环境等因素，挑剔的南仁东最终在 391 个备选窝凼里，选中了最理想的地点——位于贵州省黔南州平塘县克度镇的大窝凼。在那里，几百米深的山洼被四面的山体围绕，正好挡住外面的电磁波。这个现在已经正式运行的世界第一大单口径射电望远镜，可以观测脉冲星、中性氢、快速射电暴、黑洞等这些宇宙形成时期的信息，以及捕捉可能来自外星生命的信号。

1997 年 7 月，大射电望远镜中国推进委员会正式提出了专业称之为“LT 中国工程概念先导单元”，就是由我国独立建造一台世界最大单口径球面射电望远镜的设想。

FAST 这个创意，凝聚着众多中国天文学家的梦想，在南仁东、彭勃等几位核心专家的反复磋商中形成，含义用一个字表达就是“快”，蕴含着“追赶”“跨越”或“领先”的意思。国际上，有人把 FAST 解读为“野心勃勃的计划”。

1998 年夏天，南仁东亲自为 FAST 设计了徽标。

1999 年 3 月，中国科学院知识创新工程首批重大项目“大射电望远镜 FAST 预研究”启动。

回首当年，立项是最为艰难的时刻。

为了推动 FAST 立项，南仁东每次向相关部门汇报项目情况都至少提前 1 小时到达会场，仅仅是因为，他怕堵车迟到。那段日子，经常需要写个三五千字的项目介绍，要得很急。南仁东就和同事一起在办公室，逐字逐句斟酌，常常弄到凌晨。他怕稍有疏漏，影响项目立项。

此后的十多年间里，世界上多了一位名叫南仁东的“勘探者”和“推销员”。

南仁东深深知道，这种大工程的立项非常艰难，可以说难于上青天。但不立项肯定就没有经费，没有经费就没有团队。初期勘探结束后，大多数人都回到了原先的工作单位，南仁东就满中国跑，寻求合作单位。

天文台没有钱，南仁东出差坐火车硬座，从南到北，从东到西。那时候，南仁东说自己“我开始拍全世界的马屁，让全世界来支持我们”。为使 FAST 获得更多人的支持，无论在国内还是国外，无论是大会还是小会，南仁东逢人就讲大射电望远镜项目，不厌其烦、充满激情地解释 FAST 的每一个创新概念，以坦诚和执着赢得了国内外同行的尊敬，FAST 项目逐渐有了名气。

2007 年 7 月，经历了最艰难的十多年，FAST 作为“十一五”规划中重大科学装置正式被国家批准立项。

2008 年 FAST 项目启动，南仁东担任该项目的总工程师和首席科学家。此时，他已 63 岁。

南仁东更拼命了。

他一心想让天眼尽快建成启用。

对于一名在国际射电天文界颇有影响的天文物理学家，南仁东会的工种比一般技工都多。在10年的基层生产工作中，他不仅学会了车钳铆电焊，还能开山放炮，外加电镀和锻造，南仁东自谦地说："我不是一个战略大师， 我是一个战术型的'老工人'。"他多次表示肩上担子很重，不敢有半点疏忽。FAST立项之初，有人调侃，"老南，亿万富翁啊"，他笑着摇摇头，"千万负翁"。有笔账，他生前常常算给大家听：FAST寿命30年，相当于国家每天投入12万元，如果工作没做好，FAST停一天，就等于白扔12万元。

2010年，FAST曾经历一场近乎灾难性的风险——索网疲劳问题。当时购买的钢索进行疲劳实验后，没有一例能满足FAST的使用要求。FAST反射面的结构形式也因此迟迟定不下来。南仁东寝食难安，天天与技术人员沟通。

2011年3月，村民搬迁完毕，FAST 工程正式动工建设。开工那天，南仁东在洼地上，默默地看着工人们砍树平地，他对身旁的工作人员说："造不好，怎么对得起人家？"经历近百次失败后，他终于带领团队研制出满足要求的钢索结构。

索网难题最终在建设现场解决。FAST共有6670根主索、2225个主索节点及相同数量的下拉索。索网总重量1300余吨，主索截面有16种规格，截面面积介于280～1319平方毫米。8895根钢索，每根都有自己的使命、固定位置和安装顺序，绝对不能搞错。为此在生产中就给每根钢索做了"身份证"。在建设现场，根据设计要求对号入座，把所有钢索准确无误地"编织"成一张半球形的柔性索网，这就是前所未有的索网工艺。技术工人们在这样一个大跨度的巨大空间里作业，难度很大，也非常壮观！

2015年2月4日，FAST工程安装了最后一根钢索，大跨度索网安

▲ 一丝不苟的南老

装合龙，这意味着 500 米口径射电望远镜支撑框架建设完成。FAST 工程的第二个自主创新是创造性地运用主动变形反射面技术，实现电磁波聚焦接收，做到精确获取宇宙射电波信息，而能够将数千个反射面板连接起来，使之实现变形的就是索网。

FAST 索网是世界上跨度最大、精度最高、抗疲劳性能最强的索网结构，也是世界上第一个采用变位工作方式的索网体系。

正是在 FAST 工程需求的牵引下，参与建设的我国相关顶尖企业，研发技术得到巨大提升。随着索网诸多技术难题的不断攻克，形成了 12 项自主创新性的专利成果，其中发明专利 7 项。同时，也正是在攻克这一世界性难题的过程中，建立了高精度索结构生产体系。这种生产体系已经在港珠澳大桥斜拉索等项目中得到应用。这些新产品、新技术的运用，使更多企业承建工程的能力得到跨越性加强。这些都是 FAST 对我国科技进步、生产建设的巨大贡献。

像这样创新的例子，在 FAST 的建造过程中不胜枚举。FAST 由主动反射面、馈源支撑、测量与控制、接收机与终端、台址与观测基地等六大系统组成，每一个系统里又有很多个子系统，每一个子系统里又有很多个装置。我国科技工作者自主设计、自主研发了 FAST 的所有技术。

2013 年 12 月 31 日，FAST 工程圈梁顺利合龙。68 岁的南仁东穿着工装，戴着安全帽，第一个站在高高的圈梁上，迎着凛冽的寒风奔跑。FAST 圈梁合龙，是中国天眼第一个里程碑工程，此刻个中况味与百感交集之心绪，无人能够超越迎着凛冽的寒风在高高的圈梁上奔跑的南仁东！

FAST 馈源支撑塔开始安装时，南仁东决定第一个爬上每一座塔的塔顶。馈源支撑塔，就是周围山上的 6 座大铁塔。2014 年 11 月，FAST 馈源支撑塔制造和安装工程通过验收，最低的 112 米，最高的 173 米。这一年，南仁东已经 69 岁了。先前那个走路带风、说话声若洪钟，还喜欢与人掰手腕的南仁东发生了不小的变化，人们感到他说话中常有停顿，还能清楚地听到他说话的喘息声，他的饭量也明显减少很多。每一座塔最终建成后，南仁东都要一座一座亲自爬到塔顶去，他是在用这样一种特殊的方式庆祝他心中的又一个里程碑！

对南仁东的这份执着，FAST 工程馈源支撑系统副总工程师李辉曾感到不解。现在回想起南仁东在塔顶推动大滑轮的情景，他明白了——FAST 就像是他亲手拉扯大的孩子一样，他看着 FAST 一步一步从设想到概念，从概念到方案，到蓝图，再到活生生的现实，他在用自己独特的方式拥抱 FAST 啊！

3 人生只为一件事而来

前面说过，FAST，正是“快”的意思！

FAST 项目启动后，南仁东参与到设计的每一个环节当中，参加到每一次重要会议中。

关键技术无先例可循、关键材料急需攻关、核心技术遭遇封锁……从提出想法到项目落成的 23 年时间里，南仁东带领老、中、青三代科技工作者克服了不可想象的困难，实现了由跟踪模仿到集成创新的跨越。从壮年到暮年，他把一个朴素的想法变成了国之重器、国之利器，成就了中国在世界上独一无二的项目。

2008 年底，FAST 奠基时，奠基石上就刻着南仁东亲拟的对联："北筑鸟巢迎圣火，南修窝凼落星辰。"

巨大的天眼，熔铸了南仁东的全部感情，更熔铸了他全部的心血。同事和学生们评价他："南老师 20 多年只做了这一件事，FAST 项目就像是为他而生的！"

2015 年 8 月 2 日，FAST 第一块主动反射面单元终于开始吊装了。已经多次病倒在大窝凼工地的南仁东被强制送回北京，无人知道当时正在北京医院里治病的南仁东已是肺癌晚期。化疗后的他面色苍白，头发稀疏，体质虚弱。窗外射进来的太阳光照到他病床上，让他强烈地感到自己在病房中待不住了。很快，他就从北京回到遥远的大窝凼 FAST 工地上。

2016 年 7 月 3 日，500 米口径射电望远镜安装最后一块反射面板，这一天，南仁东没能出现在现场。他的身体状况非常不好，几天前又一次被强制送回北京救治。负责吊装最后一块反射面板的工人名叫程祖泽，他是距离大窝凼 2 千米的平塘县克度镇金科村的青年农民，从浙江打工回来到 FAST 工地参加建设已有两个年头，是 FAST 周边村寨 2000 多户搬迁出去的农民之一 。

南仁东对贵州人民，对为了 FAST 而搬迁出家园的每一户农民，都怀着深深的感激之情！

南仁东希望这最后一块反射面板，由工地上的当地农民工来吊装。这项光荣的任务，就由在 FAST 反射面板安装工程中表现突出的金科村 24 岁的农民工程祖泽来完成！

世界上伟大的工程，是需要有一种庄严的仪式感的。这时候，完成其他项目的大部队已经撤离工地，工地上还有 300 多名科研人员和工人。

时任国家天文台台长严俊手握话筒，仰望着高高的塔吊，发出最后的命令："FAST 主动反射面最后一块面板，起吊！"

严俊台长铿锵有力的声音通过扩音器在群山中久久回荡……

最后一块反射面单元缓缓起吊，在完成了二次空中转接并用缆索吊下滑到指定位置后，被顺利安装在索网上。

这时候，数百科研人员和工人，从工地四周，从凼底和山顶，就地肃立，目睹了金科村农民工程祖泽吊装最后一块反射面板的庄严时刻。

掌声在天宇下响起来，宣告了 FAST 主体工程完工。1000 只彩色气球飞上蓝天。

世界上最大的 500 米口径球面射电望远镜，第一次完整地呈现在天穹下，呈现在中国贵州葱茏的群山中。7 月的阳光，照耀着比埃及金字塔更高的 500 米口径射电望远镜。它银光闪闪宛若从天而降，壮丽无比！

2016 年 7 月 3 日那一天实在令程祖泽自豪。这一天，24 岁的程祖泽在距离地面 50 米的缆索吊上，利索地系好安全带，爬到更高的司机室，开始自己的工作。

转运机车将最后一块反射面单元成功转交给缆索吊，他在搭档陈国志的默契配合下，成功将最后一块面板单元稳稳地送到安装点。

两年前初到 FAST 建设工地的程祖泽，只是个在一号缆索吊上卷电缆卷筒的杂工。聪明、上进、爱琢磨的他并不满足于此，在不懈的努力后，他得到领导和同事们的认可，很快被调到一个重要岗位——开转运车。

转运车位于 50 米高的圈梁之上，这对于从来没有接触过高空作业

▲ 2016 年 7 月 3 日，最后一块反射面单元吊装完成

的程祖泽来说，无疑是一个挑战。第一次硬着头皮徒手爬上近 60 米高的司机操纵室，他整天都提心吊胆的，担心万一摔下去就完蛋了。上去容易下来难，从高空往下看，他的恐高心理越发不可收拾。他每天都跟自己的恐惧心理较量，一个星期过去，他已经适应新的工作，60 米高空的操作室工作如履平地，无所畏惧了。

转运车开了 3 个多月，踏实勤快的程祖泽被调到了反射面吊装工作中最重要的缆索吊主控制室。在师傅悉心带教下，仅用了几天，他就掌握了操作缆索吊的全部要领。FAST 工程中的 4450 块反射面单元中，有 1000 多块是由程祖泽吊下去的。

“程祖泽这个小伙子很不错，要竖大拇指。”FAST 吊装工程吊装设备总设计师李光华高度赞誉。

中国天眼是世界上口径最大、最灵敏的射电望远镜。500 米口径，其接收电波的面积相当于30个足球场那么大，足足可以“装”下8个“鸟巢”体育馆。如果给这口“大锅”装满矿泉水，能让全世界每人喝上4瓶。

FAST的大，大得有道理。只有口径越大，才能“看”得越远。科学家打过比方，以它的灵敏度，即使有人在月亮上拨打手机，也能被“看见”。

FAST建成后，其综合性能比此前荣膺“世界最大”的美国阿雷西博望远镜提高了10倍，将在未来20年到30年保持世界一流设备的地位。有了它，不仅中国人得以瞭望更多天外星辰，人类的视野也得以扩展到宇宙更辽远处。

截至2021年1月，中国天眼FAST共发现了300多颗脉冲星。除了搜索脉冲星，FAST还有着更重要的科学目标，包括探测中性氢、快速射电暴，揭示宇宙膨胀星系形成及演化的奥秘，以及搜寻可能存在的外星生命等。

可以说，拥有世界领先的绝对灵敏度，让FAST拥有无限的可能。

1609年，意大利科学家伽利略用自制的天文望远镜发现了月球表面高低不平的环形山，他成为利用望远镜观测天体第一人。

400多年后，代表中国科技高度的500米口径球面射电望远镜——中国天眼，将首批观测目标锁定在直径10万光年的银河系边缘，探究恒星起源的秘密。

天文学领域的技术看上去显得“高大上”，但实际上离我们的生活却很近：射电天文学家在研究中的副产品WLAN技术，成了今天每个人生活都离不开的Wi-Fi技术的前身；天文学类地行星的研究，让我们有了与“来自星星的你”交流的灵感……

在南仁东看来，天眼建设不由经济利益驱动，而是源自人类的创造冲动和探索欲望。

天眼的成功建造，不仅标志着中国在射电天文领域将领跑世界，同时也实现了全世界天文学家的梦想。

2017 年 9 月 15 日，72 岁的南仁东离开人世。从壮年走到暮年，他把一个朴素的想法变成了国之重器，成就了中国在世界上独一无二的项目。不是院士，也没拿过什么大奖，南仁东把一切看淡。一如病逝后，家属向国家天文台转达的他的遗愿：丧事从简，不举行追悼仪式。

天眼就是他留给我们的最宝贵遗产。

现在，当人们来到贵州省平塘县克度镇这个偏僻的黔南小镇，再穿过一道道的狭窄山口，目光就会被一个 500 米直径的白色钢环吸引，那是人类史上最大望远镜 FAST 的圈梁，而此时，南仁东的名字就会被继续坚守在这里的人们一再提起。

“老南”是他们心里对这个“老爷子”的昵称。用 FAST 工程馈源支撑系统副总工程师潘高峰的话说，他是一个“往西装口袋里装饼干，会忘记吃，等拿出来已经揉成渣子的随性老头儿”。

老南就是一个为了 FAST，废寝忘食到了忘记自己是谁的工作狂。“就在那间办公室里，南仁东老师带领着大伙常常工作到凌晨三四点！”南仁东的学生甘恒谦回忆起为 FAST 奋战的日日夜夜，仍忍不住感慨。

“做一项大的科学工程，大部分是没有先例的，需要一个核心人物，南老师就是这样的角色。例如，主动反射面就是中国天眼的重大创新，这项伟大的构思是由天文科学家邱育海提出的。1998 年，邱育海老师在《天体物理学报》发表的一篇论文，阐述了具有主动反射面的巨型球面射电望远镜的构思。南老师是技术的核心推动者，是团队中掌握新技术最快的人，从宏观把握到技术细节，他都免不了操心。去院里汇报项目进展，从未出过任何差错，而且每次都提前 1 小时到达会场，努力负责的程度超乎想象。”他的学生岳友岭这样回忆自己的导师，“他是科学家中的科学家！”

斯人已逝，追思犹存。

与南仁东共事的同事和学生们坐在办公室，仿佛在等着风尘仆仆的他归来；家人们坐在家里，望着南仁东生前的照片，好像还在享受着团聚的幸福时光。

72 岁的南仁东倒在了中国天眼传来捷报之前。这位中国 500 米口径球面射电望远镜工程的发起者及奠基人，始终与国家利益和人民需要相向而行，生命在欣慰与遗憾中戛然而止。

人生只为一件事而来，历经 8000 多个殚精竭虑的日子与近百次失败，南仁东终于使中国天眼伫立在中国西南的贵州黔南平塘大窝凼……

23 载，8000 多个日夜，为了追逐梦想，500 米口径球面射电望远镜首席科学家、总工程师南仁东心无旁骛，在世界天文史上镌刻了新的高度。在中共十九大报告中，天眼与天宫、蛟龙、大飞机等一起，被列为创新型国家建设的丰硕成果！

▼ 一丝不苟的南老

如今，在喀斯特地貌的深山幽谷中，在与家人分居两地、连手机信号都没有的与世隔绝之地，工作在这里的年轻科学家们仍然像“南老师”一样，惜时如金地忙碌着，为的是要让 FAST 成为一台中国的天眼、世界的巨眼。

在遥远偏僻的贵州平塘大山深处，在常人无法忍受的寂寞中，南仁东生前用无限诗意的语言描述他的收获：

大窝凼时刻让我们发现
给我们惊奇
感观安宁
万籁无声
美丽的宇宙太空
以它的神秘和绚丽
召唤我们踏过平庸
进入到无垠的广袤

第三章

苍莽深处 踽踽而行

CANGMANG SHENCHU
JUJU ERXING

中国冲击 SKA 选址，贵州首当其选。

FAST 一路走来，从选址到项目落成启用只能用“艰辛”二字概括，普通人很难理解它在前行路上经历的风风雨雨！

那时选址团队平均年龄只有 30 多岁，而南仁东老师已经 49 岁了，很多悬崖道路湿滑，他就干脆手脚并用地攀爬上去。经常是前面的爬不上去后面的就托着推上去。那个时候，大家穿着解放鞋，很容易一下子就划破戳出血来了。

考察道坨天坑那一次，南仁东老师小心翼翼地攀爬时，脚下一滑，意外发生，一下子就滚下去了，一丈开外就是几十丈深的悬崖峭壁。真是命大，崖壁缝里伸出的两棵手臂粗的柏树把往下滚落的他挡住了。如果没有那两棵救命的柏树，那天南仁东老师肯定牺牲了。

仰望星空，作为一个天文学家，南仁东非常清楚，无数来自宇宙边际的信号，经历了成千上万光年的漫长行程，也许就在他抬头的这一刻，划过地球。

这其中蕴含着揭示宇宙奥秘的线索，南仁东渴望能在中国大地上建造一个科研重器，来捕获这些信号，让祖国在地球上的天文史中画出浓墨重彩的一笔。

来而复去，去而复归，他终于在贵州省平塘县大窝凼这个巨型喀斯特洼坑中找到了安置中国天眼的理想环境。

此去 20 余年，大国重器天眼工程终于建成。

1 与贵州结缘

人类探知太空世界奥秘的强烈愿望和南仁东先生鞠躬尽瘁、死而后已的大国情怀，是促成中国天眼由提出概念、选址、预研究到建成、启用的主要动因。

FAST 计划的最初动因，源自“大望远镜”（LT）的伟大构想。

众所周知，望远镜口径越大，观测得越遥远，因此，制造更大的望远镜就成为国际天文学界执着而狂热的追求。1993 年，第 24 届国际无线电科学联盟大会在日本召开。澳、加、中、法、德、印、荷、俄、英、美十国天文学家根据对射电望远镜综合性能发展趋势的预测，联合提出了一个雄心勃勃的计划：由 17 个国家出资 10 亿美元建设“大望远镜”（1999 年易名为 square kilometer array，简称 SKA，意为“平方千米阵列射电望远镜”）。

按专家们的设想，SKA是一种阵列，这个阵列相当于30个口径200米望远镜的组合，它们将绵延分布在几百千米以至上千千米的土地上，主阵集中分布在50千米的核心区域内。建成后的SKA，收集无线电信号总面积达100万平方米，接收能力比现有射电望远镜强大50倍，巡天速度更是超越现有射电望远镜10000倍。届时，假如外星人存在并且爱看电视——“只要你能对准外星人的星球，就能够收到”。

更让天文学家欣喜的是，SKA将能观察到100亿光年以外的氢元素是如何分布的，从而分析出宇宙形成之初的情形，验证、完善已有的或建立新的宇宙构成理论；此外，在对邻近空间灾变事件的观测研究、深度空间通信以及探索地外智慧生命等诸多方面，它都具有非常独特的作用。

这是一个何其让人痴狂的诱惑！对于天文事业的纵深探究如绚丽的蜃景，往前一步就能让想象成为现实，科学家们早已按捺不住，迫不及待。

国际无线电科学联盟大射电望远镜工作组立即作出安排：计划2008年，确定SKA选址；十年后，建成SKA；2020年，SKA全面运行。

选址是关键，这一项目将花落谁家，首先成为世界关注的焦点。

1994年两次例会后，LT工程类型归类为：建30余面直径为300～500米的球状反射面不可动望远镜组成的综合孔径，并明确提出了工程必须以大片喀斯特地区发育完整的峰丛洼地作为台址。于是，具有这一地质地貌优势的中国、南非、澳大利亚、阿根廷四国立即披挂登上“竞选”台址的舞台。

自国际射电天文界倡议建造SKA以来，我国以中国科学院国家天文台为首的有关单位积极配合。从SKA的推进到中国FAST概念的建立、预研究等做了大量卓有成效的工作，对未来的建设我们不仅奠定了各方面的扎实基础，更具有信心和能力。

君且看——

我们已形成来自全国 22 所高等院校和科研单位科技人才参与的高水平的人才队伍。

“创新工程重大项目”FAST 预研究首席科学家南仁东博士，1968 年毕业于清华大学电子科学系，长期从事电子工程和射电天文的研究，时任世界宇航科学院 SETI 委员会委员，国际天文学会射电专业委员会委员。南仁东博士作为北京天文台大射电望远镜实验室主任、首席研究员，自 1994 年开始，一直主持国际大射电望远镜计划的推进工作，多年来积极活动在国际射电天文学界，与荷兰、日本、加拿大、美国、英国、意大利、澳大利亚等国射电天文专家进行了广泛而深入的学术交流访问，为 SKA 和 FAST 的推进建立了广泛良好的合作关系。同时，FAST 预研究团队各个组织的学术带头人都是具有研究员职称的中青年科技人才，如清华大学杨卫教授和王劲松教授、中国科学院数学与系统研究院“973 计划”首席专家高小山研究员等。FAST 属国际前沿水平，吸引聚集了众多的中青年科技人才，其时在该领域具有博士学位和正在攻读博士的优秀人才 30 余人，在博士后流动站进行研究的博士后 7 人，已经形成良好的人才梯队。

值得称道的是，国内很多相关领域具有实力的高等院校和科研单位，都积极参与 FAST 的研究推进工作。

中国科学院遥感应用研究所、西安电子科技大学、中国航天工业总公司、清华大学、南京大学、北京师范大学、中国科学院数学与系统研究院、北京理工大学、中国科学院力学所、贵州省科学技术委员会等。这些单位的积极参与，不仅体现了中华民族精诚团结、协作攻关的团队精神，也向世界展示了我们国家在大工程建设上心往一处想、劲往一处使的雄厚实力。

世界上有三片喀斯特地貌最集中的区域：地中海沿岸、拉丁美洲、中国的华南地区。论分布面积，中国华南地区喀斯特区域最广，包括四川、重庆、湖北、湖南、贵州、广西和云南的一部分，而它的核心区域就在贵州，喀斯特分布占贵州全省总面积的 73.3%。相比之下，广西喀斯特地貌占全区总面积的 33.85%，云南仅占 29%。美国的阿雷西博望远镜像一口大锅坐落在一个圆形洼地上，中国想建造更大的单口径射电望远镜，首先就是要找到一个类似的圆形洼地。

中国冲击 SKA 选址，贵州首当其选。

1994 年，中国科学院北京天文台、遥感应用研究所通过计算机图像处理与遥感影像空间特征判读，以贵州为中心在 1000 千米范围内寻找 SKA 外围点，在南部喀斯特地区发现了大量适合建造 SKA 的洼地。之后，科学家们根据历史资料查阅、遥感影像分析与工程地质、水文地质现场调查和测量相结合的方法，对区域自然地理、地貌发育控制因素、洼地的形态特征、水文、工程稳定性、气象及电波环境等，进行多学科的台址评估工作，从最初圈选的 1000 多个点中找到可用于建造 SKA 的洼地 391 个，经过筛选后保留峰距在 300 ~ 600 米的洼地 71 个，最后从中优选出平塘大窝凼和普定尚家冲两个洼地——它们断裂和节理胶结稳固，地质构造简单，岩土体原始结构构造保持完好，岩体结构紧密，质地均一，具有良好的工程地质性能。

同年 11 月，荷兰天文专家理查德博士在彭勃博士、聂跃平博士的陪同下对平塘多处测定洼地电波干扰情况进行 4 小时的现场测量后认为：由于远离城镇和地形本身的屏蔽效应，电波干扰情况可以说很小甚至为零。推进委员会后来在 LT 争建建议书中评述为：平塘县境内 4 个点，显示低射电干扰活动，在背景噪声水平之上仅测量到少量窄带干扰信号；而普定县境内的 4 个点则测量到 200 兆赫以下及 5000 兆赫以上的弱干扰。

平塘由此引起了国际天文学家们的注意，自此走进南仁东团队 FAST 计划的视野。

1995年10月4日，参加在贵州省贵阳市花溪区召开的LT第三次国际会议的十多个国家的天文学专家、LT中国推进委员会的全体成员、国内有关方面的专家学者，到平塘的峰丛洼地进行实地考察，都给予高度肯定——

▲ 1995年10月，国际天文学家到平塘考察

美国前阿雷西博天文台台长、现康奈尔大学捷奥万尼教授在发言中认为：洼地的分布及可能的候选量，洼地的直径比阿雷西博台址对LT工程更为有利，洼地比阿雷西博深，这可能省去馈源吊塔的工程，自然的掩蔽屏障将减少电波干扰。

本次会议的主席布朗博士坦言：这种喀斯特条件，据我所知是世界上独一无二的！

布朗博士在他所拟的会议备忘录中如是写道：现场考察的确加深了从卫星遥测图得到的印象，在广阔的地域有着适宜建造球面射电望远镜的地貌，每平方千米有几个直径和深度适合的洼地，表明为建造像天文学家们所说那样的球形反射面阵，有很大的选择余地。

——天文学家们对平塘已经产生强烈的兴趣。

随之进行的相关勘探和测试也都达到规定的指标！

场地所在地区喀斯特地貌发育充分，天然形成的溶洞口，能最大限度地保证雨水通过地坑或洼地顺畅地排入地下暗河，不会形成内涝。

2005 年夏天，SKA 选址委员会成员先从阿姆斯特丹乘飞机抵达上海，然后转乘火车到达贵阳，前往大窝凼现场考察。

“这是一个种植水稻的村子，绿色的小块田地紧凑地排列着，尤其是在洼地底部。”到达这里的委员会成员罗伯·米勒纳在博客中写道，“景色令人敬畏，即便在自己成为这景色的一部分之后，它仍让我感到叹为观止！这是大自然的最佳杰作……”

米勒纳等人此行的重要任务，是对这里的无线电环境进行考察。一轮观测需要连续 4 个星期、每天 24 小时不间断地进行。米勒纳等人离开后，中国工作组在这里继续进行至少 1 年的无线电环境观测。虽说射电望远镜的观测不受天气阴晴的影响，但调频电台、电视、手机以及其他无线电数据的传输都会对射电望远镜的正常工作造成干扰，就好像在交头接耳的会议上你无法听清发言者的讲话一样。

来中国之前，米勒纳先去了南非，考察了那里的无线电环境；离开中国后，又先后去了澳大利亚和阿根廷。选址工作组花费一年的时间将四国的候选台址考察了一遍。

随行的 SKA 国际项目工程师彼得·海尔说：“从技术角度讲，贵州台址测试出了较低的无线电干扰。”国家天文台一位不愿具名的研究人员对此也充满了自信：“在四个国家中，我国现有的电波环境不是第一就是并列第一。”毫无疑问，贵州喀斯特洼地作为天文界国际性项目大射电望远镜的建设候选地之一，已经具备相当的国际竞争力。

中国天眼与贵州的结缘，占尽天时、地利、人和！

2 选址，风雨兼程 12 年

FAST 一路走来，从选址到项目落成启用只能用“艰辛”二字概括，普通人很难理解它在前行路上经历的风风雨雨！

明知山有虎，偏向虎山行！这是南仁东的一贯风格。但 FAST 之难，还是超出了他的想象。FAST 项目筹备之初，经费紧缺，听说贵州喀斯特洼地多，能选出性价比最高的天眼台址，南仁东坐了 50 小时绿皮车赶到贵州。他的想法是，找一个天然的洼地，远离大城市，电波干扰小，不必动用太多土方。

没想到，这一找就是 12 年！

这期间，他拄着一根竹竿做成的拐棍，和他的队友翻山越岭，几乎踏遍了贵州大山里的所有洼地。韶光不负情深，挑剔的南仁东最终找到了最理想的地点。

为了从无到有的 FAST，自 1994 年到 2006 年长达 12 年的选址期间，南仁东、聂跃平、彭勃、朱博勤四位科学家，胼手胝足，以命相搏，结伴或单独进出平塘，频繁而又平凡，一次又一次对洼地和大窝凼地质钻探工作进行着考察评估，只为做到万无一失。

不信你看——

聂跃平是第一位到平塘进行 FAST 选址考察的、置身平塘山野时间最长的、北京来的科学家；朱博勤是 FAST 团队中和南仁东在一起时间最长的同事之一；彭勃则是南仁东不可或缺的左膀右臂、FAST 团队元老之一。

就说彭勃吧！1994 年 11 月，他陪同荷兰天文专家理查德博士对平塘四个洼地的电波干扰情况进行测量；1997 年，又陪同中国科学院院士、全国人大代表、中国科学院数理学部前主任、北京天文台名誉台长王绶琯，全国人大常委会委员、中国科学院院士、全国科协副主席、上海市人大常委会副主任、上海市科协主席叶淑华，中国科学院院士、全国政协委员、农工民主党中央常委、中国科学院天文学科专家组长陈建生亲临平塘 66 号洼地考察，并专门为平塘县直机关干部职工开办了一场生动的大射电望远镜知识讲座；2005 年 7 月 2 日到 31 日，与 URSI 组织的

2位荷兰天文学专家、中国大射电无线电干扰测试组组长孙建民等6人在大窝凼进行28天的无线电波干扰测试……

与北京相距几千千米的平塘，真的就成了他们的家！

行走在前往大窝凼的路上，不用看，他们轻易就能说出这截道、那段路的两旁都有些什么怪异的石头和珍稀的物种。太熟悉了，因为这一切在他们心里生了根！他们来了，只为着一个目的，那就是FAST作为中国独立创新的尖端科技成果能早日诞生问世。

古有十年磨一剑，今有廿年铸天眼。

2016年9月25日，举世瞩目的世界最大单口径球面射电望远镜在贵州平塘大窝凼落成启用，这意味着中国未来在天文观测上承载了新的使命。南仁东、彭勃、聂跃平、朱博勤等科学家的名字已与FAST紧密联系在一起，他们成就了FAST，FAST也成就了他们。

然而，FAST选址背后的艰辛却鲜为人知。

2017年，在中央电视台的采访现场，在中国科学院计算机网络信息中心与中国科学院科学传播局联合主办的一次科学文化讲坛上，FAST系统台址勘察与开挖系统总工程师，中国科学院遥感与数字地球研究所非再生资源遥感应用研究室主任，中国科学院、教育部、国家文物局遥感考古联合实验室副主任聂跃平应邀做关于FAST的专题演讲和采访，他重点讲述了以南仁东、聂跃平、彭勃、朱博勤为核心成员的团队12年如一日为中国天眼选址的亲身经历。

以下为聂跃平博士的演讲和在央视采访现场追忆与南仁东先生共同为中国天眼选址的往事，我仅稍作细微调整，以飨读者诸君：

很高兴今天能跟大家一起聊FAST！

大家看屏幕上这口大锅，直径500米，接收面积有30个足球场那么大，它的探测能力是137亿光年以外，大家算一下就知道这有多遥远。

我是怎么和这个大家伙结缘的呢？这得从我的生长、学习、工作环境说起。

这是我生长的地方——贵州省独山县，一个喀斯特地貌发育的美丽地方。在20世纪五六十年代，河里有野生的大鱼，天上飞有各种飞鸟，山里都有豺狼虎豹，这一点都不夸张。

我出生于1958年，小时候很调皮，经常背着家人跑出去玩。看到河流和山川，特别是山洞，就总在想：这些地下暗河是怎么形成的？有些河,流着流着就下去了,可一会儿又从那边冒出来,这让我感觉很奇怪。

带着这些疑惑，我读完了高中。那时候高中毕业要下乡当知青，很艰苦。我16岁下乡当知青的时候，干的活跟大人是一样的。我估计现在的16岁孩子，大多还离不开父母。1977年我考上大学，带着这些疑惑挑了一个水文地质、工程地质的专业。到了大学才知道，贵州是一个喀斯特地貌面积占了70%以上的省份,所以它的风景很美丽,但是土地很贫瘠。

因为喀斯特的岩性是碳酸盐，它可以被水溶解，贵州水又多，所以地表水下来以后就往地下走了，地表没有水，地下水很丰富，但是你取不到。

大学毕业以后，我被分到贵州地矿局工作。可能与喀斯特有缘，我分过去的时候，当时正好单位接受了国家项目黔南岩溶研究，研究它到底是怎么发育的，怎么来治理它。出于这个目的，当时项目划了一块7万平方千米——一个贵州岩溶发育最好的地方进行研究。

五年之内，这里的山山水水我都基本上跑遍了，比如暗河、溶洞等，特别是跟后面有关系的洼地。洼地很深，全是岩石，岩石上面有点土可能会长点树，树也不会成材，要种庄稼也很困难，所以我觉得有啥用呀，就没在意这件事。但是整个贵州、黔南的喀斯特地貌发育规律我基本上心里有数了。

1988年后，我到南京大学去念硕士和博士，正好我的导师是我国著名的地理学家任美锷先生。抗日战争年代，他跟随浙江大学到贵州做岩溶方面的研究。他听说我在贵州搞过系统的岩溶课题，就对我下猛药了，把他平生所有喀斯特方面的研究成果和经验全交付给我了。

1993年我到中国科学院遥感应用研究所（简称遥感所）做博士后，师从我国著名的遥感学家陈述彭先生。1994年，我想遥感技术学了以后，怎样在喀斯特地区发挥遥感的作用？我想来想去，正在发愁怎么办、怎么用，这时候，照片上这个人，当时北京天文台的副台长南仁东——现在是大射电望远镜首席科学家，找到了遥感所。

这件事是怎么来的呢？1993年，第24届国际无线电科学联盟大会在日本召开，提议建造新一代射电望远镜，因为射电望远镜（可以）探知未来，你的设备不行你根本就没有发言权。回到国内以后，参会的中国科学家认为中国作为一个大国，也应该建立这样的一个射电望远镜。但是全国这么大的面积，要找这么大的坑，要上哪儿找？

他们找到遥感所，遥感所就向他们推荐我，说正好有一个博士是专门研究洼地的。因为喀斯特洼地在西南地区发育最好，但是大部分人都不知道。1994年5月上旬的一天，接到通知，要我下午两点到二楼会议室开会，这是中国科学院遥感与应用研究所的大楼。我不知道有什么事，更想不到此后将与南仁东老师一起在贵州的山窝窝里，一次又一次与当地农民共度春夏秋冬。

我走进会议室，会议室桌边坐着四个人，其中一人留着胡子，穿着短裤，穿双拖鞋，眼睛直视着我。凭直觉，我感到今天这个会跟这个人有关。我心想，哪来的民工啊？他是谁啊？他们介绍说是北京天文台的副台长南仁东。当时这四个人我一个也不认识，与南仁东一起来的另外三个人是邱育海、颜毅华和彭勃。

他当时就跟我说要找一个坑，我问有什么条件。他说：第一这个坑要圆，不管什么坑就是要圆；第二交通相对要方便，不要在喜马拉雅山，再好的坑也去不了；还要相对隔离，人不能太多，人多了也建不成；最关键的一条，要没有无线电干扰。

我想贵州都符合这些条件，肯定能找到这样一个地方，我就答应他，我到贵州去给你们找。答应他以后我就直接下去了，去了一个月。当时我也没把握，因为以前对喀斯特洼地没有这么详细地研究过。回来以后我给他写了一个报告。他当时在国外开会就说了这个事，国外专家说，你们贵州还有这个东西？他说有。

到了八九月份，就正式成立了 FAST 推进委员会，这个事就开始正儿八经地做了。这时候我被任命为选址组的课题负责人。我在贵州做了这么多年，虽然知道有洼地，但是贵州洼地成千上万，要挑最好的，怎么挑？

遥感发挥了很大作用，但当时的遥感图像分辨率没有现在这么高，现在是 20 厘米的分辨率，那时都是几十米，只能大概知道在哪一片。把洼地圈出来，我们通过半年多的时间，确认了 391 个，具体符不符合要求，那得去现场看，也不可能挨个跑。所以就在地形图上挨个对，定了 100 多个洼地，然后这 100 多个洼地都实地跑遍了。

我自 1994 年春率先到平塘进行选址考察以来，从峰距 200 ~ 600 米的 170 余个洼地中筛选出峰距 300 ~ 600 米的洼地 71 个，详细标注了所在地址，底部高程，顶部高程，底部至顶部高差、峰距、经纬度等，并绘制了平塘县峰丛洼地分布图。

贵州可能在座的有人去过，全是山。20 世纪 90 年代艰苦到哪一步呢？有时候我们下到洼地底，当地老百姓十几分钟下去了，我们要半个多小时才能下去。上来也是，我们上来得 1 小时，而且累得不像样。加上贵州雨多，不小心踩滑一下，几十米滚下去就完了，非常容易出危险。我有几次都滑下去，幸好树木比较多被拦住了。

我们去的地方必须远离城市和喧嚣，一年两年大家都能适应，时间长啊，一搞就是十多年，因为过于艰难，大家都很疲惫，有些人就

▲ 聂跃平向野外考察选址的中外科学家作介绍

有点顶不住了。我有时都有打退堂鼓的想法，搞了这么多年还没有谱，的确是遥遥无期的事，但是南老师很坚定！我作为一个贵州人，又是专门研究这个的，我想这个事还是得做，后面还会讲到为什么要坚定地做下去。

到 2000 年，算不清楚，这已是南仁东老师第几次踏入贵州省平塘县人迹罕至的山林了。他一次又一次地来，一次又一次地穿山越岭，只为那一个崇高而伟大的科学梦想。那一天，在经过三个半小时的徒步之后，当一个完美的圆形喀斯特洼地呈现在他的眼前，在这个人称大窝凼的地方，南仁东觉得，此前的一切艰辛都值了。他发出了这样的感慨：我们的 FAST 台址大窝凼洼地，是我们从 391 个备选洼地里面挑选出来的，是地球上独一无二的、最适合 FAST 建设的台址！

这个最适合建造 FAST 的“窝凼”——几百米的山洼被四面的山体环绕，正好挡住外面的电磁波。在这里建造世界第一大单口径射电望远镜，可以观测脉冲星、中性氢、黑洞等这些宇宙形成时期的信息，以及捕捉可能来自外星生命的信号！

大窝凼，名字是很形象的。大家看到这个照片上有路，这个路怎么来的？是当年当地县政府组织当地的老百姓修的。当时我们没敢告诉他们选在那儿了，但他们知道我们老往那个地方跑，就猜，然后组织老百姓一个月内就把路修通了。8000 米，一分钱没花。当时因为县里面财政很困难，政府只支持炸药、雷管等炸材而已。现在起码几千万元才能修出来。他们的积极性是非常高的，老百姓对这个事非常向往。

大窝凼这个点定下来以后，我们要求它的工程量最小。因为如果工程量多了，要花几个亿去开挖也是不行的。所以这个点定下来以后，还要用现代的技术，在十多年以前都是像仿真模拟这样比较高的技术。要用编程软件把每一个点都要走到，达到开挖量最小、最稳定，才能把这个位置定下来。

然后还要进行工程地质初勘，因为喀斯特下面很复杂，不知道哪里有溶洞，哪里有漏洞，哪里有管道，这个地基要求是非常高的。虽然通过地球物理勘探，把异常的地方先圈起来，再用钻机勘探、取样，要把打出来的岩芯提取上来很困难，100 多米深，提一次钻就要几小时。搞不好一打下去，那个钻头就卡在下面了。就这样一点一点地打，打了几百个钻孔。在平地打没事，要到山上去打，那个钻就必须拆开，拆开以后再抬上去。因为打钻需要水和电，水还要请人挑。这里条件非常艰苦。当时还没有路，我们去的时候都是原始状态。

经过十多年的努力，2006 年 7 月国家终于批下 FAST 这个项目。这十几年，吃的苦都没关系，但是天文台开始做这个项目的时候，它并没有固定的经费支持。它只是一种设想，大家都觉得可以做，但是同时要开展五六个领域的研究，我的选址就是其中一个。

当时上面给的工作经费实在是太少了，那怎么办？当时我胆子也大，给周光召院长写了两次信，他批了两次。第一次给了 5 万元，第二次给了 6 万元，那时候已经很不简单了。随着选址的力度加大，经费还是不够。

时任科技部部长的徐冠华，原来在我们所当过所长，当时我又给他写信，他看过信后又给了 6 万元。最后我把我们所长郭华东院士带到现场，我说你看能否从所里支持一下，他看到大家条件很艰苦，的确很震撼。回来后，从所长创新基金给了我 20 万元，这下就安定下来了，后面国家立项就好办了。

国家立项之后就开干了。天文台任命我为台址开挖系统和勘探系统的总工程师，负责地质详勘、开挖设计等一系列的工作。从 2006 年批下来，2008 年奠基到去年，整整干了 8 年才建成。工程难度难到哪一步？要先把这些山劈下来，还要把它运出去，这个工程量大家可以想象。

现在我们国家的工程能力非常强，方案确定很快就能干起来。望远镜做成以后有三大创新点，选址成为创新点之一。为什么呢？因为利用了贵州喀斯特洼地来建这个大型的射电望远镜，这是一个创新点。

1996 年我第一次下到大窝凼时，那里的村民问我干什么的，我说我是北京来的科学家。了不得！当时他们很穷啊，老乡杨朝明二话不说就叫他儿子抓鸡。

他们的鸡都养在山上，很难抓，抓了半天抓了两只鸡回来，然后端出他们自己酿的米酒。喝！ 我说喝吧。拿碗，我说这怎么喝？他说一口一碗。一尝才 20 多度，我说没事儿，没事儿那就干吧！结果两碗下去就晕了，后来是他们把我扛上来的。鸡肉我一筷子没尝到，那个鸡是真正的土鸡哩！

这种感人的故事还有很多。大家看到那根拐棍没有？门口靠着的那根竹竿，是专门给我准备的拐棍。因为后面人下去多了，就把我的单独分开，说其他人的在那边，这是聂博士专用的。所以，可以说我跟当地的百姓们建立了很深厚的感情。

现在天眼建成了，当地也发生了翻天覆地的变化。当时外国人去考察的时候，他们夹道欢迎。那些老外跟我说，从他们善良的眼睛里，看到了他们对美好生活的向往。这些向往现在实现了。

克度这个镇，以前我刚去的时候，没有一间像样的房子，全是草房。现在有 3 家五星级宾馆，有若干家饭店，比如天文饭店什么的。我是前天才从那回来的，看到一个烧烤摊，叫什么天文烤肉，哎呀，真的是……

此外，那里已经建成天文小镇、天文博物馆，大家有机会可以去看一看，的确非常非常壮观，还带动了周边的县。

今天站在这儿，我想说啥呢？我想对年轻人、小朋友们说，这个世界充满了诱惑，一个人一辈子只能干一件事，最多两件事，所以你们看准一件事就要做到底，这样你就会有收获，未来就是你们的！

中国天眼，光选址就用了 12 年。12 年呀，太不容易了。最难的是什么？

聂跃平回忆说，最难的就是吃了很多苦！早上在乡镇上吃碗米粉，准备了中午的馒头，他们就上山了。如果有老乡在家的，就让老乡烧点水煮点方便面。在这个过程里，12 年的艰辛付出啊！

在央视采访现场，主持人王宁问道："您有没有想过放弃？"聂跃平实话实说："的确有过这个想法，然后南老师就跟我说，我们为什么要做这事，一个就是世界上射电望远镜的探测能力已经到极限了，我们做大射电望远镜正好弥补这个空白；二个是贵州省对我们这么支持，你又把我带到贵州来，我们为什么不做？我一心想，我是贵州人，把南老师带到这里面来都这么多年了，我没有理由不做啊，所以就这么坚定地跟南老师十多年做了下去。"

茂林深处，踽踽而行。

没想到，这一找就是 12 年。从 1994 年到 2006 年，这期间，南仁东和团队战友翻山越岭，几乎踏遍了贵州大山里的所有备选窝凼。

虽然已经过去 20 多年，聂跃平仍然记忆犹新。

2020 年 11 月 18 日，在中国科学院国家天文台的办公室里，他向到访的我们深情讲述：

乱石密布的喀斯特石山里，没有路，只能从石头缝间的丛林之中，高一脚、低一脚地挪过去。那时选址团队平均年龄只有 30 多岁，而南仁东老师已经 49 岁了，很多悬崖道路湿滑，他就干脆手脚并用地攀爬上去，经常是前面的爬不上去后面的就托着推上去。那个时候，大家穿着解放鞋，很容易一下子就被划破戳出血来了。

考察道坨天坑那一次，南仁东老师小心翼翼地攀爬时，脚下一滑，意外发生，一下子就滚下去了，一丈开外就是几十丈深的悬崖峭壁。真是命大，崖壁缝里伸出的两棵手臂粗的柏树把往下滚落的他挡住了。如果没有那两棵救命的柏树，那天南仁东老师肯定牺牲了。

另外一次，南老师考察大窝凼西峰时，瓢泼大雨从天而降。他曾亲眼见过窝凼里的泥石流，山洪裹着砂石，连人带树都能一起冲走。南老师赶忙往嘴里塞了救心丸，连滚带爬回到垭口。这样的险情，整整伴随南老师 12 年，他几乎走遍了贵州的所有洼地，走过几十个大大小小的村寨，而他也从壮年步入了花甲。

来而复去，去而复归。

“有的大山里没有路，我们走的次数多了，才成了路！”我们造访的那天，雨下得很大，望着室外的天空，具有哲学家思想的聂跃平仍深深沉浸在那段往事中！

说起当年勘察台址，FAST 工程馈源支撑系统副总工程师潘高峰谈到了这样一个情节：那时候，南仁东常和年轻人一起，在没有路的大山里攀爬。一天，在要爬最陡峭的一个山顶前，大家都劝南仁东在山下等着，看完结果向他汇报，他却要和大伙儿一起上去，看看实际情况。潘高峰说：“南老师这么大岁数还要亲自上去踏勘，搞得几个设计院的老

▲ 南仁东等中外科学家选址时与平塘县干部群众在大窝凼合影

总也不好意思，也纷纷跟着爬上去了，其中一个院长还穿着西装、皮鞋。”

那一年是 2010 年，南仁东已经 65 岁。他身穿工服、头戴工帽，走过了贵州几百个窝凼。

2013 年，笔者跟南仁东老师在大窝凼有过短暂见面，作为晚辈，笔者是用仰望星空的目光注视一生最敬佩和最尊重的科学家，他与笔者短暂的交流至今令人印象深刻——

当年，科学家来到大窝凼时，这里还是“三不通”的地方，不通水，不通电，也不通路，南老师每次去考察，都要步行 13 千米，走上 3.5 小时。为了方便 FAST 团队进行考察，当地乡亲们硬是用铁镐、大锤和钢钎，在苍莽的大山深处劈出了一条能通车的道路！村民们的憨厚热情、战友们的青春岁月，一切的一切，都化为沉甸甸的责任与感动，深藏在南仁东老师的内心深处。南仁东老师多次说过，如果将来项目没争取成功，怎么交代？欠了国家的、乡亲的，他没有退路呀！

3 绿叶对根的情意

贵州地处青藏高原东斜坡，是国内唯一没有平原支撑的山区省份，气象条件的水平和垂直差异较其他地方相对明显，各种气象要素的分布和变化具有较强的局地性。贵州省山地环境气候研究所在充分考虑大环境的前提下，在对大窝凼洼地进行实地野外小气候考察的基础上，针对大射电望远镜设计和建设的要求，对贵州省及该地的气候背景和空中水汽含量分布情况进行了专题分析研究，通过数年的观察记录比较，提供了翔实可靠的数据。

平塘县克度大窝凼位于贵州南部南缘，东经 106° 51′ 20″，北纬 25° 39′ 10″，属于喀斯特地貌发育地带，为一个喀斯特地貌峰丛深切洼地。洼地底部高程 841.2 米，整个洼地较为圆满封闭，洼地东面、北部和西南有 3 个山峰突出。最高的山峰海拔 1187.5 米，最低的山峰海拔 1104.1 米，低鞍部 900 米。

虚拟仿真是 20 世纪末兴起的一门崭新的综合性技术，融合集成了数字图像处理、计算机图形、人工智能、多媒体、传感器与测量、网络以及并行处理技术等多个信息技术分支的最新发展成果，为创建和体验虚拟世界提供了有力的支持，能让人们实时对规划项目进行真实“再现”，及时发现很多不易察觉的设计缺陷，大大减少了由于事先规划不周全而造成的损失与遗憾。

大窝凼三维仿真场景显示，洼地数字地形模型与 FAST 球冠的拟合达到了最佳的程度。一般而言，洼地与球冠拟合得越好，挖填方量越小，工程成本就越低。

中国科学院国家天文台 FAST 工程办公室副主任张海燕博士有一段总括性的介绍：“FAST 这个代表中国天文科学领域先进水平的项目，

大窝凼不但具有一个天然的洼地可以架设直径500米的巨大望远镜，而且这里的喀斯特地质条件可以保障雨水向地下渗透，而不在表面淤积，腐蚀和损坏望远镜。不仅如此，这里还符合望远镜建设所需的其他‘苛刻’环境条件。”

大窝凼，以绝对优势接近了建造FAST的抉择！

万事俱备，只欠东风；东风吹起，便是紧锣密鼓的征程。

2004年10月15日至22日，贵州省山地环境气候研究所吴战平等7人到大窝凼进行气候观测，11月29日提供了《大射电建设对大窝凼环境影响初探》报告，内容涉及大窝凼坑内农户户数、人数、耕地面积、树木数量及站址建设对当地的影响等；2005年1月10日至18日、3月7日至22日、4月12日至21日、5月22日至6月22日，贵州省无线电管理局、贵州省山地环境气候研究所有关人员共58人对大窝凼进行了为期65天的测试；2005年9月至10月，贵州省建筑科研设计院、贵州省建筑工程勘察院工程师白文胜、李勋祥分别率队到大窝凼对办公防护围墙等建筑物及大窝凼地下水走向、地质岩层等地质结构进行勘察；2006年2月至6月，朱博勤博士曾两次到大窝凼进行地质考察；2006年3月，贵州省建筑设计院总设计师张晋亲临大窝凼，对FAST项目总部、中心实验室进行设计，并制订规划；2008年3月12日，国家天文台FAST项目实验室博士后郭永卫、工程师高龙专程从北京赶来，在相关部门的全程配合及技术支持下，顺利完成安装选址、平整场地、设备安装调试，在较短的时间内实现了大窝凼气象实时监测数据的自动传输；2008年10月22日，贵州省无线电监测站副总工程师孙建民带领齐力、李家强、张庆、雷磊、詹伟忠、俞浩平、莫凯伟、罗滔8名无线电工程师，到克度镇大窝凼开展无线电路径损耗测试，时间长达28天……

有名的，无名的，数不完，也没办法数完，但是有地老天荒的大山作证，为了祖国无上的崇高与神圣，他们爱上了这片土地！或者说，他们情愿把一生的爱倾洒在这片土地！

于是，大窝凼，成了他们梦魂萦绕的牵挂！

而“扎根”在这片土地上的人们呢，更是在选址上竭尽全力做好热情、周到、细致的服务——

1995年10月3日，来自11个国家和地区的30多位天文专家莅临平塘考察，车队经惠水县刚进入平塘的克度，穿戴节日盛装的当地群众就载歌载舞夹道欢迎，南仁东当场流泪，三次鞠躬。

著名作家王宏甲老师对当年情景的描述非常生动传神：

“车停下来了，有人上来请代表们下车。大家这才知道，这么热烈的场面就是欢迎他们的。南仁东大吃一惊。

“欢迎的队伍有1.5千米长。为避免扬尘，他们洒水于道。平塘县属黔南布依族苗族自治州，欢迎的人们吹芦笙、放鞭炮……代表们下车，看表演。然后继续上车，车队从夹道欢迎的人群中穿过。”

…………

“车队进入平塘县城，欢迎更加热烈。

“车队在县中心广场停下来。色彩缤纷的少数民族欢迎队伍，身着校服的中小学生欢迎队伍，早早就列队等候在大道两旁，欢迎的人群一直排到广场。黔南州州领导和平塘县的领导站立着等待在广场上，迎接代表们下车，一一握手。然后请代表们与身着民族盛装的男女青年们一起唱歌跳舞。姑娘头戴银饰，身上五彩的服装上还有许多银饰，跳起舞来银光闪闪，全身都响。唱歌的可不只是舞者，那民族歌曲每个欢迎者都会唱，那歌声和舞蹈仿佛要把整个广场抬起来。这是多么奔放的民族！中外科学家们立刻都被感动了。

“——这是我一生难忘的时刻。

“——我从这么多善良的眼睛里看到他们对美好生活的向往。”

…………

从贵阳花溪 303 宾馆到平塘县有 198 千米，当晚代表们夜宿平塘县招待所。“老外”们在这天晚上或次日清晨洗澡时也不知道，这是招待所为这个会议刚刚安装了热水锅炉，才能让大家洗上热水澡。

招待所这一举措，则是因为黔南州委书记李培书提前到平塘检查接待工作，得知县招待所没有提供洗热水澡的设备，当场决定从州财政拨专款立刻购买热水锅炉。

10 月 4 日早晨 8 点，车队出发，专家们前往平塘县者密镇六硐村熊桥洼地考察。洼地在山里，因要爬坡，农民们早已用山里的竹子精心做成竹手杖，一一送到每位专家手里。专家们拿着还带有竹子清香的打磨过的手杖，都很感动。

他们全部爬上了 400 米高差的熊桥洼地。我国著名天线专家茅于宽先生已经 73 岁，也手持拐杖登到了山顶。荷兰天文学家理查德已是第二次来贵州考察，他第一个登到山顶，看到熊桥洼地时连说：“Very good！ Very good！”

1997 年 6 月，王绶琯、叶淑华、陈建生三位中国科学院院士应南仁东盛情邀请到平塘进行选址考察，平塘县委书记吴秀全、县长谭文忠、县人大常委会主任杨德均、县政协主席王立松四家班子领导全程陪同。考察者密镇六硐村标注为 66 号的洼地时，六硐村群众生怕崎岖山路弄伤专家的腿脚，专门为年迈的王绶琯、叶淑华、陈建生三位院士做了滑竿。

2000 年，为方便专家们进出大窝凼，群众自发投工投劳，28 天硬是在绝壁上凿开一条 7.8 千米的通道。同年 4 月 17 日，射电源与闪烁国际学术研讨会在贵阳召开，平塘县在征得南仁东博士同意后，派出时任县长谭文忠、政府经济顾问王佐培专程前往贵阳，会见会议执行主席、荷兰天文专家理查德博士，了解 FAST 项目预研究的进展情况。6 月 7 日，贵州省地方协调组在贵阳召开协调组成员会。随后黔南州政府召开紧急会议，成立 FAST 项目黔南协调联络组，州长蒙启良任组长，副州长徐晓宏任副组长，平塘县县长谭文忠为成员。谭文忠回到平塘后立即主持召开会议，明确举全县之力抓好 FAST 项目引建平塘的工作，相应成立了由县长谭文忠任组长，政府经济顾问王佐培任副组长，有关单位负责人为成员的项目协调联络组。

2002 年 1 月，平塘县政府领导到国家天文台汇报工作，表达平塘人民的热情和对 FAST 项目落户平塘的渴望。

2003 年 1 月和 2004 年 2 月，蒙启良州长亲率平塘县政府有关领导两度前往国家天文台拜访。在 FAST 项目全国研讨大会上，蒙启良州长代表黔南州表达了对国家天文台的感谢和黔南州人民对 FAST 项目落户黔南的期盼。

2003 年 5 月，平塘县按照国家天文台向国际大射电望远镜组织申报平方千米阵列射电望远镜（SKA）选址项目材料的传真要求，在 5 月 15 日提前上报有关材料，积极为争取大射电望远镜选址落户平塘做好协调服务工作。

2004 年 9 月至 12 月，为方便科学家到大窝凼进行科学准确的测试、勘探工作，平塘县筹资 40 万元在大窝凼建成一幢 120 平方米的科考用房，配套建成两座 30 立方米的水池，架设电线，对册三公路到大窝凼群众自发修建的山路进行提升改造，改变了以往不利于科学家进出大窝凼考察和进行相关测量工作的状况。

2005 年 8 月 27 日，贵州省省长石秀诗率贵州省科学技术厅厅长于杰等人到大窝凼视察。9 月，贵州省副省长、黔南州原州长蒙启良率平塘县党政领导到国家天文台听取 FAST 项目的介绍，了解资金安排情况。

2006 年 3 月，黔南州州长刘晓凯亲率平塘县委、县政府有关领导到国家天文台听取大射电望远镜项目进展的最新介绍；5 月 21 日，黔南州州委书记林明达率州直有关部门到大窝凼考察，强调平塘县要切实做好大射电望远镜项目选址的协调服务工作，按要求上报相关数据资料，并为有关专家到现场工作提供强有力的后勤保障。

贵州省委、省政府非常重视 FAST 项目建设的有关工作，新任省委书记石宗源、省长林树森多次作出重要批示和指示：FAST 项目的建设实施，我省将继续全力支持配合中国科学院，扎实做好有关工作，共同把项目实施好、管理好、运行好，充分发挥其在科技创新、经济发展、社会进步等各个领域的重大作用，为推动全省经济社会又好又快发展作出更大贡献。

2007 年 5 月 20 日，时任黔南州州长到大窝凼基地进行视察，要求平塘县认真按照国家天文台的要求，切实抓好相关数据、资料的收集整理，积极协助国家天文台抓好大射电望远镜项目建设的有关工作。同时，按照国家天文台的要求，平塘县组织建设、交通、国土、区划等部门专业技术人员，前往大窝凼先后完成公路建设底部开挖工程量及投资预算工作和办公区、生活区的选点图纸。10 月 31 日，时任平塘县委书记率县政府办、科技、交通、供电、电信、公管、环保、气象、国土、建设等部门参加在克度镇召开的国家天文台与中国中元国际工程有限公司 FAST 台址考察研讨会。

2008 年 4 月 10 日，大射电望远镜项目移民搬迁工作及“三通一平”工作会召开，FAST 项目移民搬迁工作正式启动。12 月 21、22 日，平塘县委、县政府领导带领县政府办、建设局、交通局、克度镇、县大射电办等有关部门领导到 FAST 工程奠基典礼会场，检查工程进展情况，要求参与该工程建设的有关部门必须全力以赴，密切协作，树立全局观念，在时间紧、任务重的情况下，精心组织，合理规划，妥善安排，在确保质量的前提下，要加强部门协调，整合各方力量，全力以赴，尽快将工期抢上去，努力把大射电望远镜项目奠基典礼办成热烈、安全、有序的盛会，取得圆满成功。这一天，离 12 月 26 日奠基典礼只有几天了！时间越短，

▲ 2003 年南仁东与外国专家在大窝凼洼地考察

越让人操心！

路，就这样一步一步地延伸——但哪怕到了一个阶段性的终点，他们也没有停息！

一个个风尘仆仆的身影，就这样以马不停蹄的脚步，追踪着关于 FAST 的任何信息。北京、贵阳、平塘、大窝凼……既是驿站，又是居地。一个安稳觉，哪怕很短，但是甜在梦里，然而更多的，却是牵挂和焦虑。

同样的路，老一代的走过了，新一代的又毫不迟疑地将它延续。中间，从来没有过间断。不敢想象，什么样的山水、什么样的丰碑，能书写这样的执着与坚韧！

从 1993 年开始，经历了 12 年的选址、5 年的论证和立项、5 年半的建设，到 2016 年 FAST 正式建成，用了整整 23 年。南仁东带领他的团队，风里来，雨里去，披荆斩棘，跋山涉水，越过多少人迹罕至的窝凼。那时，平塘的父老乡亲几乎都认识南仁东，一开始人们以为发现了金矿，后来说发现了“外星人”。

23 年来，南仁东心中最大的梦想，就是把大窝凼变成一个现代机械美感与自然环境完美契合的工程奇迹，这是他心中一道最美丽的科学风景。

23 年，8000 多个殚精竭虑的日子。

作为“造梦者”的南仁东，带领科研工作者、普通工人、农民克服了不可想象的困难，实现了由跟踪模仿到集成创新的跨越。

从壮年走到暮年，他把一个朴素的想法变成了国之重器，成就了中国在世界上独一无二的项目！

第四章

峥嵘岁月
修路往事

ZHENGRONG SUIYUE
XIULU WANGSHI

做梦都想为至今还没有一米道路的绿水村修路的镇长李光辉，马上倒满两碗酒，很爽快地端着分别敬谭县长和工作队孙队长："领导放心！我保证一个月修通这条路！"在场的绿水村村支书王安贵也端起酒碗一饮而尽。

仙境似的绿水村大窝凼，自杨朝礼祖上杨宗才于清朝道光十二年率领家人躲避匪患辗转搬迁定居于此已有一百多年，却因为没有通往山外的道路而一直与世隔绝。

我们老百姓不要国家一分钱，靠我们的双手，靠我们的大锤，靠我们的钢钎，靠我们的锄头，我们就是要把这个路劈出来，挖出来，支持国家的建设。

绿水，一个多么浪漫诗意的名字！

位于云贵高原南麓向广西十万大山边缘过渡的绿水，是平塘县克度镇区划调整前的23个行政村之一。正如美丽的名字一样，这里绿色天成，层峦叠嶂，在绵延起伏的喀斯特峰丛之上，林海浩瀚，浓荫蔽日，深邃的漏斗森林层层叠叠，叮咚泉水随处可见，绿色群峰一望无际。

那恍若飘起的山谷白云生处，已有些历史的布依族干栏式屋舍依山而建，参差错落，时隐时现，让你不知那是人间还是仙境。

1 回首20年前的往事

2020年4月17日晚，夜色宁静，朋友李志岗的莱丝特茶吧里，水汽氤氲，灯光柔和，品着志岗兄弟特意为我们煮的陈年普洱，健谈的李光辉打开话匣子，仿佛又回到20年前那段峥嵘岁月：

我于1998年初至2003年底在克度镇当了6年镇长，那时候大射电天文望远镜项目还在选址阶段，最后地点还没定下来。大山深处与世隔绝的绿水村，当时连一米长的道路都没有，更不要说有一截水泥硬化路了，生存条件恶劣得出奇。大山里没有多少人员进出，连接寨子与寨子之间的交通，条件最好的就是毛毛路，马匹就成了农家必备的交通和劳动工具了。贵州省无线电管理委员会第一次派人到大窝凼开展无线电波干扰监测工作，分别选点山顶、山腰、凼底监测，连续监测一个多月。记得监测器材既昂贵又笨重，我们就发动绿水村本地群众用马匹帮忙，从平罗公路岔路口驮进大山深处。大伙在是路非路的山上艰难穿梭了三个半小时，才来到大窝凼的垭口。垭口上有一棵据说是大窝凼始祖杨宗才栽种的大柏树，树龄150年以上，树脚有个村民用石头堆砌的土地庙，从这里下到凼底还要步行个把小时。那天王佐培副县长也跟我们在一起，利用歇息时间，我们将就开了个群众会。我说，乡亲们呀，省里面的工作队到我们这里来搞无线电波监测，国家是想在我们这里搞开发。如果开发了，到时我们的日子就好过啦，请大家一定要大力支持政府工作咧！大窝凼的乡亲们憨厚老实，你一言我一语，说从1949年到现在，几十年来，第一回有省里面的客人到我们大窝凼，我们很荣幸，他们讲话跟我们不一样，咸咸的，好听咧，我们就像看见外国人一样，很稀奇哩！今天镇里面的领导来了，县里面的领导也来了，我们高兴得很咧！我们山里人没见过世面，用得着我们的地方，领导尽管说，我们肯定会全力支持的！

大伙吃过县里专门准备的干粮，身上又恢复了力气。省里来的工作队就在垭口安装了第一台无线电波监测设备，老百姓黑压压地聚拢过来看稀奇、看热闹。站在这些价值几十万元的设备中间，我们乘机又动员乡亲们要为工作队搞好服务，力争把大射电望远镜项目落户到我们大窝凼来，只要项目落户建设了，我们离好日子也就不远啦！大家听得摩拳擦掌，高兴得很，憧憬幸福的日子就像蜂蜜一样甜！

监测点分别选点在山顶、山腰和凼底，尤其山顶、山腰的点要在不同的山上进行，工作非常辛苦。这些仪器很笨重，马匹无法上去的就只能靠人工又是搬又是扛地艰难送到位。为了做好服务工作，每到一个新的监测点，大伙先用柴刀和大锤劈出一条人和马能够通行的路出来。就像过去的马帮一样，马匹驮着一箱一箱的监测器材，上坡的时候一部分人在前面拉，一部分人在后面推着马屁股，下坡的时候就拉马尾巴，宁可马摔死，也要保护好机器不受一点损坏，乡亲们的率真朴实令人非常感动。帮忙把器材运到点上后，乡亲们配合镇里干部服从工作队安排，24 小时蹲点看守，为搞好后勤服务，直到点上监测工作结束，接着转换到新的战场。

农家子弟出身的镇长李光辉一辈子不会忘记整体搬迁前的大窝凼——

与世隔绝的大窝凼，清一色杨氏后裔，清一色两层木质青瓦结构房屋。堂屋左右各有一间大房，大房两侧搭有偏厦，一边用来喂养猪、牛等牲口，另一边是烧饭煮潲用的厨房，跟贵州山区大多数农村房屋没有太大的区别。乡民们依然保持山里人所特有的淳朴厚道，他们不懂得虚与委蛇的寒暄，但是你可以从他们质朴的脸上感受到他们发自内心的热情，我们来到一户农家，主人家马上搬出木凳，来不及找擦桌布，他们就用自己的衣袖来回擦拭，直到他们认为已经很干净了才热情地招呼客人坐下，热情的主人呼唤自己的孩子端来一大茶缸苦丁茶，自己从身上摸出皱巴巴的 5 元一包的蓝黄烟，走到一个个客人面前，恭敬地递给客人抽，好像你要是不抽他的烟就有看不起他的意思似的。

5 月 16 日，无线电波干扰监测最后收工已经是晚上 10 点，漆黑的深夜里踩踏着崎岖陡峭的山路回到 30 多里外的镇上实在太困难，他们就在大窝凼睡了一晚上。就在大窝凼的凼底人家，大伙分散到 12 户老乡家中留宿。连续一个多月的大窝凼无线电波监测工作，那天圆满完成，效果不错。

那晚，县政府谭文忠县长特意从平塘赶到克度镇上看望省里来的工作队，获悉大伙还奋战在大窝凼一线，他就赶到大窝凼来了，与大伙儿济济一堂，无论是省里来的工作队员还是大窝凼的父老乡亲都高兴得不得了。那时候农村还很穷，热情好客的老者杨朝明捉了家里一只大公鸡杀了，用黄豆炒成一大锅的黄豆鸡，又从神龛背后的屋里抱出一大坛起码 30 斤的农家苞谷酒招待大伙儿。工作队孙队长欣喜地告诉谭县长，说大窝凼无线电波监测出来的效果很好，几乎没有什么干扰，很宁静，完全能够满足项目落地的无线电波干扰条件。那个年代，农村喝酒普遍用土碗，一碗少说也有二三两。谭文忠县长听了挺高兴，兴趣盎然，端起酒碗，很豪气地一碗接一碗地敬省里来的客人和大窝凼的父老乡亲。

2000 年的那个时候，县里财政紧张得很，谭文忠县长现场表态说，既然这里条件符合国家无线电波要求，县里提供爆炸用材，支持镇政府先把桃源洞至大窝凼垭口这条路修起来，方便上面来的领导、专家进出工作！

做梦都想为至今还没有一米道路的绿水村修路的镇长李光辉，马上倒满两碗酒，很爽快地端着分别敬谭县长和孙队长："领导放心！我保证一个月修通这条路！"在场的绿水村村支书王安贵也端起酒碗一饮而尽："县长放心！县里出炸药，我们出劳力。李镇长跟您保证一个月修通，我向县长和镇长也保证一个月修成！"

有镇长在场，有县长在场，绿水村村支书王安贵现蒸热卖，连夜在现场开了大窝凼的群众动员会，第二天又组织和主持召开了修路涉及的桃源洞、绿水、高务三个组群众参加的动员大会。

修通桃源洞至大窝凼垭口的简易道路长 7.8 千米，由县里提供雷管、炸药，镇里负责请爆破专业人士打风钻、放炮，村民投工投劳负责砌堡坎、整平路面，每个人完成 5.2 米长的修路任务。

2 我为修路狂

苍莽深处仅有 12 户人家 65 口人的大窝凼，2000 年 6 月 17 日这天，终于在悬崖峭壁间修成了梦想百年通往山外的道路。看着汽车第一次从垂直高度 300 米的山腰蜿蜒开到大窝凼垭口上，看着五彩缤纷的烟花第一次在垭口上空绽放，看着绿水村第一次告别肩挑背驮的日子，带头创造这个奇迹的村支书王安贵，相拥着前来庆贺的李光辉镇长，激动得泪流满面。

仙境似的绿水村大窝凼，自杨朝礼祖上杨宗才于清朝道光十二年率领家人躲避匪患辗转搬迁定居于此一百多年来，因为没有通往山外的道路而一直与世隔绝。

绿水村大窝凼每户耕田仅 0.64 亩，半年以上的生计靠打山货肩挑马驮拿到 100 多千米以外的县城换粮食维持，清贫的日子在岁月的轮回中日复一日。为了将生活困难降至最低，20 世纪 80 年代初以来，杨氏宗族兄弟披星戴月，在适宜发展油桐和杉树的坡谷种植了六七十亩的经济作物。如今，桐籽和杉材已成为他们生活的主要来源之一。“由于没有出山的路，种出来的东西和山货运出去费劲费时，经济效率极低；为了生活，年轻一代有 11 人在外打工谋生；由于没有出山的路，十多年前，我在外打工的孙子带着安徽的媳妇来家，远道而来的孙媳一路走到山垭口就再也走不动了。过去那些年，我和老太婆辛辛苦苦喂养出来的大肥猪无法卖成钱，只好过年杀了自家吃。”回首往事，74 岁的杨朝礼仍泪湿青衫。

从桃源洞至大窝凼垭口 7.8 千米，2000 年 5 月 18 日，晨曦微露，54 岁的组长杨朝礼率领大窝凼的男女老少 50 多人扛着工具出发，上至 80 岁高龄的耄耋老人，下到 6 岁的孩童，正式开始了劈山造路的空前壮举。

历经一百多年的繁衍，杨朝礼祖上由最初迁徙扎根于此的 5 口之家已发展为现在的 12 个家庭 65 口人，客观上说，初步具备了必需的修路人力资源。大哥朝礼的率先垂范，以身作则，令饱受无路之苦的老二朝明、老三朝兰、老四朝福和侄子天寿、天明 5 户备受感动，大家毅然决然将修路作为当年的头等大事来抓。12 户人家能够动手的 56 口人，与其他 3 个寨子的乡亲一道，全部吃住在山里，起五更，睡半夜，互相督促，互相探索，互相帮助，劳碌奔波，干劲十足。

如何才能修出一条令大家满意尤其是汽车能安全行驶的道路？李光辉镇长专门安排副镇长李成贵现场具体负责。李成贵、王安贵和几位组长、村民代表组成的修路指挥部，心往一处想，劲往一处使，苦苦地探寻合理便捷的路径。原来通往山外唯一的羊肠小道，弯弯曲曲延伸到长二坡腹地——野猪沟，山体坡度陡然上升到 70 度左右，小道也就一折一拐地盘旋如蛇样一点一点地往上挪。绿水 35 岁以下的大汉挑着百来斤重的担子需歇三回气才能辗转到长二坡顶，故村人称这段路叫三气坡。道路修到这里若能继续爬上山顶是可望而不可即的事。“办法总比困难多！”王安贵毫不气馁，带领大家 14 次深入深山，反复测量设计，征得全体乡亲认可，决定将顺着原来的小道修至垮头再继续爬山，经雷公岩绕过狗熊洞、老鸹窝，一步步穿行到青岗岭、油桐坳，然后顺山势转拐爬升，缓缓盘旋，直达垭口。

自 2000 年 5 月 19 日动工到 6 月 17 日竣工，仅 28 天！大窝凼、绿水、高务、桃源洞四个组的乡亲们，风餐露宿，胼手胝足，矢志不移，硬是用血汗、泪水、伤痕在自然条件异常严峻的大山深处造就了一条亘古未有的连通外界的通车之路、生存之路和发展之路。

这条倾注大窝凼、绿水、高务、桃源洞四个组所有人家精力的发展之路，宽 4 米，长 7.8 千米，工程 90% 以上是岩石层，而且有三分之一以上的路段是从陡得令人望而生畏、行而却步的长二坡炸开绝壁修筑而成。整条路共炸开石头 21 万余方，其中岩方近 15 万方，挖取泥土 5700 方，拱涵洞 16 个。如此艰巨的工程，除炸材和放炮由政府支持外，全部由村民用双手和极度简陋的工具完成！据交通设计人员介绍，如果现在由上级部门组织修建，没有 2000 万元的资金投入是无法完成的！

野猪沟是工程量和难度最大的路段之一，近 30 米高的路基是如何用一块块两三吨重的巨石堆砌而成？我们现在看了都觉得发怵！5月25日下午，正在用力扳正路基条石的杨朝明左脚踩空，连人带石往涧谷滚了十多米，幸好石头没有砸在他身上，否则当场“壮烈牺牲”了。全身受伤的杨朝明仅在家用草药医治了几天，又一瘸一拐地出现在工地上。老三、老四、老五劝二哥多休养几天却遭到他的一番训斥，大伙只好不再言语。朝明忍着疼痛，一锤一锤地敲击岩石，又一块一块地把石头捣鼓堆砌成牢实的路基……凭着一双苍老的大手，凭着坚忍不拔的毅力，6天时间里，老人硬是一段接一段地独自修筑了4段总长50米的路基！看见二哥为了修路连命都不顾了，几兄弟抱着大哭了一场。

…………

雷远方那天特地拜望了这位令人肃然起敬的布依族老人。他满面沧桑，精神矍铄，嘴衔着用竹根制成的一尺多长的烟斗杆，颜容平静若水。雷远方询问老人对修路的想法，他的回答简单极了：“当年修路是为子孙造福。看到路修通，我死后眼睛可以放心地闭上了。”

老人几句话，在场者听后无不动容！

3 路，从此通往远方

老镇长李光辉对当年修建这条通村公路记忆犹新，历历在目，仿佛就发生在昨天——

5月16日那晚，谭县长在大窝凼现场表态由县里资助炸材，群众投工投劳修路后，我们当晚就开了大窝凼现场动员会，群众高兴得不得了。17日，镇里派人与村组干部在原有毛毛路的基础上选址、测量；18日，大窝凼的群众天麻麻亮就带米带饭出工了；19日桃源洞、绿水、高务三个寨子的群众也都齐刷刷上阵啦。钻炮眼、填炸药和放炮，镇里负责完成，老百姓按人口均摊5.2米长的任务包干。山谷里，山腰间，我们放炮将石头炸开后，只见工地上，男人挥舞着锤子、錾子不断敲打摆弄石头，妇女儿童流星般穿梭，抬的抬，搬的搬，不断将大大小小的石头移送到男人跟前。只见一段段的堡坎、一截截的路面，就在他们的手上捣鼓出来，一天一个样呐。路面没有泥巴，全是铺上去的石头，那些石头有脸盆大，有钵子大，有巴掌大，大小不一，无论是行人还是车辆行走都还不行。工地上，妇女儿童们一边给男人搬运石头，一边拿着撮箕箩筐到处挖来泥巴铺在路面上。为了早日修成绿水村历史上的第一条生存之路、发展之路，争取大射电望远镜项目落户到大窝凼，彻底改变一穷二白的命运，这群吃苦耐劳的老百姓一天三餐就在野外生火用鼎罐架在三块石头上简单煮着吃，一直从天亮忙碌到天黑，乡亲们成群结队、挥汗如雨共同筑路的场面，感人至深，令人油然而生敬意，永远镌刻在我人生的记忆深处。

那时镇里只有一辆皮卡车，一个星期跑一次平塘县城拉炸药，一回拉20箱，炸药当时也只能拉到桃源洞那个地方，往里面去就靠人背马驮了。28天，真的只是28天，这条7.8千米的山路，终于由一群没有经历过任何培训的农民，硬是用他们全是老茧、血泡和伤痕的双手，从悬崖峭壁中，从原始森林中，修建出来了！6月17号下午，我特意向谭文忠县长汇报："县长，桃源洞到大窝凼的路修好啦！群众叫我请您来现场庆贺哩！"

客观上说，当年我们为方便无线电波干扰测试、项目选址进出工作的初衷，提议修路，意料不到当地群众求生存、求发展的愿望空前强烈，积极性比我们还要高。这条路，从县、镇、村到老百姓，都出了很大的力，贡献巨大。随着2006年大射电望远镜项目选址确定大窝凼，接着又扩路、修路、改路，后来就不得了啦！

2020年4月17日这个春天之夜，平塘县城。平舟河畔莱丝特茶吧里，志岗兄弟有意无意地一遍遍播放布依族民歌歌王莫国贤演唱的由我创作的同名电影歌曲《勒蓓丽吉》，气氛很是融洽。在柔和的灯光里，克度镇老镇长李光辉端起茶杯，大口喝了满满一杯温润的普洱，话题继续转到修路上来——

群众的积极性和老党员的先进性在修路这件大事上充分体现。为了兑现一个月建成道路的诺言，李成贵和王安贵从天明至天黑，风里来，雨里去，一直奔波在现场，指挥群众安全施工，忙得不亦乐乎。5月27日晚上收工回家，王支书杀了一只大公鸡盛情款待跟老百姓打成一片的李成贵副镇长，刚喝了几杯土酒，老天下起雨来了，雨下得很大，非常难得的抢水打田栽秧的机会。王支书热情地连续敬了几杯酒，又给他夹了大碗的下酒菜，才披上蓑衣牵着牛，由他妻子拎着马灯在前面照明，连夜打田抢水去了，他必须要在天亮之前完成抢水栽秧这个家里大事，天明时分又得准时无误地出现在修路工地一线。

为了统一思想，我们先开党员大会，由于交通非常不便，我们要求60岁以下的党员参加，60岁以上的不做硬性要求到场。大家没有想到，76岁的王六婆、78岁的王六公两个老党员，那天拄着拐棍硬是也来了，乡亲们对修路的期盼真的超出我们干部的想象。两位近80岁高龄的老党员赶着3千米的毛毛山路，拄着拐棍出现在会场，那一刻，感动了所有的人，我更是感动得不禁流下了眼泪！

这个修路的党员群体，凝聚的是我们贫困地区人民一种奋斗精神、一种奉献精神、一种不甘落后的精神，以及对国家号召全力支持的精神！我们开修路的党员动员会，70多岁的老党员赶来了，是什么东西促使他们主动去参加这个会？这就是我们的革命精神嘛。为什么一喊开会，一喊修路，要为中国天眼服务，大家都背起米在路上煮饭吃，为什么把家里的事情先放一边，赶来服务中国天眼，这就是我们的民族精神，是我们的奉献精神，是我们的拼搏精神。我们老百姓不要国家一分钱，靠我们的双手，靠我们的大锤，靠我们的钢钎，靠我们的锄头，我们就是要把这个路劈出来，挖出来，支持国家的建设，贡献我们的力量。

特别是大射电望远镜项目在平塘选址以来，县委、县政府高度重视，以交通部门为主，各部门积极配合，在十分困难的情况下，发动群众，重点升级改造，开通了县城至各预选洼地的县级公路，千方百计为大射电望远镜项目鸣锣开道，使县境内的公路四通八达，畅通无阻。

…………

后来，大窝凼乃至克度，乃至日后闻名遐迩的天文小镇的交通建设，用脱胎换骨这个词来形容平塘交通的巨大变化，都显得力度不够了——

中国天眼建设准备阶段，平塘有效整合各类项目、资源和资金，积极修通了牛角至大窝凼、塘边至大窝凼、绿水至沙坪等公路 38 千米，成为 FAST 建设的前期勘察及其建设过程中的施工运输便道。

为保障中国天眼的快速建设，平塘积极为 FAST 建设创造大型设备及其他材料的运输条件，通过向上争取项目等方式，先后投入 13.5 亿元资金，将省道 S312 独山经平塘至董架的 102 千米公路升级改造为国道 G552，将省道 S315 航龙至土坝的 25 千米公路改扩建。项目建成大大地缩短了前往 FAST 建设工地的时间，为中国天眼的快速建设提供了运输保障。

为更好地服务中国天眼后期稳定运行，确保实现服务更加高效、更加便捷，确保国家相关机构及其专家团队能快速到达开展相关工作，在省委省政府、州委州政府、县委县政府的正确领导下，在全省交通运输系统及独山、平塘、罗甸人民的努力下，2019 年 12 月 31 日，由独山经平塘至罗甸的高速公路 118 千米（其中平塘段 67 千米）全线贯通，为天眼的顺利运行创造了更好的交通运输条件。

为保障大射电望远镜安全运行，启动建设 G552 平塘县孤家坳至罗甸县董架段改移工程，并将项目纳入平塘至罗甸的高速公路建设。该项目起点位于平塘县孤家坳，止于罗甸董架，路线全长 16.91 千米，平塘县境内 10.99 千米。项目由贵州省公路工程集团有限公司承建。项目自 2018 年 10 月中旬开工建设以来，平塘共组织召开 12 次协调推进专题会，解决在项目实施过程中出现的工程进度、矛盾纠纷等一系列问题，并在 1 个月内完成土地征收 251.51 亩、坟墓搬迁 36 座及房屋拆迁 14 栋的征拆任务，未出现一例群众上访和堵工事件，同时协调三线迁改单位在施工单位进场前完成设计方案和预算编制工作，对影响施工路段进行优先迁改，保证项目建设有序推进。该项目于 2019 年 5 月 25 日全面完工，并于 5 月 30 日顺利通过验收，交由都匀公路管理局进行管养。

同时，封闭播进、牛角、大射电路口至与罗甸县交界段原 S312 克度镇至董架公路，全面限制过往车辆从克度孤家坳至播进公路通往罗甸县方向的出行，及时设置平塘县境内 5 ~ 30 千米静默区标识牌，常态化开展公路养护工作。对 S315 航龙至土坝、塘边经打鸟至天坑等公路常态开展巡查，发现安全隐患立即处理，保障公路安全畅通。

投入 12 辆公交车，及时开通航龙至土坝、通州至克度及克度经清水至塘边 3 条公交专线，为保障 FAST 科研团队、家属及当地群众出行提供优质服务。

平塘不仅在交通建设上成绩显著，还在交通运输管理等工作中，建立健全了各种规章制度和岗位责任制度，开展安全文明活动，保证了安全、文明、畅通的运输秩序，多次受到上级表彰。

夜凉如水，茶气缭绕，已经临近退休的老镇长李光辉，品咂着志岗兄弟特意招待我们的百年普洱，久久沉浸在如烟往事中……

第五章

巡天利器 平塘奠基

XUNTIAN LIQI
PINGTANG DIANJI

2008 年 12 月 26 日这一天，定格在中国天文事业发展的历史上，也定格在平塘这块神奇的土地上——世界最大的 500 米口径球面射电望远镜建设正式在平塘县奠基，向世界宣布了天眼落户平塘！31 万平塘人民期盼了 15 年的梦想终于变成现实。

FAST，中国敢为天下先的理想！知道吗？FAST，英文的意思是“快”，一语双关，还包含有建成以夺天时之意。

听听南仁东博士是怎么说的：“FAST 主动反射面、馈源索支撑等关键技术的可行性研究已经完成，各项关键技术均取得突破，已无技术风险。中国射电天文学家对于 FAST 作为国家大科学装置立项和未来的成功建设充满信心！”

北筑鸟巢迎圣火，南修窝凼落星辰。

2008年12月26日，对于平塘人民来说，绝对是一个值得纪念的特殊日子。这一天，世界最大的500米口径球面射电望远镜在平塘大窝凼正式奠基！

15年的努力，15年的梦想！

期盼和追寻了5400多个日夜的项目，千呼万唤始出来！

1 奠基，在大窝凼举行

由于无线电环境对射电望远镜的影响极为重要，为寻找理想的地址建造新一代大射电望远镜，当初科学家们将目光锁定在贵州平塘、普定。其间，国内外天文学家先后多次对这两地进行考察勘测，两地县委、县政府和人民都给予了全方位的配合支持，赢得了科学家们的高度评价。

中国科学院遥感应用研究所通过先进技术测定，平塘县克度、通州、卡罗、卡蒲、平湖、者密、牙舟等乡镇有峰距在200～600米的洼地170余个，其中峰距在500米以上的多达15个。经过天文学家12年的考察、勘测、比选，克度镇绿水村的大窝凼洼地，以发育完整的喀斯特地貌，优越丰富的喀斯特峰丛洼地优势，最终被中国科学院国家天文台确定为大射电望远镜的最佳落户地。

大窝凼不但具有一个天然的洼地可以架设世界最大的500米口径球面射电望远镜，而且喀斯特天然的漏斗地质条件可以保障雨水向地下渗透，不在表面蓄积，腐蚀和损坏望远镜。不光如此，这里还符合世界最大的500米口径球面射电望远镜建设所需的其他苛刻环境条件，就是项目地址半径5千米之内必须保持宁静和电磁环境不受干扰。大窝凼附近没有集镇和工厂，在5千米半径之内没有一个乡镇，25千米半径之内只有一个县城，是最为理想的选择之地。

大窝凼洼地就像一个天然的“巨碗”，刚好盛起望远镜约20万平方米的巨型反射面，建成后的望远镜将会填满整个山谷!

2008年12月26日，世界最大的500米口径球面射电望远镜落户地——平塘县克度镇金科村大窝凼，艳阳高照，风和日丽，锣鼓喧天，一派欢腾，山在笑、水在笑、人在笑，笑脸相迎来自四面八方的宾朋好友。

下午3时，由中国科学院、贵州省人民政府共建的国家重大科技基础设施——500米口径球面射电望远镜工程在这里举行奠基仪式。

中国科学院副院长、院士詹文龙，贵州省人民政府副省长蒙启良，中国科学院院士苏定强，FAST工程总工程师、首席科学家南仁东，中国科学院秘书长李志刚，国家自然科学基金委员会数理科学部主任汲培文，中国科学院国家天文台台长严俊，中国科学院国家天文台党委书记刘晓群莅临奠基典礼。

贵州省发展和改革委员会主任刘远坤主持奠基典礼仪式。

中国科学院副院长、院士詹文龙宣布奠基典礼开始并作激情澎湃的致辞。

詹文龙在致辞时介绍，FAST是“十一五”国家重大科技基础设施建设项目，它具有三项自主创新成果：利用贵州天然的喀斯特洼坑作为台址；洼坑内铺设数千块单元组成的500米球冠状主动反射面；采用轻型索拖动机构和并联机器人，实现望远镜接收机的高精度定位。全新的设计思路，加之得天独厚的台址优势，FAST突破了地面望远镜的百米工程极限，开创了建造巨型射电望远镜的新模式，经过13年的预研究，由中国科学院国家天文台主持、全国20余所大学和研究所共同参与的大科学工程，终于在2007年7月立项，2008年11月国家发展和改革委员会批复项目的可行性研究报告，工程的初步设计报告通过了中国科学院和贵州省政府评审。

贵州省人民政府副省长蒙启良作了热情洋溢的讲话。

蒙启良说：FAST是贵州省第一个国家重大科技基础设施项目，它的建设实施，不但对推进世界天文学事业发展，提升我国科技创新能力具有重大意义，而且对贵州经济社会发展特别是科技进步具有重大推动作用，建成后，必将对贵州省科技工作产生很好的示范带动作用，进一步增强全省科技创新能力，并将在国际上搭建一个推介展示贵州的平台，极大地提升贵州在国内外的知名度，促进我省对外科技交流和开放带动战略的深入实施；同时，将成为一个国际天文学术中心、科学考察基地和科普教育基地，而且将成为国内外游客的一个重要旅游目的地。FAST项目的建设实施，既是贵州经济社会发展中的一件大事，也是全省干部群众多年期盼的一件喜事，既是贵州省一项重大科研任务，也是一项重要政治任务，还是一项光荣而艰巨的历史使命。

在奠基仪式上，黔南州委书记黄家培代表全州420万人民向所有为大射电望远镜工程付出艰辛努力的科学家、各级各部门领导及来宾的到来表示热烈的欢迎和衷心的感谢。

他说，为建设新一代大射电望远镜，我国科学家们十多年如一日，对平塘县开展了预选址工作。15年后的今天，正值改革开放30周年之际，黔南又迎来了千载难逢的发展黄金机遇期，500米口径球面射电望远镜工程在平塘县克度镇大窝凼开工建设，是全州上下共同期盼的喜事，是黔南州发展史上的一件大事。全州各族干部群众忘不了中央、省各级各部门领导的关心以及科学家们的付出和努力。黄家培强调，在今后的工作中，州委、州政府将围绕“提供最优质的服务”要求，进一步加大协调服务力度，全力支持大射电望远镜项目的建设，全心全意搞好服务，积极帮助解决项目建设中遇到的问题和困难，同心协力推进项目工程建设，确保早日建成这口“世界上最大的天锅”。

詹文龙、廖小罕、严俊、汲培文等分别代表中国科学院、国家科学技术部、中国科学院国家天文台、国家自然科学基金委员会对大射电望远镜的奠基表示祝贺。李志刚宣读了国家发展和改革委员会发来的贺电，南京天文台、紫金山天文台等多家单位也发来贺信表示热烈祝贺。

随着刻有南仁东老师亲拟的“北筑鸟巢迎圣火，南修窝凼落星辰”对联的奠基石稳稳当当落地，在中国科学院副院长詹文龙、贵州省副省长蒙启良、中国科学院秘书长李志刚、国家自然科学基金委员会主任汲培文、中国科学院国家天文台台长严俊、科学技术部基础司副司长廖小罕、贵州省政府副秘书长陈训华、贵州省发展和改革委员会主任刘远坤、黔南州委书记黄家培等各级领导挥动系着红绸的铁铲落土的瞬间，在争先恐后的镁光灯闪亮中，在锣鼓喧天、鞭炮齐鸣、唢呐震天响中，世界上最大的射电望远镜正式在平塘落户奠基。

2008 年 12 月 26 日这一天，定格在中国天文事业发展的历史上，也定格在平塘这块神奇的土地上——世界最大的 500 米口径球面射电望远镜建设正式在平塘县奠基，向世界宣布了天眼落户平塘！ 31 万平塘人民期盼了 15 年的梦想终于变成现实。

2 15 年的期盼

中国科学院与贵州省共建国家重大科技基础设施——具有中国独立自主知识产权的 FAST，是世界上正在建造及计划建造中口径最大、探测能力最强的单天线射电望远镜工程。

世界大射电望远镜的落户，使地处内陆的平塘开始了向世界挺进的旅程，通过国际一流的天文科学基地建设，平塘在不久的将来将变成一座现代天文科学城和世界天文科普旅游基地，它将以世界天文界唯一的高科技成果魅力赢得难以计数的国内外科学家群体和慕名而至的游客，为平塘、黔南乃至贵州省的科技、旅游产业打开一扇新的大门。

这项投资预算7.3亿多元的巨大工程落户平塘，将使昔日的国家贫困县成为全球瞩目的国际天文科学城，形成魅力十足的景观和国际旅游风景线，它将给平塘架构起经济社会飞速发展的巨型平台，社会效益和经济效益不可估量；促使我国跻身于世界射电天文强国之列，而且将推动和促进我国通信、材料、工业等基础工业的技术进步和产业发展。边远闭塞的平塘还将在贵州形成一个世人瞩目的国际天文学术交流中心、科学考察基地和科普教育基地，成为来自世界各地的天文爱好者和游客的一个重要旅游胜地。

平塘县及时成立了大射电望远镜协调服务领导小组，搞好后勤保障和综合协调服务工作。县委、县政府已向国家天文台作出3个承诺：无偿提供克度镇大窝凼0.24平方千米土地；负责FAST项目建设地方圆3.14平方千米内移民搬迁；以大窝凼为轴心方圆5千米内为天文控制区，并无偿提供克度水管所区域30亩土地作为FAST总部建设用地。

世界巨眼落户平塘，平塘人民欢歌笑语；大射电望远镜正式奠基，城乡处处喜庆洋洋。

克度镇绿水村大窝凼村民组只有12户人家，从卫星遥感到实地勘测，这个深居在特殊喀斯特洼地底部的12户人家与全县人民足足等待和期盼了15年。

随着500米口径球面射电望远镜落户平塘县克度镇绿水村大窝凼，一个小小的布依族山寨，迅速成为世界的关注焦点而频频出现于国内外各种媒体，使得这里非同寻常。由一个偏僻宁静的地方突然变得热闹起来，大窝凼的12户人家没有哪一家不为之振奋。“没有大射电望远镜做媒，我们大窝凼肯定是一个很难有外人晓得的山旮旯。”已在大窝凼生活了一辈子的杨朝礼激动地说：“大射电望远镜建在这里，大窝凼的名字将传遍全世界。”“我们祖祖辈辈居住在大窝凼，虽然有了一定的家业，但国家把大射电望远镜建在这里，不光是我们全寨人的喜事，更是国家的大事盛事，我们肯定积极支持！”

大射电望远镜将要奠基的喜讯传开后，脑袋瓜灵活的克度镇阳光旅社老板杨开林动起了心思，盘算着如何将自家的宾馆做上档次：“大射电望远镜开工后，我们镇上的流动人口将会成倍增长，现在的22个房间肯定满足不了游客的住宿需要，我还要想办法扩大规模、提升档次，为前来观光的四方宾朋提供更多更优质的服务。”

人逢喜事精神爽。

从相邻的惠水县赶来克度镇经商的小伙子罗川那些日子也是兴致勃勃，他新开的“新农村饭店”，三层小洋楼装修豪华，高朋满座，生意兴隆。“眼看大射电望远镜就要开工了，我相信大射电望远镜的建设会给餐饮业带来巨大商机。”他以每年近两万元的高价租下一栋三层楼的房屋，办起了高规格的饭店，并且一租就是10年，同时又投入十多万元进行内外装修，7月开业以来营业额直线攀升。

从小小的大窝凼到克度镇上，从克度镇上到70千米外的平塘县城，一路上，人们都在为大射电望远镜奠基感到从未有过的自豪。县城玉水河畔，清晨的雾气还在玉水河上缭绕，数十位老人已在起劲地练习太极拳，每个人脸上都挂满喜悦和笑容。曾为大射电望远镜选址跑遍全县的水利局退休干部黄河新也在晨练的人群中，十多年前，担任县水利局局长的他就陪同专家组寻遍了平塘境内几百个大小洼地，收集到弥足珍贵的第一手资料，为大射电望远镜落户平塘立下了汗马功劳。退休后，他一直继续关注大射电项目申报进展情况。当得知大射电望远镜于2008

年12月12日在北京经专家评审通过初步设计方案并将于26日奠基后，71岁的黄河新老人眼含热泪，感慨万千："为了这一天，我足足等待了十多年，我要好好保养身体，要看到大射电望远镜建成的那一天。"

2008年的平塘，在社区，大射电望远镜奠基成了热议的话题；在学校，同学们又掀起了了解天文、学习天文知识的热潮；在农村，乡亲们因脚下的土地变成宝地而兴奋；在机关，干部们做好准备，时刻为大射电望远镜的建设服务……

翘首等待15年，大射电望远镜终于奠基。这是一条让平塘、黔南、贵州乃至全中国都为之振奋的消息，平塘31万各族人民为之欢呼，敞开热情的胸怀迎接FAST这只即将翱翔于苍穹的金凤凰的到来！

12月26日奠基典礼这天，前往大窝凼的路上尽是络绎不绝的行人：有上了年纪的老人，有欢跳喜奔的孩子，有打扮时髦的姑娘，有健步急行的青年，一路欢声笑语！

进入会场，迎面就是鲜红的大拱门，上面大书：十五年的努力结成硕果，十五年的梦想终于实现！

这一天，大家已经等了很久很久。夙愿一旦得以实现，人们一定会用心来体味这一难忘的瞬间。

仪仗队站成长长的两列。布依族的，苗族的，毛南族的，各自身着自己的特色服装。看，布依人家的响蒿舞、竹竿舞是多么热烈，新塘苗族的"咕噜跳月"多么飞扬；听，清水"八大行"的弹唱何其清爽，直指苍穹的长号将一股浑厚的气韵荡向天空……

克度中学、小学的老师们也担任了仪仗队的主角，为保证道路的畅通，他们五点钟就从镇上出发了。前一天晚上，克度镇上爆竹声响彻云霄，人声鼎沸；平塘县城烟花绚丽，华灯璀璨。平塘县城和克度两地都是不夜天……大窝凼村民杨佑富前一年结婚时张贴在堂屋大门上的红色对联就是此时大家喜悦心迹的最好写照：

社会改革看大射电已定此方，难道说来年可观星相；

科学发展把天文台安到这里，莫非是今朝望月团圆。

詹文龙副院长宣布奠基仪式开始。一时间，鞭炮声、鼓乐声、欢呼声，一起随着静候在山谷中的轻风飘出山外，这欢庆的消息伴随新华社、中央电视台、人民网、新华网、新浪网、中国广播网、21CN网、《人民日报》（海外版）等众多媒体的及时播报传遍海内外。

蒙启良副省长热情洋溢的讲话不仅立即点燃了平塘人民内心的激情，更为贵州乃至广阔的中国西部地区圈点出了一幅蓄势待发的美好图景。

人们都在激动地等候着一个神圣时刻的到来。

“北筑鸟巢迎圣火，南修窝凼落星辰！”

詹文龙副院长举起了手中的铁锹，蒙启良副省长扬起了锹中的泥土……

▼ 大窝凼移民十周年纪念合影

一铲，二铲，三铲……奠基石渐渐被温馨的泥土植下——

植下平塘人等待了 15 年的期盼！

植下贵州人问鼎 FAST 的勇气和豪迈！

植下中国人傲视世界尖端科技的自信和气概！

3 中国人的智慧

仰望星空，FAST 项目总工程师、首席科学家南仁东博士语气凝重："人类渴望在电波环境被彻底破坏之前，真正看一眼初始的宇宙，弄清宇宙结构是如何形成和演化至今的，只有大射电望远镜才能帮助人类实现这一梦想！"

射电望远镜既没有高高竖起的望远镜镜筒，也没有物镜、目镜，只有天线和接收系统。巨大的天线是射电望远镜最显著的标志，种类很多，有抛物面的、球面的、半波偶极子的、螺旋式的……最常用的是抛物面天线。天线是它的眼睛，用来收集微弱的宇宙无线电信号，然后通过特制的管子（波导）传送到接收机中去放大。接收系统将信号放大，从噪声中分离出有用的信号，传给后端的计算机记录下来。人们就从计算机中捕捉"天外文明"的点滴信息。

安置在美国波多黎各火山口中直径为 305 米的阿雷西博，曾经是世界上最大的固定式射电望远镜；1972 年，德国建成的 100 米口径射电望远镜和不久前美国西弗吉尼亚州建成的探测面为 110 米 ×100 米的射电望远镜，是当时全球最大的全可动射电望远镜，皆可堪称大型射电望远镜的工程极限。

FAST 的建成，将为我国开展暗物质和暗能量本质、宇宙的起源和演化、太空生命起源和寻找地外文明等研究活动提供重要支持；它的建设对我国提升自主创新能力，增强科技竞争能力，促进原始性创新成果产生，带动高新技术发展，将产生重要的意义。这个 500 米口径的球面射电望远镜，在大窝凼立足，犹如一只巨大的天眼，将探测遥远神秘的“地外文明”。

中国天眼直径 500 米，是挑战极限的极限，是当之无愧的“全球射电望远镜新冠王”。

500 米是一个什么样的概念？覆盖在索网上的每块边长为 10.4 ~ 12.4 米、厚仅 1.3 毫米的 4450 块三角形反射面板拼合而成一个硕大的反射面，形成一个约 30 个足球场大的接收面。

数年后落成启用的 FAST，与美国的阿雷西博望远镜相比，可观测天空范围扩大 2.55 倍，瞬时天空覆盖扩大 7.3 倍，灵敏度是阿雷西博的 2.3 倍，比德国波恩 100 米单口径望远镜提高近 10 倍。届时，射电天文观测将从接收天体的非热辐射为主转向接收热辐射为主的新阶段，极大地推动宇宙中性氢的观测研究；灵敏度的提高及观测天区的扩大还使可观测射电天体数目大幅度增加，从而提供更好的统计样本，更可靠地检验现代物理学、天文学的理论和模型。同时，还可能搜寻到更多的奇异天体，增加天文新发现的机会。

举一个简单的例子，大家就可以发现中国天眼的威力有多大了：10 年前，人类找到的类地系统只有一两个；望远镜更新后，增加到 50 多个。澳大利亚 64 米口径的望远镜只能观测到 1 颗类地星，美国阿雷西博 305 米口径望远镜观测到 12 颗，而中国天眼则可观测到 1400 颗。一句话，中国天眼一经建成，就是世界上最大单口径的射电望远镜，在国际上的领先地位至少要保持 20 年至 30 年。

自 1932 年央斯基发现宇宙天体射电源、1937 年雷伯制造了第一架射电望远镜以来，射电天文在宇宙探测学科领域作出了突出的贡献。与此同时，随着科学技术的不断发展，这一极具强大生命力的前沿学科也得到了史无前例的蓬勃发展。人类不断探测宇宙奥妙的需求把射电天文学推上历史舞台。1993 年，国际无线电科学联盟大会上，包括中国在内的十国射电天文学家联合发起了“大望远镜（LT）”倡议（后易名“SKA”），筹划建造接受面积为 1 平方千米、覆盖 0.25 ～ 5 千兆赫兹的巨型射电望远镜。

该计划的主要学科目标包括从宇宙初始混沌、原星系与星系团、星系演化、暗物质与大尺度结构、星际介质与磁场、银河系与邻近星系的各类恒星天体，乃至太阳、行星与邻近空间灾变时间等观测研究，在深度空间通信以及探索地外理性生命等方面均有舍我其谁的竞争力。科学界的共识是必须在我们的电波环境被彻底毁坏之前，用 SKA 回溯宇宙的原始状态，弄清宇宙的结构是如何形成与演化至今的。如果失去这一机会，人类只能到月球背面建造同样口径的望远镜，因为那里的银河背景噪声是一样的，所以庞大的 SKA 工程，既体现了现代科学的想象力，也存在着极大的风险，没有广泛的国际科学技术合作就难以实现。

为竭力推进 SKA 这一庞大工程计划的实现，世界各国心照不宣地展开了一场科技界的“奥林匹克”，研制自己的方案。目前，包括中国的 FAST 在内，已经成型的工程方案有美国的 ATA、荷兰的相位阵 AAT、加拿大的主动面加球载馈源 LAR、澳大利亚的 Lunenburg 透镜阵和柱面镜、印度的预载荷抛物面天线 PPD 等。而随着选址竞争的升级，南非专门建立了“南非台地阵望远镜”试验 SKA 建设中的关键技术；澳大利亚也在其西部设立一个 25 平方千米的“射电天文公园”。SKA 的取向很明确，谁以最少的钱达到 SKA 的科学目的，就选谁的方案。

SKA 全体大约可分解为 30 个基本单元，单元口径大约 200 米，以获得高分辨率及快速成像能力。不少国家均积极投入实现单元工程概念的预研究。

我国有关方面对这一科学工程高度重视，也立即投入对实现 SKA 单元工程概念的预研究。自 1994 年开始，以北京天文台为核心，中国科学院、教育部、电子工业部、中国航天工业总公司和贵州省科学技术厅等 22 个单位组成了 LT 中国推进委员会。有关单位分工协作，积极推进，做了大量的工作。1997 年综合科学目标、选址、主反射面、馈源支撑、天线总体电性能、测量与控制的预研究取得了预期的结果，完善了中国的 SKA 单元工程概念 FAST——500 米口径球面射电望远镜。

在最初设想中，中国天眼 FAST 只是中国参加 SKA 计划的一个先导项目。

中国天文学家最先提出的计划方案，是利用喀斯特洼地作为大射电望远镜主反射面的支撑条件及其候选台址，将每一个 300 米望远镜建造在一个洼地中，在贵州境内形成一个由 40 余个单元组成的射电望远镜阵。建成之后，数十架乃至上百架射电望远镜在地面上构成的网络将类似于一幅麦田怪圈的图案。这些望远镜收集无线电信号的总面积能完全达到 SKA 100 万平方米的基本要求。

然而，引用一位研究人员的话说，“在 SKA 还被称为 LT 的时候，中国天文学家是首先提出严肃的建设方案的，这个方案在当时非常适合 LT 的计划，但现在情况变化了”。第一，最初的 SKA 计划中，最遥远的观测站距离核心区是 300 千米，而现在要求达到 3000 千米以上。按照这个要求，中国最遥远的观测站就要选择在乌鲁木齐，相对于南非、澳大利亚等国提出的台址人烟稀少，无线电环境不会快速变化，这个城市的观测条件不会十分理想。第二，随着台址备选的升级，中国将每一个望远镜建造在一个洼地中的设想比起南非、澳大利亚、阿根廷三国将台址选在开阔的平原地带的优越条件，已经不那么明显。第三，随着 SKA 阵列的广泛分布，中国天文学家担心，没有足够的喀斯特洼地可供利用。

1997 年 7 月，LT 中国推进委员会提出了“LT 中国工程概念先导单元”——由我国独立建造一面世界最大单口径球面望远镜（即现在的FAST）的创新方案的初步设想。1998 年 4 月 7 日，中国科学家在 LT 第三次学术年会上又推出了建造“500 米口径主动球面望远镜（FAST）建议”，建议明确提出在贵州建造一台口径 500 米的主动球面射电望远镜作为 LT 的第一步。

我国建造 500 米口径主动球面射电望远镜（FAST）计划正式走进国际天文学界的视野。

为给 FAST 的关键技术提供进一步整体优化和初步设计的平台，2005 年 11 月，国家天文台大射电望远镜实验室在北京市密云县（2015 年改密云区）建设了一个“探路者的探路者”，人称“密云 FAST”，它是 FAST 的具体而微者，直径为 30 米，相当于 FAST 的一个小模型。密云 FAST 还是一架能做观测项目的望远镜，已产出国际上最完备的低频星表。

FAST，中国敢为天下先的理想！知道吗？“FAST”英文的意思是“快”，一语双关，还包含有建成以夺天时之意。时任国家天文台大射电望远镜实验室主任、国家大射电望远镜操作委员会委员、国家天文台研究员彭勃博士接受《三联生活周刊》专访时说的一段话似乎也传达了同样的信息：1997 年中我们制定了策略，要做世界第一大单天线。因为重力变形、温度变形等条件限制，全可动天线世界上最大的只做到 100 米，它是所有望远镜的工程极限，造价也是不可想象的昂贵。于是我们想到了地貌，在喀斯特地貌最为典型的贵州，我们找了两个县，就找到 200 米级的 400 个。我们最终选择了 500 米，因为从科学意义上说，它的面积约是 300 米的 2.3 倍，可观测到比现在要弱很多的天体。

做，就要做世界上最大的，就要走在世界的前列！

在挑战极限的同时也要满怀信心地接受挑战，SKA 是一个千载难逢的历史契机，FAST 既然走进了它的棋盘，中国就要有信心把 FAST 做成世界的，进而把 SKA 做成中国的。中国对 SKA 的竞争，根本上不是简单的角逐，而应有更广阔的思维和视野，里边还伴有流淌千年、自强不息的民族精神和品格！

这，才是中国人的气魄！

有关评论说，FAST 的技术设计方案集成了目前几乎所有可能的先进技术理念。对此，中国天文学会理事长苏定强院士在其《关于参加国际天文学联合会（IAU）第 25 届大会总结》中自豪地写道："三次会议，三位不同的报告人，每一位在讲到 SKA 时，都首先介绍中国的 FAST，并放出 FAST 的图片。7 月 21 日大会出的简报介绍 SKA 时，第一张照片也是 FAST。"

学界对 FAST 的创新如是认定：利用贵州喀斯特洼坑作台址；在洼坑内铺设 500 米口径球冠状主动反射面，观测时被照明部分形成 300 米口径瞬时抛物面，在地面改正球差，实现实时宽带和全偏振；馈源支撑采用光机电一体化的轻型索拖动机构，馈源舱内装有二次稳定平台，在焦点与主动反射面之间无刚性连接情况下，实现望远镜精确快速指向跟踪。

可别小看了这一个个用简洁的语言列举的事实！说出来是一句话，而做起来却比登天还难。当中的每一个突破，都包含着许多常规思维难以逾越的限制——

先说以天然喀斯特洼地为台址的绝妙构想。美国 305 米口径望远镜和德国 100 米口径望远镜被认为是大型射电望远镜的工程极限，是因为人们无法想象"天锅"下方"最脆弱"的支架竟然承载了完全超出人类想象的重量！知道吗？美国 305 米口径望远镜的馈源支撑系统总重量达 1000 余吨呢，而 FAST 的口径是 500 米，是阿雷西博的 1.6 倍之多，如果其馈源支撑系统仍以国外传统的模式来铸造，其重量将高达 1700 吨！如此"庞然大物"，谁能承受？唯巍然千年、傲立亿年的自然地形。中国有一句话叫“化腐朽为神奇”，这简直就是人类有史以来从未有过的绝奇之举！

主动反射面是大射电望远镜研制的三大关键技术之一，主要用于接收来自天外极其微弱的电磁波信号。FAST 将在直径 500 米的喀斯特洼坑上，铺设由计算机随时调整方位的约 1800 块 15 米的六边形小球面块，形成一个完整的旋转抛物面，使望远镜具有宽频带及全偏振的功能。

与 FAST 同类型的望远镜在国外普遍采用固定平台支撑馈源，平台自重大，造价也很高。中国科学家采用被国外专家称为“变革式创新设计”的机械电子控制及激光检测的机电光一体化设计方案，使支撑平台的重量减到 20 吨，不仅大大减少了成本，在技术上也一举实现了大射电望远镜建设零的突破。

还有一点，从望远镜的类型上看，它既非全可动的，也不是完全固定的，在一定程度上兼顾了两者之长。专家们说，人们可以随时移动这个开口直径达 500 米、张角 120 度的射电望远镜。

听听南仁东博士是怎么说的：“FAST 主动反射面、馈源索支撑等关键技术的可行性研究已经完成，各项关键技术均取得突破，已无技术风险。中国射电天文学家对于 FAST 作为国家大科学装置立项和未来的成功建设充满信心！”

“相信 ISSC 会选择中国，因为——这是天意。”彭勃博士带着一丝神秘和玩笑的表情说。他拿出一张纸，上面纵向排列着五个单词组成的对 SKA 建造目的完整而精练的英文表述——kilometer-square area radio synthesis telescope，而将这五个单词的第一个字母连起来，正是喀斯特地貌的英文：KARST。

4 千里之行，始于足下

宇宙中的各种天体不但能发出可见光线，而且许多天体都会产生不同波长的电磁波。为了利用天体的电磁波去了解研究更远、更多的天体，就得制造能够观测天体电磁波的望远镜。由于天体产生的电磁波各种各样，观测天体电磁波的望远镜也不尽相同。科学家通常把这种观测天体电磁波的主望远镜称为“射电望远镜”。1994 年中国科学院北京天文台开始在贵州省南部的平塘县和中部的普定县进行选址研究，准备争取建设的“国际大射电望远镜”就是目前国际先进水平的射电望远镜。

射电望远镜观测的是天体辐射波，依据无线电波传播的特性，射电望远镜不怕云雾的阻挡，在满天乌云和下雨的情况下也能够工作，因此，可以成为“全天候”的工作仪器。同时它的观测与光亮毫无关系，不论是白天黑夜均能工作，因此也可以称为“全日制”的工作仪器。

1994 年以来 FAST 的预研究工作，由北京天文台牵头，20 多个大专院校、科研院所参加，各有关协作单位积极推进，取得了预期的成果。

在台址评估方面，专家们对贵州的平塘、普定两县进行了多学科的台址评估工作，使用了现场考察与计算机图像分析等，在自然地理、地貌发育控制因素、洼地的形态特征以及预选区的水文地质、工程地质和资源环境诸方面做了综合的评价。美国阿雷西博天文台两任台长到预选区考察，中国专家于 1996 年和 1999 年访问了阿雷西博天文台，都认为预选区洼地作为巨型球面射电望远镜台址是世界上独一无二的。

建造球面射电望远镜需要有自然形成的球冠状洼地，并要求洼地有良好的漏水性。这样的洼地一般发育在岩溶地区。经过专家们的多年考察，发现我国贵州南部处于中等发育年代的岩溶地貌区域，有大量形态完美的洼地，是建球面射电望远镜的理想台址。

中国天眼利用贵州南部喀斯特地区直径大于500米的坑地作为望远镜台址，建造直径500米的球冠状主动反射面。其主动反射面将分成多个小球面单元，由促动器控制，在观测方向形成300米口径瞬时抛物面；采用光机电一体化的索支撑轻型馈源平台，加之馈源舱内的二次调整装置，在焦点与主动反射面之间无刚性连接的情况下，实现高精度的指向跟踪；使用现代测量与控制技术，完成主动反射面和馈源在空间的精确定位。FAST建设的主体内容包括：

台址 对台址进行多科学评估，包括自然地理、工程水文地质、气象、电波环境、资源与社会环境、周边发展预测等。与传统的望远镜建设不同，台址洼地是建设的一个重要组成部分，需要绘制精确的地物属性图像、高分辨率的TM图像。地形图绘制需精确到分米精度，分析岩性及抗压程度，通过物探及地震法绘制百条剖面线，现场深孔勘探地下水系结构。这些对望远镜的总体设计、造价、施工和运行维护都有重要影响。

主动反射面 FAST反射面由约1800块对角径为15米的球面六边形单元组成。单元表面铺设穿孔薄铝板，为保证1毫米精度，基本板块小于2.5米。面板之下是网壳背架，合理的支座结点体系和杆件设计能保证制造工艺合理、装配方便、变形小、体轻、造价低。平均每个六边形单元配有一套由自由适应连接头、促动器、墩桩组成的支撑与控制机构；促动器的控制精度为0.5毫米，最大行程70厘米，最高驱动速度1毫米/秒；连接头需为3个相邻六边形单元提供足够多的自由度，保证单元在大坡度下不下滑并保持均匀的间隙。反射面主体需要优质的涂层以避免锈蚀，巨大数目的可动部件在野外环境作业的可靠性是反射面建设的关键。

馈源支撑 6座支撑塔、驱动索和索道、下拉的预紧力索（以提高系统刚性）、卷锁装置及大功率高精度伺服电机。馈源舱的总载荷约30吨，直径大于10米，以容纳所有的接收机、天文仪器、制冷机、动力及控制装置。馈源舱内装有直径6米的Stewart稳定台，承载约3吨的望远镜最精密部分——馈源及接收机前端，最终空间定位精度为4毫米。馈源舱需要轻型的高刚度结构以减小拖动功率，需要优化体形系数以降低风载。总体结构必须附加调谐质量阻尼技术，抑制风载和因驱动冲击引起的振动。

电子设备 米波段拟建造相位阵馈源，厘米波段为多波束馈源加制冷HEMT前端，采用宽频带数字化中频技术。同时需要配置如辐射计、谱线接收机、脉冲星接收机、VLBI终端、SETI高分辨率频谱仪等天文设备。

测量与控制 FAST建造涉及的测量问题众多，其中包括洼地中的基准网、基准站，精密高于5毫米的洼地工程蓝图，精度高于1毫米的主动反射面安装调整和定期巡视测量，馈源舱作为6个自由度刚体的亚毫米精度空间点，Stewart平台与馈源之间关系的测量、CCD摄像、干涉仪、GPS、全站仪网站等。利用为LONWORK现场总线技术，构造1800个智能节点的通信与控制网络系统，实现对主动反射面的实时跟踪控制，同时也可以用于主动反射面装配、维修、定期检查时的精密调整。发展相应的软硬件，实现自抗干扰闭环控制，以解决索馈源支撑系统的强时变、强非线性、强耦合性的难点控制问题。观测基地的建设主要包括观测室、机房、办公楼及其他设施。

中国天眼展开了对主动反射和馈源光机电一体化的支撑两大关键技术的攻关，且进展顺利，此项目被提名为国家知识创新重大项目。

中国天眼建成后，将为我国天文学家提供机遇，通过对中性氢的巡视，发现早期宇宙基本物质的分布特点，发现更多暗弱天体及新型的脉冲星；作为国际甚长基线的巨大单元，成为寻找地外文明的基地；成为我国深空探测通信的地面支撑，在国际深空网中发挥重要作用。中国天眼的建成将使我国一跃而成世界射电天文强国，同时也将极大地提高我国在国际大型射电望远镜计划中的竞争地位。

2008年12月26日，中国天眼在大窝凼正式奠基，整个“玉水金盆”灯火璀璨，狂欢通宵达旦。在当天的盛大歌舞晚会上，那些令人难忘的瞬间成了永恒的精彩，那些激动人心的场景成为最亮丽的画卷。那个夜晚，县城到处是飘舞的彩旗，彩旗下，是一张张激情澎湃的笑脸。那个夜晚，平塘十里八乡，无人入眠……

千里之行，始于足下。

贵州、黔南、平塘一路走来，不忘初心，所服务和奉献出的一切，都是为了实现建成世界最大的500米口径球面射电望远镜这一举世辉煌的壮举。

第六章

国家利益高于一切

GUOJIA LIYI
GAOYU YIQIE

2006 年 7 月 14 日，国家发展和改革委员会正式宣布 FAST 项目落户平塘大窝凼。2008 年 12 月 26 日，FAST 工程奠基典礼隆重举行后，大窝凼整体搬迁事宜进入倒计时阶段。

自从大窝凼的开山老祖杨宗才和他妻子陆氏在这里砍倒第一棵树、烧起第一把火、煮熟第一锅饭至今，这里的亲人们已经绵延生息 170 余年，发展到了 6 代 12 户 65 口人了。

距离那两次带队采访已经过去整整 11 年,令善良厚道的雷远方记忆犹新的是，杨朝礼老人的长孙杨佑富一直在深圳打工，得知大射电望远镜项目已落户自己的故乡大窝凼并将要动工，而全寨马上要进入搬迁状态时，杨佑富毅然辞掉在深圳每月几千元收入的工作，赶回家与其他村民一起筹备搬家事宜并待命等候。这种举动在大窝凼家家如此。村民们这种舍小家、顾大家的奉献精神令人感动。

2009 年 11 月，大窝凼 12 户人家的移民搬迁只用了一个星期就全部完成，65 口人全部住进了克度镇上的移民安居区，每家一栋宽宽敞敞的砖混结构的大楼房！

“几个月之后，我们的寨子就完全消失啦！”雷远方耳畔传来杨朝明老人明显流露着忧郁心绪的喃喃之语。

一个没有出过名人的家族或村庄，最后的结局，必然是默默消失于历史长河而无声无息，外人不知其来路，更不知其将要走向怎样的未来。

寂寂无名的大窝凼却因天眼而获得永生！

不是吗？

1 大窝凼往事

山连山，岭连岭；山牵岭，岭牵山。大自然的鬼斧神工，造就了克度西部一座座神奇之山和一条条神奇之岭。在岭与山和山与岭之间的底部，形成了一个个巨大的窝凼，犹如一口口巨大的天锅，安放在这片喀斯特绝地之上。

“五百米宽大窝凼，得天独厚世无双。”在这些洼地之中，大窝凼以中峰距在 500 多米而位居第一，被国家天文台确定为大射电望远镜的最佳选址地。

2006 年 7 月 14 日，国家发展和改革委员会正式宣布 FAST 项目落户平塘大窝凼。2008 年 12 月 26 日，FAST 工程奠基典礼隆重举行后，大窝凼整体搬迁事宜进入倒计时阶段。

为能用文字和镜头真实记录即将整体搬迁的大窝凼的前世今生，记录下在这块土地上繁衍了 170 余年的人和事，2009 年上半年，平塘县政协和县文联两次邀请作家、记者深入大窝凼采访。应该感谢两次采访工作的具体组织者、为平塘文化事业作出卓越贡献的资深作家雷远方先生，是他的那份执着，那份真诚，那份情怀，凭借众多作家的优美文字给人们留下珍贵而美好的记忆。

我也应该感谢雷远方先生。2020 年春夏我蹲点深入平塘采访创作本书期间，热情厚道的他在百忙中一次又一次陪同我深入一线采访，并想方设法提供各种各样力所能及的方便和帮助！

2009 年阳春三月，平塘县作家协会主席雷远方带领平塘作家一行深入年内将整体搬迁的大窝凼人家采访，去领略大窝凼的自然风光和神奇魅力，同时也为大窝凼中即将消失的古老寨子拍摄照片，用文字和图像记录这片土地上的人和事。

那天上午 8 时，雷远方带领作家一行乘车从平塘县城出发，于 10 时辗转来到位于大窝凼垭口大射电望远镜项目临时办公楼前，克度镇领导安排的向导杨朝明老人早已在此等候多时。

杨朝明老人那年 63 岁，土生土长的大窝凼人。

杨朝明老人带领大家爬上大窝凼垭口，呈现在大伙眼前的是一个独特的自然景观：四周山峰高耸，植被茂密，藤萝倒悬，满眼翠绿；巨型洼地深陷，浑然天成，雾岚缭绕，幽幽迷离，神秘莫测。

沿着山路蜿蜒而下至大窝凼中部，老人用手向下指点：“看，那是我们的寨子！中间那栋瓦房是我家哩！”

顺着老人手指的方向往山下望去，只见凼底有十几栋木质结构的瓦盖房屋，房屋环东面和北面的山坡而建，稀稀疏疏，屋面青黑，板壁灰暗。几户人家的门前架着的接收电视信号的银白色“天锅”格外醒目；屋前田畴一片碧绿，那是郁郁葱葱的麦苗为窝凼底部铺就的一张绿毯；田间小路清晰可辨，几个村民行走其间，或荷锄去干活，或担水而归。仔细聆听，鸡鸣犬吠，村民们过着闲适祥和的宁静生活，过着日出而作、日落而息的田园生活。

眼前村落，眼前景象，宛若世外桃源，令人莫名其妙地产生一种仿佛隔世的旷古幽情。

南仁东、彭勃、聂跃平、朱博勤等众多中外科学家，一拨又一拨，一次又一次，光临大窝凼考察勘测，确定在这里建造中国天眼——500米口径球面射电望远镜。作为国家重大科技基础设施，它由国家天文台和贵州省人民政府共同建造，于2008年12月26日举行了工程奠基典礼。

不久的将来，村庄之上将建起口径500米、接收面积相当于30个足球场大的“大锅”。在大窝凼土生土长活了一辈子的杨朝明等65位家族老少为了国家的利益，即将搬迁到镇上居住。故土难舍，杨朝明他们岂能不对这片土地流露出深深眷恋之情?

当话题一转到大射电望远镜，老人马上变得兴奋不已：“是因为有了大射电望远镜，才让我们大窝凼一夜成名，传遍世界哩。”骄傲和自豪在老人言谈举止中自然而然地流露了出来。

老人说自己已为大射电望远镜工作了4年。原来，FAST临时办公楼建好后，县科技局聘请他和老伴“守”办公楼，看守设备、接待到此考察的专家和客人，这一“守”已是4年啦。平时与科学家和工程技术人员接触多了，耳濡目染，老人了解了许多大射电望远镜的知识，一有外面的客人来访，他就像主人似的走近展板向大家介绍，说得头头是道。

不知不觉间，走进了村庄。正是花开的季节，屋后李子花、房前油菜花竞相开放，金海雪山，空气中弥漫着沁人心脾的花香。

来到杨朝明家，老人提出了一个小小的要求，请雷远方为他照一张与老屋的合影，留作永久的纪念。

合影完毕，老人领着作家们在寨子中这里走走，那里看看，指点山头，述说大窝凼地理条件的独特天然，述说大窝凼居住环境的人杰地灵。他挺自豪地扳着手指说，大窝凼出了两个大学生、两个中专生、四个高中生哩。

来到屋后的祖坟墓碑前，老人向大伙儿述说大窝凼杨氏家史。

大窝凼是老祖公杨宗才一脉繁衍下来的清一色杨氏家族，祖籍江西。他的先辈从江西迁徙到贵州，后来杨宗才几经辗转周折，最后定居在大窝凼。自从大窝凼的开山老祖杨宗才和他妻子陆氏在这里砍倒第一棵树、烧起第一把火、煮熟第一锅饭至今，这里的亲人们已经绵延生息 170 余年，发展到了 6 代 12 户 65 口人。

100 多年前的大窝凼山高林密，遥远偏僻，野兽出没，非人可居住之地，而他们的祖先偏偏选择这里定居，其实是为了躲避朝廷多如牛毛的苛捐杂税和土匪的侵扰。老人的话，既是诠释一个家族的历史，又是诠释一个村落的往事。老人作为芸芸众生中的一员，记住祖先，记住自己生命的根脉，然后代代相传下去，也是一种独特的非物质文化遗产。

“我们搬家，老祖宗也要‘搬家’啊！”老人语气凝重，神情有些沮丧。他说，政府以人为本，已把祖坟列入搬迁范围，并给予一定的搬迁经费，那时他将为老祖宗寻找一块风水宝地，让老祖宗好好安身。

“社会改革看大射电已定此方，难道说来年可观星相；科学发展把天文台安到这里，莫非是今朝望月团圆。”村民杨佑富家大门两边，这副已经褪色的对联引人注目。毫无疑问，这既是一副婚联，也是一副赞美大射电望远镜的对联。

落座之后，见到年轻的主人杨佑富。大伙一问，果然是婚联，是杨佑富 2007 年 6 月结婚时贴上去的。

“我在大窝凼已经生活了 68 年，我们寨子有 12 户人家，65 口人，整个寨子都是老祖公杨宗才栖息繁衍下来的大家庭，现在我家是四代同堂。虽然交通闭塞，但我一家的日子过得还是很不错的。去年家里娶了一位来自安徽城镇的孙媳妇，现在又添了个重孙女！”杨佑富祖父、68 岁的杨朝礼老人兴奋地介绍。

说话之际，一年轻女子端上茶来，说话外地口音。她就是来自安徽阜阳的杨朝礼孙媳妇李翠翠，一个聪明漂亮的妹子。她一口流利的普通话时而夹杂着几句平塘土语，流畅地回答着大家的提问。

作家们好奇地问李翠翠是如何嫁到大窝凼这个山旮旯时，李翠翠大大方方地道出了她与杨朝礼的孙子杨佑富的那段姻缘故事。

杨佑富 2003 年 7 月毕业于黔南民族职业技术学院，走出校门后便到浙江宁波市一家服装生产企业打工，与同在一个车间打工的安徽姑娘李翠翠相识。那时的杨佑富留着一头长发，小伙子不爱说话，给翠翠留下了非常神秘的印象。因为工作的原因，机电专业的杨佑富经常帮助翠翠修理出现故障的机器。一来二去，翠翠喜欢上了这个有技术、心眼好的小伙子。小伙子很诚实，早早就把家乡大窝凼坐落位置的照片给翠翠看，并很坦诚地告诉她，家乡至今还没有通车，很偏僻，家里很穷，条件很差，男女老少一年四季都要下地干农活，如果翠翠只是为了享福，就不要嫁给他。可是翠翠并没有因为听到这些而退缩，在她的心中，只要两人相爱，再苦再累都要共同承担。城镇出身的李翠翠看了照片后不但没和杨佑富分手，反而提出要求，要到杨佑富老家走一趟。

第一次来杨佑富家，也是李翠翠平生第一次走过这样陡峭这样遥远的山路。李翠翠说，老天真像是特意考验她似的，那天下着大雨，路面泥泞不堪，行走十分艰难，花了 40 多分钟才从山顶走到山脚。进家坐了 20 多分钟，翠翠的双腿还一直在不停地发抖，在杨佑富家里休息了两天才得以稍微恢复。

2007 年 6 月 2 日，李翠翠与杨佑富在大窝凼举行了婚礼。2008 年 2 月回过安徽老家探亲，探亲结束，她的父亲送她来到大窝凼的家。眼前的大窝凼比父亲想象得还要偏远落后，李翠翠明显感觉父亲内心的痛苦，但豁达的父亲尊重女儿对爱情的选择，没有责怪女儿。父亲的大气与大度，足够李翠翠感激一生的了。以后的日子，小夫妻俩更是互相关爱呵护，感情十分和睦融洽。当作家们问及国家实施的大射电望远镜项目即将落户到大窝凼，整个寨子即将全部搬迁到他乡，她对此有何感想时，李翠翠充满激情和自豪地回答说："大射电望远镜建在我们这里，这是我前世修来的福气，说明我选择嫁到这里来是明智的，因为我下一次回娘家时我可以大声地、自豪地对我的娘家亲戚说，我嫁到了一个名字虽然叫'大窝凼'的闭塞村子，但现在的大窝凼却是国际一流的天文大射电望远镜落户地，并且是平塘、黔南、贵州乃至全中国都羡慕、自豪和神往的地方，我甚至敢说大窝凼的名字不久将会传遍全世界！"

"在我们大窝凼，外来的媳妇有七八个呢！有安徽的、凯里的、罗甸的、通州的。"旁边有一村民插话补充。

这真应了杨朝明老人那句"大窝凼人杰地灵"的话。

李翠翠说，她所在的大窝凼整体即将搬迁到克度镇，她对此早已有思想准备。她心存感激地说："大射电望远镜在这里动工和建成后，必定会给克度镇带来社会效益和经济效益，而且政府已给我们妥善安置了新居，通了水电。在未来的日子里，这里将变成世界天文科普旅游基地。我们现在很年轻，我们可以凭借我们的智慧和勤劳的双手创造更多的财富，我们的明天一定会更加灿烂辉煌。所以，我不但不感到后悔，我更多的是感谢党和政府，因为我已置身于大自然赋予的幸福怀抱里。"

杨朝礼老人的话也足以印证："没有大射电望远镜做媒，我们大窝凼肯定是外人难以知道和到达的地方。在社会主义大家庭的今天，我们拥有了平静祥和的幸福生活，国家选择把大射电望远镜建在这里不光是我们全寨人的喜事，更是国家的大事盛事。我曾经任过组长，我将会同其他村民一起积极支持配合各项搬迁的安排，服从政府领导的统筹管理，安心乐意地搬到我们的新家园安度晚年，争取能看到大射电工程竣工的那一天。"

在与大窝凼村民闲聊中，话题大多围绕大射电望远镜和搬迁展开。

大窝凼所有村民都跟他们的长辈杨朝礼、杨朝明一样通情达理，对大射电望远镜落户到他们寨子，感到无比喜悦，都说这是大事、喜事，一定要积极支持。

当天陪同雷远方一行前往大窝凼采风的金科村村支书唐大方介绍说，自 2008 年 12 月 26 日工程奠基典礼结束，大射电望远镜建设项目步伐加快，他们的工作进入具体的征地、山林田土测量、房屋折价评估、补偿、拆迁等环节了。

国家已为村民在克度镇上修建了房屋，要求年底前全寨搬迁结束。在外地打工的 21 名年轻人已有 18 人接到村里的通知，回到家里，等待搬家。因不让再栽种庄稼，村民没有了经济来源，国家早已安排将 12 户人家全部列入农村低保范围，及时发放相应的低保金，确保生活。

考虑到大窝凼居民为国家建设付出的代价，也考虑他们背井离乡后可能遭遇的生活处境，国家提出所有的补偿都按当时政策规定的最高标准执行：稻田每亩 2.7 万元，山土每亩 1.1 万元；山林中的树木，按林业标准根据树径一棵一棵地计算；每家每户的房屋，木板、横梁、房柱、椽檐、盖瓦、水缸、石磨等，都由城乡住房和建设局现场估价，最大限度地保证老百姓的利益。

与此同时，县委、县政府积极协调在克度集镇修建 12 幢移民搬迁房……

平塘走出去的作家孟学祥先生用细腻的文字，真实地描述了大窝凼父老乡亲搬离故土复杂的心境：

对于搬迁，每一个大窝凼人都怀着千般的不舍和万分的不弃。因为不舍和不弃，他们的叙说就显得拖沓，显得有些语无伦次，显得无章可循，也许他们就是想用这种拖沓来凭吊、来挽留住渐渐远离他们的大窝凼历史吧。

但该走的终要走，尽管有诸多的不舍，对于让地于科学技术的发展，让家给这个天眼来做客，大窝凼人还是想得很开。从知道这里将要变成一片科学技术园区时，他们就做好了让地、让家的准备，只不过真正到要搬离这片生养他们的故土时，他们才生出了依恋和不舍，但这种依恋和不舍在舍小家为国家的大是大非面前，他们还是从国家的利益出发，义无反顾地让出他们的家园。对于大窝凼人而言，从此以后他们就是这片土地上来去匆匆的过客了，这里曾经是他们的家，但今后他们对这里就将不再以“家”来称呼，甚至于今后他们反过来还会成为这里众多观光探秘的游客之一。他们期待即将走出去的日子，他们相信从这里走出去后，他们定会建造出一个更大、更广、更舒适的家园。

到与大窝凼告别的时候了，那条小路从山外延伸进来，然后又从这里延伸出去，来往于大窝凼的这条小路，在很长的一段时间内，定会行走着很多像我一样来去匆匆而又充满着依依不舍之情的人吧！想到47岁的杨天明在祖坟前说过“尽管这里居住条件不怎么好，但是要远离了却有一种伤感，就是想哭，很舍不得”的那句话，我的心里也纠缠着一种离愁别绪的不舍滋味。杨天明的话让我突然间明白了一个道理：一个人只要对一片土地生情，这种情愫就会像深爱着一个人一样，在分离的时候生出痛苦和依依不舍的回味，这个回味虽不会让人执着一生，但却能让人感受一生、记忆一生。

2 陆春妹老太的葬礼

《贵州都市报》记者文勇是我20多年的兄弟，他应邀参加了平塘于2009年5月8日再次组织的大窝凼采访之行。

那天，大伙儿踩着泥泞山路，拄着木棒，一溜一滑地摸到“锅底”，淳朴热情好客的乡亲们争相邀请他们进屋做客，乡亲们的热情驱走了大伙路途的劳顿。其中一个衣着简朴的老人依偎在木屋门槛边，端着簸箕，忙于剥苞谷棒颗粒，笑呵呵地连声招呼客人们到她家里歇歇脚。

禁不住老人的热情，文勇走到她的身边，跟她聊家常，才发现这位心态豁达、性格开朗的老人有着不凡而有趣的人生经历。

老人叫黄小冬，当年 74 岁，是 2009 年大窝凼年龄最大的老人，她出身于距大窝凼几千米远的名叫沙坪的布依山寨一个家境贫寒的家庭。为了生计，年仅 14 岁时，经媒人介绍，就由父母做主懵懵懂懂地嫁给大窝凼的小伙子杨朝云，共生育 4 子 3 女，如今已是儿孙满堂，耳聪目明，精神和心态良好。

她和丈夫为了养育子女成人，含辛茹苦，每天蜗居在与世隔绝的大窝凼里，过着日出而作、日落而息的“井底生活”，平时，除了背点土特产或者山货到周边的克度、塘边、董架等乡镇，换取灯油、盐巴钱，或者到周边山寨走访亲戚外，极少与外界接触和联系。

大窝凼距离平塘县城有 100 多千米，山外面有什么事情，黄小冬都由她的老伴杨朝云去走动，但老伴 6 年前病故，先她离去。她这一辈子还没有去过平塘县城，自然不知道县城是啥样子，就更说不上见过高楼大厦、坐过飞机火车了！

谈到高兴处，老人却笑呵呵地抱着自豪感地告诉文勇：“别看我一生中没有出过远门，可是，什么高鼻梁、蓝眼睛、黄头发、说话听不懂的外国人，还有北京、上海等全国好多大城市的人，还有省长、县长呀，我都见过哩！”

文勇当时以为她是在电视上见过的，是在随意开玩笑而已。坐在黄小冬旁边的儿媳妇见文勇有些疑惑，急忙上前帮腔：“你不相信呀？近几年，有好多外国专家和县里、省里的领导，先后多次跋山涉水，不辞辛苦，来到大窝凼考察，为建设大射电望远镜项目奔波。我母亲虽然年纪大，但她腰板还算硬朗，每次有远方的客人来，她都会主动为他们烧开水，指引山路，面对面地攀谈，详细介绍大窝凼的历史哩！”

“没想到我要快入土的人了，竟然还有机会爬出地势险峻的大窝凼，到交通方便、生活条件较好的地方去过晚年的幸福日子！”老人笑呵呵地说。

她的婆婆陆春妹2008年5月去世，活了94岁，那之后，她自然成了这一家的家主。跟儿媳妇黄小冬一样，自打嫁入杨家门后，陆春妹一生没离开过大窝凼，对大窝凼的一草一木、一田一土、一山一水、一老一少都怀有很深的感情，临终前还希望晚辈把她安葬在大窝凼，也好守望这方难以割舍的贫瘠而又有着特殊感情的土地。

黄小冬嫁过来的时候，婆婆陆春妹也就30来岁，把她当作亲闺女。母女俩平时闲聊，完全是亲娘对亲生女儿的那份感情，柔柔的、绵绵的，让人牵肠挂肚，依依不舍。听过婆婆的故事，黄小冬没有想到，婆婆比她还爱大窝凼：嫁过来后，几乎没有走出过大窝凼的地界。七八十年的光景，就守着寨里的一草一木、一田一土、一山一水，平平淡淡地走过每个春秋冬夏。

靠在一墩石岩上，她能自言自语地和岩石说上半天话；哪棵松树是她来了几年后才生长的，哪棵椿树是哪年栽上，门前的那棵石榴树哪年结的果最多；井中的蛙鸣，早、中、晚的时候，第二个音节总是长那么一点点……

活在大窝凼一辈子，陆春妹没有自己的故事，但她却是这方土地的一部活辞典！每次有客人来家里，问到窝凼里水井呀、岩石呀之类鸡毛蒜皮的事，陆春妹老人都能把哪年从哪边坡滚落过一块大石头，哪月水井里的水枯到了第几步石板脚说个明明白白。末了，看一眼黄小冬，迎着婆婆的目光，黄小冬有时也补上一两句，完了，婆媳相视一笑，各自在脸上漾起一圈浅浅的笑纹。

2008年春节过后，陆春妹老人就感觉自己气不那么顺畅了，唤几声狗、逗几声鸡的声音，撞上对面的坡反弹回来，也不如以前那么硬朗了。临走的前夜，她把黄小冬叫到床前：我走了，你就把我放在对面的岩石旁哈！以前，寨里没几户人家，太阳落坡的时候，我都要到那儿坐等太阳落下，听听它有个什么交代……在那儿，我还能帮你照看下家里！不要把我抬出大窝凼，外面大了去了，几十年没出去过，也不知道变哪个样子了，我怕找不到回家的路！

算算自己到大窝凼的年月，一晃也 60 年了，丈夫 6 年前先走了，都没陪自己到头，倒是婆婆，一直陪着自己。捏着婆婆的手，看着油尽灯枯的婆婆脸上的血色一点点暗淡下去，她说不出话，只是微微地把头往下埋，上齿紧咬着下唇，咬出个很深的血印。半夜，陆春妹老人把最后一口气吐出来后，就再也没有吸进去，很平静地走了，没丁点儿遗憾。

大窝凼是一个老祖公繁衍下来的，陆春妹自然是全寨子的老人。早上的雾气，一直在窝凼底部盘旋，笼罩在每家的屋顶。一抹凝重，压在全寨人的心口。

远远近近的亲戚闻讯赶来，送老人最后一程。还有一批特殊的客人，他们就是平塘国际大射电望远镜项目建设协调办公室和克度镇政府的工作人员。

农村的丧事，沾亲带故的人情味很浓。陆春妹老人的丧事按农村当地风俗热热闹闹地办了 3 天，工作组同志天天早上赶来，傍晚回去，黄小冬一直看在眼里，心里很是过意不去。第三天晚上，一袭白布孝衣的黄小冬，这位孝家主人，拉着工作队员的手："各位领导啊，真的难为你们了！几个月前，政府便已发出通告，严禁在规划区域新建房屋、开垦土地、安葬坟墓！国家的这个规定我已经晓得，这几天我思想很纠结，婆婆临终前交代要安葬在大窝凼，这是跟现在政策相抵触的。我已经做通家人思想工作，就按国家规定办！"

黄小冬老人也说出了她最后的隐忧：要把老人抬出大窝凼，安葬到三四千米远的圈外去，最大的困难和问题就是没有足够的人手！

工作组当即表示：拨付500千克粮食补助，克度镇政府组织镇属机关、单位干部职工，召集附近几个村的干部，协助送葬。

5月12日早上6:30左右，由有关领导带领所属克度镇政府机关单位、村支“两委”工作人员按时赶到大窝凼，加入送葬的队伍。这些人中，有年轻的，也有年长的；有男的，也有女的。路确实很难走，平日里空着两手上下，腿都打着战；特别是上坡时，上半身有时差不多得贴着山体才能移步。

农村抬灵，有很多讲究，比如中途千万不能触地。八抬或十六抬的灵柩，除了主抬的，还有拉孝的，扶灵的，当作人杖的，拖拖拉拉一大串，没有标准的行进口令指挥，靠的就是大家的默契配合。原本就只是一条仅仅能容得一个人独行的羊肠小路，现在成十上百的人蜂拥踏过，根本就没有选择的机会，所以有时是越过七八十度的绝壁而行，有时是跨过十来米深的沟壑悬空而过。当中，只要有一组人，甚至关键的某个人，稍有闪失，抬灵的队伍，没准儿就像多米诺骨牌似的，瞬间坍塌，就有可能造成人员的伤亡……看着这种情景，率队的镇领导都忍不住发出了悲怆的祈祷：老天保佑啊，老天保佑！

8点钟从大窝凼出发，不过8千米的山路，送葬的队伍竟然走了整整6小时，下午2点钟，才终于到达目的地！

2009年3月，又有一位大窝凼老人去世，是杨天明的母亲杨彭氏，享年68岁。当时送他母亲上山的时候，镇里、村里也是及时组织干部职工来帮忙，也是抬到圈外，面朝大窝凼静静地看着天眼。那天安葬杨彭氏的时候，省、州、县都有记者来报道。

3 永远的大窝凼

2020 年 4 月到 5 月中旬我蹲点克度镇采访，雷远方、金玉斌二位陪同我几乎访遍了大窝凼搬迁出来的杨氏家族的父老乡亲。

距离那两次带队采访已经过去整整 11 年，令善良厚道的雷远方记忆犹新的是，杨朝礼老人的长孙杨佑富一直在深圳打工，得知大射电望远镜项目已落户自己的故乡大窝凼并将要动工，而全寨马上要进入搬迁状态时，杨佑富毅然辞掉在深圳每月几千元收入的工作，赶回家与其他村民一起筹备搬家事宜并待命等候。这种举动在大窝凼家家如此。村民们这种舍小家、顾大家的奉献精神令人感动。

坐在杨朝明胞弟杨朝福宽敞明亮的堂屋中央，走出大山深处十多年，已经变得很健谈的杨朝明、杨朝福二位老人扳着手指向我们娓娓道来——

2009 年我们搬出来时有 65 口人，主坟 34 所，现在我们住的地方叫金科路。奉献是肯定要有的，毕竟是国家需要嘛！天眼落成在大窝凼，整个平塘县的城市建设、周边小镇都带动起来了，包括罗甸的边阳也带动了，这也可以说是我们大窝凼的一种牺牲和奉献、一种骄傲和自豪吧！如果大窝凼没有符合天眼落户的优越地理条件，天眼肯定不会落户在这里，肯定就不会有我们一辈子都不可能梦到的这些巨大的发展变化！

已经 79 岁高龄的杨朝福老人是大窝凼 12 户人家搬迁见证者，提起当年的搬迁情景，经历了曲折心路历程的老人家记忆犹新。

事实上，早在 2008 年之前，虽然杨朝福经常看到一群群不速之客，拿着他与村民们看不懂的奇怪仪器，频频前到大窝凼来摆弄，甚至有金发碧眼的外国人也来查看，但他从没想到自家有一天会搬迁，也从未预料到会和“FAST”这几个陌生的字母发生联系。

随着2007年7月，大窝凼被正式立项确定为FAST工程的建造基地，随着2008年12月26日，国家重点科技项目FAST正式在大窝凼举行隆重的奠基仪式，艰难的抉择随之摆在杨朝福与另外11户村民们的面前，搬迁势在必行。

“搬迁前的那一晚，我整宿都睡不着。”杨朝福老人依然记得那煎熬的一夜。大窝凼晚上天气凉爽，但躺在床上只能数着时间煎熬。第二天凌晨，天还未亮，杨朝福忍不住了，他急急忙忙起床，在老房子旁这里走走、那里看看，又跑到花红树下的水井边看，心中有说不出的离别眷恋。

搬迁那天，几乎构成了杨朝福一生未见过的最宏大的场面。“人太多了，整个大窝凼像蚂蚁搬家一样。”但他还清楚地知道，“大窝凼已经不是我们的了！为了国家的建设需要，大窝凼的人必须让出这片土地，早搬是搬，迟搬也是搬，早搬早安心，早搬早享受，何乐而不为呢？”

2009年11月，大窝凼12户人家的移民搬迁只用了一个星期就全部完成，65口人全部住进了克度镇上的移民安居区，每家一栋宽宽敞敞的砖混结构的大楼房！

离家那天，杨朝明和老伴一步一回头，看着曾经的故居，心里实在舍不得。镇领导热心牵线，杨朝明老两口就留在了山顶，他们为现场勘测的技术人员们做饭。有收入贴补家用的同时，最让他们兴奋的还是每天都能亲眼看着原来的家慢慢变化成国家的大项目。

闲暇时，杨老伯会坐在石头上，绘声绘色地给大家讲上一段“我小时候这山坳里……”的故事。

搬迁后，杨朝福家的7间半瓦房及其他11户邻居的房屋全被拆除，他们在克度镇政府所在地每家得到了一栋两层楼的小洋房。

当问起大窝凼和现在的生活情况时，笑容满面的杨朝福乐呵呵地说：“如果不是天上掉馅饼，可能永远都出不来。当年住在大窝凼的时候，全家 8 口人，每年都是依靠种大米、苞谷为生。从大窝凼出来一趟很远，很不方便，到克度或塘边赶场都要 4 个半小时，到董架要 3 小时，肩挑一担仅换回 10 元钱左右，买了生活用品又接着赶回来。搬到镇上居住后，两个女儿出嫁了，两个儿子也都娶了媳妇，儿子们在外面打工挣钱，二老每天除了在家看管孙子、孙女，还可在干净的楼房前聊聊天，生活安逸得很。”

我们还和村民们交流了故土难离这个话题。

你听他们说什么：杨朝明说，这就像娶别人家闺女，要想把人家娶进门，你得把最好的房间让出来。他最后还问我说，是吗？怎么说不是呢？这样说来，就连这里的老人都是心甘情愿的。我一时语塞，好在杨老伯反过来引导我。杨朝福说：“老弟呵，你可不知道呵，天眼这宝贝还没有进门，我们就什么稀奇玩意都有了，国家对我们想得真的很是周到哩！你看，原来没有路，现在有了；原来没有车，现在也有了；原来没有电，现在就怕你用不完……现在，已经建成运行的中国天眼世界闻名，更稀奇的事情还在后头咧！”

老人还说：“现在已慢慢找到了家的感觉，唯一不习惯的是没有土地耕种，不拿锄头心里还是不踏实。但是，如今的生活，以前哪里比得了！”

搬离故土，留在脑海里的是乡情。住进新居，露出的全是幸福的笑容。

第七章

缱绻情怀 家国天下

QIANQUAN QINGHUAI
JIAGUO TIANXIA

2009年10月17日，大窝凼12户移民群众全部签订移民搬迁协议，现场兑现征地拆迁安置补偿款810.6万元。11月13日，大窝凼移民搬迁正式启动，入住位于克度镇集镇的移民安置新居；11月20日，所有搬迁户全部完成搬迁收尾工作，地方政府承担了所有的搬迁费用。

2015年9月23日，在前期调研的基础上，工作组再次明确：克度镇金星村马鞍和塘边镇湾子村油菜坪为FAST核心区居民搬迁安置点，建设总占地面积1204.7亩，规划建房1138套，面积352593平方米。其中，马鞍安置点安置克度镇属核心区居民1414户6452人，油菜坪安置点安置塘边镇属380户1645人。项目分两期实施，第一期实施搬迁安置995户4472人，第二期实施搬迁安置799户3625人。项目总投资预计4亿余元。

2015年12月31日，克度镇马鞍、塘边镇油菜坪安置点项目工程正式启动。

为了FAST工程，大窝凼附近287平方千米范围内的群众全部搬迁到平塘天文小镇，彻底摆脱了世代贫困，生活发生了翻天覆地的变化，过上了前所未有的幸福日子，找到了自己甜蜜美好的未来。

兴建设，必有迁。

大窝凼12户人家65口人的移民安置势在必行，一场“迁”与“安”的组织战井然有序。

“迁”与“安”两支队伍迅速集结……

为了FAST工程，大窝凼附近287平方千米范围的群众全部搬迁到平塘天文小镇。

缱绻情怀，家国天下！

1 搬迁，备战一年八个月

2006年7月14日，国家发展和改革委员会正式宣布500米口径球面射电望远镜项目落户贵州平塘。建设规模为：望远镜主体占地21.24公顷，观测基地占地2.23公顷，辅助用地18.97公顷，总计42.44公顷。

随后，国家天文台向平塘县住房和城乡建设局申请办理建设项目选址意见书，平塘县住房与城乡建设局立即对项目选址提出初审意见，并经黔南州住房和城乡建设局同意，上报贵州省住房和城乡建设厅。2008年5月6日，省住房和城乡建设厅作出批复：原则上同意平塘县住房与城乡建设局与黔南州住房与城乡建设局报送国家天文台500米口径球面射电望远镜项目选址位于平塘县克度镇金科村大窝凼的规划意见。

大窝凼拆迁房屋总建筑面积3422.80平方米，其中房屋面积3282.04平方米，猪圈及厕所140.76平方米，总计拆迁补偿金额1415313.84元。经测，项目征占稻田面积40.689亩，旱地133.273亩，林地 333.1 亩，累计补偿金额为 796.27 万元。

项目安置地总占地面积 3834.73 平方米，其中房屋占地面积 1807.51 平方米，院坝面积 2027.22 平方米，户均安置面积 250 平方米。以每户安置房造价 14 万元左右计，12 户共 168 万元；另，安置点征地费 7.2 万元，“三通一平”累计 30 余万元，其中通电 6.18 万元，供水 1.7 万元，平整土地 16.15 万元。

2008 年 2 月 27 日，平塘县政府组织相关部门召开 FAST 项目移民搬迁专题会议，强调 FAST 项目建设移民搬迁工作是事关群众根本利益的大事，要抓紧抓实抓好，确保居住在大窝凼内的 12 户农户顺利搬迁并得到妥善安置，努力做到“搬得出、稳得住、能致富”。会议议定由县发展和改革局牵头，大射电办公室和克度镇配合，抓紧制定移民搬迁工作实施方案，明确搬迁区域、补偿标准、安置方法、资金来源和各部门的责任等。FAST 项目移民搬迁工作正式启动。

5 月 13 日，贵州省发展和改革委员会组织召开专题工作会议，研究 FAST 项目核减临时用地、用地征地面积、征地补偿标准、林业用地补偿等相关内容。

5 月 23 日，涉及移民搬迁项目责任部门到大窝凼实地调研并到安置选址地查看“三通一平”工程进展，商榷大窝凼移民搬迁的资金落实，水电供应，移民住房风格、面积，区域内坟墓迁移，进场公路修通等相关事宜，明确相关单位、部门工作职责，推动移民搬迁工作顺利开展。

6 月 25 日，彭勃在贵州省第一测绘院有关领导、专家的陪同下，到 FAST 项目移民搬迁安置点察看施工现场，强调 FAST 项目移民搬迁安置工作一定要切实维护好群众利益，为 FAST 项目建设奠定良好的基础。

11 月 10 日至 12 日，大射电办公室、克度镇有关人员分别深入大窝凼，就移民搬迁安置地点、建房方式等问题，通过召开群众会和个别谈话等方式征求群众意见。

▲ 在建的克度镇上三王庙移民安置房，安置大窝凼 12 户整体搬出农户

11 月 18 日，贵州省发展和改革委员会在贵阳组织召开 FAST 项目移民搬迁工作专题会，要求及时制订出大窝凼移民搬迁总体方案，尽快启动移民安置房建设。

2008 年 12 月 26 日，FAST 工程奠基典礼隆重举行，搬迁事宜进入倒计时阶段。

2009 年 2 月 10 日，克度镇三王庙 12 栋移民安置房正式动工建设，并配套解决水、电、路等相关基础设施建设问题。

2 月 19 日，平塘县政府首次向贵州省发展和改革委员会报送《平塘县人民政府关于呈请审定 FAST 项目用地补偿标准及金额的请示》。之后，平塘县政府又分别于 7 月 27 日、8 月 28 日、9 月 2 日以《关于审定 FAST 项目征地拆迁安置补偿方案的函》按程序向黔南州发展和改革局报批。

2 月 20 日，贵州省发展和改革委员会在贵阳组织召开 FAST 项目征地拆迁工作协调会，要求 3 月底完成征地拆迁，争取 4 月底前项目开始动工，并明确耕地和林地勘测定界由专业测绘单位实施，补偿标准参照省重点项目、结合地方实际情况确定；耕地占用税、占补平衡费、植被恢复费等上缴税费项目由省直有关部门协商落实。

2月28日，贵州省发展和改革委员会、平塘县委县政府主要领导专程赴国家天文台商谈FAST项目建设事宜。国家天文台表示：尽快赴贵州委托具有资质的国土资源厅、林业厅落实土地、林地勘测和编制等事宜，并与勘测单位签订协议，先行启动征地拆迁用地手续，提议由贵州省负责项目用地征地拆迁工作及台址外5千米范围的道路交通建设。

3月18日，国家天文台与省、州、县有关领导在贵阳就FAST项目建设事宜进行商谈，初步议定由贵州省发展和改革委员会协调省国土资源厅、省林业厅具有资质的勘测部门，由国家天文台委托并提供项目征地范围红线图办理用地手续。

截至3月26日，过半移民安置房已完成一层楼板现浇，其中2户已进入二层墙体砌筑工序；一半完成一楼墙体砌筑，正在支模准备现浇楼板。

4月16日，贵州省国土资源厅土地整理中心、平塘县国土资源局联合到大窝凼开展项目土地征用相关工作，就FAST项目用地复垦方案与移民搬迁户群众深入交换意见。

5月13日，贵州省发展和改革委员会组织召开专题工作会议，研究FAST项目用地及征地补偿标准等事宜。

截至6月15日，移民搬迁安置房工程已全部完工。同时，贵州省第一测绘院承担的项目用地勘测定界外业工作已经基本完成；大窝凼征地拆迁补偿标准方案正在按程序报批。

7月8日，贵州省发展和改革委员会高新处在克度镇召开FAST项目征地拆迁安置工作协调会。会议强调，国土、林业、建设等责任部门要参照厦蓉高速公路在黔南段的补偿标准，及时制订征地工作方案、征地补偿方案和拆迁安置补偿方案，逐级上报，所有需要报审文件和相关材料务必在 7 月 20 日前完成；国土、林业部门要根据省第一测绘院的测绘结果，及时把用地面积定下来，确定之后不能再改动；进一步核实大窝凼工程用水用电问题，确保满足项目施工要求，详勘供水工程必须于 7 月 20 日前完成；进场公路建设须尽快启动，由省第一测绘院一并完成 7.8 千米进场道路的勘测定界工作。

9 月 23 日，平塘县政府组织有关部门组成综合验收小组对克度镇大窝凼移民安置房工程进行综合验收。工程施工方与克度镇政府进行了安置房移交手续。

9 月 28 日，几经周折，《FAST 项目征地拆迁安置补偿方案》获贵州省发展和改革委员会批复；10 月 9 日，获黔南州政府批准实施。

10 月 10 日，县政府组织相关部门召开 FAST 项目移民搬迁工作专题会，具体部署大窝凼移民搬迁工作，议定从10月15日开始组织群众搬迁。FAST 项目移民搬迁工作正式启动，进入实质性阶段。

10 月 12 日，工作组到大窝凼组织召开移民搬迁群众动员会，对相关事宜张榜公示、现场答疑，并组织入户动员及议定镇村干部“包保到户”协助搬迁、协调运输车辆等措施。

10 月 15 日，大窝凼移民群众开始陆续搬迁。

10 月 17 日，大窝凼 12 户移民群众全部签订移民搬迁协议，现场兑现征地拆迁安置补偿款 810.6 万元。

2009 年 11 月 13 日，大窝凼移民搬迁正式启动，入住位于克度镇集镇的移民安置新居；11 月 20 日，所有搬迁户全部完成搬迁收尾工作，地方政府承担了所有的搬迁费用。

搬运的车辆上，张贴着鲜红的标语：“响应国家号召”“移民搬迁光荣”……场面很热烈，场景却有些凄切。各家各户的亲戚都来了，人挑马驮地帮着搬运东西。平时难得见有几个人结伴走过的那条小路，那几天跟赶集似的，人群往来穿梭不停。虽然人来人往，牛叫马鸣，却听不见丁点打趣的声音、作乐的话语。便于捕捉的家禽，人们已经早早装载，却是那些顽皮的小猫小狗，东躲西藏，主人奈何不得，于是搬完了所有的家什，好些人家便站在垭口上“喵喵喵”地呼唤个不停，间或也有几只小狗在凼底“汪汪汪”地回应，可就是不肯沿着山道跑近主人身旁，一时间，“呜呜”的低泣声响成一片……

2 核心区，半径 5000 米

2013 年 6 月 28 日，《贵州省 500 米口径球面射电望远镜电磁波宁静区保护办法》（简称《办法》）经贵州省政府第七次常务会议审议通过；《办法》自 2013 年 10 月 1 日起施行。

《办法》所称“500 米口径球面射电望远镜电磁波宁静区”，专指为保障射电望远镜安全运行必备的电磁波环境所划定的保护区域。具体划分为“核心区”和“协调区”，协调区包括中间区和边远区。以射电望远镜台址为圆心、半径 5 千米的区域为核心区；5 ~ 30 千米的环带为协调区，其中 5 ~ 10 千米的环带为中间区，10 ~ 30 千米的环带为边远区。《办法》严格规定，核心区内严禁设置、使用无线电台（站），严禁建设产生辐射电磁波的设施。

2016 年 7 月 6 日，《黔南布依族苗族自治州 500 米口径球面射电望远镜电磁波宁静区运行环境保护条例》（简称《条例》）经黔南布依族苗族自治州第十三届人大常委会第三十三次会议通过，并于 7 月 7 日上报贵州省人大常委会。7 月 11 日上午，省人大常委会召开会议，邀请省人大常委会咨询专家、省人大有关专门委员会和省政府相关部门对《条例》进行论证；下午，省人大民族宗教委员会召开第十八次会议，邀请省人大法制委员会、财政经济委员会、环境与资源保护委员会、教育科学文化卫生委员会和省人大常委会法制工作委员会对《条例》进行审议。会议认为，FAST 是国家九大科技基础设施之一，建成后将是世界最大单口径球面射电望远镜，是我国开展宇宙起源、演化，太空生命起源和寻找“地外文明”等研究活动的天眼。射电望远镜运行对周边环境要求高，涉及范围广，黔南自治州为了加强对射电望远镜周边环境的保护，制定《条例》是必要的。2016 年 7 月 29 日，省十二届人大常委会第二十三次会议对《条例》和省民族宗教事务委员会的审议结果报告进行认真审议，认为《条例》内容符合有关法律、法规规定，本次会议予以批准，同意省民族宗教事务委员会的审议结果报告。

《条例》的出台，旨在考虑《办法》的指向相对单一，仅对宁静区电磁波作出限制性规定，未对地方政府及其相关部门如何履行综合环境保护职责作出具体规定。因此，在没有相关上位法的情况下，为了保护电磁波宁静区环境安全，需要先行立法。

《条例》针对核心区进行了如下明确规定。第一，核心区内禁止新建、改建、扩建无关项目，违反最高可处 10 万元罚款。第二，核心区内禁止新建、改建、扩建与核心区环境保护和射电望远镜无关的建设项目。已建成的与核心区环境保护和射电望远镜保护无关的建设项目、建筑屋、构筑物按照规定期限拆除或者关闭。如果违反新建、改建、扩建项目这些规定，由县级政府有关行政主管部门责令停止违法行为，处以 2 万元以上 10 万以下的罚款。第三，核心区禁止开展破坏环境的砍伐、狩猎、开垦、烧荒等活动，违反规定的除了可以按照有关法律、行政法规给予处罚以外，还将没收违法所得，责令停止违法行为，采取其他补救措施；对造成破坏的，可处以 1000 元以上 1 万元以下的罚款。第四，核心区为森林防火常年禁火区。

有法可依，有法必依，法理高悬。静默中的 FAST，需拒绝太多尘世的纷扰！

服从国家，服务大国重器，我们必须理性抉择……

3 这些村寨以另一种方式永生

卫星地图上轻轻一扫，平塘县的这些村民组，因为中国天眼，或将成为历史，成为一地居民心中慢慢褪色的记忆——大窝凼、绿水、顶灿、燃路、拉力、沙坪、绒井、抹芒、牛角、刘家湾、庙坪、拉同、麻翁、亚岩、轿子山、川洞、栗木寨、龙井湾、龙塘、关西、水井湾、金满、董莲、吴家寨、下坝、播进、打鸟、麻翁、界上、大塘、楼梯岩、石板、高王、摆掌、易里、上干河、翁桃、小田坝、上打佥寨……

在行政表述上，这些村民组分属克度镇金科、金塘、落良、前进、航龙 5 个行政村和塘边镇兴隆、新建、双河 3 个行政村，都有名正言顺的归属。其中，克度镇涉及 26 个组 1414 户 6452 人，塘边镇涉及 14 个组 380 户 1645 人。

但我还是愿意将它们称为寨子：其一，和中国很多“理性”命名的地名不同，这些地方，有的有“名”无“姓”，有的有“姓”无“名”，内中的含义，只有生于其间的村民说得清；其二，安身其间的居民，是真真正正土生土长的“世袭者”，在对自己身份的注册上，是传承了几十上百代的记忆。

走进这些依山傍水的村寨，抑或可感觉一份四周环绕着栅栏、一汪水路弯弯淌过、几处低矮的围墙时隐时现的亲切。久居山中，与山水相伴，多的是“鸡栖于埘，日之夕矣，羊牛下来”的自然、“狗吠深巷中，鸡鸣桑树颠”的欢快、“采菊东篱下，悠然见南山”的遐想。久居之所，贵为胞衣之地，是因为那里埋藏着我们生命成形的温床和生命成长的护体；故土难离，是因为这里的一山一水，已经融进我们躯体的血脉，化成精神的信仰。

更让人感怀的，是那些让一方土地上的人们安身立命的景物、情景。

虽然这一切，在官方的统计里，只是一串僵硬的数字——耕地7183.2亩（其中田4664.8亩，地2518.4亩），房屋2808栋及相关附属设施计46.42万平方米，流转土地17972.2167亩，总计共需拨付款项38558.337万元，但在许多当地人的心里，他们所依存的土地、安身的房屋，全然不能用金钱来衡量……于是，征拨、补偿，成了一轮又一轮以心换心、以情换情的“良知考量”——

2015年2月26日，平塘县政府向财政部申请对平塘FAST宁静区保护给予专项补助及相关政策倾斜。

9月1日，贵州省政府召开专题会议，研究FAST地方配套项目有关问题，FAST项目地周边5千米内核心区1794户8097人搬迁作为重要议题之一。

9月23日，平塘县政府从镇（乡、街道）及县相关单位（部门）抽调90余人组建、成立FAST核心区移民搬迁安置工作领导小组（简称工作组），全面负责核心区居民搬迁和安置工作。

10月27日，工作组在克度镇召开誓师动员大会，FAST核心区搬迁安置工作正式启动。工作组随即进驻克度、塘边两镇开展实质性工作，进一步明确“搬得出、稳得住、能致富”的总体要求和“政府主导、群众参与、分类指导、持续发展”的原则，确保老百姓搬得起、住得下、能安心、能致富、奔小康。

11月3日，平塘县政府原则同意县国土资源局呈报的《平塘县FAST核心区房屋征收补偿安置方案》《平塘县FAST核心区搬迁安置点土地征收补偿方案》、县农村工作局呈报的《平塘县FAST核心区第一期搬迁区域土地承包经营权流转工作实施方案》等方案，分别就征收范围、征收主体和被征收主体、征收房屋建筑面积计算标准、安置方式、补偿标准、房屋征收安置奖励标准，征地补偿标准、青苗补偿标准、林木补偿标准、迁坟补偿标准，土地流转范围、流转期限、流转费标准及兑现方式等进行明确和认定。11 月 19 日，平塘县政府原则同意县国土资源局呈报《平塘县 FAST 文化园、核心区房屋征收补充说明》，进一步对木房宅基地面积认定、一房多户选择还房处理、木房差异性结构档次补偿进行规定。

11 月 26 日，平塘县政府专题研究 FAST 移民安置点电力、通信线路迁改相关事宜。

12 月 10 日，平塘县政府专题研究 FAST 核心区搬迁农户社会保障有关事宜。

2016 年 1 月 5 日，工作组专题研究并明确核心区搬迁安置点土地征收青苗补偿、坟墓搬迁补助等事宜，成立核心区土地测绘专班，启动、开展流转土地测绘工作。

7 月 14 日，工作组召开专题会议，针对统一房屋征收补偿标准、样板房建设、一房多户等问题进行专题研究。议定塘边镇必须在 7 月 30 日前完成核心区内房屋征收协议的签订，8 月 20 日前完成从大窝凼到天坑公路沿线除石板寨以外所有住户搬迁安置工作，8 月 30 日前完成从大窝凼到天坑公路沿线所有房屋拆除工作；克度镇 8 月 10 日前全面完成刘家湾、庙坪、绿水三个组的房屋征收补偿协议的签订，8 月 20 日前全面完成刘家湾至庙坪公路沿线可视范围内所有住户搬迁安置工作，8 月 30 日前全面完成刘家湾至庙坪公路沿线可视范围内所有房屋的拆迁工作。

7 月 21 日，向贵州省发展和改革委员会呈报《关于 FAST 核心区移民后续扶持产业融合发展项目报告》，超前谋划核心区移民搬迁后续发展问题，确保稳定搬迁。

8月5日，工作组召开专题会议，议定8月10日为牛角至绿水一线房屋征收协议签订的最后时限，重申在规定期限内全面完成房屋征收协议的签订。8月12日，工作组召开专题会议，议定9月10日前完成0～3千米范围内核心区房屋拆除工作。

8月16日，工作组召开专题会议，议定17日至19日为克度镇核心区集中搬迁日。搬迁群众统一入住临时安置过渡房。8月25日，为拓宽FAST核心区移民和农民工返乡就业门路，平塘县就业局邀请贵州震华职业技术学校对搬迁群众进行中式烹调师和酒店管理免费培训。

2017年4月29日，平塘县政府召开县长办公会，议定5月底前完成FAST核心区0～5千米范围内土地流转工作。

5月4日，工作组召开专题会议，议定5月31日前塘边片区完成土地流转总面积的80%以上。

小地方，再小的事，只要关乎民生，只要涉及国家利益，也都是天大的事。

在人类林林总总的科技突破和创新榜单上，FAST也许并不是最惊天动地的一个，但绝对是以一种最为执着、最有忧患意识、目光最为远大、心胸最为宽广的平和方式微笑面对世界的那一个！

地方政府不遗余力，只争朝夕，并以最大程度付出跟进，近了看，是服从、服务于国家需要；远了看，实为人类美好愿望的诚意表达。细数这些小到几个人，或只涉及个别村组的会议，也许少了些许大手笔、大快意的挥斥与豪迈，但却把家园的情意表达得淋漓尽致。

而这，恰恰是千百年来人类对“一方水土养一方人”最高的礼赞，对“家”与“园”最完美的诠释！

4 日子像花儿一样红

2015年9月23日，在前期调研的基础上，工作组再次明确：克度镇金星村马鞍和塘边镇湾子村油菜坪为FAST核心区居民搬迁安置点，建设总占地面积1204.7亩，规划建房1138套，面积352593平方米。其中，马鞍安置点安置克度镇属核心区居民1414户6452人，油菜坪安置点安置塘边镇属380户1645人。项目分两期实施，第一期实施搬迁安置995户4472人，第二期实施搬迁安置799户3625人。项目总投资预计4亿余元。

2015年12月31日，克度镇马鞍、塘边镇油菜坪安置点项目工程正式启动。

2016年4月29日，马鞍安置点完成房屋主体基槽开挖282栋，基础浇筑198栋；污水管网基槽开挖2200米，完成埋设1000米；雨水管道基槽开挖3000米，完成埋设2600米；涵洞基础开挖126米，基底封槽120米，底板浇筑40米，模板钢筋安装40米。油菜坪安置点完成场平和土石方开挖，强夯施工9万平方米；房屋主体基槽开挖128栋，基础浇筑52栋；管网埋设基槽开挖160米。

8月30日，马鞍、油菜坪安置点共完成房建主体604栋。

12月27日，马鞍首批60栋两层96平方米安置区新房通过公开、公平、公正的抽签方式，有序分到FAST核心区移民安置户的手中；12月29日，塘边镇属核心区移民共计163户陆续搬到油菜坪新居。

杨天学是自幼在大窝凼长大的原住民，自然也是FAST所在地的移民之一，尽管他自己很早就离开大窝凼外出谋生，但对他与其他村民们来说，搬迁后，最高兴的是孩子上学近了，生活方便了。

7年前，杨天学与其他11户村民一直生活在大窝凼洼地里，那是位于克度镇边上一个被绿色环绕的村子，地处圆形的大窝凼洼地，方圆5千米的半径内没有其他的镇乡——不通路、不通电。

当初在大窝凼时，杨天学和村民们一度为了搬东西负重爬山，仅从“锅底”爬到“锅边”就要半小时，每天坡上坡下往返七八趟，有长达4个多小时的时间都在路上。

对于杨天学与村民们来说，从走出垂直距离300米深的大窝凼，到安居克度镇，生活真正是芝麻开花——节节高哩。20世纪90年代他以卖苦力为生，每天只挣5元钱，现在一天几百元，想去哪里就去哪里，想买什么东西在镇上就可直接买到，实在方便得很。

“搬迁后，小孩子就在镇上读书，自己去学校、回家，可省心了！”杨天学说，以前在大窝凼，孩子与小伙伴们每天上学得翻山越岭到坡外小学就读，读初中时还得花4个半小时走到镇上的中学，早晚“两头黑”，让人操心。

杨天学是12户搬迁移民中思维较活跃的村民之一，在他家的一楼，3个卷帘门都贴着乐观昂扬的对联，其中一副写道：“有政策撑腰岂怕说三道四，凭勤劳致富就敢拼万挣千。”

FAST建设期间，杨天学敏锐地意识到其中的机遇，他说：“县里给克度镇实施的文化园、FAST观景台、S315公路、核心区移民等每个配套项目的建设费用就是上亿元。钱是不愁的，就看你有没有本事挣得到。”

如今，城里人家里有的电视、沙发、洗衣机、小车等，杨天学家里不但样样都有，他还斥资百万元，正在把自己的三层楼房改造、增建成宾馆。“真应了老话，人挪活呀！”杨天学对现在幸福生活很是满意。

松螺母、顶车架、取轮胎……平塘天文小镇街邓禄普轮胎专卖店里，42岁的杨天信与妻子舒德美一直在忙碌着。

杨天信是大窝凼搬迁出来自行创业较为成功的中青年一代村民代表。自从搬离大窝凼后，他用拆迁补偿款，同妻子在克度街上开了一家轮胎专卖店，一个月有让人羡慕的两万元收入。

2009年，随着FAST工程进入实质性的施工建设阶段，杨天信一家与其他11户村民一起正式搬离了生活七八代的大窝凼，来到了镇上的移民安置点。

杨天信和妻子舒德美是地地道道的农民。在大窝凼生活的日子里，他们自家有20多亩田地，养鸡鸭、喂猪牛、种庄稼。“那时候种粮食主要就是种苞谷，家家都是种苞谷，一年到头，很难得吃上一顿过瘾的白米饭。”赶上个把月亲戚来，他们会杀只鸡或者杀只鸭招待，没亲戚走动的时候，就只吃些白菜和洋芋。

离开大窝凼的头一年，政府考虑杨天信和妻子舒德美一直是干农活的，担心他们这帮搬迁到克度街上的村民闲着没事干，大都安排他们到FAST建设工地上务工，政府安排杨天信回到大窝凼参加FAST基站修建。之后，他又在当地的警务室当了一年保安。只是，这点零星的工资根本无法满足整个家庭的日常开支。

手里拿着补偿款，杨天信心里开始琢磨着，一定要用这点“家产”走出自己的一条创业路。他发现，随着FAST声名远扬，来克度镇参观“大望远镜”的游人越来越多，车子也越来越多，他与妻子认真商议后，就用20多万元拆迁补偿款在镇上的前进村买下地基，又投入70多万元修建了一幢3层的房子，楼上自己住，投入15万元在楼下开起了汽车轮胎专卖店，兼营补胎、四轮定位等业务，开始了自己的创业路。

开起了自己的轮胎经营店，杨天信深深知道，要想事业有成必须从头扎实做起。为了掌握更换汽车轮胎的技术，杨天信除了花1800元专门请来师傅指导外，勤奋好学的他只要一有空就钻到汽车底下，对各种汽车轮胎的设计和安装，甚至连一个螺丝都进行认真细致的了解琢磨。如今，不仅杨天信掌握了汽车更换轮胎及相关技术，妻子舒德美也可独立管理店铺，帮助客户装卸轮胎、补胎，一个月挣一两万元没问题。

“如今在镇上，就业门路广了，当年一起搬来镇上的村民黄小琴在家做绣花鞋垫卖，每月也有1500元的收入，补贴家用没问题。”提起现在与过去大窝凼的生活对比，杨天信认为，“只要吃得了苦，打临时工、做体力活、包点小工程、做点小生意，哪样都能挣钱。虽然大窝凼里面的空气好，没有老蛇没有蚊虫，夏天下大雨也不会淹水。但是，如果今天还在里面生活的话，别说小娃读大学，高中和初中都上不起。”

杨天顺与忠心妹是FAST工程搬迁安置点一对恩爱夫妻，小夫妻俩对未来的生活充满憧憬。

2008年，杨天顺与来自通州镇的忠心妹按照当地的习俗，在大窝凼举行了温馨简单的婚礼。谈及当年举办婚礼时的情景，单纯执着的小夫妻俩要求很简单：“只要我们两个相爱，婚礼办得简单或者隆重都不重要。”

正当两人憧憬着未来的美好生活时，FAST工程开始进入实质性的施工建设阶段，为支持国家建设，杨天顺一家与其他11户一样搬离大窝凼，来到克度镇上开启了他们崭新的生活。

搬迁到克度，杨天顺与哥哥通过抓阄的方式，获得了政府在克度镇红塘街上的安置新房，而哥哥则“抓”得了兄弟俩共同出钱修建的另一栋楼房。

通过多年打拼，手头宽裕的杨天顺又投入9万元在安置房楼顶加盖一层：“这样，再多的人，也够住了。”

如今，杨天顺与忠心妹已经是两个孩子的爸妈了，大女儿7岁，小儿子3岁，父母身体健康，孩子调皮可爱，小夫妻俩一起做生意挣钱，一家6口人的小日子幸福安定。

谈起现在的生活情况与未来打算，杨天顺感慨地说：“如果不是天上掉馅饼，我们可能永远都出不来。人都会怀旧，我也会想念家乡，但是我更喜欢现在的日子。这里生活条件好，每天就算是在镇上打个临时工，也有300～400元的收入。随着中国天眼投入使用，来我们天文小镇的外地人越来越多，只要勤快，我们在镇上做点小生意或开个早餐店、跑车接客等都可挣到钱，日子肯定会越过越红火！”

为了 FAST 工程，大窝凼附近 287 平方千米范围内的群众全部搬迁到平塘天文小镇，彻底摆脱了世代贫困，生活发生了翻天覆地的变化，过上了前所未有的幸福日子，找到了自己甜蜜美好的未来。

我们的党和国家推动经济社会发展，归根到底是为了不断满足人民群众对美好生活的需要。始终把人民安居乐业、安危冷暖放在心上，用心、用情、用力解决群众关心的就业、教育、社保、医疗、住房、养老、食品安全、社会治安等实际问题，一件一件抓落实，一年接着一年干，努力让群众看到变化、得到实惠。巩固和拓展产业就业扶贫成果，做好易地扶贫搬迁后续扶持，推动脱贫攻坚和乡村振兴有机衔接，平塘天文小镇因天眼而生，因天眼而走出了一条产业兴、百姓富的大美之路。

风姿绰约，人间天堂。平塘天文小镇 2018 年被国家评为“十大科技旅游胜地”！

▼ 开挖结束的台址全景

第八章

行稳致远
脚踏实地

XINGWEN ZHIYUAN
JIAOTA SHIDI

因年纪关系，我已于2000年初离任政府职务，但在县委、县政府的一再挽留下，我又超期“服役”至今。……虽即将离去，但我和平塘人民一样，仍然心系FAST项目，心系北京的老朋友们。今后如果工作需要，我仍乐意充当联络员的角色，一如既往地为你们做好服务；如有必要，我愿和你们一起到平塘重踏我们走过的足迹……

那天，附近村寨的男女老少都穿上崭新的衣服，像参加一场盛大、庄严的仪式一样，整整齐齐地坐在四周的田埂上，静静地观看着，不吵，也不闹，那情景，直让南仁东连连向他们鞠躬致谢……

看到天眼所在地的派出所张辉平所长，我猛然意识到，中国天眼之外，这里还有一双不可或缺的眼睛，那就是日日夜夜、时时刻刻睁大着，观察着FAST基地方圆5千米范围内的风吹草动，确保上百名国家级科学家及数千名建设者安全的基层公安民警的眼睛！

20世纪90年代以来，平塘有这么一群人——

他们不是高山，却有着比高山还豪迈的雄心；

他们不是大江，却有着比江水更澎湃的激情；

他们不是诗人，却用担当挥洒出无数壮丽的诗篇；

他们不是哲人，却用自己的行动向人们讲述着一个浅显易懂的东西——奉献。

他们说：我们很平凡，在做着该做的事。

是的，他们只是默默奉献的无数平塘人民中的一员，日复一日做着同样的事，没有什么惊天动地的感人事迹，但他们又不平凡，因为他们的坚守，用自己永不言弃的执着诠释着微小与博大。

无数个日日夜夜，他们的汗水和欣喜始终与中国天眼紧密相连。

1 九年一梦今不悔

南仁东教授并彭勃博士：

你们好！因大射电项目之缘，我们相识已七年有余，并结下了深厚友情。与你们相识，我学到了不少东西，增长了不少知识。我将永远记住我们之间的情谊。

因年纪关系，我已于2000年年初离任政府职务，但在县委、县政府的一再挽留下，我又超期“服役”至今。随着年纪的增长，我已决定不再干下去，并迁居贵阳。虽即将离去，但我和平塘人民一样，仍然心系FAST项目，心系北京的老朋友们。今后如果工作需要，我仍乐意充

当联络员的角色，一如既往地为你们做好服务；如有必要，我愿和你们一起到平塘重踏我们走过的足迹……

给南仁东、彭勃两位科学家写这封信的老人，就是1994年以来受平塘县委、县政府指派主要陪同天文专家参加FAST项目地址侯选勘测和上下联络工作，1999年退休后又被县委、县政府特聘为经济顾问，继续参与FAST项目工程工作直至2003年，才回到贵阳安度晚年的原平塘县政府副县长王佐培先生。

平塘县政协副主席、县天眼服务办主任田仁飞谈到德高望重的王佐培老副县长，就像对南仁东先生一样充满崇敬之情，他告诉我："王佐培老副县长对天眼选址、落户平塘贡献多多！"

他说，档案是党和国家各项工作与人民群众各方面情况的真实记录，是我们各项事业发展的重要依据，既是存史，更是资政。王佐培副县长关于全力参加天眼前期工作的口述实录，对于我们平塘县的干部加强思想道德，推进廉洁文化建设，引导党员干部修身律己、廉洁齐家，培养现代文明人格，切实增强"四个意识"，坚定"四个自信"，做到"两个维护"，服从服务于大局，切实找自身职责定位，立党为公，执政为民，具有积极的现实意义。

王佐培老人的那份真实，那份深情，那份执着，那份平凡，那份崇高，尽情彰显于他老人家悠悠的回忆里——

我老家是黔南州台江县。1957年，我19岁，从学校毕业参加工作。1962年，由黔南州农业局调到平塘县工作直到退休，第一次懵懵懂懂接触大射电望远镜相关工作，是1994年。

我接触的第一个到平塘进行大射电望远镜这个项目考察的科学家，是中国科学院遥感应用研究所的聂跃平博士。时间是1994年初春。他来干什么、从哪里来，没有人跟我们说。上面只是通知我们做好接待，并准备、提供平塘县境内峰距200 ~ 600米的峰丛洼地的相关资料。当时我担任平塘县政府副县长，分管办公室工作。接到任务后，立即一边组织有关人员从平塘地形图上查找，一边派人到实地察看。细数下来，境内峰距为 200 ~ 600 米的洼地，计有 172 个。然后我们一一对这些洼地所在地名、经纬度、底部和顶部高程、底部至顶部高差、周边峰丛数量及峰距等进行了详细标注。

后来知道，聂跃平先到安顺的普定跑了好几天，然后才来到平塘。到平塘后，先仔细查看境内地形地貌图，然后再到卡蒲、牙舟、者密等处实地看了几个洼地，经过一番比较和筛选，最终确定保留峰距在 200 ~ 300 米的洼地 71 个、300 ~ 350 米的 9 个、350 ~ 380 米的 8 个、400 ~ 440 米的 31 个、450 ~ 490 米的 7 个、500 米以上的 16 个，共计 142 个作为后续考察对象。随后，根据他的要求，我们专门组织人手绘制了《平塘县峰丛洼地分布图》上报。

同年秋天，聂跃平第二次来平塘。这次和他一起来的还有南仁东、彭勃、吴盛殷等人。通过介绍和交谈，我才知道，聂跃平是 LT 中国推进委员会选址评价组组长，南仁东是北京天文台副台长、LT 中国推进委员会主任，吴盛殷是国际 LT 中国代表；也才第一次粗略知道 LT 是国际无线电科学联盟在 1993 年日本会议上由包括中国在内的 10 个国家的射电天文学家联合倡议的一个项目，好几个国家都在争建。中国的设想是在拥有大片充分发育的喀斯特地区选择适合的峰丛洼地为台址，建造 30 余面 300 ~ 500 米口径的球状反射面望远镜组成综合孔径，形成一个接收面积达 1 平方千米的巨型望远镜阵。当时，中国、南非、澳大利亚、阿根廷、印度等国，都摆出自己的优势向 LT 工作委员会提出争建建议。关于中国台址的选择，国家天文台通过遥感观测，认为贵州、广西、云南、甘肃、新疆、四川等省区均有条件。在经过精细的实地考察和综合分析后，最后确定在贵州全力搜索。南仁东等人此行的目的，便是通过沿线观察和实地察看卡罗朱家冲和苦竹冲洼地，初步获取平塘自然环境、峰丛洼地的分布情况。

11 月底，聂跃平、彭勃陪同一个叫理查德·斯特罗姆的荷兰专家来到平塘，测量境内电波干扰情况。我们选择了当时卡罗乡和牙舟镇的苦竹冲、朱家冲、桃子冲、屙屎凼四个洼地作为监测对象。根据要求，在每个点，要连续监测 4 小时。那些日子，我们天天早出晚归，每天早上天不亮就备上饮料、水果、面包、榨菜、水煮鸡蛋等，开着破旧的吉普车出发，到了点上，一蹲就是大半天。

高鼻子蓝眼睛的理查德很幽默风趣，但却连最简单的汉语也说不出，我们之间的交流必须通过翻译才能完成。记得在屙屎凼监测时，他问我这个名字是什么意思，我说是“排泄大便的地方”，翻译直愣愣地望着我。在场的谭文忠县长说，直接把它弄成拼音就行了，叫“E Shi Dang”，理查德听得更是云里雾里，憨态可掬。野外就餐，理查德不敢吃辛辣的榨菜，全给我，我就把自己的鸡蛋全给他。4 天下来，我们结下了深厚的友谊。逢年过节，他都会越洋过海寄来一张明信片，用歪歪斜斜的汉字写满深切的祝福和思念。

1995 年 3 月，我受派到北京学习，被邀请参观北京天文台、密云观测站、遥感应用研究所，有幸遇见了先前结识的南仁东、聂跃平、彭勃、吴盛殷等天文专家。交谈中得知，LT 第三次国际会议将于 10 月 2 日至 6 日在贵阳花溪召开，届时出席会议的十多个国家的科学家、LT 中国推进委员会全体成员及国内有关方面的专家学者将集体前往平塘实地考察，并议定 6 月聂跃平先行赶往平塘具体落实考察路线和洼地。直到这时我才知道，1994 年春秋之季，南仁东、聂跃平、彭勃等多次亲临平塘，原来是在为即将召开的花溪会议做前期准备。

6 月 15 日，平塘县政府正式行文成立“国际大望远镜（LT）项目接待工作领导小组”，办公室设在政府办，我被委以副组长之职，由此自然而然地成了“专职”。没想到这一“专”，便是整整 9 年。

学习期满，我即返回平塘等待聂跃平。聂跃平如期到达后，我陪同他经过两天的踩点，确定卡罗乡的朱家冲和者密镇的熊桥作为本次专家的实地考察点，通州镇羊肠坡和大塘镇大坡头作为制高观望点，一览平塘峰丛洼地连绵壮观的景象。

10月3日，参加LT第三次国际会议的41位专家从贵阳驱车来到平塘，马不停蹄地按预先的设定完成全部考察任务。他们对平塘的生态、自然、峰丛洼地景观都给予了较高评价。这些评价我都记在自己的工作日记里。如美国前阿雷西博天文台台长、现康奈尔大学教授捷奥万尼说：洼地的分布及可能的候选量、洼地的直径，比阿雷西博台址对LT工程更为有利；洼地比阿雷西博深，这可能会省去馈源吊塔的工程；自然的掩蔽屏障将减少电波干扰。会议主席布朗说：据我所知，这种喀斯特条件是世界上独一无二的。国际无线电科学联盟大射电望远镜工作组主席说：现场考察的确加深了从卫星遥感图得到的印象。在广阔的地域有着适宜建造球面射电望远镜的地貌，每平方千米有几个直径和深度适合的洼地，表明为建造像LT那样的球形反射面阵，有很大的选择余地……

在获得众多专家的认可和肯定后，LT中国推进委员会于1996年1月正式向国际无线电科学联盟大射电望远镜工作组提交了LT争建建议书。

以这个建议书的提出为标志，平塘正式进入了大望远镜（LT）选址序列。当时，国内外众多科学家到平塘进行踩点、考察、电波干扰监测等，都是直指大望远镜（LT），目标并不是现在的FAST项目工程。

参与射电望远镜项目的接待、联络事务后，我慢慢感觉到，一个大项目，特别是一个高端科技项目产生的促进作用和影响，是不可估量的。这一点，省委、省政府领导看得很透，看得很远，心情也很急切，在第一时间就明确表示："需要贵州方面配合的一切事宜，我们一定积极支持。"

大望远镜（LT）意向在贵州选址后，1994 年 7 月，中国科学院遥感应用研究所组织有关专家编写了《关于在贵州省选择大望远镜（LT）工程场地的报告》，专门对黔南州平塘县和安顺市普定县两地自然特征、人口、交通、工程地质等进行翔实的分析和比较。从此之后，有关的考察、监测等工作便一直在两地之间同步、同向紧锣密鼓地进行。但是面对如此高深前沿的科学研究，尽管每次都陪在前来考察的专家身边“亲临”现场，也近距离地看他们捣弄、调试各种各样的仪器，关键性的东西却是所知甚少。

也正是在这段时间，一些报刊上突然出现了大篇幅的“国际大射电望远镜落户 XX 地”之类的报道。经了解，这实际上是某些媒体不负责任的“商业意图”所致。为此，国家天文台专门致函贵州省政府，希望相关单位和部门不要在大望远镜（LT）项目上大肆铺张、大肆宣扬、大造声势。专家们的意见很明确：项目目前只是处于启动阶段，尚未进入可研、立项，更没有论证。修建大望远镜，更多的是科学家们的愿望，如果因为种种原因搁浅了，只打雷不下雨，会伤了地方人民的心。省政府于是专门行文至平塘和普定两县，严令凡与大望远镜相关事宜，未经省政府同意，不得进行任何形式的宣传报道。为此，我们明确向专家组表态：我们希望大射电望远镜落户平塘，正如科学家希望把大望远镜争取到中国的心情一样，希望能得到专家们的理解，但我们会尊重科学抉择。如果平塘没有符合的条件，我们过去所做的工作，也算是我们为国家天文事业作出的一点贡献，也为因此结识很多天文界的朋友而高兴。

至此，在可控范围内，无论官方还是民间，关于大望远镜的相关信息，开始慢慢沉寂下来。但是，在内部，我们还是挺焦急的，时任县委、县政府领导隔三岔五向我询问工作的进展情况。那时，我已得知普定县自己陈述的三个优点：一是已经建成的装机容量 7.5 万千瓦的安顺电厂，能为大望远镜的用电提供坚实的保障；二是普定不但有丰富的地下饮用水，而且有丰富的地表径流，夜郎湖蓄水 4.2 亿立方米，能充分保证基地用水；三是 154 个洼地中有 99 个符合选址条件，选择洼地比较宽裕。

为此，我代表项目接待工作领导小组专门呈上了一份《大望远镜（LT）项目的进展及在平塘选址的情况通报》（简称《通报》）。第一，平塘县地域面积 2815.6 平方千米，有大量可以选择的洼地；普定县地域面积 1080 平方千米，虽然也有些洼地，但可供选择的数量相对要少些。从大望远镜（LT）项目的要求来看，要建 30 余面望远镜，而且每面之间要有一定的距离，普定应该无法全部容纳。如果大望远镜（LT）建成，普定可以是受益者，但不具备作为中心点的条件和优势。第二，经过两次电波干扰监测，平塘的电波环境相对较好。LT 争建建议书里写得很明白，"平塘县境内 4 个点，在背景噪声水平之上仅测量到少量窄带干扰信号，普定县境内的 4 个点，测量到 200 兆赫以下及 5000 兆赫以上的弱干扰"。第三，根据大望远镜的要求，须建一面 500 米口径的"主锅"，洼地的峰距必须在 500 米以上。平塘有峰距 500 米以上洼地 16 个，普定最大的尚家冲只有 400 多米。

为了避免许多不必要的麻烦，在《通报》的后面，我特意加上了一句："当然，这个分析仅代表我个人的看法。"

1994 年 10 月 3 日，LT 工程第三次国际会议与会专家学者的到访是大望远镜（LT）中的一个重大事件。为此，省政府办公厅专门召开筹备会，再次重申了以低调的态度处理相关接待事宜，明确要求不准举行夹道欢迎等仪式。开完会，我连夜返回平塘，传达会议精神。这之前，为迎接专家们的到来，县委、县政府前期曾拟定了一个隆重的欢迎议程，包括在考察路道配备交警把守、交叉岔道派人守候、组织县城中小学生及机关干部夹道欢迎、沿途设置临时厕所等，都做了周密的安排。准备了很长时间，说取消就取消了，大家都有些想不通，最后只在政府招待所举行了一个简短的欢迎宴会。

虽然免去了官方的排场，但民众的热情还是给这次考察的专家留下了许多感动。在者密镇熊桥，因为从马路到考察点有一段距离，路又很陡，乡亲们便准备了几大捆削得光亮亮的竹棍守在路旁，一一递给专家们当作拐杖。我记得当时一位美国代表曾这样说：这是我一生最难忘的时刻，我从这些善良的眼睛里看到今天中国偏远山区老百姓对科学和美好生活的向往。

熊桥洼地的落差高达 400 米，也许是乡亲们的这份真情太感人，我国著名天线专家茅于宽先生也不顾 73 岁高龄，手拄拐杖登上山顶。理查德已是第二次来平塘，他第一个登临山巅，站定之后，突然摆出一个外国人特有的狂欢姿势，张开双臂大声欢呼起来：Very good！ Very good！

去朱家冲的路原来只通马车，尽管当地老百姓说：“修那么大一个锅，不是把我们头上的这片天给遮住了吗？”但最终还是行动起来，在短时间里辟出一条足以让中巴车通行的车道。考察来临前，老百姓悄悄问我，他们从来没见过外国人，可不可以走近点看看他们长什么样。我告诉他们，可以，但一定要安静，不要影响专家们工作。那天，附近村寨的男女老少都穿上崭新的衣服，像参加一场盛大、庄严的仪式一样，整整齐齐地坐在四周的田埂上，静静地观看着，不吵，也不闹。那情景，直让南仁东连连向他们鞠躬致谢……

考察完毕，已是下午 2 点多，我们在一片平坦的草坪上准备了丰盛的午餐，大家围坐在一起边吃边谈，开心得不得了。吃完了饭，参加考察的中外代表们，很热情地和我们随行工作人员合影留念。我第一次感到，人啊，情到深处，相知相交，其实也未必需要很多时间了解，也无须经历很多事情磨合、考验！

这种感人的情景在后来也发生过：1997 年 6 月 1 日，中国科学院院士、北京天文台名誉台长王绶琯，中国科学院院士、中国科学技术协会副主席叶淑华，中国科学院院士、中国科学院天文学科专家组组长陈建生，在彭勃、聂跃平、吴盛殷等人陪同下，以耄耋之躯亲临熊桥。乡亲们知道后，专门制作了滑竿，小心翼翼地把他们抬上去……

同样，专家们在平塘留下的那份爱心也让平塘人民永远铭记：北京天文台在者密镇小学开办一个天文班，并捐赠电脑、电视、望远镜及大量文具，累计资助现金 3 万余元。南仁东 1994 年到平塘实地考察听说平塘还是国家级贫困县后，先后掏出 2000 多元资助十余名学生……细处里想，科学的良知、科技的进步与造福芸芸众生，其实是一脉相通的。

后来，记不得是聂跃平还是彭勃告诉我，6 天的会议及实地考察结束后，在 10 月 5 日举办的省长招待晚宴上，国际 LT 工作组组长、荷兰天文学家布朗先生曾说过这样一段话：贵州人民内在与外在的美，他们的善良与热情好客、他们的舞蹈与歌声和世界上独一无二的贵州风光一起，给我及参会的 LT 成员留下了深刻的印象。我们天文学家虽然没有大笔金钱，但我们有自己的思想，自己的梦，这些梦常常会在辛勤的劳动之后变为现实。

▲ 1996 年，王佐培（左一）陪同南仁东、朱丽春等专家冒雨考察大窝凼

友情归友情，感动归感动，但科学的严谨却永远不为任何个人情感所左右，这是我与来自世界各国天文科学家相处 9 年最深切的感受。这里讲一个小故事，与南仁东等专家在平塘的苍茫深处走了 9 年多，其间的酸甜苦辣大家一起尝过，凄风冷雨一起走过，过命的生死之交虽然说不上，但深厚的友谊却经得起时间的考验。然而，只在 2003 年，我退任了，南仁东也快退休了，他才第一次走进我家小屋。我说，那么多年，你这是第一次进我家啊。他说，也

只有到了这个时候才行啊！敞敞亮亮的一句话，大家都懂。

1997 年以后，从科学家们的交谈中，我隐约感到大望远镜（LT）似乎正在经历着某些变化。后来方知，7 月，LT 中国推进委员会提出了由我国独立建造一面世界最大单口径球面射电望远镜创新方案的初步设想；1998 年 4 月 7 日，中国科学家在 LT 第三次学术年会上明确提出先在贵州建造一面“500 米口径球面射电望远镜”的建议，这就是后来人们说的“FAST”。它的初衷，是以此作为大望远镜（LT）的先导单元，还是姓“国际”。但这以后的考察，目标都定位在峰距 500 米以上的洼地。

这个框架下，平塘共备选了 16 个洼地供专家们考察和选择。

1998 年 7 月 21 日，南仁东、段宝岩、聂跃平、朱丽春四位专家专程来到平塘。22 日至 23 日，实地考察 55 号和 71 号洼地。比较下来，鸡窝冲（55 号）从遥感图上看很好，但近距离看，略微偏小，峰丛的形态不是很明显；冗薅（71 号）窝凼形状很规范，唯有一面拉得有点远。

考察完毕，南仁东直飞上海去找绳索专家，探讨怎样把庞大的反射面拉紧固定等技术问题。

想着专家们对鸡窝冲和冗薅两个洼地留下的那么一点点“遗憾”，我连夜叫来县水利局局长黄河新，仔细地在地形图上重新搜索，11 号洼地（克度大窝凼）就是这次增补进来的一个选点。第二天，我即与县长谭文忠赶往克度，在克度镇党委书记李国彬陪同下，经落良轿子山、沙坪、鱼碗井，绕了整整一天的路，到大窝凼进行实地查看；第二天，再从八权地方折返。自此以后，不管是气象观测，还是无线电测试，大窝凼都给挂上了“号”。

1999 年，大望远镜（LT）易名为 SKA 国际射电望远镜阵，即“平方千米阵射电望远镜”。1 月，北京天文台专函通知我们提供 11 号洼地年最低气温、最高气温、风力等气象资料，县政府当即委派气象局于 1 月 9 日至 19 日、7 月 9 日至 18 日分两次对 11 号洼地进行定点、定时、定项气象观测，并附上交通、水源、电源等配备情况，一并呈送北京天文台。

2000 年是平塘积雪较大的一年，根据北京天文台的要求，1 月 9 日我们即委派气象局到 11 号洼地进行积雪深度和融化时间测量。10 日，我到贵州省科学技术厅开会，晚上即飘起了纷纷扬扬的大雪。厅领导要求平塘和普定立即将观测情况如实上报。现在看来，我们还真是懵打懵撞地先行了一步。为此，北京天文台专门致函对平塘所做的努力表示满意和感谢。

2000 年 4 月 17 至 21 日，国际天文协会射电源与闪烁国际学术研讨会在贵阳召开，主要听取和通报 FAST 预研究的进展情况。选址评价组组长聂跃平、工程预研究协作组组长段宝岩分别以平塘 11 号洼地为例进行专题发言。

会议结束后，为尽快完善候选洼地的评估数据，供国内外专家对 FAST 项目台址选定提出仲裁意见，北京天文台观测中心大射电望远镜实验室分别于 4 月 26 日和 5 月 1 日致函 FAST 项目选址评价组和贵州省地方协调组，提出两点要求：一是对平塘新增补的大窝凼洼地进行球冠模型拟合（因这一洼地专家们之前从未到过）；二是请贵州省无线电管理委员会对平塘卡罗乡桃子冲、卡蒲乡冗薅、牙舟镇厨屎凼、克度镇大窝凼以及县城所在地进行电波干扰情况监测。函文还说，根据目前正在进行沟通的有关台址评估的一些基本原则，希望项目选址评价组和贵州省地方协调组在已有完整数据的基础上，进一步收集包括洼地形状、几何尺寸、气象、电波环境、水文地质、综合环境等资料和数据；同时强调，对明显不符合要求的洼地不再予以考虑。

至此，FAST 项目的前景比以前“亮”了。据有关人员透露，国家科技部已计划将项目纳入“十一五”重大科技项目。有专家透露，如果按照修建 500 米口径的原定方案标准，项目的最终落户地，只能是贵州南部的某个点上。

6月29日至7月5日，省无线电管理委员会徐豫丰等一行进驻平塘，设点冗薅、县城、大窝凼等地进行为期8天的电波干扰监测。

由于大窝凼是第一次进入专家的视野，为此，监测前夕，我和谭文忠县长专程让克度镇李国斌书记带着探了一遍路。往来行走的人本来就很少，路旁的杂草、荆棘长得很茂密。凼里虽然有十来户人家，但距离观察点很远。我们只好请人把设备背到山上，晚上睡觉的全套用品都从镇上旅馆租用。

值得一提的是，大窝凼进入选址意向后，为方便专家进入，当地村民在政府只无偿提供六七吨炸药的情况下，仅用28天就修建了一条长约8千米的毛坯公路。

电波监测后很长一段时间，FAST项目有序地进入可研、立项、论证等阶段，外面的信息渐渐冷却下来，而我也因为“超期服役”，淡出了接洽、联络FAST的相关工作……

2 为了一方的平安

“今天早上，李孝柱、孟学忠、王亮和我一起去大射电进行巡防……大家是否明白？”

“明白！”

“好，解散！”

冬日的清晨总是伴随着一丝丝寒冷，每天早上8点钟，离正式上班还有半小时，克度派出所的民警又开始了新一天的工作。

在大窝凼的建设工地，近8千米的围栏随着山势蜿蜒盘旋，以防止外界因素干扰大射电望远镜的正常运行。而检查围栏是否损坏则成为克度镇派出所民警日常工作的一部分。

2020 年 1 月 23 日，是他们春节前的最后一次检查。由于围栏被安放在陡峭的山腰间，检查的民警必须手拉着围栏缓慢前行，稍不注意就会被刺网扎到。同时，崎岖不平的山路也会给他们的工作带来危险，一个不小心就有可能扭伤、摔伤。在这样的环境下开展工作，4 名民警一天只能检查 1 千米左右，检查完所有的围栏需要花费近 8 天的时间。

…………

在天眼基地采访期间，基地科学家善意建议："蒙老师，您一定也要写写克度派出所，写写张辉平所长，他们对我们天眼的建设和运行功劳不小哩。"

看到天眼所在地的派出所张辉平所长，我猛然意识到，中国天眼之外，这里还有一双不可或缺的眼睛，那就是日日夜夜、时时刻刻睁大着，观察着 FAST 基地方圆 5 千米范围内的风吹草动，确保上百名国家级科学家及数千名建设者安全的基层公安民警的眼睛！

张辉平的眼睛清澈、明亮，又透出一种亲和力。他是 7 年前调到克度派出所担任所长的，此前，29 岁的他已在平塘县白龙派出所所长的岗位上干了 3 年。就是说，小伙子大学毕业后从一名基层民警做起，当中国天眼这项国家重大工程进入大规模建设的关口，他被委以重任，挑起了为 FAST 建设保驾护航的担子。

路遇一位老汉。"灰太狼好哇，给你报个喜，你帮我补开户籍证明后，我的老龄补助解决了！""灰太狼？"我听得莫名其妙。

张所长笑了："这是我用的微信名，妻子和女儿给起的。"他说女儿 4 岁多了，叫张奕萌。这几年逢节假日都没能回去看她们，母女俩发微信给他，天眼核心区没有信号，他常常深夜回到宿舍才看到，回也不是，不回也不是，很自责。知道女儿喜欢看动画片《喜羊羊与灰太狼》，他名字中又有个"辉"字，就叫"辉太狼"吧，这样就拉近了和女儿的距离。"不过，我是光辉的辉哩！"

“辉太狼”说，当公安嘛，当真要有着一双“狼眼”！群众打110，在天眼方圆287平方千米，都是打给他们啊！派出所的民警要确保当地百姓安全，说保一方平安，他们这儿的“一方”是中国天眼，可了不得！他还说连续几年春节都没回家，是因为春节期间FAST的科学家要回北京了，他们一年才回家一次，锁门走了，派出所的民警要把一家一户的锁看住，确保科学家归来时，万无一失。“我曾在工地上遇到从北京返回基地的南老，他听人介绍我就是派出所的所长，紧紧握住我的手，连声说：‘谢谢，谢谢！你们辛苦啦！’”

“辉太狼”们的眼睛还要当摄像探头使。民警和辅警们需要几班倒，迈开双脚去实地巡查核心区。随着张辉平走了一段巡查“刀刺”防护网的山路，才知道这项看来寻常的勤务是何等艰辛。500米口径的“天眼大锅”，方圆8千米周围建有密密匝匝两人多高的铁丝网，严格防止未经许可的人擅自进入。张辉平和警务室的同事，每周都要沿着铁丝网巡查一至两圈儿，发现因大雨冲刷倒斜、漏洞点，必须立即修补，有时一干就是几小时，天黑也下不了山。

今天的克度镇，再也不是以前那个默默无闻的边远小镇了，它因中国天眼的建成而名扬世界。2016年10月，小镇迎来了中国天眼建成后的第一个国庆黄金周，为了一睹“天眼大锅”的雄奇壮观，每天都有数万名省内外乃至国外的游客到来。

欢闹喧嚣的泱泱人群中，总有一双双明亮的眼睛，守护着人民群众的生命和财产安全——那是“辉太狼”所长和他的战友们。

就在这个欢快的节日里，突然，对讲机传来紧急呼叫：“张所，张所，有家长报警孩子走失！女孩儿，5岁……”张辉平立即布置：“速请指挥部广播寻人！各个岗点注意，紧急寻找5岁女孩儿。”说完，他自己也匆匆汇入熙熙攘攘的人群中。茫茫人海，5岁的小姑娘你在哪儿?别怕，警察叔叔来找你啦！没过多久，当他满头大汗还在焦急寻找时，辅警李孝柱通过对讲机报告：“张所，张所，孩子找到，已联系上家长。”

张辉平松了一口气，抹了把脸上的汗——咦？他怔怔地呆住了！“辉太狼”锐利的目光一下盯在一个4岁女孩儿的脸上。那是萌萌，他的女儿！萌萌扬起小手：“爸爸，我们来看你了。”“辉太狼”鼻子一酸，大步上前抱起萌萌。女儿回头看妈妈，妈妈问：“中午一起吃饭，你有多少时间？”

“1小时吧。”说这话时，“辉太狼”的眼里满是柔情……

因为中国天眼落户平塘县克度镇，张辉平平时的工作重点几乎都是围绕着天眼的要素而开展。

苍山如海，连峰际天。

贵州高原深山密林处的中国天眼，注视着茫茫宇宙，眼力深邃，眼界开阔。

傍晚时分，喧嚣的人声一点点减弱直至消失。目送最后几名游客乘景区专用车离开，张辉平开着警用巡逻车巡查，一路沿着山路下坡，直到最底处没有路的地方才停下来。这条山路，从最初的一路荆棘，到后来的林中小路，再到平坦的柏油马路，他和他的同事走过了无数遍。

他倾听着，远处清脆的鸟鸣点缀着身边山谷的幽静，伴随着柔和轻微的“呼呼”声响，犹如和弦。他抬头望去，十几米高处，硕大的天眼遮挡着天际，似乎把整个天空都包容了进来。组成天眼的4000余块反射单元每一块上都布满了密密麻麻的小孔，那动听的和弦就是风儿穿过小孔发出的声音。

站在天眼之下，张辉平静静地倾听着，自豪和幸福洋溢在他脸庞。

中国天眼作为世界级的科技工程，2016年9月25日那天，包括中国天眼竣工仪式、航龙未来天文小镇奠基仪式、天文体验旅游团首游仪式等几个子活动，点多面广，每个子活动又在不同的景点进行，进行的时间也不同，要确保每个点的安全，压力不小。根据属地管理原则，加之熟悉、了解本地的地理环境和人文因素，“9·25”活动期间，绝对确保本地的安全稳定，成了克度派出所民警、辅警的头等政治任务。

张辉平结合各子活动的举行地点、群众参与等因素，将民警和辅警分成几个安保组，要求各安保组各司其职，每天按照子活动的流程来开展安保工作，并加强值守和踩点，每一个点都部署了充足的警力。

面上工作确定了之后，张辉平又遇上了新的难题。由于中国天眼景区都是新建设的，都在快速赶工期，刚开始很多活动场地还没确定，进出口、周边环境等方面还在不断变化之中。张辉平与战友们加班熬夜，通过大量的实地走访和侦察，终于根据环境的变化研究好警力增减、警力部署、安保人员和方位设定等问题，设立好安全通道，保证了活动顺利进行。

从 8 月 25 日迎接中国天眼落成启用及国际射电天文论坛倒计时 30 天誓师大会召开以来，张辉平以身作则，恪尽职守，带领克度派出所全体干警，像上足了发条的钟表一样，紧锣密鼓地开展各项具体细致的工作，每天起早贪黑，6 点钟起床，7 点钟全部到岗到位。民警和辅警很快就熟悉了工作，配合默契；各安保组每天走完流程已经是晚上 9 点钟了，还要开会研究下一步的工作怎么开展，最早收工休息也是晚上 10 点钟，最晚可加班到凌晨一两点钟。

众志成城，天道酬勤。终于在 9 月 24 日凌晨 3 点钟，将 9 月 25 日中国天眼落成启用仪式及系列活动所有安全保卫的筹备工作全部完成。

克度派出所共有 35 名民警和辅警，每天的工作都离不开每个同志的支持与配合。尽管每个子安保方案会随着活动中具体的情况而变化，张辉平每天都要坚持逐步细化方案，确保每个工作任务万无一失地落实到位。

“9·25”活动期间奋战了一个多月，张辉平和派出所全体干警因为重任在身，连续作战，忙得脚不沾地，最忙的时候，他们每天只能睡

3 小时。其间张辉平有几次到县城开会，会后自己立即开车返回所里落实工作。他提前做好了家人的思想工作，协调好家庭与工作的关系，让家人放心。妻子和父母从未让他因家事分心，还带着女儿从都匀赶到克度来看望他、支持他。他很感谢家人的理解和支持，让他能够拥有平静的心态去工作。

他说，工作太忙，最对不起的就是自己的家人："忙得都没有时间想家，在年幼的女儿眼中，爸爸就是视频中的图像。"

张辉平始终牢记履行自身的工作职责，将其看成是自己义不容辞的使命和责任。"既然当了一所之长，更应该做好表率，带好民警和辅警做好每一项工作，只要每一项任务能圆满完成，就是我们最大的成就。"张辉平如是说。

每天走到大窝凼，看到天眼的时候，民警们的脸上立刻就露出了笑容。"能够见证、守护天眼长成，再多的付出，都值得！"说完，张辉平理了理身上深蓝色的警服，又和大家开始了一天的巡逻。

2008 年 12 月，天眼工程开工建设。数千名建设者在此驻扎，各路商贾云集，一夜之间克度镇猛增流动人员超万人，因迁徙带来的土地纠纷等矛盾也逐渐增多。平塘县公安局克度派出所主动上门找到项目施工单位共商建立了"警企联勤机制"，选定了工区治安联勤员，专门量身打造了天眼警务室，安排 2 名文武双全的民警和 4 名任劳任怨的辅警常年驻守。

距离FAST建设工地500多米的警务室，30多平方米的简易板房，6张铁床，1台电磁炉，6副碗筷，墙角堆放的几袋大米和土豆，还有1只叫"大黄"的土狗，就是全部家当。一日三餐靠大家轮流值班买菜、做饭。

这一驻守就是 7 年，2500 多个日日夜夜。

年轻的辅警李孝柱，身高力大，特别能吃苦。天眼警务室一成立，他就跟着两名民警和其他几位辅警，带着几袋大米、土豆上了山，陪着他们的只有“大黄”这个忠实的伙伴。

他们在大窝凼山口紧邻工程人员用房的地方搭起简易帐篷。山顶沙土多，帐篷不易拴牢，大风一吹，帐篷就倒，有时夜深睡梦正酣，帐篷却被刮倒了。有几次，李孝柱猛一睁眼，看见了满天的星星，赶紧披着棉被起身重搭帐篷。等铁板房建起来后，条件才稍有改观。可是，铁板房也不消停，下雨时房顶“咚咚”作响，刮风时风声一夜无歇。冬季的铁板房里冰冷难挨，盖上两床被子也抵不住冷气侵扰。工地初具模样后，技术人员搬来了很多仪器设备。防火、防盗、防破坏，警务室仿佛一颗定盘星立在那里。

中国天眼施工伊始，上山无路，施工单位只得炸山劈出一条路来。民警骑着摩托车巡逻时，走不了多远就会遇到几十米、几百米被石块挡住的路面，要想通过，必须一一用手搬开，开出一条小路来。

中国天眼建设工地每天都有数百上千名建设者忙碌在施工第一线，大窝凼里显得热闹而忙碌。特别是几个项目同时作业时，工地上有数千名建设人员挑灯夜战。民警和辅警就在周长约 1.6 千米，相当于 30 个足球场的工区不分昼夜地巡查，确保施工设备材料、施工人员安全，阻止无关人员翻山进入施工场地……枯燥，贫乏，周而复始，但责任重大，使命光荣。

每天，民警都会走到工人中间，记录他们的身份信息，晚上回到警务室再一一核对。每天有多少支工程队施工，有多少人在工地上忙碌，有多少人来自全国哪个地方，派出所的台账记得清清楚楚。

中国天眼项目施工难度大、周期长，有的工程队要进驻两年，最短的也要七八个月。最近的施工点离克度镇也要 20 多千米，崎岖的山路拦住了民工下山的脚步，一天劳累过后，他们只能靠喝酒、聊天打发时间。一天傍晚，两支不同省份的施工队酒后起了争执。民警巡查时听见工地上的吵嚷声，连忙赶过去。几位年轻民警镇定地站在工人中间，隔开矛盾双方，然后分头了解争执原因。好一会儿，民警才从情绪激动的只言片语中明白了原委——在深山中待得太久了，民工们想家，可手机又没信号，就借着酒劲抒发着思乡之情，不知怎么却莫名地起了争执。

闻讯赶来的张辉平听到这个原因，索性拉着民工围坐一起聊起了家常。在山坳里，在建筑工地旁，张辉平和民工们聊起眼前这个工程的价值，聊起“举世瞩目的天眼有着咱们的功劳，将来我们的子孙都会为我们竖大拇指的”。作为贵州大学环境工程专业毕业的大学生，张辉平觉得从警岁月中能有一段守护中国天眼的经历，是荣耀，值得自豪。他安静地倾听着民工们讲述他们的家乡和亲人，倾听他们宣泄着对远方家人的思念之情。渐渐地，民工们的情绪稳定了。夜色深沉，但他们意犹未尽，月光下的倾诉和倾听让警民之间、工人间的情感一下子拉近了许多，加深了许多，舒心了许多。那晚之后，工地上绝少出现纠纷了。

“警务室的警务人员经常在我们住的地方巡查，我们有什么困难和要求，他们都会第一时间积极地解决，有他们在我们都很放心。”中国电子科技集团公司第五十四研究所 FAST 项目反射面板副总设计师曹江涛说。

中国天眼开建的消息，引来了来自全国各地的天文爱好者。但中国天眼是国家重点项目，不允许无关人员进场参观。劝返中国天眼的“粉丝”，成了民警们每天都要面对的难题。因为赶工期，每年春节的大窝凼仍旧是昼夜施工的繁忙景象。从北京、上海、广东、福建等地专程前来观赏中国天眼的数千名天文粉丝，无一例外都在警务室前被值班民警拦了下来。常人无法理解，远道而来的游客更是无法冷静，有的爆粗口，有的甚至大打出手。克制、解释、疏导、劝返，干警们隐忍屈辱，铁面无私，日复一日，周而复始地挺立在那个不能有半点疏漏的岗位上。

2015 年大年初一清晨，跟同事一道在山上度过除夕的张辉平走出警务室，就看见不远处的山路上开过来几十辆私家车。张辉平知道，此前不久，一家媒体报道过中国天眼的有关消息，很多游客春节长假千里迢迢慕名到来，只为一睹中国天眼雄伟壮观的容颜。几百人满脸期待地站在门口，可施工方是不允许放人进去的。眼见人越聚越多，情绪越来越激动，张辉平和副所长路义军火速征得上级部门和施工方同意，由干警开车带领游客到山坳旁欣赏天眼，以满足游客千里迢迢赶来只为一睹天眼真容的迫切心愿，但条件是必须全程听从民警指挥，观看结束立即返回。

那时候，中国天眼的反射单元刚刚开始安装，建好的圈梁和各种支撑物拔地而起，仰视苍穹，场面已然很壮观。游客见到这样的情景，激动得情不自禁地欢呼起来。

这个大年初一，民警们上百趟地来回跑动，让众多游客观看了中国天眼，直到傍晚，绵延几千米的私家车才满意而归。

▼ 建设中的 FAST 全景

2016年的大年初六，王军记忆深刻。当天是他值班，下午3点钟，严某等8名四川天文爱好者，慕名自驾远道前来观看天眼，在警务室前就被民警拦下，经过半个多小时的唇枪舌剑才被说服离开。然而，严某及同伴为了“不虚此行”，在距离警务室1000米外的山垭口，找到了一条当地人都很少行走的“古栈道”，他们绕过陡峭的山梁和岩壁，经过5个多小时的艰难攀爬穿越，晚上8点多，才爬上中国天眼北面的山梁。精疲力竭的严某一行经历短暂的喜悦和惊叹之后，很快就完全迷失在伸手不见五指的茫茫夜色里，他们怎么都找不到回程的山路了。漆黑的山上，树影摇曳，风声响在耳畔。黑夜、饥饿、寒冷、恐惧，犹如一头猛兽向他们袭来。犹豫再三，严某在极度惊恐之中，借着手机微弱的信号，拨通了110。

微弱的呼救声传到了平塘县公安局110指挥中心，最后转到了天眼警务室。

王军接报后，好不容易才联系上严某，要求他们留在原地等待救援。警情紧急，人命关天，王军来不及等待县局派来的救援人员，就带着辅警杜君峰向着严某呼救的方向进发了。

这是一条平时几乎无人行走的陡峭山路，有的地方坡度达到六七十度，需要手脚并用才能向前爬行。有的地方稍不小心，摔下山崖就会粉身碎骨。黑夜里，王军和杜君峰在陡峭的山崖上艰难爬行两个多小时，才找到了几乎陷入绝境的严某一行人。王军来不及休息片刻，立即组织他们返程。回到警务室已经是凌晨。严某一行人在警务室含泪吞下民警为他们准备的热腾腾的面条。准备返程时，严某发现随身携带的车钥匙不知去向。几经回忆，车钥匙可能落在了他们等待救援的山梁上，或是山路上。得知这一情况后，王军带着严某再次回到山上找钥匙。费尽周折，一直到第二天天明才回来。钥匙没找到，所长张辉平又联络了拖车及救援车辆，直到把来自四川的天文爱好者严某一行平安送上返乡的大巴车。

2016 年 3 月 28 日，王军因持续加班劳累过度引发心肌梗死住院，经过半个多月的治疗，没等完全康复，他又急急忙忙回到了警务室。

2016 年 9 月 25 日，中国天眼——国家重大科技基础设施 500 米口径球面射电望远镜落成启用仪式暨国际射电天文论坛在平塘县克度镇举行。

5 天后，中国天眼迎来第一个国庆黄金周。数以万计的观光者站在观景台上，感受着 FAST 的雄伟壮丽。那些曾经住在这里的乡亲们，也挈妇将雏地来了，他们欣喜地说自己也是中国天眼的一分子，用小家为国家做了一点事情。

而张辉平和他的同事们依旧在忙。中国天眼之下，10 年的光阴已静静地流淌而过，曾经的波澜已经刻进他们的心底，成为他们的珍贵收藏。

你看，那观天巨眼，在干警清澈的眼神和犀利的目光里，完全融入了他们的情感，也融入了他们始终如一的坚守。

那大写的责任，就像淡云清风，就像山石树影，随心，随形。警徽映衬下的那抹深蓝陪伴着中国天眼，一路同行！

第九章

气象保障 苦乐其中

QIXIANG BAOZHANG
KULE QIZHONG

射电望远镜台址的选择除受到地理、地貌、无线电磁环境等的影响外，其周边的气象条件也会直接影响着射电望远镜的结构设计和正常使用。因此，进行射电望远镜台址的选择和建造，气象条件是必须考虑的一个重要因素。

当年的平塘县气象局连焦爱平一起只有 5 个职工，他、颜可贵、黄长军 3 个是男子汉，其他 2 位是女同志。当时观测设备比较笨重，观测点没有路，但需要把这些设备搬到各个观测点去，每个季度抽 1 个月的时间进行观测，具体是 1 月、4 月、7 月、10 月。有一次凌晨 4 点钟观测工作结束，黄长军在下山途中踩到一个软绵绵的东西，电筒一照，那东西立马昂头竖立起 1 尺多高，原来是一条手臂粗的蛇！

许明荣站长：我从 2005 年就到炮站工作，至今整整 15 年了，15 年间一直保持零失误。虽然工资不高，但责任和担当让我们坚持下来，尤其是中国天眼落户在我们家门口后，我们感到从未有过的自豪，能够在家门口为世界最大的观天巨眼服务，是我们一生的荣幸。

夜空中
那颗星儿
眨着明亮的眼睛
她遥远
她清澈
她深邃
她就是
一首不会落幕的诗行……

1 焦局长的缱绻追忆

射电望远镜因其特有的高穿透性，而成为目前天文学研究中以高分辨率、高灵敏度为特点探索宇宙奥秘的重要观测设备。射电望远镜台址的选择除受到地理、地貌、无线电磁环境等的影响外，其周边的气象条件也会直接影响着射电望远镜的结构设计和正常使用。因此，进行射电望远镜台址的选择和建造，气象条件是必须考虑的一个重要因素。

平塘县气象部门整齐上进的队伍、规范严格的工作制度，使平塘县气象工作日飞月跃，在气象探测、气候分析、天气预报以及气象服务等方面取得了令人称道的成绩，为农业、工业及各项事业提供了准确高质的气象服务。在为中国天眼提供科学准确数据的气象服务时，平塘县气象局将其作为分内工作，孜孜以求，劳苦功高。

野外气象观测工作非常艰辛，观测人员为了科学精准观测，以天为被，以地作床，坚守在各自的观测点，克服着孤独和恐惧，认真仔细地记录下每一次气象观测数据。

时任平塘县气象局局长焦爱平向我们回忆：

平塘县大部分地区属中亚热带季风湿润气候，南部低热河谷区属高亚热带气候。冬无严寒，夏无酷暑，雨热同季，无霜期长。年太阳辐射总量为 3706 兆焦耳 / 平方米，属全国低值区。太阳日照时数年平均 1316.9 小时，日照率为 30%，亦属全国低值区。年平均气温 17℃，最冷 1 月均温 6.8℃，最热 7 月均温 25.4℃，极端最低气温 -7.7℃，极端最高气温 38.1℃，极端低温和高温均非常罕见，多年平均无霜期为 312 天。这一气候特征为植物多样性提供了适宜的、得天独厚的条件，平塘县全年漫山遍野郁郁葱葱，空气无污染、透明度高。

大射电望远镜项目自选址起，就已经全方位考虑多种因素，其中气象条件是非常关键的一环，需要贵州省及时准确地提供各预选洼地客观翔实的气象资料，以便比较、优化，作出科学的选择。平塘县气象部门在大射电望远镜长达 12 年的项目选址征途中，高度重视，主动参与，全力配合，在时间长度上及时提供了近 40 年的平塘县气象资料，包括温度、风速、降水、冰雹、冰雨、降尘、降雪等，实事求是，全面准确；同时还按时完成了有关洼地气象资料的探测、特测的艰巨任务。

准确的气象资料对建造大射电望远镜非常重要。无冰冻的气候有利于土建和安装，减少防护措施造成的浪费。灾害性的气象现象会给大射电望远镜造成损坏而不能正常运行，例如，较厚而不能及时融化的积雪会影响射电望远镜的工作，强雷和灾害性冰雹会损坏射电望远镜的露天设施，过大的风速会造成观测设备的不稳定。为了保证射电望远镜的正常工作和提高观测效率以及观测质量，大射电望远镜的台址应尽量避开灾害性气象多发区。从平塘县长期的气象资料看，各种可能对射电望远镜造成损害的灾害性气象几乎没有。因此，大自然赋予平塘县得天独厚的气候气象条件，为大射电望远镜的建设提供了其他地区无法比拟的适宜条件。

前期选址工作中，有关气象资料这一方面，由于平塘县气象局技术力量有限，省里安排省气象局气象中心的专家来具体负责这项工作，平塘县气象局配合参与，完成选址的气候认证工作。

1997 年春节上班第一天，县政府负责协调选址工作的王佐培副县长把焦爱平局长请到他办公室，告知上面的科研部门在地图上发现了平塘县城东边的马坡东南有一个窝凼，要县里迅速提供连续 5 天的气象观测详尽资料。州气象局给县里配备了一些设备，在山顶、山腰、山脚，设置3个气象观测点，要在同一时间观测才准，当时定的观测时间是8时、14 时、20 时、2 时。当年的平塘县气象局连焦爱平一起只有 5 个职工，他、颜可贵、黄长军 3 个是男子汉，其他 2 位是女同志。当时观测设备比较笨重，到观测点没有路，但需要把这些设备搬到各个观测点去，每个季度抽 1 个月的时间进行观测，具体是 1 月、4 月、7 月、10 月。

有一次凌晨 4 点钟观测工作结束，黄长军在下山途中踩到一个软绵绵的东西，电筒一照，那东西立马昂头竖立起 1 尺多高，原来是一条手臂粗的蛇！如果不是穿着长筒胶鞋，黄长军估计就被蛇咬了。经过一年时间的科学观测论证，马坡窝凼气象条件不错，但是无线电波干扰有点大，只能另外选址，选来选去，后来就选到克度镇去了。

因为先前做的气候论证工作，技术方面还达不到尽善尽美，就请了省气候中心的吴战平主任，当时叫贵州省山地环境气候研究所，他们的技术力量雄厚，省内很多大型项目的气候条件论证都是由他们来完成的。贵州省山地环境气候研究所受命进驻平塘县后，气候论证工作就交给他们来做，一年也观测 4 个月，在当时大窝凼的山腰设一个点，山坳百香树那里设一个点，平塘气象部门负责配合。吴战平主任是个高度负责的领导，全程参与工作，每天都蹲在一线，跟大伙儿一起认真忙碌着，没有人叫苦叫累。工作中比较难的是深夜结束工作从山上下来，没有现成的路，很容易走错，四处黑咕隆咚的让人心里头毛辣辣地担惊受怕，身上背着一把柴刀和一个电筒，遇上下雨、下冰雹的日子，像保护生命一样保护第一手原始资料以确保万无一失。县里面的王佐培副县长等领导很重视大窝凼气候观测这件事，多次到现场来嘘寒问暖，看望大家。

贵州省地处青藏高原的东斜坡——云贵高原山区，这里山川密布，河谷纵横，地形复杂，是国内唯一没有平原支撑的山区省份，气象条件和垂直差异较其他地方更加明显，各种气象要素的分布和变化具有较强的局地性，“一山有四季，十里不同天”无疑是贵州省气候环境的真实写照。

通常自然条件下的气象要素空间分布不均匀，年季月日的变化相当大，对人类的生产和生活有着明显的影响。中国天眼工程从设计方案选择、施工营运安全等方面来讲，都需要考虑建设地点的地面气象条件、空中水汽含量变化和雷电、冰雹、短时强降水等激烈天气的影响，掌握大射电望远镜贵州台址——大窝凼核心洼地及周边地区详尽翔实的气候背景资料是大射电望远镜设计、施工、营运所必需的。因此，开展专项课题研究，为台址设计及大射电望远镜的安全运行提供必要的气象基础资料和依据就显得非常重要了。

2003 年的“大射电望远镜（FAST/SKA）贵州台址普查及相关环境研究”项目，是由中国科学院国家天文台和贵州省科学技术厅委托，贵州大学承担，贵州省无线电管理委员会和贵州省山地环境气候研究所参加的中国科学院重大研究项目。贵州省山地环境气候研究所牵头成立课题组，负责气象环境专题研究，具体工作由平塘县气象局配合省里派来的同志进行一线监测，收集最原始和翔实的气象数据资料。

由于贵州地形复杂，洼地小气候特征明显，除已有中等时空分辨率的气象数据外，需要洼地内高时空分辨率的气象数据，其中包括极端温度和湿度在洼地不同高度的时变、洼地内外风向风速的关系等气象数据。

这些信息将为 FAST 的设计制造提供可靠的依据，因此掌握和了解核心洼地的小气候特点对设计和建设大射电望远镜十分重要。

采取必要的短期小气候考察观测为大射电望远镜设计和建设提供基础资料，是气象环境专题研究的一项重要任务。

鉴于以上要求，课题组根据实施方案的技术要求和技术路线，对省内特别是核心洼地周边地区的正规气象站的历史气象资料进行了全面的整编分析，对核心洼地地区的气候特征、灾害性天气及危害进行了专项调查。需要指出的是，调查所用资料来自国家气象部门设置的邻近气象站，虽然站址不在核心洼地，但从气候学原理来讲，完全能反映区域的气候特征。为取得第一手资料，2004 年 7 月 15 日至 19 日、10 月 16 日至 20 日和 2005 年 1 月 11 日至 15 日、4 月 12 日至 15 日，课题组在大窝凼组织了 4 次四季代表月野外实地观测工作，考察队伍由具有丰富气象观测经验的省、州、县三级气象部门的 10 余名专业技术人员组成，观测地点设在平塘县克度镇的大窝凼洼地。观测方式为沿洼地剖面布设 7 个观测点，逐时记录不同海拔高度上的气温、湿度、气压和风向风速等气象要素，每次观测时间均连续 24 小时以上。考察观测期间，平塘县、罗甸县气象站也进行了同步观测，获取了 7095 个观测样本资料。通过对同步观测资料进行对比分析，研究核心洼地与气象观测站气象要素的关系，摸清观测点的气候特点。

通过考察观测短期小气候及参考周边地区气候背景，课题组对大窝凼核心洼地的气温、降水、风速等气候因素进行了全面分析，为 FAST 项目建设提供了第一手的气象分析资料。在研究过程中课题组发现当有强冷空气入侵时，由于大窝凼洼地四周地形封闭，聚集的冷空气不宜排出，经常可能会出现“冷湖效应”，进而形成逆温现象。同时由于对流层水汽含量对射电望远镜接收的电磁波高频波具有一定的衰减作用，课题组选用贵阳和广西河池两个探空气象站的多年高空探测资料，对大窝凼地区的高空水汽状况进行了详细分析。最后课题组还对大窝凼地区雷暴、冰雹等会对大射电望远镜观测和安全产生影响的气象灾害进行了深入的分析,为保证大射电望远镜项目的施工和营运安全提出了防范建议。

记得第一次到现场观测时，课题组仅仅简单地购买了席子、手电筒、电池，以及饼干、面包、方便面和矿泉水等物资，就匆匆奔赴大窝凼了。进入大窝凼后，每个观测人员带上个人物资，顺着山路而下，来到各自观测点驻扎下来，饿了吃几口干粮，渴了喝几口矿泉水，寸步不离地坚守在观测点，进行着 24 小时不间断的逐时观测。

夜晚的大窝凼满天星斗，安静得只听见阵阵虫鸣和风吹树叶的沙沙声，平时这种环境会让人身心愉悦，然而对于彻夜记录气象数据的观测人员来说，独自一人坚守在丛林中却需要足够的勇气。为了保证观测人员的安全，夜晚每次观测工作开始之前，洼地顶的观测人员都会呼唤每一位观测点的同事，有回应就表示观测人员安全。

有一天凌晨两点，任凭观测人员如何呼唤，有一个观测点的同事一直都没有回应。大伙都很担心，两位领导打着手电筒，沿着崎岖陡峭的山路来到这位同事的观测点，一直悬着的心终于落下了，原来是洼地顶的同事听不到他的回应。确认了他的安全后，两位领导再次顺山而下，查看其他观测人员的安全。来到最后一个野外观测点时，在黑暗中远远地看到一点点微弱的亮光，走近一看是观测人员的手电筒的灯光。原来是这位年轻的观测人员一个人在丛林中太害怕了，听到一点风吹草动，就打开手电筒照亮四周，查看是否安全。就这样打开、关上，再打开、再关上，手电筒的电很快就要用完了。两位领导将自己使用的手电筒留了下来，带着那个几乎没有亮光的手电筒摸黑向洼地顶爬去。

进入大窝凼的山路是顺着好几个洼地修建的，进山的道路近 8 千米长，路的一边是山壁，另一边则是山崖，车行驶起来比较危险，遇到上坡和下坡就更为惊险。1 月观测时正好遇上大雪，车无法开进去了，为了保证工作正常开展，课题组在进山的道路口卸下全部装备和物资，徒步前往大窝凼。一路上雪越下越大，山路上的积雪也越来越厚，观测人员小心翼翼，一步一滑地向着目的地前进，经过4个多小时艰难的跋涉，终于在中午之前赶到了大窝凼，确保现场观测的准时开始。

在大窝凼野外观测时吃饭是件很麻烦的事情，只有洼地底的观测点可以借用老乡家的灶膛煮饭炒菜，洼地顶能够在临时住所烧水泡面，邻近观测点的观测人员则可以利用观测间隙赶到这两个地方就餐，其余观测点没有这个条件和时间，观测人员每天只能吃一点饼干、面包充饥，简单地解决填饱肚子的问题。

在大窝凼观测的过程是辛苦的，生活十分不便，然而也有着两三件趣事发生，给艰辛的观测工作平添了一些乐趣，许多细节后来竟成了工作和生活中的美好回忆。

观测人员中有两位年轻同事当时正在谈恋爱，每天打电话与女朋友联系是必不可少的一项工作。由于大窝凼的无线电环境非常优越，没有影响大射电望远镜的电磁波，当观测人员进入大窝凼开展现场观测时，手机无法连接上通信网络，也就与外界断了联系。这两位同事自然也不能与女朋友联系，因此每次进入大窝凼之前，只要是有空闲的时候，总能看到他们在给女朋友打电话，停车休息时在打，吃饭之前在打，晚上休息时在打，以至于后来大家看不到他们，一猜就知道肯定是跑到安静的地方找信号给女朋友打电话去了。

有一次开展大窝凼现场观测时，发现建设大窝凼乡村道路的施工人员在路边可以用无线座机打电话，这两位同事充满希望地拿出手机，发现依然无法连接网络。不死心的两人向施工人员打听才知道，能打电话的地方在山路中间大约两块砖那么高的地方，要把手机放在这个位置，才隐隐约约接收到网络信号，而且还不是什么时候都有，用施工人员的话来说，这是大风吹过来的网络信号。于是两人的希望再一次破灭了。

前面说到过课题组的观测人员开展现场观测时，会借用大窝凼洼地底老乡家的灶膛煮饭炒菜，解决吃饭的问题。第二次大窝凼野外观测工作开始之前，大伙预先购买了几斤牛排，想着炖一锅牛排火锅打打牙祭，改善一下生活。谁曾想接下来发生的事让大家后来回想起来，仍觉得十分好笑。那天中午观测工作完毕，大伙儿把牛排洗净下锅，烧上柴火，慢慢地炖着。时不时往锅下加加柴火，搅动一下锅里的牛排，看水少了再加一点水。就这样两小时过去了，牛排没熟，又等了两小时，牛排还是没有熟，一直炖到晚上 6 点钟要开饭了，这一锅“美味”的牛排还是没有炖熟。而半山腰的观测人员全然不知，他们观测完 6 点的整点气象要素，从山上飞奔下来，来到老杨家灶膛旁围坐一圈，品尝起晚上的大餐。谁曾想送入口中的牛排咬也咬不动，嚼也嚼不烂。大伙望着这一锅“美味”而无法下咽的牛排，只得摇头叹息。眼看观测时间一点点临近，观测人员没有办法，只能就着一瓶老干妈辣椒酱，胡乱填下几碗米饭，遗憾地上山去了。

2005 年 4 月，最后一次大窝凼野外观测工作开始，这次观测结束后，课题组将离开美丽的大窝凼，转入室内开展气候背景和气象灾害、空中水汽含量情况的全面分析。也许是对气象观测工作的好奇，也许是对观测人员的不舍，大窝凼洼地底老乡家两条刚出生没几个月的小狗，整天围着观测人员，跑前跑后，形影不离。观测人员上山观测，它们就跟着上山；观测人员下山吃饭，它们也跟着下山；观测人员休息的时候，它们就围着嬉戏打闹。现场观测结束后，观测人员准备撤离了，它们还想跟着一起走。于是乎，贵阳来的两位同事从主人手中买下它们，一同带回了贵阳，还给它们分别起了一个很有意义的名字，一只叫“窝窝”，一只叫“凼凼”，以此来纪念在大窝凼这段难忘的野外观测的日子。

所有的困难都会成为过去。经过近两年的努力，课题组按时完成任务，提交了《大射电望远镜（FAST/SKA）贵州台址普查及相关环境研究——

贵州首选台址气象环境研究专题报告》（简称《专题报告》）。2005 年大射电望远镜国际会议召开，各国射电望远镜领域的专家齐集贵阳，对大窝凼洼地的建设条件进行论证。会议召开之前，课题组根据国家天文台的要求，克服任务时间紧、报告翻译量大、专业词汇多等困难，按时提交了中英文报告和英文展板，课题主持人在会议现场与外国专家进行交流解答，大射电望远镜国际会议圆满召开，本项专题的研究工作获一致好评。

《专题报告》对 FAST 首选核心洼地——贵州省平塘县克度镇的大窝凼洼地进行的短期实地野外小气候考察分析、气候背景分析、空中水汽含量分析等系列研究成果，为大射电望远镜的正常设计、建设、运营提供了翔实的气象资料，贵州冰雹灾害的风险、冰雹主要移动路径的分析成果，为 FAST 台址安全上的可行性提供了很好的科学依据。省、州、县三级气象部门共同努力，为天眼落户贵州，作出了贵州气象人应有的贡献。

2 中国天眼冰雹防御炮站

2016 年 12 月，中国科学院国家天文台为感谢平塘县气象局在 FAST 选址、建设、落成启动仪式中的各项保障工作，写了一封感谢信表示感激，也表示对平塘县气象局所做工作的肯定。全文如下——

世界上最大的 500 米口径球面射电望远镜于 9 月 25 日在贵州省黔南布依族苗族自治州平塘县落成启用。500 米口径球面射电望远镜被誉为“中国天眼”，是具有我国自主知识产权、世界最大单口径、最灵敏的射电望远镜。它的落成启用，对我国在科学前沿实现重大原创突破、加快创新驱动发展具有重要意义。

贵局在FAST工程项目建设过程中，全力做好气象监测、预警预报、应急值守和服务保障等各项工作。在此，中国科学院国家天文台对平塘县气象局在FAST项目中的所作贡献表示由衷的感谢，也衷心地希望贵单位一如既往地支持帮助我们！

2016年9月25日，备受社会各界高度关注的FAST项目落成启用仪式暨国际射电天文论坛在平塘天文小镇举行。此次活动规模大、规格高，气象服务保障工作艰巨、复杂，平塘县委、县政府高度重视。对气象部门来说，既是对他们高质高效工作的检验，更是一次展现气象化建设成果和气象队伍建设的机遇。为保障好此次活动，黔南州气象局及罗甸、惠水、龙里、贵定等县气象局成立气象保障服务小组，在监测上实现每小时一次的地面加密观测，天气雷达24小时不间断监测，活动现场使用气象应急保障车进行现场监测，为活动筹委会和广大游客提供实时气象数据；9月24日至25日，每天滚动向活动筹委会提供未来3小时天气预报，如遇雷电、强降水等不利影响的重大天气，实现提前0～2小时的滚动短时临近预警；在人工影响天气保障服务上，采用联合梯级提前作业方式进行保障，力保将降水对主会场的影响减少到最小。

当日，天公不作美，下起了大雨。根据最新气象资料的分析，大雨会影响到晚上的活动开展，为保障活动不受天气影响，气象保障小组提前部署移动火箭车，在大塘、鼠场、塘边等地提前开展人工消雨作业。经过作业后，在10时左右，阳光普照，此次活动没有受到天气影响，赢得了省、州、县各级领导的高度表扬和肯定。

2017年11月7日，贵州省第12届旅游产业发展大会在平塘天文小镇召开。根据气象台前期分析，11月7日降雨概率极大，会影响大会的顺利开展，为做好气象保障工作，平塘县气象局提前做好人工影响保障方案，提前部署，提前开展作业。平塘县气象局联合黔南州气象局及罗甸、独山、惠水、长顺、贵定、龙里等县气象局组织气象保障服务小组，于 11 月 6 日赶赴各作业点，提前蹲守。

11 月 7 日，天文小镇下起了小雨。根据监测，此次降雨时间较长，预计下一整天。为保障 15 时的活动不受降雨天气影响，10 时至 14 时，分别在平塘县的鼠场、大塘、通州，罗甸县的边阳等地开展人工消雨作业 20 余次，使用火箭弹 80 余枚，有效地让降雨在 15 时前停止，使主会场天文小镇未受降雨影响，大会及系列活动顺利开展。此次人工影响天气保障服务再度获得省州县的高度赞誉。

平塘辖区内目前有航龙、塘泥、鼠场、光明、大塘、通州、牙舟 7 个固定炮站，此外还有 1 辆移动火箭作业车和 2 个固定的火箭作业点。

航龙、光明、塘泥这 3 个核心炮站，建在中国天眼最容易遭受冰雹袭击的路径上，是专为确保中国天眼不受冰雹袭击而修建的冰雹防御炮站，全年开展人工消雹作业，最大限度地减轻或消除冰雹对天眼的威胁。

3 个核心炮站于 2015 年同时修建，2016 年 9 月全部投入使用。修建之初，塘泥炮站和光明炮站为固定火箭作业点，因火箭防雹效果弱于高炮防雹，于 2020 年初更改为高炮作业，并实现自动化作业。大塘、通州、鼠场、牙舟 4 个炮站属于常规炮站，作业时间为每年的 2 月至 9 月。

3 个核心炮站自建成投入使用至 2020 年 9 月，共开展人工消雹作业 150 余次，发射炮弹 2300 余发，有效保护了中国天眼不受冰雹袭击。

3 功成必定有我

由于大窝凼特殊的地理环境，干旱、暴雨、冰雹等气象灾害经常出现，其中冰雹对建成的天眼威胁最大，直径超过 5 毫米的冰雹将会对天眼的球面反射板造成不可逆的伤害。为解决这个问题，平塘县委、县政府及时成立归口气象局管辖的中国天眼冰雹防御指挥中心，通过贵州省

500米口径球面射电望远镜领导小组科学论证，形成了将中国天眼上游地区划分为防御核心区、作业加强区、作业重点区三个不同区域的“梯级防御”战略战术，层层开展人工影响天气作业，将冰雹层层削减，最大限度地消减冰雹对中国天眼的影响。

防御核心区，在中国天眼半径50千米内。包括平塘县全部作业点，罗甸县、惠水县、长顺县部分作业点均属于防御核心区，是中国天眼冰雹防御的最后一道屏障。目前在长顺、惠水、罗甸3个县新建6个作业点，增加核心区防御能力。

作业加强区，在中国天眼半径50～80千米范围内，包括望谟、紫云、长顺、贵阳等县市，当强对流天气越过作业重点区或是在加强区生成时，作业加强区就成为拦截冰雹的主要力量。

作业重点区，在中国天眼半径80～120千米范围为，包括上游的册亨、贞丰、关岭、镇宁、安顺、清镇等县市，是冰雹防御的第一级，是在冰雹形成的源头开展人工影响天气作业，从源头上对冰雹形成进行人工干预，减轻作业加强区和防御核心区的压力。

平塘县气象局在FAST工程项目选址、建设过程中，全力做好气象监测、预警预报、应急值守和服务保障等各项工作，发挥了不可替代的作用。中国天眼建成后，平塘气象部门为FAST服务的工作重心随之转变为冰雹防御，保驾护航FAST“早出成果、多出成果、出好成果、出大成果”。

中国天眼冰雹基地实行军事化管理，炮站人员全部由来自当地政治素质和业务素质过硬的退伍军人组成，是一支忠诚、有担当、精悍的革命团队。位于天文小镇东山的航龙炮站身兼双职，既是防御核心区的核心站，又是中国天眼冰雹防御指挥中心，一岗双职，任重道远。

笔者于2020年4月和5月两次进入中国天眼冰雹防御指挥中心——航龙炮站及核心站之一的塘泥炮站蹲点体验和采访，结识了航龙炮站站长谢志军、塘泥炮站站长许明荣以及队员何代国、罗俊华、何伦付、杨昌木等敬业尽职的农民兄弟，他们的憨厚、淳朴、好客尤其令人印象深刻。

以下是我们的采访交流，笔者仅做稍微的文字整理——

笔者：中国天眼建成之后，防御冰雹是关键，超过 5 毫米的冰雹一旦落在天眼大锅里面，大锅肯定被砸坏，那国家的损失就无法计算了。所以说，你们实际就是中国天眼的保护人、护航者。你们都谦虚地说自己干的是小工作，岗位很平凡，但实际这个岗位非常关键，你们直接保护中国天眼不受冰雹袭击，确保它 24 小时全天候不间断地开展工作。南老师说过，建成运行的天眼停止 1 天，国家就白白损失 12 万元，如果一场冰雹下来了，就把它砸坏了，各种损失就太大啦！你们做的真的是大贡献的工作！

谢志军站长：确保中国天眼正常工作的外部保护，包含社会治安、冰雹防御、森林防火这三方面，这三方面工作是联合成一个机制的，总的来说目的就是要保护好中国天眼。

▲ 笔者与防御炮站队员座谈

就拿我们冰雹防御工作来说，拇指大的冰雹如果直接砸进“天眼大锅”的话，肯定是有影响的，说大一点这是上升到国家层面的大事，你中国有本事建成了一个世界上独一无二的天眼，你却没有能力保护它，别人是要看笑话的。又如2016年9月25日中国天眼落成启用，我们的工作方案中要求确保活动举行期间天文小镇天气晴朗，不能下雨。那天上午又是雾，又是雨，7点后大雨依旧在下，当时我们心理压力很大！上级要求我们在9点半之前必须把雨打停，看到天上出现一点点乌云心头还是挺紧张的。我们一边指挥惠水、罗甸、长顺的站点连发炮弹将积雨云打散，一边在航龙、塘泥、光明三个核心炮站同时作业，集中力量将航龙上空的云团消灭。9点半前航龙上空雨过天晴，10点大会开始，天气晴好，阳光明媚，整个会议进行得非常顺利。为了确保中国天眼落成启用大会圆满举行，那天我们发射炮弹280枚。那场平塘有史以来最大规模的活动虽然已经过去几年，每每回想起我们能够为所有莅临大会的领导、客人创造良好的天气环境，心头一直还暖滋滋的。

许明荣站长：每年3月至6月是平塘冰雹灾害高发季节，工作任务最繁重的就是这几个月，基本上每天都有不可预见的事件发生。保护中国天眼万无一失，这是我们重中之重的大事，我们队员全部24小时坚守工作岗位，家里的所有农活都交由妻子负责打理了。

我从2005年就到炮站工作，至今整整15年了，15年间一直保持零失误。虽然工资不高，但责任和担当让我们坚持下来的，尤其是中国天眼落户在我们家门口后，我们感到从未有过的自豪，能够在家门口为世界最大的观天巨眼服务，是我们一生的荣幸。南老师为了中国天眼奋斗和奉献到生命最后一刻，我们还有什么不满足的呀！

笔者：中国天眼建成后，保护它不被冰雹破坏靠的就是你们，在座的各位功不可没。我在基地跟科学家谈到炮站的话题，基地对炮站的贡献高度肯定，一致认为炮站发挥的作用至关重要。以航龙为中心的航龙、光明、塘泥、鼠场四个炮站更是一个都不能少，尤其是作为FAST基地冰雹防御指挥中心的航龙炮站更是发挥着核心作用。

何代国炮手：我跟原在航龙炮站工作的许明荣站长一起进来，已经整整15年，一直从事炮手工作。

今年3月2号傍晚，气候异常，我们监测到一片体积庞大得令人害怕的铅色云团低沉地从罗甸方向往北飘移，它正形成的冰雹路径指向中国天眼方向。我们全程跟踪监视，大气都不敢出，等待最佳发炮时机。晚上8点3分，随着谢站长一声令下，首发碘化银炮弹从炮膛弹出，呼啸着飞向目标，第一次连打了15发炮弹。到晚上9点3分，1小时内我们连续作业5次，对准那团冰雹云发射碘化银防雹增雨弹115枚。这团庞大的冰雹云没有抵达天眼上空就被我们全部消灭，化为乌有，FAST基地一颗冰雹都没有落下，又平安地度过一个令人难忘的夜晚。

杨昌木炮手：3月2号晚上，我们连续作业5次，打出115发防雹增雨弹，创下3年来单日连续发炮纪录。我们这个炮弹和部队用的不一样，弹筒里面装的是碘化银，炮弹飞出炮筒，几秒钟以后在云团中才裂爆，迅速使冰雹催化。

谢志军站长：航龙炮站是离FAST最近的，航龙炮站共有5人，每年大概发射200多发炮弹，看天气来，如果天气恶劣的话可能就要多打点，如果天气好的话就少打点。今年以来仅航龙炮站就作业12次，发射防雹炮弹243发，这个数据蛮大的。

炮站发射的炮弹有多种，一种是有雨可以把雨驱走，一种是有雾可以把雾驱散，一种是有云可以把云打散，一种是有冰雹就把冰雹消灭，化为乌有。3月23日黄昏6点40分，冰雹云已经形成，申请时间是7点7分，作业时间是7点9分到8点，差不多1小时，我打了5次，29发打了3回，一直在中国天眼上空附近。

我们向空中开炮有严格的审批程序，不能乱来。航龙、鼠场、塘泥三个核心炮站比较特殊，现在发射炮弹作业由中国天眼冰雹防御指挥中心直接向南部战区广西空军申请核准，其他的炮站向省里申请。中国天眼诞生之前，炮站发射炮弹工作经州里，再省里，然后省里再向空军基地申请，审批时间有点长。中国天眼建成后，保护中国天眼不受冰雹袭击刻不容缓，迫在眉睫，审批时间来不得拖延。冰雹生成时间有时仅需要几分钟，并且人工影响天气作业时间短时一两分钟，长时个把小时。以前人工影响天气作业申请获批的时间只有 1 ~ 5 分钟，在这几分钟内必须完成所有的炮弹发射。如果短时间内没有完成任务需要继续作业，必须重新申请，工作既仓促又被动，效果还大打折扣。2018 年底经过上级协调，将航龙、鼠场、塘泥三个核心炮站，调整为向紧邻的南部战区广西空军申请人工影响天气作业，以利于及时全方位保护中国天眼安全运行。中国天眼冰雹防御指挥中心视紧急情况，人工影响天气作业可以延长 2 小时，从而有效而且高效地保护了这个位于大山深处的国之重器。

中国天眼冰雹防御指挥中心在 3 年多的实战中，全力做好中国天眼冰雹防御工作，层层联防和削减，让冰雹在中国天眼上游就消散或者降落，有效消化冰雹对中国天眼的影响，保驾护航中国天眼“早出成果、多出成果，出好成果、出大成果”，功不可没！

将冰雹防御工作做到极致的，您能想象和相信吗，就是这些土生土长的天文小镇的农民兄弟！

第十章

搏命沙场 破茧成蝶

BOMING SHACHANG
POJIAN CHENGDIE

南仁东那时是北京天文台副台长，国际天文学界知名的天文科学家。会谈中，大家一致推荐他作为牵头负责大射电望远镜合作的合适人选。国际大射电望远镜就这样进入中国视野，一路艰难走来，后来就诞生了中国天眼。

1995年10月2日至6日，LT第三届国际会议在贵阳花溪召开，目的就是希望找到一种创新设计方案，推动新一代大型射电望远镜的建造。段宝岩走上发言席，一篇名为《关于大射电望远镜馈源支撑的光机电一体化创新设计》的报告立刻震惊了与会专家，被惊呼为“变革式的创新设计”。

中国天眼对扶贫的作用巨大。其实，我们的科学工程跟国家的很多扶贫事业联系密切，我接受采访时曾说过，当国家在倡导西部大开发的时候，我们已经在西部开展工作；当谈到科技扶贫的时候，我们的中国天眼已经出了扶贫效果。科技发展的目的，其实就是提高人民的生活水平。

到点了，没有人走。条件反射似的，这个时候，某个角落就会传来一个轻柔的声音：“景老师……”景奉水回过神来，立马应道：“叫外卖吧！”以后，每到饭点，这特殊的对白就会应时而起，渐渐酿成一个稍稍触动便让人忍俊不禁的笑点，让沉闷的办公室乐呵好久……

中国在参与 SKA 项目过程中，形成了自己的中国概念，并且先于 SKA 成功建成。

中国天眼科学目标跟 SKA 一样，SKA 有多先进，中国天眼就有多先进。

中国天眼现在已经正常运行并取得重大观测成果，而 SKA 要到 2030 年才能建成！

1 彭勃：激情燃烧的岁月

1983 年，北京大学地球物理系天体物理专业招生 15 人，我有幸走进燕园。地球物理系包罗万象，涉及地球、气象、大气、空间和天体物理等专业，涵盖人类生存环境直至宇宙，饱含脚踏实地仰望星空的情怀。

我从未名湖岛亭第一次接触射电望远镜，到哲学楼听讲脉冲星“灯塔”模型，最终缘牵中国天眼。在北京大学，第三教学楼是考前必去的灯火通明处，那是我们求学生涯的浪漫书屋。母校文理古今交融、邂逅时代人物，熏陶出无数仁人志士。

北京大学毕业后，我分配到中国科学院北京天文台工作。

1993 年，我参与大望远镜（LT）十国合作项目，共同发起、提出和发展 LT 中国概念。这年 5 月，美籍荷兰科学家理查德·斯特罗姆参加完在西安举行的一个国际会议后，专程赴北京拜访中国射电天文的奠基人王绶琯院士。王绶琯院士是南仁东和我的博士生导师，我、理查德·斯特罗姆、理查德·斯特罗姆合作者马尔教授、吴盛殷一起参加了理查德·斯

▲ 2020 年 10 月 17 日，笔者在车上一路采访彭勃老师（右）

特罗姆拜访王绶琯院士的活动。在王绶琯院士家里，理查德·斯特罗姆向他介绍了大射电望远镜项目。

当时大射电望远镜对于中国来说是一个新鲜事儿，我们也是第一次听到大射电望远镜项目。王院士当时态度比较明确：这是一个新机会，我们中国一定要积极参与！

南仁东那时是北京天文台副台长,国际天文学界知名的天文科学家。会谈中，大家一致推荐他作为牵头负责大射电望远镜合作的合适人选。国际大射电望远镜就这样进入中国视野，一路艰难走来，后来就诞生了中国天眼。

我作为访问学者，6 月底去了荷兰，不久第 24 届国际无线电科学联盟大会在日本召开，中国代表是吴盛殷。我去荷兰整整一年，回来已是 1994 年 6 月，我与北京天文台副台长南仁东创建 LT 课题组，我任课题组组长，一起来推动这项工作。在不断参加国际合作的过程中，我们逐步酝酿和诞生了自己的想法，到 1997 年，我们基本上逐步形成 FAST 的三大创新。

哪三大创新呢?

第一大创新是将巨型喀斯特洼地作为中国天眼的家。1994 年上半年聂跃平博士第一次到贵州考察选址，他是贵州人，对贵州喀斯特地质地貌很熟悉。由贵州省科学技术厅的同志陪同，他先后去了普定、平塘两个县现场考察，返京后提交了厚厚的考察报告。同年11月，聂跃平、我、理查德·斯特罗姆，我们三个人一起出发前往贵州，第一次做大射电望远镜的无线电环境选址。为什么要提无线电环境？无线电环境太重要了，它对于射电望远镜而言，相当于空气对于我们人类一样，空气的质量高低决定了我们生活的质量，所以说这是决定性因素。另外，选择适合的喀斯特洼地做大口径的射电望远镜台址，还必须考虑地形地貌、工程地质、水文地质等苛刻条件。我们做大射电望远镜选址各种困难和问题很多，要逐渐解决。第一个就是先找电磁环境好的，然后是有适合做这种大口径望远镜的洼地。我们说的国际大射电望远镜，1994 年那时候叫 LT，我们后来自主创新变成了 FAST，1999 年到现在叫 SKA。SKA，2021 年才开始在南非、澳大利亚建设，因为它耗资太大了，一期大概就要花 20 亿欧元，一个国家一般是干不了的。

天文学大设备带给贵州的就是一个国际化的效应。1995 年 10 月 2 日至 6 日在贵阳花溪召开的大射电望远镜第三次国际会议，是贵州历史上第一次大型国际会议。FAST 项目在贵州选址、落户、建设、运行等过程中，就有了很多国际顶尖的科学家和很多大型国际会议跟贵州结缘，让贵州一下子就走上国际舞台。1995 年的花溪大射电望远镜第三次国际会议意义重大，会上提出美国阿雷西博 305 米望远镜造价昂贵，中国想做这事儿太贵了！怎么办呢？降低造价，这就需要创新，把望远镜的馈源舱的驱动变成柔索驱动，这样就相当于柔性的一种支撑，而不是刚性的，这是很好、很大胆的创新，当时评价很高，风险也很高，因为没人做过。西安电子科技大学的段宝岩博士后团队研究光机电一体化的轻型索拖动馈源舱方案实现了中国天眼的第二大创新。

在贵州选址到1996年1月，中国科学院遥感应用所和我们一起形成了一个接近400个洼地的数据库，我到英国参加高灵敏度天文会议，会上就把选址的情况、数据库的建立向大家报告了一下，告诉国际天文学界，中国要做大射电望远镜有的是台址，而且都在贵州。

这一年，西安电子科技大学段宝岩博士后团队对光机电一体化的轻型索拖动馈源舱研究仍在如火如荼地进行着。

王绶琯院士一直非常关注中国大射电望远镜工作，跟我们一再提出不光要做比美国阿雷西博305米望远镜灵敏的大射电望远镜，还要比它大，比它观测的范围大。美国阿雷西博305米望远镜，大是大，缺陷是只能看到我们头顶正上方的一个很小的宇宙，就那么一个带。其实那时南仁东团队早已有超越美国阿雷西博305米望远镜的想法，因为刚开始人手太少嘛，进展比较慢。王绶琯院士写信给老南和我，着重谈扩大天顶角的重要性，此时吴盛殷已经计算出天顶角要比阿雷西博大10°以上的话，需要500米的口径。这一年老南去了日本，我也去德国做有关大射电研究工作。

其间，大家老说这个520米或者500多米大射电望远镜的名称，既冗长又啰唆。一天，在从北京天文台到我家25千米路程的公交车上，我颠簸出了中国SKA方案名号——KARST！ K指平方千米，A指面积，R指射电，S指综合，T指望远镜，中英文“迭代”匹配出喀斯特，kilometre-square area radio synthesis telescope，即平方千米面积射电综合口径望远镜。这个名字正好与贵州丰富的喀斯特（karst）地形名称切合，中国天眼所在的大窝凼即是一个典型的喀斯特地形。1997年，我给中国大射电望远镜取了“FAST”这个名字。

老南在日本一年，我在德国半年这个过程中，天文学家邱育海提出主动反射面瞬时由球面变成抛物面的伟大构想。我向老南极力推荐，刚开始他不太同意，觉得创新已经很难，担心反射面一动，整个望远镜都跟着动了，他觉得这个构想太难实现。可贵的是老南是个从善如流的科学家，他及时采纳了这个后来成为第三大创新的伟大构想。

1998 年 4 月我和老南相继回国，FAST 的完整概念已经形成，设了很多个攻关小组，包括西安电子科技大学、同济大学、中国科学院遥感应用研究所等很多单位参与了进来，中国在之前参与的国际大射电望远镜的过程中孕育出了中国自己的 FAST 项目。我们把 LT 中国推进委员会改称为 FAST 项目委员会，老南担任 FAST 总工程师、首席科学家，我担任项目委员会主任。

1999 年，中国的知识创新工程在中国科学院进行试点。知识创新工程启动的时候，天文科学界就立项 FAST 预研究重大项目，项目经费是 400 万元。在得到这 400 万元专项经费之前，我们的钱很少，1994 年成立北京天文台大射电望远镜课题组这个官方机构开展工作那些年，经费少到什么程度？ 1995 年只有 2 万元，1996 年是 5 万元，我们就从 2 万元到 5 万元再到 400 万元，这实际上是一个从纸上谈兵转为实验研究的过程。有了这 400 万元，我们就开始对关键技术做仿真实验。大射电望远镜实验室主任是南仁东，2005 年 60 岁的老南到退休年龄，我继任主任。

FAST 项目 2007 年得到国家发展和改革委员会批准立项，来年 9 月就成立了 FAST 工程经理部，老南担任 FAST 工程总工程师、首席科学家。国家天文台是台长法人负责制，经理自然由严俊台长兼任，他是国家天文台法人嘛！经理下面还设置两个副经理，一个是国家天文台副台长王宜，另一个是我。

FAST 项目从选址一路走来，我们跟贵州省对接合作的主要是科学技术委员会（后称科学技术厅），立项后，国家层面的是国家发展和改革委员会，所以省里头自然也就由科学技术厅变成发展和改革委员会。就贵州省来说，无论是先前的科学技术委员会还是后面的科学技术厅，给予我们的帮助太多太多，大家合作得非常愉快；无论是之前科学技术委员会的巫恕安副主任还是后面科学技术厅的于杰厅长，一茬茬的科技干部对 FAST 项目的贡献令人心存感激。

十多年前，很多中国人对天文学还很陌生，但国外不是这样，国际上尤其在欧洲和美国，百分之七八十的大学都有天文专业，而我们中国当时只有 3 所，现在也不到 20 所，包括黔南师范学院、贵州师范大学和贵州大学。贵州本土的这 3 所大学，是因为 FAST 工程在贵州开始逐渐兴建起来才开设天文专业，这是我们 FAST 项目跟地方合作的成果，它不仅带动了新学科的创立，实现人才的培养和人才的集聚，还引进了不少天文专业方面的博士，黔南师范学院也已经有好几个天文学博士，贵州师范大学和贵州大学至少也有七八个，现在每个学校大约都是这种量级。之后又申请到了国家基金，拿到了国家项目，你看黔南师范学院以前没拿过国家项目现在也拿到了，以前没拿过国家基金委的基金现在也有了。这是 FAST 工程落地建设后直接带来的省、州三所大学新学科的发展成果，科技对贵州的发展和影响是有目共睹的。

记得 20 多年前选址时，平塘县委书记是吴秀全，县长是王立松，后来是谭文忠，到后来的刘长江书记，我们一直合作得很好，至今我们还保持友好关系。县里一直陪着我们进行选址工作的是王佐培老副县长，2016 年我去贵阳看他，老人家退休后跟他女儿一起住。我去到他家里，他眼睛白内障，看不清了，那天他盛情挽留我在他们家吃饭。当年王老县长是怎么干的呢？我们走的地方经常没有路，他手上拿着一把镰刀，背上背着一把柴刀，始终走在我们北京来的科学家前面，一边带路一边帮我们砍下挡住去路的树枝、刺条，担心弄伤我们身体。刚开始时，我不太相信一个“县太爷”会给我们当向导，而且长期都走在我们前面帮助我们年轻人开路。他朴实真诚、高大平凡的形象永远值得我们印记在心里。

▲ 20 世纪 90 年代，王佐培（右二）陪同聂跃平、彭勃、朱博勤在野外选址

世上本来没有路，但是我们走出了路，我们真实体验了很多书本上说的这句话。

监测过程中，我们用来发电的柴油发电机也都是当地的农民和县里的干部，用扁担和木杠非常艰难地帮助抬上山的，尽管 20 多年过去，我一直都记得这些场景。

贵州的农民太厚道、太大方了，都特别热情地欢迎你到他们家里做客。那天从山里下来，顺势进入大窝凼人家歇息一会，主人见我们进屋落座，马上架柴烧火煨茶招待我们。炉子上架的是一个壶，这壶黑不溜秋的，我问了主人才知道那东西叫鼎罐。鼎罐里头的东西，首先是水、茶叶，还有鸡蛋，一起放在里面煮。20 分钟左右，主人家拿出土碗，一碗装鸡蛋，一碗倒茶水，很热情地端给我们吃。至今我还保存着煲鸡蛋和那个鼎罐煨茶的照片哩！黑乎乎的茶水是用平时接下来的屋檐雨水烧的，我们开始不知道。茶水喝完以后，主人介绍当地缺水，就用接下的雨水煨茶煮蛋招待客人，请我们多包涵。当时心里的滋味很难受，要是事先知道，按常理肯定不喝，因为茶味很浓，盖住不好喝的味道了。可是想想当地人常年喝着哩，山里就是那个条件，而且人家还大大方方地拿出最好的东西——鸡蛋盛情招待你，又请你吃饭，恨不得把什么都拿出来招待你，尽管下饭的菜里只有辣子、盐巴，他们特别淳朴的举动让我们感受很深。我们觉得这个地方太穷了，我们必须用科技帮助他们改变这个穷困的现状。

中国天眼确实让大窝凼和克度镇发生了前所未有的巨大变化，他们生活质量的改变，我想，用二三十年的提前量来说，应该一点都不过分，真的是翻天覆地的变化！

科技改变生活，科技改变环境，科技改变社会。我们在立项建议书里都写到过，中国天眼在我们真正实践中和建成运行中，给当地农民产生的巨大影响，远远超出我们的想象。因为这种变化，说实在的，当看到当地农民现在过上既有车子开又有楼房住的幸福生活，我们由衷认为FAST既是一项伟大的科学工程，同时也是一项伟大的民心工程。它不产生任何直接的经济效益，但它辐射出来的能量和它潜移默化地对当地发展的影响，那是非常巨大的。

中国天眼的造价大概12亿元，而带来的可能是比上百亿元还要多的效益。最关键一点，就是改变了成千上万人的观念和生活，我觉得投几十亿元，甚至上百亿元，都是值得的！我们在实践科学创新的过程中，这些值得大家去研究。

2020年9月22日的联合国大会上，习总书记作了热烈的致辞。我们被邀请到联合国大会的一个活动上专门介绍中国天眼，主要是对社会经济的影响。我们在会议召开前3天才得到邀请，这3天我啥都没干，就准备这份15分钟的报告。他们邀请我，我其实是代表中国！这种情况下，在联合国讲天文，讲大射电，讲 FAST，讲贵州，我估计是第一次，所以我决不放弃！正好不久前我在从大窝凼回京城路上又拍了几张照片，就整理到我的 PPT 中。9 月 28 日那天晚上，大会邀请了 5 个国家的代表作报告，中国是其中之一。我的报告既要符合国际形势的需求变化，更要有中国经验和中国特色，我是演讲给参会的外交官和政策制定者听的。我那晚用科普的语言去讲，用生动的事例去讲。我的 PPT，通过我拍摄的天文小镇照片，呈现了中国天眼对地方对贵州社会经济的影响和贡献，我拍出的那些照片最有说服力。很多策划，前期还只是一个设计，但当变成现实之后大家就非常感兴趣。所以大家听完报告回去后，尽管已经很晚了，还写邮件给我表示特别感谢，说是我的报告太有说服力了！

之前国际上对贵州知之甚少，自从有了 FAST 之后，贵州的知名度就非常高了。之前也不知道平塘，现在也都知道平塘了。这就是一种效应，这种积极效应，比花很多钱去打广告好得多。

中国天眼对扶贫的作用巨大。其实，我们的科学工程跟国家的很多扶贫事业联系密切，我接受采访时曾说过，当国家在倡导西部大开发的时候，我们已经在西部开展工作；当谈到科技扶贫的时候，我们的中国天眼已经出了扶贫成果。科技发展的目的，其实就是提高人民的生活水平。

仰望星空增加了我们的好奇心，科学探索提高了我们的素质，中国天眼是一个科学利器，同时也是一道科学风景。

这道科学风景注定会吸引各种层面的游客过来，包括普通游客，包括政治家。我们接待国外的客人可多了，有诺贝尔奖得主，有国家首脑，有外交官，有欧盟使团，等等。大科学工程，特别是 FAST 在贵州的成功，它有很多内容是唯一性的，很有特色。我亲自接待过比利时、日本等外国的首脑。诺贝尔奖得主至少来过两个，都应邀来做过讲座。

另外，借助天眼，黔南州乃至贵州如何把自己的产品，无论是食品还是工艺品，比方说牙舟陶、罗甸玉、独山三酸等，附丽上科学元素，它就成了其他地方取代不了的特产。

中国天眼的辐射带动作用非常显著。当年我们进行 FAST 台址选址时，克度镇没有一家宾馆，我们只能每天大老远跑去几十千米外的通州镇住，那时通州只有两家宾馆，也就是三层农家小楼而已。10 年之后的 2015 年，克度镇变成了什么样呢？它已经拥有 180 多家宾馆，天文小镇核心区第一个落成的星辰天缘大酒店，建成开业一次性招了 100 来人就业，月工资 4000 元以上。之后的中国天眼迎宾馆、三天旅游公司等，至少也是 400 多号员工！中国天眼辐射带动扶贫，带动天文小镇地方经济的发展，带动天文基础设施的建设，影响真的太大了。

2008 年至 2009 年，国家天文台和贵州省发展和改革委员会共同出台了一个规划，规划将贵阳市、都匀市、平塘县串联一起，借力中国天眼带动地方发展。2012 年 9 月底，我到黔南州挂职两年副州长。2013 年初贵州争取到中国科学技术协会第 13 届年会的举办权，省里安排每个市州负责一个论坛，黔南州负责医药方面。在论坛工作部署会上，黔南州政府向红琼州长和省发展和改革委员会张小平副主任等向省领导建议黔南州增加大射电论坛，省里现场同意，于是中国科学技术协会第 13 届年会论坛由最初的 9 个变成 10 个。

黔南州大射电论坛怎么举办？向州长自省政府返回都匀市途中打电话给我。她说：“我们在中国科学技术协会年会上主办大射电论坛，你给想个名字。”老南和我一直都知道地方政府希望 FAST 能带动地方发展，我立马就说“FAST 与地方发展”，一报省里，就定了下来。

我们 5 月开始筹划，紧锣密鼓，对接中外天文科学家，用了几个月时间准备，最后办成了一场国内外天文学家应邀参加的国际论坛。这场盛会就在黔南民族师范学院举行，一是促成黔南民族师范学院两三年后成立天文学院，助推师院发展；二是对 FAST 配套地方发展方案进行科学的细化、优化，实现天文小镇从无到有，拔地而起；三是提出了天文经济这个理念。中国天眼没有产生直接经济效益，但它对促进贵州、黔南和平塘社会、经济、文化诸多方面发展有很大作用，我觉得这是天文科学与经济文化的完美结合，是在黔南的具体化，是当代马克思主义在中国的具体化，是中国特色社会主义在黔南的具体化！

2013 年下半年，贵州省委宣传部、省文化产业办领导找到我，建议我这个挂职副州长能把黔南文化产业园搞起来，其实不久前向红琼州长也有这个动议。我就牵头把天文小镇作为当年贵州省十大文化产业之一来具体落实，主要做以大射电望远镜为主题的科普文化旅游，跟贵州省文化产业园配套一脉相承。

我的思路是：在一个大的规划框架下集思广益，让全国人民的智慧来支持帮助我们。我们邀请国家天文台、贵州大学及贵州本土文化旅游研究领域的专家，成立专家组，招聘了设计团队。由省文化产业办在冠洲宾馆多次主持有省州县领导参加的会议，不断征求各方面意见，完善优化天文小镇建设方案。向州长是个女博士，我俩围绕天文小镇建设的话题特别多，她说：“彭州长你得帮我取个好名字，你不是起了 FAST 名字吗？你给文化园取个好名字！”

将要取的这个名字跟 FAST 的相匹配，对我来说也实在是一个大难题。我跟州长说，FAST 已经是世界射电天文望远镜的老大了，你还要匹配一个文化园，要跟它怎么匹配呢？我俩围绕中心话题不断交流碰撞，突然我灵光一闪：就叫天文小镇！

大和小是匹配的，想超越 FAST，我做不到，就叫小镇吧！为什么呢？小镇可大可小。小到在航龙村建的可以叫天文小镇，大到整个黔南都可以叫天文小镇，我就这么一讲，她越听越高兴，连说好好好！

天文小镇的名字就是这么来的。

天文小镇动工后，具体工作都落到县里，州政府副州长胡晓剑担任指挥长，州政府秘书长刘延学担任副指挥长。

2016 年 9 月 25 日上午，FAST 落成启用仪式如期顺利举行，中央政治局委员、国务院副总理刘延东，中国科学院院长白春礼，贵州省委书记陈敏尔、省长孙志刚等众多中外嘉宾莅临。落成启用仪式后，我们在星辰天缘大酒店举行了首届 RAF 射电天文高峰论坛。RAF 射电天文高峰论坛每年举行一次，每次都有诺贝尔奖得主和一些国际知名的科学家、代表参加，现在已经成为我们当初要追求的真正国际品牌，天文小镇更是升华为国际合作和国际交流的平台。

RAF 射电天文高峰论坛，这名字也是我取的，RAF 意思就是每年一届的国际射电天文论坛。每年一届的国际射电天文论坛不但提升了平塘在国际上的知名度，而且将平塘乃至黔南、贵州及其文化推向国际，因天眼而诞生的天文小镇一跃成为国际交流平台，成为中外游客到贵州的网红打卡地，有力助推并促进了当地社会、经济、文化的发展。

2 段宝岩：小学科里做大学问

“论工作环境、个人待遇，我的母校确实无法和英国利物浦大学相比。但是我的根在中国，我的亲人在中国，我的事业在中国。我还在国外学习期间，母校已破格给我评聘了教授，这说明母校非常器重我，祖国建设迫切需要我，我不能辜负祖国、亲人们的一片苦心！”

——这是 1994 年 10 月段宝岩在英国利物浦大学圆满完成博士后研究工作后，面对朝夕相处三年的导师安德鲁 · B. 坦普尔曼教授诚恳的挽留时所说的一段话。

安德鲁教授怔怔地看着段宝岩，什么话也没说，他知道，这个让他的情感大起大落的学生，去意已定。段宝岩也低下了头，他知道，这番话的后面，很长的路，很多的坎，都得要自己单独去面对了。

段宝岩的导师，是英国著名结构优化专家。3 年，1000 多天，安德鲁教授对这位中国弟子的认知经历了一个由波谷到波峰的大起伏；而段宝岩对导师的评判，也经历了一段由敬而远之到形影相随的变化。亦师亦友，不是亲人胜似亲人，他很清楚跟在导师身边将获得的荣誉和庇护。

孰“大”孰“小”？根本用不着判断和思考。

在“大”与“小”的抉择上，段宝岩已经习惯把“小”放大到极限——不是简简单单地小中见“大”，而是实实在在地把小做到最“大”，做到极限。品质如此，境界如此，追求亦如此。如此一来，个人的去留问题，当然也就不再是单纯的情感和待遇问题了。

突然想起，前段时间在某贴吧里看到的一篇帖子：“你看那个校长（2002 年 4 月至 2012 年 7 月，段宝岩担任西安电子科技大学校长），弄得个什么项目，六个大柱子托了一个蛋，然后就拿了院士……”

发帖的人如果知道，把这“六个大柱子托了一个蛋”放大 10 倍，就是建在贵州省平塘县大窝凼的当今世界最大单口径球面射电望远镜，他就应该瞠目结舌于这“小”的分量了；他如果知道，2011 年 12 月当选为中国工程院院士的段宝岩，是“院士群”里迄今唯一的一个机械学院士，他就应该知道这“小”里边的学问何其博大精深了！

从中国到英国、日本、美国，段宝岩筚路蓝缕，负笈游学，翻了百遍千遍的那本书，叫《电子机械学》。这是一门不起眼也不知名的小学科，是从很多大学科中挤出来的一门交叉学科，主要研究电子装备中机电耦合问题。在大家熟知的探月、神舟系列飞船，国产主力战舰，以及脱离地球引力场、进入宇宙空间的深空探测等工程中，都有广泛应用。

回到国内后，正赶上天文学界对第 24 届国际无线电科学联盟大会倡议的“新一代大射电望远镜计划”进入白热化争议阶段。作为倡议方之一，中国科学院北京天文台率先发出了积极争建的声音。

聚焦这个世纪大工程并汇总了来自世界各国的相关信息后，段宝岩带领他的团队开启了这座天文科技之巅的攀登之旅……

LT（SKA）的最初方案，主要包括3种主流技术：一种是由一群天线组成的相位阵列，一种是多数量小口径望远镜组成致密阵列，一种是由少数量大口径望远镜组成的阵列。

中国科学家偏向于第三种形式。1997年，LT中国推进委员会提出LT中国工程概念先导单元——建造一面世界最大单口径球面射电望远镜的初步设想。之后，几经推敲，最后确定反射面口径为500米。而这种巨型单口径球面射电望远镜，目前可资借鉴的造型主要有两种：一种是全可动式，代表是德国埃费尔斯贝格（effelsberg）望远镜和美国的绿岸望远镜（GBT）；另一种是主反射面固定而靠馈源“游动”捕获信息的球反射面射电望远镜，代表是美国的阿雷西博（arecibo）望远镜。还有一种带形射电望远镜，苏联建造的，至今矗立在俄罗斯北高加索，直径576米，但不是射电望远镜的主流。

仅100米口径，绿岸望远镜的自重已达7700吨，再增大口径就会因为重力因素，超过工程极限。阿雷西博望远镜支撑馈源的悬空背架重达1000吨，如果口径达到500米，悬空背架的重量理论上将达1700余吨，工程实施难度极大，造价也将难以接受；同时，阿雷西博望远镜是靠纯机械跟踪控制系统，精度相对低得多，很难在天文观测上取得较大突破。

如此，要以喀斯特地貌为依托建造500米口径球面射电望远镜，只能创新方案。这个时候，段宝岩在国外求学交流时遇上的“极大熵原理应用于工程结构拓扑优化设计”“大型结构优化设计程序SDP-frame”等前沿研究终于派上了用场——曾经，它们是国外同行考验自己的“拦路虎”；现在，它们是自己大展身手的“开山斧”“赶山鞭”。

执“斧”提“鞭”，段宝岩首先要清除的，是大型球面射电望远镜发展路上的障碍，擦亮前行路上的天空，那就是：尽可能地以软件代替硬件；尽可能地以电动模式来武装传统机械，进而代替某些机械功能；尽可能地以机电综合系统研究方法代替传统机、电各自分离进行研究的现状。

胸有成竹，天地自宽。

1995年10月2日至6日，LT第三届国际会议在贵阳花溪召开，目的就是希望找到一种创新设计方案，推动新一代大型射电望远镜的建造。段宝岩走上发言席，一篇名为《关于大射电望远镜馈源支撑的光机电一体化创新设计》的报告立刻震惊了与会专家，被惊呼为“变革式的创新设计”。

方案的核心词如是写道：将原阿雷西博望远镜设计方案中用于支撑线馈源的重达1000吨的钢结构，改为用计算机伺服系统控制的从6个塔顶伸出的6根大跨度的柔索。同时，布置3台激光测距仪实时获取馈源的实际位姿，通过6根柔索长度的自动调整，将馈源舱“摆放”到所允许的误差范围内——化刚为柔，以柔索拖动取代刚性支撑。一个前所未有的创新设计，在他侃侃而谈间将天文科技史上令人望而却步的工程实施和昂贵造价困扰化烟而去！

评议如潮涌来——

——方案可将馈源支撑结构系统的自重降至约30吨，工程实施和造价变得可行，还克服了阿雷西博望远镜方案中结构稳定性方面的不足。

——这类射电望远镜悬索式馈源舱支撑系统，理论上属于并联结构学范畴，当时国际上关于这一领域的研究尚处于探索阶段，根本没有形成系统的理论与方法……并联宏/微机器人概念的首次提出，它从理论上建立了逆运动学模型。

就这样，段宝岩与FAST的情缘深深结下。随后，他被任命为LT推进委员会工程预研究组组长，带领“西电团队”致力于关键技术的突破。

1996年8月，段宝岩再次把他的“新一代大射电望远镜线馈源光机电一体化设计”带到在法国里尔召开的第25届国际无线电科学联盟大会，报告刚刚宣读完毕，国际LT委员会主席布朗博士就激动地站了起来：“我们可以忘掉美国的阿雷西博望远镜啦！”

“创新设计方案中，我们首次将动态悬索应用于望远镜馈源的结构支撑，解决的主要是工程实施和造价问题，但如何突破关键技术，进而实现这个射电望远镜要求的总体性能，就成了一个很大的挑战。”段宝岩说，“新方案克服了阿雷西博望远镜方案的弱点，但同时对工程控制却提出了更高的要求。”

在某种意义上，前沿的尖端科技领域，“克服了弱点”即意味着突破了常规，创造了奇迹——毋庸置疑，将上千吨馈源系统减轻至30吨

▼ 笔者在西安聆听段宝岩院士讲述天眼励志故事

左右，这本是一个很多人想都不敢去想的天文差距。

“更高的要求”是什么？FAST 反射面曲率半径 300 米，开口角 120 度，口径 520 米，天空覆盖最大观测天顶角 60 度，工作时理论转速为 1 厘米 / 秒，工作频率最高为 8.8 赫兹。“把这一大段技术指标，简化为一句听得懂的话，那就是要确保 6 根悬索控制的馈源舱中的馈源，实现不超过 4 毫米的动态定位精度。”精确到毫米精度，段宝岩不是自讨苦吃，也不是自个儿把自个儿逼上绝路，而是 FAST 不容商量的技术要求——特别是对于馈源系统来说，过不了这道“技术关”，FAST 充其量是一堆废铁。

这恰如一个人，眼珠不动了，则人也就没了生命体征。而馈源舱中的馈源，正是 FAST 的眼珠。倘若它不能“骨碌碌”地转动，敏锐地寻找到反射面反射的信号刺激，便与死人无异。

再换一种说法，偌大的球面反射面恰如一口大锅，里边盛满了林林总总的菜食，而馈源舱中的馈源，就是 FAST“挑食”的主要工具，倘若它丧失了根据 FAST 身体需要择取相应营养的功用，则 FAST 亦无再活下去的可能。

一句话，如果说射电望远镜是借助各种复杂系统共同作用探测宇宙的信息，则馈源舱中的馈源就是将射电信号传递给天文学家的唯一通道，而且这条通道很窄很细，衔接处只是一个“小圆点”。当然，这个“小圆点”看不见，它是 FAST 在进行观测时，在球反射面区域内形成的瞬时抛物面反射无线电波聚成的焦点，但科学家们可以测算出它的空间坐标。段宝岩和他的团队提出的“新一代大射电望远镜馈源光机电一体化设计”要真正得以应用，实现其创新性价值，就必须要解决那个悬挂在 150 米左右高空的馈源准确而快速地与这个看不见的聚焦点无障碍“亲吻”。

很显然，由于由悬索和馈源舱组成的舱索结构，具有非线性、大滞后、大惯性和弱刚度等特性，且在工作中难免受到风荷等外界因素干扰，仅靠悬索的控制很难使馈源舱达到指标要求的毫米级动态定位精度。

有了明确的目标，针对性地突破往往会直接许多。于是，段宝岩团队又提出了粗、精两级调节来实现馈源高精度动态定位定姿的方案，即首先通过6根悬索对馈源舱实现粗调节，再通过安装在馈源舱内的Stewart平台实现精调节。用专业的话说，6根悬索驱动的馈源舱是一个柔性并联机构，Stewart平台是一个刚性并联结构，两个并联结构，构成一个并联宏/微机器人系统：6根悬索驱动的馈源舱宏机器人系统，完成馈源的大范围跟踪，保证馈源舱的误差小于或等于50毫米；具有6个自由度Stewart平台的微机器人系统，实现馈源接收机的精确定位，把馈源接收机的位姿控制在10毫米之内。

——明白了：段宝岩及其团队的构想，不但要让馈源这枚眼珠“滴溜溜”地转起来，而且还要含情脉脉地“吻住”那飘逸在反射面上空的电磁波“舌尖”。

高空深吻，而且对方还穿着“隐身衣”——即便是现实生活的一对情侣，要在短暂的时间里快捷、准确地完成这一系列高难度动作，恐怕都有些心有余而力不足，何况是通过“指令”控制的冰冷机器！这当中，不但参与、配合的因素很多，而且容不得任何一个发生些许变故，如粗、精两级调整的动力学耦合与复合控制，高精度动态激光检测，大跨度、柔性、延迟索系结构系统的建模与求解、风致颤振，齿隙、摩擦等非线性因素，以及舱索结构对增益、副瓣电平等电性能的影响等，都可以说是牵一发而全身动。

没错，再完美的理论也需要实践验证。可行了，才算得上真正的成功。一切都还刚刚开始，面对掌声和鲜花，段宝岩不敢忘形，平静地走进了实验室。FAST作为一个涉及机械、电子、力学、控制及动态监测等领域的多学科交叉项目，光有理论的推演不行，即便进行了精细的计算仿真也还是远远不够，必须通过模型进行验证，并对实际装置性能进行预测。

等比模型的建造，与实体建造有着同样的精细化要求，段宝岩及其团队前前后后就建了 3 个——

2000 年，他们先在实验室搭建了一个 1∶100 的 5 米室内模型来验证基本理论和控制系统相关技术。他们将模型的 6 个支撑杆均匀分布在直径 5 米的圆上，并用一个直径 40 厘米、重 6 千克的球冠模拟馈源舱。结果显示，6 根并联悬索进行物体的空间动态定位这一设计思路是可行的，悬索可以协调工作，系统控制方案合理，馈源舱中心实际位置与理论位置的误差在 1 厘米左右，动态跟踪式馈源舱的误差也在厘米量级上。

2002 年，他们又在西安市南郊的沙井村建了一个 1∶10 的 50 米室外模型。模型中 6 个支撑塔的高度为 15 米，均匀分布在直径 50 米的圆上，馈源舱为直径 2.5 米的半球。实验中为了抑制振动，对六悬索并联系统方案还做了微调，增加了 2 根向下拉的悬索。实验结果显示，无论在哪一种假设的运动情况下，系统均能较好地跟踪所期望的理论轨迹，馈源舱中心的跟踪误差在 40 毫米以内，移动平台中心位置的跟踪误差始终在 10 毫米以内，Stewart 精调平台的误差缩小功能明显。然而，这距离馈源指向跟踪系统 4 毫米的跟踪精度要求仍有一段不小的距离。

2008 年，再按照 1∶10 的比例，在西安电子科技大学南校区建造了一个 50 米的等比实验模型。在这个模型中，塔、索、馈源舱、Stewart 精调平台全部自主设计。实验结果表明，通过馈源支撑系统的粗、精调整，精调平台能够实现 3 毫米的定位精度和 0.06 角秒的指向精度。

——“小”模型，“大”目标。反复的实验虽然枯燥，但段宝岩坚持认为这个过程不可或缺。“我们建造的缩比模型，验证了独立控制策略、粗精调控制算法、轨迹规划策略和轨迹跟踪控制等，说明在工程上是有效可行的。包括后来清华大学的 4 塔方案 20 米、50 米模型，6 塔方案 40 米模型，都对工程建设有一定的指导意义。”段宝岩谦虚地说，“FAST

是一个中国天文学家、科学家，以及工程承建单位集体智慧的产物。这些不同比例的模型，为FAST建设扫清了技术障碍，共同为500米口径射电望远镜的实际建造积累了有益的工程经验。”

是的，再大的工程，也都是由人来实施。即使面对工程中最微不足道的质疑，也都必须以严谨的态度看待，这才是真正地做学问，更是实实在在地做一个有职业操守的人！

家国天下，有国才有家。

1955年出生于河北省翼县的段宝岩，1973年高中毕业后，正赶上轰轰烈烈的“上山下乡”运动，和众多有志青年一样，回乡成了治理海河大军中的一员，测量土方、开挖工程。

▼ 西安电子科技大学南校区FAST 50米模型实验场

在那狂热的年代，唯一可读的高中课本，成了他精神的“稻草”。“牛的本领主人知道”，母校的老师们看着自己培养的高材生成天窝在“战天斗地”的工地上，便把他要回来当了一名民办教师。

1977年，恢复高考的通知从广播里传遍神州大地。消息来得很突然，离高考只有不到3个月的时间。段宝岩说，没时间复习，大家都是啃“老本”。他很幸运，这些年来一直没离开过书本，最终，顺利考入西北电讯工程学院（现西安电子科技大学）。

1981年，本科毕业后，留校攻读硕士。1984年，硕士毕业后留校工作，继续在职攻读博士学位。1991年，公派赴英国利物浦大学做博士后……一路走来，段宝岩说，自己就像一块干瘪的海绵，被放进了知识的海洋，那种焦渴，那种期盼，俨然一个嗷嗷待哺的婴儿，大清早给脱了奶，直到晚上才见到妈妈一样……

在英国利物浦大学完成博士后工作后，段宝岩感觉自己已经吃饱了。还是那块海绵，只不过这个时候，哪怕只是轻轻地一碰，里边蓄积的水便会迫不及待地淌出来，想去滋润什么——用自己的所学去耕耘那片需要的土地！所以，沾上了FAST的边，他就日复一日、寒来暑往地把“实验室一家”踩成固定的两点一线……

没办法，同是“77级”培养人才的“同学妻子”，只得牺牲自己的事业，一边照顾家庭，一边忍受一家人多年不能团聚的辛酸与痛苦。愧疚在心里发酵，但生活中的段宝岩始终拿不出拼了命做学问的那份劲儿弥补一回，有人问起，只是木讷地说：“回家好好表现呗！”所以，他还是给自己在家庭生活中的表现打了90分，“到了家中，好歹我把工作中的严厉、严谨和决绝的执行力给削去了嘛”。

至于那缺失的10分，当然是投入事业中去了，并且这一“投入”，明摆着已经很难拿回来了。用他自己的话说：“当了院士并不意味着就功成名就了，我这个年龄还能干得动，而且我们的团队很优秀，我自己既然走上了一个更高的平台，就要把年轻人带好。”

FAST，自然也沾了这10分的光。

110分，是团队对他科研事业的评价。“过誉了！”段宝岩来了一个少见的“江湖套路”——双手合十，一边向众人打拱一边说，“仔细盘点，30年来，我不过做了3件事：一是系统地建立了大型天线电磁场与结构位移场的场耦合理论模型，提出了反射面保型的系统优化设计方法；二是针对机械结构因素对雷达天线波束指向精度等电性能的影响，提出了结构与控制集成设计的理论与方法；三是建立了平板裂缝天线、有源相控阵天线、高密度机箱等典型电子装备的电磁场、结构位移场与温度场的场耦合理论模型。”

科研成果的价值当然不可量化，对此，段宝岩很清楚：“我们在科研上始终坚持‘两个面向’：一是面向国家重大需求，没有需求、不结合应用，科研就没有生命力，也就没有了实际意义；二是面向国际学术前沿，学者的研究成果代表的不仅仅是个人，还要代表国家立足于国际学术界。”在这个意义上，“馈源支撑采用光机电一体化的轻型索拖动机构，馈源舱内装有二次稳定平台，在焦点与主动反射面之间无刚性连接的情况下，实现望远镜的精确快速指向跟踪”作为FAST工程的三大自主创新之一，无疑是“两个面向”的最佳体现。它不但颠覆了大型球面镜天线系统的设计与制造，而且开辟了一种“空前”的模式，其国际影响自是不言而喻……

3 景奉水：打通馈源支撑的“任”“督”二脉

2014年8月1日，景奉水所在的中国科学院自动化研究所复杂系统管理与智能控制国家重点实验室先进机器人控制与系统研究组，接到了国家天文台下达的“FAST 馈源支撑整体控制系统项目”中标通知书。

这一年，馈源支撑系统的相关建设已经如火如荼地铺开，并且不同的子项目工程都已分别取得阶段性的成果：青岛东方铁塔股份有限公司承担馈源支撑塔制造和安装工程，3 月进场，11 月 6 座馈源支撑塔全部安装结束；大连重工·起重集团有限公司承担索驱动设计、制造及安装施工工程，10 月 12 日正式进场，11 月工程舱停靠平台通过验收；中国电子科技集团第五十四研究所承担馈源舱设计、制造、安装与调试工程，10 月开始在现场进行馈源舱代舱安装，随后配合索驱动调试试验。

景奉水和他的团队，似乎有些姗姗来迟了。

其实不然。FAST 馈源支撑整体控制系统的研究，原本是为一具基本完成了塑形的躯体打通“任”“督”二脉。

沿用中医理论的说法，任脉主血，督脉主气，皆人体经络主脉。任、督若通，则八脉通；八脉通，则百脉通，进而改善体质，强筋健骨，促进循环，乃“逆顺之常也”。

既是如此，所以行进的路上，有些事情可以齐头并进，而有些还真得讲究个先后顺序。以馈源支撑系统来说，它主要包括机构、驱动、控制和测量四个部分。和 FAST 其他系统的建造过程一样，每个部分的最终完成，同样必须经历理论探索、缩比模型仿真测试和工程实施三个阶段。其中，理论探索和缩比模型仿真测试阶段，一般都会提出或产生多个方案，但进入工程实施时，却只能选择一种方案——多个方案同步实施，要么就无法生产，要么生产出来的产品只能是“四不像”。

以 FAST 馈源支撑系统的机构为例，馈源支撑系统在工作时，将遵照在某一时刻到达某一点的原则，在任何一个观测时间点上，使控制主动反射面的聚焦点和馈源舱上信号接收机的中心点恰好重合在一个空间点上。

难度极大！精准、精确的后面，是可以纵横捭阖的大尺度、大跨度立体空间。根据工程实施方案，环面反射器外沿圆周均匀建造 6 座支撑塔，采用 6 根支撑索将馈源舱悬吊于空中。支撑索通过支撑塔上的导向滑轮与地面上的驱动设备连接，通过驱动设备改变支撑索的长度，使馈源舱在百米尺度大工作空间范围内实现瞬时焦点，实时达到毫米级高精度定位，从而实现对天体的高精度指向跟进观测。

关键在于“实时”，这是一个非常难以驾驭的高难度“动作”——现代汉语的解释说，指事物发生过程中的实际时间，或者在某事件发生、发展过程中的同一时间；信息技术词汇的语义则指向计算机响应的水平。如此，原理已经显而易见，那就是 FAST 进入工作状态，在主动反射面上形成瞬时抛物面指向观测的区间收集射电信号时，馈源舱接收机必须同步进入抛物面信号反射聚焦点接收信号，时间上必须同步，位置不能有丝毫偏离。据此，方案拟定了通过二次调整实现精准对焦的构想，即粗调定位和精调定姿。粗调主要由六索并联机构完成，精调由馈源舱内 AB 轴旋转机构完成。毕竟，虽然粗调机构的工作空间很大，但是，由于索力的限制，索驱动机构牵引馈源舱达到的理想状态是有限的，无法满足观测任务过程中倾角较大的精度要求；精调机构的工作空间虽然窄小，但 AB 轴具有拓展索驱动系统的姿态调节能力，能使馈源接收机在精调过程中达到期望的位置和姿态。

机构实施方案的选定，已经明白地告诉景奉水：可以做！能够做！

景奉水及其团队需要回答的是：能做到！能做好！

很显然，“可以做”“能够做”，还只停留在塑形的层面，而“能做到”，或者“能做好”，已经上升到“用”的范畴。换一种说法，设计和制造，不过为馈源支撑系统打造出了一具有模有样但无头无脑的躯壳，而系统控制技术，就是要让这具躯壳“活”过来，使它有一定的“思维”和“意识”，乖乖地“听话”，规规矩矩地“走路”。

怎样“听话”？听谁的话？景奉水说，关键就在馈源支撑整体控制系统，它不仅要听得懂总控的“话”，还要把总控的意图传达到各级调节机构，真正担起“承上启下”的责任：承上——直接接受FAST总控系统通过Powerlink实时工业以太网下达的天文观测指令，并按照要求及时反馈馈源支撑系统的运行状态；启下——直接与索驱动系统和馈源舱系统连通，根据每一个观测任务的需要，通过相关位姿分配算法和轨迹规划算法，计算出相应的参考值，分解发送给索驱动、AB轴以及Stewart平台等调节机构，从而使馈源接收机的位置和姿态的误差落在允许的范围内。

怎样“走路”，并且要让馈源接收机在行走的过程中不能越雷池一步？专业的术语叫“轨迹规划”，这是景奉水及其团队必须精细思考的问题。当FAST进行观测工作时，馈源舱从停靠平台出发，在瞬时抛物面扫描天区形成的“夹角”内，大概什么位置能够接收到抛物面反射的信号，似乎大家都能凭着感觉目测出一个大致的范围。问题是重达30余吨、悬在近140米高空、纵跨在口径500米三维空间范围内的馈源舱，人们根本无法凭着感觉直接动手操作，只能让它“高兴地”“乐意地”“乖乖地”自己走。规划的目的，就是要在起点和终点之间，给馈源舱预设一条路线，并规定好是直线还是曲线、每一个节点的速度怎样变化、加速度怎样提升，最大限度地保证它平稳地移动，按时、准确地到达指定位置。

血脉畅通，气韵贯注，一通百通。如此，之于FAST这座庞大而繁复的躯体，所有的部件、各司其职的系统，已然紧紧地扣合在一起，甚而生成一种牵一发而全身动的默契和感应。也只有到了这个时候，科学家们的构想，才真正地彰显出它特有的魅力；对于天文前景的展望，才真正幻化出破茧成蝶的绚丽。

但是，真正要让FAST这具由钢、铁、铝等组合起来的庞大机器“俯首帖耳”，恐怕只有孙悟空这样的跨界精灵才有魔力操纵！而摆在景奉水及其团队面前的，不仅要让它们听话，还要生出心有灵犀的共振，伴着有血有肉的情感宣泄。比如，进行粗调的六索并联机构和执行精调的AB轴旋转机构，一个柔一个刚，放在一起，根本就是“针尖对麦芒”，却偏要让它们活出一种“强扭的瓜很甜蜜”的样子。这种“刚柔并济”的融合，放之于人，谓张弛有度、游刃有余，但硬拼在大部件组成的机械结构设计中，则必然会生出无法调和的强耦合、非线性、大延时等“矛盾”。还有，馈源接收机与瞬时抛物面的“协作”，一个以“面”的形态敞开，一个以“点”的方式接收，而两者身处巨大的空间跨度内，不仅要让它们准确地“点面合一”，还要实时两情相悦地“暗送秋波”。

还好，所有的课题研究，并不都是填空，更多的是出题与解题互相盘诘。柳暗花明处，往往是解铃人与系铃人的会心一笑。于是，针对馈源支撑系统两次调整机构的设计，经过与项目组成员多次讨论后，景奉水确定将馈源支撑整体控制系统分解为索驱动控制系统和馈源舱控制系统两个部分。他说：“这其实也正好与六索并联机构和馈源舱内AB轴旋转机构对应起来。”

理论与理论的对位，使得再大的困难，也有了目标指引。如此一来，索驱动控制系统和馈源舱控制系统需要做什么，要达到什么目的，也都有了具体而清晰的分工与指向——

——索驱动系统在进行工作时，控制系统需要给定馈源舱星型框架的姿态和AB轴中心控制点所在位置一个理想的期望值。运行过程中，相关系统随时将它们当前所在位置、姿态与期望值进行对比，然后通过系列几何变换和计算，得出6根钢索的变化量，指令驱动卷扬机运动，不断改变钢索的长度，使星型框架的姿态和AB轴中心控制点以最小的误差与期望值吻合。

——馈源舱内部用于补偿粗调机构的并联机器人Stewart精调平台，上、下平台之间通过6根并联的伸缩刚性腿连接起来。实现粗调定位时，馈源接收机当前的实际位姿可以通过相关设备精确测得。在与期望位姿进行比较后，系统需要根据并联机器人逆运动学原理计算出一个变化量，通过电机驱动相应的刚性腿执行伸缩动作，把馈源接收机固定在期望的位置，定型为期望的姿态。

——“想当然”，充其量只是一厢情愿的“想”。只有当理论的支撑无懈可击时，这个“想”，才能变成展望，变成期待，变成现实。不能不说，景奉水及其团队的回答，很华丽。

看起来，一切似乎都顺风顺水。接下来，便是缩比模型仿真测试。问起一路走来的点滴感受，景奉水只是谦逊地笑笑：缘分，真的是缘分。

话是不假，只是不为外人所知——原来，早在 2011 年 1 月，景奉水及其团队便与国家天文台有过一次“偶然”的合作。当时，国家天文台想恢复密云 FAST-50 米缩尺模型，提前对 FAST 相关系统方案和设计进行验证，于是找到中国科学院自动化研究所的控制专家谭民先生，谭民推荐了在机器人控制方面深耕多年、经验丰富的景奉水等人。这个项目很大，专业意义上的“恢复”，实际上是对 FAST 的整体设计进行验证，其中包括索驱动、AB 轴、Stewart 平台及整个控制系统，在实践中是否可行，与其两级调节机构对应的控制算法是否能够达到性能指标的要求。

活儿做了两年，任务完成，带回几大筐硕果：“FAST 馈源支撑控制方法优化与仿真”“FAST 原型馈源支撑控制系统仿真”“Stewart 室内模型控制系统升级改造”“密云模型馈源支撑系统恢复”“馈源支撑控制软件开发”等，全都是跟轨迹规划、控制系统及各种电机打交道——似乎，“FAST 馈源支撑整体控制系统项目”的中标，不过是将曾经炒熟的“菜”重新温热一次。

其实不然！它不过印证了一句经典名言：机会总是留给有准备的人。往深里看，这实际上是一次“偶然”与“必然”的际遇——机会是“偶然”，有准备是“必然”，有准备才有机会，既有“准备”又遇到了“机会”，成功也就成了“必然”——一路走来，只有景奉水和他的团队知道其中的得失与甘苦。

更远一点说，早在 1992 年，中国科学院自动化研究所便承接了北京天文台当时东亚地区最大口径的“2.16 米光学天文望远镜控制系统”项目，在定位精度和跟踪运动能力方面，已完全达到同期同类国际控制系统的前沿水平——第一次接触控制项目获得的成就感，至今还在许多人心里热乎乎地流淌。

参与“密云 FAST-50 米模型恢复”实验，大家感受最深的，是那种与高精端研究强烈反差的工作环境：模型安放在北京市密云县（现为密云区）密云水库北岸的不老屯村，属典型的深山区，路途遥远而且偏僻，说白了就是荒郊野外，每周只有一趟班车往返。工作时，队员们吃饭都要提前跟临时的“小食堂”打好招呼。酷暑烈日下，许多队员中暑了也只能拼着身体抵抗。还好，少了灯红酒绿的诱惑，独享一片宁静淡泊的天地，反倒使大家心无旁骛地专注于当下的工作。这一“专”，却也“专”出了许多名堂，比如绝对码盘方案的诞生、Powerlink 实时工业以太网的提议。

站在“密云 FAST-50 米模型恢复”实验、“2.16 米光学天文望远镜控制系统”的肩膀上，接手“FAST 馈源支撑整体控制系统”项目，从表面上看，似乎只是一种形式上的“移花接木”，但内在却是一场“橘生淮南”的面对。毕竟，模型的实验，充其量是一种“演习”，而实体上的运用，则是“真枪实弹”的较量。这一次，景奉水及其团队又赢了，不管是战略的部署还是战术的实施，都创造性地达到或超越了预期目的——

之一：设计了馈源舱加速度连续换源控制策略，即使用控制策略，减少馈源舱运动时启动与停止阶段引起的振动等问题，使馈源舱更趋于平稳、安全。

之二：开发了 Stewart 平台终端补偿算法，完美地验证了 Stewart 的精调作用是否能够很好地弥补索驱动粗调的误差。

之三：创新性提出了基于 Powerlink 工业以太网的总线式控制系统。平时我们使用的互联网都是基于 TCP/IP 通信协议，即对如何完成“编码→传送→解码”进行规范的一种约定。通俗地讲，人们通过网络给其他人发送信息，一般先是将信息编码成以电信号为载体的数据流，再进行传送；接收方收到之后，再解码成可识别的信息呈现出来。“密云 FAST-50 米模型恢复”实验中，景奉水及其团队发现，在对实时控制有特别要求的场合，使用 TCP/IP 系统，存在许多不稳定因素，这对于 FAST 的实际运行将非常危险，因此提出选用 Powerlink 作为馈源支撑整体控制系统与底层各系统的通信协议，最佳程度地满足实时控制（时延小）和稳定性的要求。

之四：提出了绝对码盘替代相对码盘的方案。两相比较，相对码盘像一把仅有刻度线而没有读数的尺子，两刻度线之间的距离是固定的，进行判断时需要先找到零刻度，然后通过计数当前点和零点之间的刻度线数目，再乘以刻度线之间的距离，最后算出机构或部件当前所在的位置；而绝对码盘则是一把既有刻度线又有读数的尺子，只要找到当前点对应的读数，即可知道机构或部件处于什么位置，便捷而准确。

虽然说“密云 FAST-50 米模型恢复”为“FAST 馈源支撑整体控制系统”项目的研究积累了许多技术和经验，但 500 米口径的实体与 50 米口径的模型之间毕竟有着较大的悬殊，这盘“菜”还真的谈不上“现炒热卖”。

2015 年上半年，由于当时其他系统进度的影响和相关系统统一协调调试的不便，景奉水及其团队为了尽快测试全套整控系统的有效性和稳定性，相继跟进开发了索驱动、馈源舱等多个子系统模拟软件。那段时间，宽敞的办公室俨然成为一个小小的模拟测试现场：大大小小的工控机摆满了办公桌，一台台高速运转的电脑持续不断地被那温热的气流弥漫。

科研人员都知道，对于未知领域的技术开发，设想再诗意，但只要有一丁点的隐患，都意味着前功尽弃。仿真模拟实验，就是自己找自己的“岔子”，自己扇自己的“耳光”。

在条件允许的情况下，实验的次数越多，检测的结果越让人放心。其间，项目组就遇上一件闹心的事：通信过程中，信号总会不定时地断开，呈现出一种莫名其妙的不稳定。问题出来了，解决不了，那就是一颗随时会引爆的“地雷”。在相当长的时间内，或许由于项目组有意识地加以控制，表面上看起来可以正常地工作，但是却很难保证某一天它不会突然像一个幽灵似的蹿出来，搞个“突然袭击”，给予系统猝不及防的伤害，甚至是致命一击——这对 FAST 来说，是不能接受的，更是无法承担的。

异常，就意味着某个环节出现了梗阻；找不出病因，后果抑或恶化，抑或病变，抑或引发各种并发症。

反复的观察，尝试着开列了好几种“药方”，都无法消除“隐痛”。领衔的景奉水坐不住了，那些天，他差不多是第一个到实验室，坐下，就盯着袖珍模型看，盯着电脑屏幕上闪动的图案看。稍晚，团队成员们陆续赶来，讨论，争论，实验室里就像炸开了锅。偶尔有人抓到一根“救命稻草”，大家立即无声地忙碌起来，有的去查看系统软件代码，有的去查阅 Powerlink 手册，有的则到国外专业论坛上发帖，从不同的方向围筑起一个“包围圈”，狠了心一定要把那隐藏的“狐狸尾巴”揪出来。最煎熬的是等待国外专家的回复，大多要到深夜，比如德国那边，他们一般是下了班才进入论坛参与讨论，而在中国时区，则已近凌晨。

到点了，没有人走。条件反射似的，这个时候，某个角落就会传来一个轻柔的声音：“景老师……”景奉水回过神来，立马应道：“叫外卖吧！”

以后，每到饭点，这特殊的对白就会应时而起，渐渐酿成一个稍稍触动便让人忍俊不禁的笑点，让沉闷的办公室乐呵好久……

围坐下来，捧着饭盒，景奉水半开玩笑地说："看到了吧，代码的威力是不是挺大呀，'叫外卖吧'，就是这个闹心的事给我大脑里置入的代码，于无形中控制别人，多有成就感！"

记不清经历了多少个夜以继日的排查、思考、测试、讨论，最后，得益于某个"奇异的灵光一闪"，终于让"狐狸尾巴"露了出来——原来，是通信过程中某个细微的参数出了问题。

隐患是藏着的，要挖空心思去找，而一些明面上的问题，看起来大家都知根知底，但也未必就能"药到病除"，比如多通道、多源数据的采集和处理。由于测量系统使用的仪器设备包括多台GPS-RTK和全站仪，本身就存在数据的测量时滞和不同步现象，而控制任务又要保证实时性，让大量的数据在同一个系统中运行。经过多番研究，项目组提出了"基于信息重组的卡尔曼滤波算法"，通过选择高频通道测量数据重采样或高频通道测量数据间隔采样的思路，才有效地解决了测量时滞和不同步带来的状态估计。

一个系统工程，彼此之间互相关联，"各人自扫门前雪"必将割裂其内部的整体性和协调性。景奉水及其团队虽然接的是"FAST馈源支撑整体控制系统"项目，却必须要兼顾着综合考虑与"订单"之外各相关系统如FAST总控系统、反射面控制系统等，如何通过以太网和光纤交换机相连接，顺畅地传输各类数据。如果每个系统都自行其是"各拉各的索"，后期调试和维修既不方便也容易出问题。而这当中，通信接口是相互通信的共同纽带，于是景奉水及其团队先后开发了测量系统及5个相关子系统的Powerlink通信接口，无偿地提供给其他系统开发团队使用，受到高度评价。

2015年10月28日，"FAST馈源支撑整体控制系统"项目顺利通过国家天文台组织的出厂验收。相对于许多生硬冷涩的评审表达，这份验收报告明显充满了难抑的激情。

“FAST 馈源支撑整体控制系统”项目具有五大技术亮点：一是运动规划，通过优化索驱动系统与馈源舱内 AB 轴机构的位姿分配策略，既保证了馈源舱的位置和指向精度，同时减少了因索力不均衡引起的舱索振动；二是协调控制，通过引入馈源舱重心时变模型，降低并联机器人 Stewart 精调平台对索驱动系统的扰动，以确保重约 30 吨的馈源舱移动的精度提高到 10 毫米以内；三是控制系统架构，通过实时工业以太网连接各个相关子系统，既为测控数据提供了实时高速通路，又为 GPS 时钟分发提供了可靠信道，确保各相关子系统的时钟与天文时间同步到毫秒级，为天文精准观测提供了条件；四是多通道时滞测量数据处理系统，通过降低大偏差高频测量通道的原始测量数据使用频次，使用新的重组方法，解决了时滞和多通道测量带来的馈源舱运动状态估计问题，有效地提高了馈源支撑系统的位姿测量精度；五是分布式实时数据管理系统，通过实时工业以太网和实时数据库技术，实现了多个数据站点的交叉通信功能，保证了 FAST 系统数据采集、传输的实时性和冗余备份能力。

“FAST 建成后将成为世界上最大口径的射电望远镜，在未来 20 ~ 30 年保持世界一流设备的地位。作为一个多学科基础研究平台，FAST 工程研究涉及众多高科技领域，如天线制造、高精度定位与测量、高品质无线电接收机、传感器网络及智能信息处理、超宽带信息传输、海量数据存储与处理等，其建设经验将对我国制造技术向信息化、极限化和绿色化的方向发展产生深远影响……”

没有居功，也丝毫没有想过居功。景奉水多次亲临大窝凼 FAST 工程现场感受后，更深深地觉得自己所做的，实在微不足道，不过如众多构件中的一颗铆钉。在那里，除了正常的一日三餐外，其他的补给往往是 1 周 1 次。所有人住的都是活动板房，8 人一间，上、下铺挤着。楼上有人走动，楼下就能听到明显的声响，甚至感到隐隐的摇晃。有一次，现场参与调试的人员很多，住宿十分紧张，景奉水一行只能挤进大板房旁边的小板房。碰巧小板房的床板中间是断裂的，景奉水只得搬了几块砖头垫在床板下，把自己安顿下来。板房门缝较大，山里的老鼠晚上从门缝里旁若无人地进出……

面对荣誉，景奉水很是平淡地说："这都得益于多位师生多年的技术突破和经验积累，为进行高精度姿态和位置调整提供了越来越完善的控制系统技术，保证 FAST 精准地进行指向跟进观测，捕捉茫茫宇宙中的天体信号，这不过是面对国家重大需求，尽了我们科研人员的应尽之力。"

▼ 2015 年 11 月 21 日，馈源舱成功起舱，进入联调阶段

第十一章

相濡以沫 刻骨铭心

XIANGRU YIMO
KEGU MINGXIN

成功了！那一刻，所有参与人员都在第一时间长长地嘘了一口气；我不知道，如果把大家嘘出的这一口气汇聚起来，该是一种怎样的冲击！不夸张地说，身处现场，每个人眼中那一汪欢笑的泪水，完全足以将偌大的实验室给淹没……

当今天文学界，不管FAST是生成于哪一种背景之下，无论是技术上的突破，还是学科之间的融合，至少在30年内，都敢称为时代的“孤品”“绝品”。而大窝凼岩溶洼地，恰恰在尺度规模、电磁波环境、生态环境、工程地质环境等方面，都具有“独一无二”的品质和优势。

陪伴FAST走过23年，我也从一个青涩的小姑娘变成了风风火火的中年“女汉子”。时至今日，FAST已然大功告成，回过头去看，一路走来，所经历的一道道坡、一道道坎，当初遇上时，它们横亘在那里，看起来是那样险峻、威慑，似乎很难逾越，结果只要拼一把劲，还是一个一个地跨过来了。

今回首，天眼已成。

一路走来，一生走过，有深深的歉疚，但没有丝毫的遗憾。

因为，在我人生的这一页上，存留了许多超越付出、理想、成就、追求的记忆——

在这 20 多年里，国家天文台前后有 100 多人在为 FAST 奋斗；有数千人在大窝凼现场为建造 FAST 起早贪黑，努力工作！

这个团队，老的有“40 后”，年轻的有“90 后”，有的已经永远离开我们……

1 王启明：从学科教授到工程总工艺师

2000 年，我正在清华大学做博士后，从事并联机器人的研究。这项在 20 世纪 90 年代才进入中国科研领域的新技术，正处于国外国内高度关注的“眼球期”，稍有一丁点“风吹草动”，便会激起许多“兴奋点”。恰在此时，国家天文台与清华大学签订了“在馈源舱里建构并联机器人 Stewart 精调平台”的项目课题。这个课题，正是 FAST 项目中的一个关键技术，即通过精度调整悬挂在 150 米左右高空的馈源舱位姿，以达到准确接收反射面聚焦的射电信号。这对于我的研究来说，不仅是一个创新性的突破，而且充满了从实验室走向科学应用的挑战。

民间有句谚语：千千有个头，万万有个尾。

如果把以北京天文台为核心组建的 LT 中国推进委员会提出“LT 中国概念 KARST”作为 FAST 动议的开始，至 2016 年 9 月 25 日 FAST 落成启用，这一大国工程可是经历了整整 23 年；如果把 1998 年提出 FAST 概念并启动关键技术的预研究作为 500 米口径球面射电望远镜的起点，至 2008 年工程奠基，前后也历时 10 年之久；最短的是 2011 年 3 月 25 日 FAST 工程正式开工到竣工，工期 5.5 年，累计 2011 天。

从 2000 年与 FAST 馈源 Stewart 精调平台沾上瓜葛，算起来，我陪着 FAST 整整走过了 16 年。当年这个项目启动时，怎么说，我也算是正当年吧，现在我两鬓已有了很多白发。

16 年，从 39 岁到 55 岁，我人生最精彩的时光，算得上满满当当地刻在了 FAST 的每一个节点上：2000 年，接手 FAST 并联机器人 Stewart 精调平台的研究课题；2002 年秋，调入国家天文台负责 FAST 项目机械结构方面的工作；2008 年担任 FAST 主动反射面系统总工程师；2014 年，接替退休的杨世模先生，出任 FAST 项目总工艺师。

从 2000 年的暑假开始，我们便根据 FAST 馈源精调机构的需求，做了一个 1∶15 的缩比模型。该模型是一种新型的并联机器人 Stewart 平台机构，它的底座悬挂在 6 根钢索上，与 FAST 的真实工况基本相似。这样的 Stewart 平台机构设计，在国内外根本没有先例，其“无迹可循”的最大难点在于机构被放置在柔性基础上，而柔性基础的稳定性本身就大打折扣，却“硬性”要求无论经受任何扰动，都必须确保机构达到最佳的理想预定位姿，其控制难度可想而知。还好，经过半年时间的日夜工作，我们终于在 2001 年 2 月完成了首台 FAST-Stewart 精调平台 1 米尺度缩比样机的研制，并调试成功。3 月，“两会”召开，这台样机得以参加了“863”计划（即 1986 年 3 月提出的国家高技术研究发展计划）15 周年成果展，如此，也是一种鼓励和认可吧。

2002 年秋，我从清华大学调入国家天文台，负责 FAST 主动反射面系统工作，正式成为 FAST 项目组的一员。

大工程的建设，既强调协调配合，更讲究各司其职。我所负责的反射面系统，包括了主体支承结构、反射面背架、面板结构和液压促动器等多项基础和设备工程。相比我之前从事的并联机器人单项研究，它要庞杂许多，繁复许多；或者说，很多方面，已经超出我的所学范围，跨越到了别的学科领域。科学上的这种转向，哪怕只是稍稍偏离一点点，都是“隔行如隔山”。

反射面的铺底，首先从索网开始。这和我的并联机器人研究本行，完全不搭界，是一块“陌生的领地”。但是，既然“闯”进来了，就不能“让地荒了”，就必须尽力而为，尽职尽责，辛勤耕耘。不懂的，就查资料，找老师。当时国内关于索网方面的专业书籍很少，好不容易才找到两本，其中一本是哈尔滨工业大学沈世钊院士所著的《悬索结构设计》。我还清楚地记得，有所了解后，我先是通过邮件向他请教，但沈院士不太经常关注邮箱，于是我又改用写信的方式咨询，然而因为他的事务太多，年纪也较大了，等待回复的时间一般较长。2003 年初，听闻他到北京参加鸟巢的评审方案，我立马与同事一起到饭店去拜访他；10 月的时候，他又来北京参加一个评审会，我又去了他住宿的酒店，听他介绍悬索结构的想法；为了这个想法，圣诞节前后，我和南仁东先生索性跑到哈尔滨去找他。经过多次交流和探讨，大约在 2004 年初的时候，我们已经对索结构形成一个基本的概念，也正是因为与沈世钊院士之间的交流，我们与哈尔滨工业大学建立了合作研究的关系。之后，经过近两年的共同攻关，2004 年底，终于形成了索网短程线分形结构的初步方案——很多时候，很多人都说，许多奇迹的发生往往源于灵感碰撞的火花，经历了，我才真正知道，成功的后面，灵感不过占微小的 1%，更多的是汗水，是实实在在的付出。

2005 年 3 月，在国家自然科学基金资助下，我们在国家天文台密云观测站启动了 FAST-30 米口径索网结构缩比模型的建造。这一干，从签订设备合同、联系制造厂家开始，到挖坑、打基础、立圈梁、竖馈源支撑塔、挂索网、面板安装等工程实施完毕，前后整整 9 个月——直到 12 月 6 日，一个功能齐全的望远镜模型终于宣告完成。2006 年，这个配置了索网反射面支撑机构、四塔支撑的索驱动馈源、并联机器人 Stewart 平台组合的 30 米口径望远镜整体模型调试成功，有效地验证了索网结构支撑反射面面板的可行性，从而为 FAST 项目在国家大科学工程中立项奠定了最重要的基础。

30 米模型建成后，我们便一边开始撰写立项建议书、可行性研究报告、初步设计方案、开工报告申请等进行"上报"，一边敦促地锚、促动器、索网、背架和面板等部件关键技术的试验工作"落地"。

2007 年 7 月，FAST 项目终于得以立项。实话实说，听到消息，我哭了。毕竟辛苦了那么久，没算白做。虽然也还是"累"，但之前的"累"，是懵懵懂懂地走，根本不知道哪时才看到天明；立项后的"累"，是朝着目标走，好歹有了个盼头。所以，我们开始雄心勃勃地做科研攻关，做实验测试，开展初步设计，紧锣密鼓地推动项目开工。在这种既亢奋又焦灼的状态中，不知不觉地过去了 4 年。

最困难的是 2010 年前后，设计和制造索网的三索。根据运行轨迹疲劳操作分析，需满足 FAST30 年的使用寿命，每根主索工作时拉伸变形的承受强度至少要达到 500 兆帕，拉伸次数不得少于 200 万次。而当时国内钢索的最高标准，包括斜拉桥上的钢索，其强度最高只是 200 兆帕，最多达到 200 万次弯曲。FAST 的钢索设计和要求，直接把材料技术和加工工艺提高到了一个世界领先水平。

开始，我们选择 4 家钢索生产企业制造生产 4 种类型的钢索，每种类型优选 3 根样索进行实验测试，结果 10 万次都达不到。改进后再测试，最好的结果，强度可达 350 兆帕，但仅能弯曲 6 万次。而每做一次疲劳拉伸试验，一般需要 10 来天。因为心里裹着焦急、期待，日子似乎要比实际长许多。好不容易熬出个结果，却是一个晴天霹雳，好多人差点承受不住，但事情不但不能搁置下来，反而急追着大家的屁股赶——要知道，此时台址开挖已经进场，其他基础设备也整装待发，钢索定不下来，索网不能确定，反射面板等都只能干瞪眼。没办法，又只得钻图书馆，国内国外跑厂家——把普通钢丝、镀锌钢丝、涂层钢丝等看了个遍，把冷铸锚具、热铸锚具、机械挤压锚具等专业生产器具摸了个透，把单股钢索、碳纤维索等的优劣一一比对。我记得，那时正好是 8 月，天气炙热，三天两头东奔西跑，一天到晚心急火燎，全身上下就没一处好好地清爽过。几经周折，在两年的时间里做了近百次试验，这个差点被宣判“死刑”的主索才终于起死回生——这种含碳元素达 0.85% 的高碳钢索，当时在国内没有哪家企业能生产出来！“真的，到极限了，再高哪怕是一点点，那都应该是魔鬼水平了……”

成功了！那一刻，所有参与人员都在第一时间长长地嘘了一口气；我不知道，如果把大家嘘出的这一口气汇聚起来，该是一种怎样的冲击！不夸张地说，身处现场，每个人眼中那一汪欢笑的泪水，完全足以将偌大的实验室给淹没……

2011 年，FAST 正式开工建设。

自开工之日算起，建设周期只有 5 年半，工期不能超，但现场施工条件恶劣无比，很多人都担心完不成。情况明摆着——大窝凼距离最近的高速公路要好几小时，狭窄的道路颠簸崎岖，在大山深处和小村落中蜿蜒穿插。为了让大窝凼和外界连通，施工队修筑了一条 7 千米的道路，但还是难于接近洼地，许多重型装备的使用也受到限制，绝大部分都是依赖人工徒手劳作。酷暑烈日下，竭尽全力的工人一般都是肩扛手提运送约 100 千克的物资。相比之下，在北京或上海建设一座桥梁，那真是小菜一碟。

这个时候，不是我们追逼着 FAST 走，反过来了，是 FAST 倒逼着我们往前赶。于是，反射面设备的技术任务书、招标文件及合同等文稿的撰写和审核，就像一道道 FAST 壮观图景的耀眼光斑，不时在我眼前走来晃去，以一种欲言而又不忍的情态不断地提醒和催逼。熬更守夜虽苦，字斟句酌虽累，但苦并快乐着。毕竟，能够做一件有意义的事，这辈子也算没白活！

2013 年 1 月，圈梁结构进场施工，在研究报告中构思了那么久、实验场中试验了许多次的东西，就要真真实实地摆在面前，兴奋、欣喜自是不言而喻的。在某种意义上，它就像是一个自己孕育的孩子，寄予了我太多的希望，也损耗了我许多的精力。50 根几十米高的圈梁支柱一天天竖起，1600 米长的圈梁一天天延伸，直到合龙，差不多是数着日子过。其间，驻场技术指导、施工协调，每一件都必须亲力亲为。打一个不很妥帖的比喻，恰如哺乳、洗尿布、摇摇篮什么的，虽然手忙脚乱，却也是喜乐在心里汩汩流淌。

我也不知道这叫不叫“转行”，但事情倒真的是多了许多。2013 年圈梁工程开始时，作为反射面系统总工程师的我，一个月也就 1 周或者 10 来天的时间驻守大窝凼。2014 年，我接任 FAST 总工艺师，一个月里、一年里，过半的时间却不得不留在 FAST 工程台址，其中的元旦、中秋、端午和各种假日，大多是在工地上度过；几个春节，也是最后一个离开现场。干嘛呢？产品质量的解决、工艺的优化、各种工艺文件的编制，实现按设计节拍进行有效的生产，并保证与生产过程有关的产品技术条件和一致性，等等，都“总”给了总工艺师。具体讲，不管是什么样的产品、零部件、原材料，只要它们出现、发生在大窝凼，我就要在现场；施工过程中，施工单位之间的对接、现场供电供水、施工道路的坍塌与填充等，都要我去协调。举个例子，2014 年开始安装索网，运索要平整道路，但布线单位要横挖道路埋线，你不让我，我不让你，互不相让，这就需要总体协调；2016 年运送反射面板的车往窝凼里开，另一个单位的车则急着从里面开出来，狭路相逢，都把公事放在第一位，谁也不肯退让，导致这段道路完全堵死，怎么办？又得出面协调，商定行车规则，借此形成规矩：以后不管进去、出来，两车相遇，一律轻车让重车……所以，每天总是这样那样的“协调”，还一点儿拖延不得，马虎不得——小场地里共襄大工程，哪怕事儿看起来微不足道、鸡毛蒜皮，但因小而失大的效应却非常明显，稍不留意，没准儿瞬间即酿成无法收拾的局面。

事儿多，闲暇少，日子过得飞快。人生虽然没有几个年轻旺盛、精力充沛的16年，与FAST结缘的5800多天，也把我由不惑之年“拖入”知天命之期，但每一天都是那样充实而富于激情，当是我人生最大的财富——同时，也让我此生永远愧疚的是，这笔无法用金钱计量和衡量的财富里，相当一部分是我对父母、对家庭的“严重透支”：2013年，我相濡以沫的妻子突发急性胆囊炎，需立即手术切除，恰在此时，我这里正赶上圈梁开始进行起吊安装，节骨眼上，妻子硬是忍着没有告诉我，也请求单位不准告诉我，只央求单位的同事替我在手术单上把字签上——名字是她丈夫的，但她的丈夫一直没有在她身旁；2015年国庆期间，我照例在工地值班，10月8日，突然接到母亲的电话，我的父亲，这一天，走了！父亲走前，是一个长长的7天“黄金周”，我无法回去，我的家人竟也没有要求我回去。

2 朱博勤：参与一场科学的堪舆盛典

堪舆，天地总名也。《说文解字》：“堪，天道也；舆，地道也。”行之“堪舆”，即行天地之学，是以仰观天象，并俯察山川水利。

1994年5月，北京天文台找到中国科学院遥感应用研究所，希望运用最新遥感技术帮助选择大射电望远镜台址。遥感应用研究所随即成立了在童庆禧院士指导下的选址工作组，我和魏成阶、聂跃平、田国良为选址组的主要成员。就这样，我们开始了一场非同寻常的“堪舆”之行，为当下高端的天文科技寻找“风水龙脉”俱佳的安身居所。

当时，我正在遥感应用研究所承担1∶100000比例尺全国土地利用遥感调查任务，而且由于没有经费支持，选址工作在完成“主业”之余，利用业余时间开展工作。

开始选址时，因为没有确定望远镜的具体几何形态指标，也没有类似的选址案例可借鉴。以连片洼地作为射电望远镜阵的台址，中国当是国际天文界的首例。

在通过与天文台项目推进工作组南仁东、吴盛殷、邱育海、彭勃等专家不断交流和讨论后，我们才逐渐了解中国争建新一代大射电望远镜对地形地貌、无线电环境、地基与工程地质的相关要求，以及降水、滑坡和地震等灾害可能带来的影响。

在对矿坑、火山口、陨石坑、岩溶洼地、塌陷等不同地表负地形的规模大小、地形封闭性、地基承载能力、周围地区发展程度（无线电环境）、排水能力等进行综合分析后，选址组倾向性认为，岩溶洼地是较好的选址方向。随后，通过分析和考察我国西南地区岩溶地貌的发育状况，决定先期将贵州省普定县和平塘县两个出露灰岩较厚的地区作为目标。当然，这个目标，也只是确定一个范围，并没有锁定具体的对象。而这些对象就录在FAST工程选址岩溶洼地数据库里，有400个左右，最终的概率是1/400。如此，要想一锤定音显然是不可能的，只能剥竹笋似的挑选。每剥下一层外壳，就重新拟定更挑剔的类项和指标。如是一层一层地脱壳，最终只剩下13个“过得了媒人眼”的候选。再往下，我们就没法定夺了，于是便对它们进行适宜球面口径、开挖和回填土方量和典型地形剖面的拟合分析，交给主事的北京天文台。

新一代大射电望远镜的名称经历了LT、SKA、KARST、FAST几个阶段，每个阶段都有不同的台址要求，在科学目标、技术要求和对台址的要求越来越明晰的同时，对洼地的尺度、形态要求也更具体、更确切地“浮出水面”。随后，在对 13 个洼地的地形高程数字化、典型地形剖面分析和开挖土方量拟合等具体工作的基础上，我们专门对大窝凼、打多、尚家冲开发了 FAST 工程土方量开挖拟合地理信息系统，即通过确定球反射面半径、开口半径、球冠底部高程、球中心的平面坐标后，准确地计算出需开挖的土方量。多层次比较的结果显示：大窝凼是建设 500 米口径球面射电望远镜最好的场址。

2006 年 3 月，由贵州地质工程勘察院承担的 FAST 工程台址综合工程地质初勘，采用钻探、地球物理勘探、原位测试和样品分析等手段，基本掌握了大窝凼工程地质的一系列参数，认为“大窝凼洼地环境稳定、地基稳定性总体上良好，影响不大，适宜选作 FAST 项目台址进行工程建设”。

一般情况下，工程建设都会避开大窝凼这种地形高差大、崩塌和岩堆发育、有断层通过、溶蚀裂隙发育的巨型岩溶洼地。但是当今天文学界，不管 FAST 是生成于哪一种背景之下，无论是技术上的突破，还是学科之间的融合，至少在 30 年内，都敢称时代的“孤品”“绝品”。而大窝凼岩溶洼地，恰恰在尺度规模、电磁波环境、生态环境、工程地质环境等方面，都具有“独一无二”的品质和优势。

2011 年 3 月，FAST 工程台址开挖。庞大的工程要在一个直径 600 米的区域内由高而低展开，项目相互交叉，合理安全布置作业面，施工组织难度很高。同时还有降雨天气、当地施工劳动力紧张，以及节假日的影响，可以说困难重重。我作为台址勘察与开挖系统执行总工程师，又不得不操起科学的“堪舆”之术，通过一系列阶段性、专题性的专家咨询会议、施工勘察、信息化施工等方式，寻求快捷、安全、有效的途径，把入场、交叉、同步等困扰降到最低限度，确保开挖面误差在 20 厘米以内，不致损伤大窝凼的“龙脉”。

2012 年 9 月 25 日，台址开挖工程完成，我又出任台址与观测基地系统总工程师，继续围着台址的配套工程打转转。

自 1994 年 6 月在遥感应用研究所开始参加 FAST 工程选址，到 2009 年 6 月正式调到国家天文台，在 FAST 这台“多声部的大合唱”里，台址所在的“低声部”，也许不如“高声部”的主动反射面系统、馈源支撑系统高昂、激情，但它浑厚如地层传来的轰鸣，恰恰就是 FAST 壮丽恢宏的背景。更为重要的是，间杂其中的“堪舆”之音，在被赋予科学的严谨、客观之后，其剔透的音色，其清朗的音韵，久久让人难以忘怀……

▲ 笔者与彭勃、朱博勤老师一起

3 朱丽春：科学也有真性情

陪着 FAST 走过一程，其间的喜怒哀乐，是我人生中挥洒得最淋漓尽致的了。

我是笑着走进 FAST 项目大门的，我笑得很开怀。

1995 年 11 月，一个意外的机会，我得以进入北京天文台大射电望远镜工作组，叩开了“中国科学院”这座科学殿堂的大门。要知道，1986 年，我从北京邮电大学毕业后，留校任教 4 年，离校到企业干了 5 年，一晃 9 年过去，少时怀揣的当一个科学家的梦想，在随遇而安的工作中都被消损得快没轮廓了。

不想这个时候，命运的大门“吱”的一声打开了一条缝，刚好容我跻身其间。

更为幸运的是，来了，要做的，竟然是我的通信工程专长，并被聘任为测量与控制系统总工程师。我知道，这是荣耀，更是责任。

FAST 有多大？FAST 有多精微？这些都看得见、摸得着，可以从设计上去查询，有确切的数据。但是要让它的灵敏度、分辨率正常或超常发挥，就必须建立良好的测控系统。虽然射电望远镜能否建成不独取决于测控，但建好后能否达到预期性能，测控则是关键。

如果射电望远镜是一个巨人，“测控”就是他的小脑和神经系统，需通过复杂的调节和反馈机制维持平衡和协调，使“躯体”完成精细的技巧性运动，长袖善舞，美丽的长袖要靠舞动诠释他的美丽。一旦神经系统丧失了控制的功能，失去了协调的作用，就像一个植物人，不能正常地工作和生活，更不要说活蹦乱跳，参与创造性的劳动那更是痴人说梦。没有精准的控制，即便望远镜造成了，也只是一具躯壳。FAST 巨型反射面建成后如果不能进行变形控制，就像不聚光不转动的眼睛，看到的太空是一片虚无。比如馈源舱要在近 140 米高空 200 多米的范围内进行精准的运行，我们采用激光测量技术进行毫米量级的实时定位。当出现大雾、大雨甚至反射激光的靶标被树叶或鸟粪遮挡时，激光测量系统将无法工作，几十吨的馈源舱将停在空中无法运动，因此我们只能采取多种测量手段如 GPS、惯导等进行冗余测量应对各种突发情况。

总控、基础测量、反射面测控和馈源支撑测控，构成了庞大而繁复的测控系统。具体来说，FAST 反射面及其反射面单元的制造、安装与实时定位，光机电一体化指向跟踪系统的索拖动，以及馈源舱内 Stewart 平台的建造、运行等关键技术，都得在测控系统的指令下，才能有序、高质量地工作。

FAST大尺度和高精度的双重目标，对测控提出了挑战性的要求，多项技术涉及领域前沿难题，如大尺度高精度非接触测量、大尺度时变柔性体解耦控制等，国内外都没有可资参考的借鉴，困难可想而知。但风景也是美丽的，正所谓无限风光在险峰，精彩往往在险中求取——当然，这个“险”，不是刻意去寻求，而是不得不去面对。

作为较早参与FAST项目的成员之一，我不仅有较多机会近身感受项目蜗牛般推进的过程，而且得以近距离见识、见证一个降生于荒山野岭的大科学装置艰辛孕育、分娩的全过程。记得大约在1998年7月下旬，我曾陪着南仁东、邱育海、聂跃平几位专家到平塘县的55号和71号两个洼地做了一番实地考察。那天下着雨，我们就披着塑料雨衣，蹚着哗哗流淌的山溪水，高一脚、低一脚地从山梁走下坑底，又从坑底走上山梁。在许多人看来，也许科学家就是坐在敞亮而豪华的办公室里构筑着常人可望而不可即的神圣殿堂，其实不然，这种雨中的冒险可一点儿没有文学家笔下的诗意和浪漫。

切身的感受最深切。大家都知道，FAST用偌大的反射面来收集电磁波，而馈源支撑则是拖着接收机去“接纳”这些电磁波，把它们装进接收系统。而既是有目的地去“找”，那就要快捷而准确地实时定位。定在哪儿？哪儿才是最恰当的位置？这就需要一个共同的参考基准，而这个参考基准就是散布在反射面板当中以及边坡、山顶上的28个测量基墩。

基墩的稳定性要求极高，在三四年的时间内，必须保证它们的相对变化量只有1毫米的误差。为此，我们除了在技术上采用双层结构，避免风吹打到核心墩、太阳直射到核心墩、人在墩子上走也碰不到核心墩之外，关键还要选好点，不能让它们与主索、下拉索、面板形成干涉，也不能让它们与地面以下的地锚和锚杆形成干涉。还有，基墩一定要深浇到基岩，严防稍微的山体滑动发生位移。

现场施工过程中，一丁点儿的马虎都是不允许的，如果发生了，那就只能毫不含糊地返工。一天，某个基墩建造到一半时，一个同事轻声对我说，安装的方向好像与南北方向不太一致呢。虽然只是弱弱的疑问，对我而言却如五雷轰顶，顿时感觉两只小臂瞬间麻木不听使唤了。后来，证实了不过是虚惊一场，小臂也不治自愈，但却让我由此更加谨慎，以至到了即使是自己编写的程序也要亲自把每一个设计数据翻来覆去核实的程度，甚至在飞机飞行或延误的空档，也都不自觉地以核实和分析数据来打发时间。

特别是边坡、山顶上的几个基墩，可以说是大家拼了命“爬”出来的。这些基墩的选点，其实早在整个施工队伍还没有进场时，我们就已经开始了。环围着大窝凼的四座山峰，本就没有一条直达山顶的路，多是拐弯抹角地走，越往上，山越陡，最平常的，也在 50 度上下的样子，有的甚至在 60 度以上。我是地地道道的北方人，在一马平川的地方生活惯了，行车盘旋在贵州的山路上，总晕得一塌糊涂，面对一座大山，要一步一抬头地爬上去，我是想都不敢想的。

有一次到山上选点，因为要做相应的实验，不小心就到了天黑，结果，下不来了。同事们说，没事，原路返回！原路？我脑袋里根本没这个概念，索性说，算了吧，咱们就在山上，等明天天亮了再下山。后来，还是下面的同事带了手电筒和灯才把我们接下去。

最难忘的一次，到山顶需攀缘一道悬壁，2 米多高，直愣愣地耸立着。上去的时候，借助旁侧的一些东西，或者同事们帮忙推举一下，也就越过了。下来，望着这 2 米多高的悬壁，落脚的地方不过半米见方，再往下是深不见底的山谷，我那小腿儿就直打战。看着同事们一个滑溜就落了下去，我动了好几次念头，都狠不下心来；勇气丧失殆尽，精神也垮了，我索性就趴在那儿，说，你们走吧，我真的下不来，我不回去了……同行中有一个姓毕的小伙子，是当地人，很灵活，一边让上面的人伸出一根树枝给我拽住，一边伸出一只脚蹬在悬壁半高处，说朱老师，你把我的脚当成一个台阶，踩在上面，然后揪着树枝往下顺就行了！慢慢地，我终于知道，贵州山里的这些植物，特别给力，一根小小的小树枝，一簇小小的灌木，都坚韧得不得了，“耐力”十足，拉住它向上爬或者向下滑，都是不可多得的“好帮手”。

困难，可以想办法克服，但避过危险，就只能凭借运气了。FAST建造初期，工程基础设施与相关的科学技术多是并行。在台址开挖、环形路道修建的过程中，测控系统的前期实验也在同步跟进。有一次，我们在大窝凼底部进行测试，坡上的工人正在进行爆破作业，结果我们刚刚走开，“轰”的一声爆响，山上的石头就“哗啦啦”滚了下来，好几颗斗大的石头，就从我们刚站立的地方滚过。

还有一次，因为测控所涉及的多是国际前沿的技术，必须有广泛的国际合作。和外国专家沟通后，他们说要到现场实地考察才能作出判断。那时候，进场的公路刚刚开修，经过某个路段时，我们的车刚刚顺着边上开过，路基立即崩塌一大片。一身冷汗惊出，我和几个外国专家对视了好一会儿，脸上全是木木的土灰色。

参与FAST项目，是人生的际遇；经历FAST项目，才真正发现，幸运的眷顾，更多的时候，往往与灾难不过一步之遥。惊回首，抑或你会不胜感慨：苦与乐、生与死，其实并不是佩戴在绚丽的梦想、缤纷的理想“枝头”让人景仰的点缀。

需求是发展的动力，有了指标要求，就要想办法做好。不论是成熟的还是尖端的测控技术，终究只有落到实处，才能体现出它的价值。因此，在项目启动前，我们就全力做好项目的跟踪和资料收集整理；1998年，FAST工程概念正式提出，我们正式进入预研究。这个过程其实挺长的，整整攻关了9年，光是建立模型，就前前后后搞了10多个，从5米到50米大小不等，从室内到室外各种环境条件下都进行尝试，才逐渐获得、完善第一手资料数据。

2003年，我们开始在北京密云建造30米口径的完整模型，应该说，其难度一点儿也不亚于建造真正的FAST。技术上的难度自不必说，什么都是从无到有，连个可供参照的对象都没有；另一方面，经费极其紧张，300万元建模型，反射面控制只用20多万元，所有能自己动手的我们都是自己动手。比如为了测索应力，所有应变传感器都是我和学生进行流水作业安装到索头上，引线、焊接、布线等，都是自己动手完成。工作过程中，几米高的圈梁，只有40厘米宽，没有护栏，开始看着腿都抖！

FAST能否进入良好的工作状态，关键有几点：第一，它的可靠性，天天“生病”是不行的；第二，它的精准，就算不生病，但是走不稳、走不准，同样不行；第三，在保证精准的情况下，要走得更好，要突破各种极限，努力让FAST超水平发挥。

做自己喜好的专业，圆自己人生的大梦，我只是执着于内心的追求，把事儿尽可能做得更好。既然选择了，就像你生的孩子，他调皮不听话了，你也不可能狠心把他扔掉；不仅仅是我，同事们与这个项目朝夕相处久了，也用了一份心去待它了，也都会把它当成自己的孩子——哪怕生点小病，有个头痛脑热，你都会没来由地着急，急得莫名其妙。

记得有一次总工艺师杨世模组织各部门开会，汇报工作上的“接口”事宜。这个“接口”就是和人打交道，和技术打交道，特别艰难。周一测控，我们跟各个部门进行了对接，结果呢，很多问题都无法和相关方面达成一致，心里那个憋屈呀，正闷得慌，我说，杨总，你知道什么叫接口吗？“接口”其实就是“伤口”，而在工程中的“伤口”实际上流的是人的心血。这一急，我那不争气的眼泪就落下来了——这下可好，反倒把杨总给吓坏了，一个劲儿给我赔不是。

在FAST建设中，我们不仅要做好测控系统的攻关、突破，还要协调其他系统工作完成，难免会在对接过程中产生误会、冲突，委屈自然是难免的。有人说，在这么个大工程中，这么多人，一个女人的特权就是可以哭鼻子。其实我自己知道，打小我就无法控制自己的情绪。之前我曾经有个奇想：我是不是哪天趴在被窝里使着劲儿哭个够，把眼泪流完了，以后就不会轻易落泪了？可是呢，直到现在，它仍然没有流完。在FAST这件事上，除了“拼”和“争”不时触动我的泪点外，与同事并肩谋事的情谊也时常触动我。记得当时我们正在攻克一个全新的摄影测量技术，我的一个博士生可真是全身心地投入了进去，那种敬业的钻劲和韧劲，大家都看在眼里。可是后来，因为某些原因，他要离开了——离开的时候，真的非常不舍，我在签字的时候，实在忍不住，眼泪居然又掉下来了。

陪伴FAST走过23年，我也从一个青涩的小姑娘变成了风风火火的中年“女汉子”。

时至今日，FAST已然大功告成，回过头去看，一路走来，所经历的一道道坡、一道道坎，当初遇上时，它们横亘在那里，看起来是那样险峻、威慑，似乎很难逾越，结果只要拼一把劲，还是一个一个地跨过来了。如今坐下来细细品味，这些爬“坡”过“坎”的过程，其实就像是一剂生活的调味品：糖固然很甜，但辣也有辣的魅力。也许吧，经历FAST，如果没有什么磨难，它也就不会如此让世界瞩目了；没有一份真性情，它同样也不会让每一个参与者刻骨铭心。

如今，家里人各有各的事业。有时，凑在一块闲聊，难免会生出一些共同的记忆。女儿很贴心，不时勾起与我相伴的日子，特别是在北京密云建造模型的时候，实在忙不过来，就把她带到现场。还好，那样的环境，那样的氛围，反而对她产生了一个长期的、正面的影响，让她切身感受了工作的执着、艰辛，懂得了勤奋、努力。兴之所至，有时她就会冲口说道：那么一口全世界最大的“锅”，要是能让姥爷……而往往，话到此处，她就会神经质似的打住。

女儿懂，这是她妈妈心中已经难以愈合的伤和痛：我的父亲已经去不了，也看不见他女儿参与建造的这个世纪工程了！

2016 年初，我 80 多岁的父亲，突发眼疾。当时，FAST 建设已经进入最后的冲刺阶段，我正在大窝凼现场忙得晕头转向，根本没有办法回去。父亲呢，也为了不给我们添麻烦，说什么都不肯来北京医治。项目结束后，我回到北京，再把父亲接来时，他的一只眼睛已经看不见，一点儿都看不见。望着父亲另一只浑浊的眼睛，我的心里真的好痛！当时就想，一定要在父亲有生之年，带他到大窝凼看一眼她女儿参与建造的这个大科学工程。不想还未出行，父亲却又突发脑血栓，自此只能躺在床上。

陪护在父亲床前，我无数次开启心灵的闸门和他对语。我发现，每一次，只要我心有所想，父亲的眼里，父亲浑浊的眼里似乎都会清晰地眨动着两个字：我懂！

我也相信，我的父亲，最懂……

第十二章

不舍昼夜 执着追寻

BUSHE ZHOUYE
ZHIZHUO ZHUIXUN

FAST 对无线电磁环境的要求是“硬条件”。建设前期，需对所有预选地址进行无线电磁环境系统性监测。建设过程中，需持续、定期监测。FAST 建成后，监测工作得 24 小时不间断。无线电磁环境一旦受干扰，FAST 通过无线电波“观测”到的数据将失去价值。这意味着，只要 FAST 还在运行，无线电磁环境监测工作就不能停。肩负国家使命，为大射电找“家”、护“家”的担子，同样也落在贵州无线电人肩上。

周永和团队先把 40 多万块小反射面板组装成规格不一的 4450 块大反射面板，这些由“小镜片”组合的曲面，单片最大面积约 120 平方米，最大重量超过 1 吨，形状各异，容易变形。把它们一个个起吊数百米，下落安装，吻合误差不能超过 2 毫米，这简直是一个前人从未接受过的挑战。

作为 FAST 基地仅有的两名黔南籍工程师之一，杨清亮对 FAST 有着更深的情怀，他希望用手中的相机，为 FAST 这个大科学工程留下更多更美好的回忆。

这是一群心怀理想的人。
他们肩负祖国赋予的使命，走进苍莽大山。
大山承载了他们的光荣和梦想！

1 苍山深处的电波卫士

20 多年来，他们与 FAST 团队一起风里来雨里去，一次又一次进山，对无线电磁环境进行长期监测，形成权威报告，为天眼的“家”安放在大窝凼立下汗马功劳。如今，天眼睁眼仰望苍穹了，人类和宇宙的距离又近了一步，他们肩上的担子更重了。

他们，是默默无闻忘我奉献的贵州无线电人！

无线电磁环境，这个人们感到陌生而又觉遥远的词，饱含他们的艰辛和努力。

20 世纪 90 年代初，世界天文学家共同提出一个崭新的天文望远镜项目建议时，各国给出了实现方案。在中国方案里，贵州是项目落地首选。但是项目选址，前期需要进行大量无线电磁环境监测，这项工作，落在了贵州无线电人肩上。

对大射电望远镜进行无线电磁环境监测，当时在全国并无任何先例可循。任务来了，没有号角，不求回报，他们扛起设备，一头扎进深山。

20 多年的时间，他们把挑战变成机会，把劣势变为优势，不仅出色地完成了工作任务，还在此后作为技术尖兵，代表国家走出国门执行

▲ 镶嵌在万山丛中的大国重器

新的使命。

按照方案，我国将依托贵州省喀斯特地貌现有洼地地形，建设一个名叫“FAST”（500 米口径球面射电望远镜）的项目。

为什么会选择贵州?

一是地貌特点符合建设需要。喀斯特地貌，其洼地造型不仅能为大射电的碗状外形提供现成建设条件，同时其天生具有“漏水”性，可避免设备周围大量积水。

二是除了地形，大射电望远镜有一个近乎苛刻的要求，即周边一定区域内，必须有足够干净的无线电磁环境。

相当于 30 个足球场大的中国天眼，就像一只庞大而灵敏的耳朵，通过接收无线电波，探索宇宙深处的奥秘。

生活中，小如手机，大到飞机等设备，都会发出无线电波，这意味着，它们都会对大射电望远镜产生干扰。

人口少、地形独特、电磁干扰少的地方，成为预选点。但是，并非肉眼看着“干净”的荒野就拥有足够干净的电磁环境。为了满足大射电望远镜的建设需要，必须对预选地址进行长期、持续、反复的无线电磁环境监测。

作为目前世界最大天文工程，FAST 项目由我国自主设计、自主创新、自主投资完成，投资额近 12 亿元，是我国向世界体现的大国担当。

“FAST 搜集到的数据，供全世界所有科学家共享。可以说，这个项目虽然建在中国，却属于世界。”

偌大的贵州，哪里才是最适合大射电望远镜安家的地方?

FAST 对无线电磁环境的要求是“硬条件”。建设前期，需要对所有预选地址进行无线电磁环境系统性监测。建设过程中，需要持续、定期监测。FAST 建成后，监测工作得 24 小时不间断。

无线电磁环境一旦受干扰，FAST 通过无线电波“观测”到的数据将失去价值。这意味着，只要 FAST 还在运行，无线电磁环境监测工作就不能停。

肩负国家使命，为大射电望远镜找“家”、护“家”的担子，同样也落在贵州无线电人肩上。

从 1996 年起，贵州无线电人走遍山山水水，与南仁东、聂跃平、彭勃等科学家并肩普查了若干个直径 100 米以上的洼地的电磁环境，对平塘县大窝凼、普定县尚家冲等直径 400 米以上的洼地进行重点监测。

2003 年 7 月，国家天文台将大射电望远镜电磁环境的测试任务，委托给贵州省无线电管理局完成，这意味着监测任务比前期更加深入、全面。贵州省无线电管理局迅速成立大射电望远镜监测组，测试工作于 2003 年 12 月 10 日正式展开。

大射电望远镜电磁环境测试任务，标准来自国际 SKA 选址委员会。该标准对测试灵敏度、频带要求高，测试时间长。每个预选地点，需进行反复测试，数据要包括四季，每一轮，至少要有长达 20 天的 24 小时不间断的监测。

怎么达到标准?

测试时间长不怕，但如何提高测试设备灵敏度，却成为横亘在眼前的技术难题。

日常监测设备主要针对通信进行监测，大射电望远镜的无线电磁环境监测是一个新课题。在当时，全国从未有过按国际标准进行测试的案例，也没有这样的针对性设备，在国内找不到可供学习和借鉴的对象，也找不到符合 SKA 标准的现有设备。

任务来了，再硬的骨头也得啃下!

经过对监测协议和文件的认真研究，结合十几年从事无线电磁环境监测工作的实际经验，按照国际选址委员会的要求，监测组制订了一套完整的监测方案。

扛着并不太符合标准的简易设备，监测队伍二话不说，一头扎进莽莽深山。

功夫不负有心人，随着监测工作的不断深入，监测组对项目有了新认识。一连串喜人的成绩在不断研究、摸索中萌芽。

2005 年 7 月，监测组成功完成大射电望远镜监测系统改造，改造后的系统性能有了很大提高，实现 24 小时不间断自动监测，数据采集可靠性强、实时性高。

2006 年 3 月，监测组向国际射电天文学家、国际无线电专家提交了监测报告，得到国际专家的赞许和认同。

这套系统至今仍是全国唯一一套符合国际标准的大射电望远镜监测系统，由贵州省无线电监测技术人员自主研发，该套系统为国家节约资金 76 万元。

中国天眼在贵州省安家，贵州省无线电管理系统从立法、建监测站、每月定期监测保护、严格执法等方面，全面为中国天眼护航。

从选定地址开始，中国天眼的“家”就受到无线电人的严格保护。

加强立法建设，推动出台《贵州省 500 米口径球面射电望远镜电磁波宁静区保护办法》（简称《办法》），划定了宁静区，对核心区和协调区针对性保护，奠定了执法基础。正在望远镜核心区域建固定保护性监测站，将与省无线电监测中心联网运行，对中国天眼实施全天候保护性监测，适时分析掌握电磁环境，防止干扰。每月开展 1 次定期监测，每次不间断监测 2 ~ 3 天，积累电磁环境数据，同时开展不定期巡查，确保万无一失。严格执法，根据《办法》，依法清理宁静区无线电台站，坚决取缔核心区设台，严厉打击非法设台。实际工作中，组织专家对周边机场、水电站、输变电建设进行电磁环境分析论证，为地方政府决策提供科学依据。特别是在平塘—罗甸高速公路建设上，省无线电管理局组织专家，提出路线优化及消除干扰的意见，进一步保证中国天眼的电磁环境安全。

他们身上，充盈着勇于吃苦的拼搏气质，坚持把手中的工作进行到底，坚持让思想开花结果，用坚韧啃下一项项“硬骨头”，赢得事业的“豁然开朗”。

监测组组员雷磊的电脑里，保存着一组他们在大窝凼搭帐扎营的照片。令人过目难忘的，是照片里一个个倔强的身影。

一辆监测车旁，一个组员踮着脚用双手扶着监测用的天线。拍照的日子，应该是冬天，因为穿着棉衣，撑着杆子的背影看起来有些笨拙，高举的双手已经泛红。

一块用棍子支撑着的塑料薄膜下，有淡淡的炊烟飘出，支起的大锅下面，燃烧的柴火蹿出高高的火苗。这个四面迎风的场所，是他们的厨房。

一堆石砾上，一个蓄着胡子的组员拿着一块面包，盘腿而坐，他的鞋子已经被黄土厚而扎实地覆着了满满一层，实在看不出鞋子本来的模样。

…………

由于前期监测设备自动化程度不高，全部得靠人工操作。监测工作十分枯燥，生活也十分寂寞。监测组的所有组员没有畏惧退缩，大家互相鼓励，在艰苦的环境中磨炼意志。

进入大窝凼的 7.8 千米的泥石路，是当地百姓当年自发修建支援国家项目建设的山路，遇到下雨天，车子行驶非常艰难，组员在山窝窝里困上四五天是常有的事。从监测组驻地往山下走一个半小时左右，就来到金科村的沙坪，这是离大窝凼最近的布依族小山寨。

山里的乡亲们并不太明白“无线电”是什么，但看见专家们条件艰苦，淳朴厚道的乡亲们自发从家里找来蓝、白、红相间的塑料膜，在监测车旁为监测队搭了一个简易厨房。这群无线电人把老乡的热情放到了心里。大山深处，充满了清冷和寂寞，但想到未来天眼“睁开”的热闹和喜庆，这点坚守又算什么呢?

一份权威的监测数据，离不开一年四季的坚持和日日夜夜不停歇的守候。

监测电磁环境需要 24 小时不间断，每一班次需敲击鼠标上万次。每一轮进山监测，至少有 4 个组员。2 人看白天，2 人守黑夜。

夜晚的时间很难熬。大窝凼的夜又特别黑，到了晚上，监测车的照明设备是深山里唯一的光亮。即便几个大男人待在一起，也不免感到害怕。到了冬天，寒风刺骨，守夜就更难了。

白天也并不好过。守夜的人补瞌睡，常常被透过帐篷射进来的阳光弄得睡不着。

饮用水，是最大的问题。晴天，可以开车下山拉水，遇到雨天车辆无法进出，只能喝雨水解渴。山里的水多含有红线虫，那也没办法，只能沉淀，煮开再喝。想吃肉时，组员们就跟老乡买鸡。集镇太远，那些鸡是监测组在大窝凼唯一能吃到的美味。

每年 5 月下旬，到了梅雨季节，一觉醒来发现自己睡在水里也是常有的事。

组员雷磊身患胃炎，大山里的饮食条件实在太差，只能有什么吃什么。一天半夜，胃病又犯了，实在痛得不行，兄弟们只能赶紧点火，烧了热水，用保温瓶装着，给雷磊捂着。

组长孙建民，几年里，没有落下一轮监测工作。一次，监测工作进行了 20 多天，回到家，来不及刮胡子，他就兴奋地跑到幼儿园。孩子第一次看见爸爸留了一脸胡子，怯生生地说："爸爸，我快不认识你了。"孙建明心里一紧，一股热流涌上心头。

一天，组员们请拖拉机拉煤到大窝凼，很不巧，车赶到就下起了大雨。雨连着下了好几天，拖拉机无法行驶，困在大窝凼的司机待了两天就坚持不住了："吃喝也困难，手机也不能用，一点娱乐消遣都没得。"顶着雨，司机硬是一个人走下了山。几天后雨停了，他才回到大窝凼把拖拉机开走。

一次，国家天文台的一位博士到大窝凼参与监测，待了一天，一个个数下来，手臂被蚊虫叮咬了 150 多个包。博士感叹："你们一直在深山里坚持，真不容易啊！"

看似寻常最奇崛，成如容易却艰辛。

2003 年 12 月至 2006 年 2 月，监测组先后完成在预选站址平塘县大窝凼监测 12 轮次，普定县尚家冲监测 2 轮次，兴义市深凹塘监测 1 轮次，北京密云天文观测站监测 2 轮次，共计 17 轮次，每一轮次监测需要 20 天。在 2 年的时间里，野外工作时间长达 1 年。

他们在大山里，秉持着韧劲和执着，用"一辈子、一件事、一个工程”的专注和坚持，把一张张蓝图，坚实地描绘在中国大地上。

在为大射电望远镜寻找“家”的过程中，监测组一边在野外测试，一边专于研发，不断调试监测设备。

2005 年 7 月，国际 SKA 项目办公室派出国际 SKA 监测组，在平塘县大窝凼，按国际监测协议作了一轮电磁环境监测。

似乎对“贵州制造”没有信心，国际专家专门将贵州省制造的监测设备与国际监测设备作了交叉比对测试。

测试结果显示：贵州省自动监测系统满足国际 SKA 监测协议规定的技术条件！监测组对 SKA 无线电磁环境的监测结果真实有效，可以满足国际 SKA 选址的需要。

他们是技术创新的弄潮儿，站在时代的高度，用新知识、新经验、新工具去处理问题、解决难题，在山重水复中找到柳暗花明，闪耀出登高望远的创新荣光。

前方海阔天高，他们仍在路上。

2 因天眼成为大国工匠

FAST 的主体是用 40 多万块反射面板，在离地 100 多米的高空中拼接而成。面板之间吻合误差要以毫米计算，安装难度可以说是前所未有，超乎想象。

这个重任就落在中船重工武船集团 FAST 反射面单元吊装工程现场生产主管周永和所带领的吊装团队身上。

从业 18 年，周永和曾经参与过诸多国家重点工程，经验丰富。但第一次面对这个世界级的“大镜子”，他也深感无从下手。

周永和说：FAST 是国家大科学工程，也是世界第一的工程，直径是最大的，面板又多，我们主要就是考虑把这每一块面板，如何能够顺利、准确、安全地安装到位。

FAST 工程的主体部分是一个口径 500 米的球面反射镜，总面积达 25 万平方米，相当于 30 个足球场的大小。而此前世界上最大的美国阿雷西博望远镜直径只有 305 米，是由 3 万多块小金属反射面板拼接而成，历时 11 年才修建完成。FAST 的反射面板有 40 多万块，留给周永和团队的拼接工期只有不到 1 年的时间。

周永和团队先把 40 多万块小反射面板组装成规格不一的 4450 块大反射面板，这些由“小镜片”组合的曲面，单片最大面积约 120 平方米，最大重量超过 1 吨，形状各异，容易变形。把它们一个个起吊数百米，下落安装，吻合误差不能超过 2 毫米，这简直是一个前人从未接受过的挑战。

经过反复讨论试验，周永和选择用圆规模式进行吊装。他们决定，以 FAST 大球面的中心为圆心，在离地面 50 米的高空中，用现代机械架起圆规吊运系统。

“就是从中间牵一根线，然后沿着这个半径，250 米的这个半径，画一个圆，这样的话，就能够把 4450 块面板准确、全覆盖地送到位。”周永和描述当时的情景。

他们在 FAST 圆心的馈源舱位置修建一个环梁，作为圆规的中心支撑点，在这只巨碗的碗边架设起一圈钢梁轨道，在轨道上运动的机车成为第二个支撑点，两个支撑点之间由两根粗钢缆连接。安装的时候，反射面板首先被吊装到圈梁轨道上，然后机车在圈梁轨道上转动，把面板运送到预定位置的缆索吊上，由缆索吊沿钢缆吊装到指定位置。

历时 270 多天，90% 的反射面板安装完毕。但是位于球面中心位置的吊装成了新难题。周永和介绍，圆心那个位置，几乎就是半跨径的一个盲区了，它那个位置覆盖不到，所以必须把半跨径改成全跨径。

这是一次全新而大胆的探索，离地100多米的高空中，他们在500米的球面上牵引一条全跨径钢缆，利用钢缆的自然下垂，让反射面板顺势而下，到达指定位置。这对安装团队的操作精度要求更为苛刻，因为一旦出现失误，钢缆上吊着的面板就会与已经安装完的球面镜产生剧烈碰撞，导致前功尽弃。

山谷里的风变化无常，这是下垂吊装的最大干扰。工匠们无法左右风向，只能找准位置，顺势而为。

因为上面人员的视线受到一定阻碍，距离又远，所以吊装工只能看到面板的上表面，要达到精准的定位，必须得与下面的点连接。

2016年7月3日，这一世界最大单口径射电望远镜FAST完成最后一块反射面板的吊装，并于9月25日落成启用。

"FAST本身，就是为了开发太空，探索宇宙奥妙，对于我而言，也就是探索自己的过程。当困难一次一次扑面而来的时候，我认为对我自己也是一个挑战的机会、一个提升的机会。"周永和感慨地说。

3 在艰苦中收获快乐

在FAST工程建设工地上，有许许多多外地人，他们远离家人，来到偏远的大窝凼，一干就是好几年。

来自四川的工程管理员向小军，就是其中的一位。2010年年底，他作为工程现场管理部经理来到大窝凼，加入FAST建设，到2016年9月，扎根深山超过2000天。

向小军在大窝凼的日常工作就是施工现场管理，根据每天的工作计划，对现场的钢结构、电气、土建、机电设备安装等各项目进行巡查，及时发现和解决出现的问题。

向小军原来的工作是做一些工业项目，到 FAST 建设工地，对他来说，确实是一个全新的工程、一个全新的领域，其现场施工管理责任重大。他一步一个脚印，不敢懈怠，在工作中不断总结经验，探索施工管理的新方法，在覆盖面积约 30 个标准足球场的工地上，他和同事每天都要到每一个作业点去检查施工质量和进度。因 FAST 工程涉及的面和点很多，他有时候每天要走上 8 千米才能完成一天的工作。2000 天，他大概行走了 13000 多千米。

2014 年、2015 年，最多的时候，有十几个单位同时在 FAST 工地施工。由于施工单位都有自己的质量和进度要求，大家都加班加点干。作为现场管理员，他除了要对各施工单位的施工质量和进度进行督查，每天还要付出大量的精力为各施工单位协调水、电、路的使用，上班就像打仗一样紧张，下班后累得连饭都吃不下。工程不停，向小军的工作不停，一年 360 多天，除过年放假，他每天都待在 FAST 的施工现场。

“条件比其他工程确实艰苦很多，在深山老林里面，工程一路做下来用了差不多 6 年时间，我跟大家一起看着天眼一步一步地建起来，真的很有成就感。”艰苦并快乐着，这是向小军在 FAST 工程建设中的体会。

远离家乡，到这大山深处工作，向小军对家庭很是愧疚。特别是 2015 年父亲去世，他没能见到老人家最后一面；母亲两次大手术，他无法回去照顾；还有妻儿，更是无法面对他们。

尽管工作条件艰苦、任务繁重、无法照顾家庭，但在他看来，FAST 这个国家大科学工程，不是每个人都有机会参与的，他认为自己非常幸运。

向小军只是 FAST 众多建设者中的一员。为 FAST 的建设，众多的外来建设者们舍小家为大家，在远离自己故乡的贵州大山深处，承受着孤独与寂寞，克服常人难以想象的困难，默默工作着。对自己的家人，他们虽有愧疚，却不遗憾。他们就像是一块块坚实的基石，支撑着中国探索遥远太空的梦想。

4 用镜头记录天眼成长

作为 FAST 工程中最年轻的工程师，杨清亮的工作有些特别，那就是带上相机，背上双肩包，记录 FAST 的成长。这份看似简单的工作，却有着许多鲜为人知的故事。

在 FAST 建设基地四周山上的制高点，设置有几个拍摄点，杨清亮每天的工作，就是到每个点拍摄 FAST 建设的视频和照片。

“从指挥部出来，爬到光明顶要将近 2 小时。从山脚往山顶看感觉不是那么远，路程也没那么夸张。自己走一趟回来，就知道挺累的了。”杨清亮说。

FAST 工地东面有一座山，因为建设需要被“削”去山顶，建设者们称之为“光明顶”。2015 年 11 月，修建了山脚到山顶的栈道，行走起来方便多了。而在此前，杨清亮要上“光明顶”，只能沿着一根铁管爬上去，险象环生，有的地方石头是松的，要是一脚不慎，就容易摔下山去。而且有时一天要爬三四次山，特别是夏天，上去一趟全身都被汗水湿透，一年中裤子磨破了三四条。

2014 年 10 月，杨清亮辞掉在上海的工作，回到都匀老家。在国家天文台的人才选拔中，黔南民族师范学院信息与计算机科学专业毕业的他脱颖而出，从此在大窝凼扎下了根。

刚进 FAST，杨清亮被安排在指挥部办公室，负责网络畅通保障、对外接待和 FAST 建设过程的影像记录。

他打趣着这样介绍自己的工作：“往高处说，你是网络工程师，往低处说，你就是网管；往高处说，你就是一个摄影师，就是为这个大望

▲ 全神贯注拍摄的杨清亮

远镜拍摄照片、视频存档，往低处说，你就是个照相的。”

身为理科生的杨清亮，对于摄影绝对是一个门外汉。为达到拍摄要求，杨清亮从相机原理到拍摄构图，再到光线运用和无人机操作，每一个环节都认真学习，虚心向老师求教，在实践中摸索，慢慢地，他掌握了拍摄技术。后来，他拍摄的作品还获得中国科学院“报党恩、科学情、创新美”大型书画、摄影、微电影群众文化展示活动一、二等奖。

通过镜头，杨清亮对 FAST 有了更深一层的了解，从馈源支撑塔到圈梁、从索网到馈源舱，对它的每一处细节都如数家珍。FAST，这么一个 30 个足球场大的范围，实际上那只是它的一个面，除了这个面，它的外延都需要杨清亮实地去走，只要有人工磨过痕迹的地方，他都去拍过。

大窝凼周围的原始森林，也是杨清亮常去的地方。森林里人迹罕至，没有路，他好不容易想办法去到山顶，却不知道怎么下来了……

500 米口径的望远镜从底部到顶部垂直距离达 138 米，伫立在山崖上的馈源支撑塔最高达 173 米。这些数字的背后，是杨清亮两年来一步一个脚印的丈量和跋涉，是亲手拍摄的照片和视频里渐渐成型的科技奇迹。

辛苦的工作，也曾让杨清亮心生离去的念头。他说："有时会觉得挺累的，在现场的办公室相当于就是我一个人在这待着，本来拍东西工作量就很大，然后还有一些办公室的日常工作，一天的工作时间都是很紧张的，一件接着一件干，又看不出成绩，累呀。转念一想，芸芸众生中有几个人能有机会为 FAST 服务？这样一想，就觉得再苦再累都是挺值得的！"

星空、银河、雾岚，每天起早贪黑地工作，辛苦之余，杨清亮已经开始更多地感受到摄影带来的成就感。

"就像你参加高考一样，你从高一一直努力到高三，你要花很长时间去经历，一旦你的付出得到了相应的回报，考上理想的大学，就是那种瞬间的感觉，你会发现，那三年挺值得的，是人生的一种享受哩。"杨清亮很自豪地说。

"他低调，比较勤奋，而且是有创新精神的。实际上我是做测控的，我一直希望他能到我们这边来工作，因为他会踏踏实实把一件事情推进成功，而且后续一直维护下来。这个不容易，我觉得可以用坚韧来形容。"FAST 工程测量与控制系统总工程师朱丽春这样评价杨清亮。

作为 FAST 基地仅有的两名黔南籍工程师之一，杨清亮对 FAST 有着更深的情怀，他希望用手中的相机，为 FAST 这个大科学工程留下更多更美好的回忆。

5 仰望星空的追梦人

从城市到农村，从中层技术干部到底层工作员，从最高学历到最低学历，从高薪到低薪，他的一次选择，让自己的人生从此与 FAST 联系在了一起。正是因为这次选择，让他获得了想要追寻的人生价值。

他就是雷政，FAST 基地中两名黔南籍工程师之一的 FAST 主动反射面系统现场工程师。

2012 年 6 月，雷政应聘成为国家天文台的一员，被分配到 FAST 项目基地，担任 FAST 主动反射面系统现场工程师。

“我在那边其实也还可以，晋升速度也比较快，对我个人来讲，这应该不是我人生奋斗目标的终点，我觉得 FAST 的吸引力更大，世界工程嘛，一生也不容易遇见一个。”对于个人工作经历的话题，雷政侃侃而谈。

雷政 2010 年毕业于贵州大学，本科毕业后进入贵州一家军工企业工作。雷政刻苦、上进，很快取得助理工程师职称，成为单位里的技术骨干，并升任液压阀车间工艺室主任。在同事眼里，他是单位年轻人中的佼佼者，前途不可限量。然而，2012 年，得知由我国自主建造的 FAST 急需机电工程师，雷政毅然放弃了待遇优厚的工作，加入 FAST 的建设中。到 FAST 工作，雷政感受到了前所未有的压力，自己从原单位的最高学历拥有者，一下变成了 FAST 项目部学历最低的人。

“因为在原单位，我们公司当时 1800 多个人吧，一个大公司，研究生学历，从工人到领导都没有，最高就是本科学历了，到 FAST 后，最低也是研究生，你一下就能看出平台的高低。”

到了 FAST，除了职务的变化，还有薪酬降低，比原单位差了好大一截。雷政到 FAST 工作的第一个月上了 3 天班，拿到 300 元工资。

他说：“从一个稍微有一点职务的领导，到这边就是纯粹一个小兵。天文台给我发的第一次工资是 300 元，然后我们领导安排我去北京出差。当时我身上没有多少钱，去北京就是坐火车都得要 450 元，我当时真的想，我连坐火车的钱都不够，怎么去呀，饭也吃不好，觉也睡不好。”

工作地点从城市转到农村，环境的变化也让雷政适应了一段时间。雷政的选择，许多同学、朋友都不理解，甚至主动帮他找工作，劝他离开 FAST。

单位安排他到北京实习一个月。他用心、深入地了解了 FAST 的设计方案，在同事们的帮助下加入几个项目之中，慢慢地，他开始融入这份新工作。

一边摸索一边学习，步入工作正轨后，雷政接到了领导派发的第一个独立任务——设计一个工装，测算地锚的参数指标，验证它是否合格。这个看似简单的任务却让他折腾了好长时间，在领导和同事们的指导下，经过无数次修改和反复校核，雷政成功了！

“就这个事儿我乐了一个星期，能做到将你的东西拿给领导一看，嗯，不错，这就是最高的一个评价了。不管中间怎么样，再怎么艰辛，再怎么困难，结果还是非常满意的。精气神通过这件事突然间迸发了，让你觉得都行，都没问题！”雷政高兴地说。

随着工程的推进，雷政也取得巨大的进步，他参与设计研究的几个构件被运用到 FAST 工程中，其中 3 项申请了专利。这是他之前根本不敢想的事儿。

如今，面对刚进入 FAST 的种种不适和困惑，雷政有了不同的想法。

雷政说：“从小，我就有一个很大的梦想，想当科学家，到 FAST 后呢，发现科学家其实离我们也不是特别远。既然心里面想做科学研究，有这么一个机会，还有什么可说的呢？没有什么可以压倒这个信念了，只能到这儿来！”

不懂就问，学无止境，这是雷政对待学习的态度。通过努力，他成为 FAST 项目部本科学历的工作人员中，第一个考上中国科学院研究生的人。2016 年 8 月，他到北京进行深造学习，主攻 FAST 反射面主动变形关键技术相关领域。

作为一个贵州人，能够在贵州参与一个世界第一的大科学工程，他觉得这已经是非常难得的人生经历，他感到非常自豪。

“南仁东老师是勇担民族复兴大任的天眼巨匠，他为科学事业奋斗到生命的最后一刻，用无私奉献的精神，谱写了精彩的科学人生，他的爱国情怀、科学精神、高尚情操与杰出品格，一直激励着我们。我们这些像他一样探索宇宙的年轻人，还有像他一样的科研工作者，已经在他的身上找到了自己的未来。作为中国天文界的后进，我们一定沿着南老的脚步，通过我们的努力，让中国天文科学事业更加辉煌。”雷政说。

第十三章

登高望远 精益求精

DENGGAO WANGYUAN
JINGYI QIUJING

浩瀚星空，广袤苍穹，自古以来寄托着人类的科学憧憬。天文学是孕育重大原创发现的前沿科学，也是推动科技进步和创新的战略制高点。500米口径球面射电望远镜被誉为“中国天眼”，是具有我国自主知识产权、世界最大单口径、最灵敏的射电望远镜。它的落成启用，对我国在科学前沿实现重大原创突破、加快创新驱动发展具有重要意义。

中国天眼落成启用系列活动是平塘县有史以来举办的规格最高、影响最大的一次国际性活动，堪称一场特色鲜明、精彩纷呈、成果丰硕的饕餮盛宴，完美展示了“平塘形象”，全面铸就了“平塘精神”。

新华社、中央电视台、人民网、《中国日报》、中国国际广播电视台等中央各主要新闻媒体纷纷聚焦FAST，创新传播方式，在头版等重要版面和《新闻联播》《焦点访谈》《朝闻天下》等黄金时段节目中持续刊播系列报道，开展了高规格的密集宣传。

浩瀚星空，广袤苍穹，自古以来寄托着人类的科学憧憬。

2016 年 9 月 25 日，FAST 落成启用仪式在黔南州平塘县大窝凼观测基地举行。

中共中央总书记、国家主席、中央军委主席习近平为 FAST 的落成启用发来贺信！

落成启用仪式上，中共中央政治局委员、国务院副总理刘延东宣读习近平主席的贺信并致辞。

据不完全统计，国内外 100 余家媒体现场进行报道。

1 国家主席发来贺信

值此 500 米口径球面射电望远镜落成启用之际，我向参加研制和建设的广大科技工作者、工程技术人员、建设者，表示热烈的祝贺和诚挚的问候！

浩瀚星空，广袤苍穹，自古以来寄托着人类的科学憧憬。天文学是孕育重大原创发现的前沿科学，也是推动科技进步和创新的战略制高点。500 米口径球面射电望远镜被誉为“中国天眼”，是具有我国自主知识产权、世界最大单口径、最灵敏的射电望远镜。它的落成启用，对我国在科学前沿实现重大原创突破、加快创新驱动发展具有重要意义。

希望你们再接再厉，发扬开拓进取、勇攀高峰的精神，弘扬团结奋进、协同攻关的作风，高水平管理和运行好这一重大科学基础设施，早出成果、多出成果，出好成果、出大成果，努力为建设创新型国家、建设世界科技强国作出新的更大的贡献！

2016年9月25日，国家重大科技基础设施500米口径球面射电望远镜在贵州省平塘县落成启用。中共中央总书记、国家主席、中央军委主席习近平发来贺信。

落成启用仪式上，中共中央政治局委员、国务院副总理刘延东宣读了习近平的贺信并致辞。她表示：要落实科技创新大会精神和创新驱动发展战略，依托我国500米口径球面射电望远镜先进技术条件，瞄准科学前沿，加强国际合作，聚集拔尖人才，打造高端科研平台，努力取得重大原创性成果，为我国天文学跻身世界一流水平和建设世界科技强国作出贡献。

贵州省委书记、人大常委会主任陈敏尔出席仪式。贵州省委副书记、省长孙志刚，中国科学院院长白春礼，国家发展和改革委员会副主任连维良，诺贝尔物理学奖获得者、脉冲双星发现者约瑟夫·泰勒致辞。

▲ 国家天文台台长严俊汇报中国天眼项目基本情况

中国科学院副院长王恩哥主持仪式。国家天文台台长严俊汇报中国天眼项目基本情况。

出席活动的领导和嘉宾有国务院副秘书长江小涓，科技部副部长侯建国，国家自然科学基金委员会主任杨卫，中国科学技术协会副主席徐延豪，中国天眼项目总工程师兼首席科学家南仁东，SKA（平方千米阵列射电望远镜）组织总干事菲利普·戴蒙德，澳大利亚驻成都总领事馆总领事郭南希，中国科学院院士陈建生、欧阳自远、艾国祥、孙义燧、李惕碚、周又元、崔向群、武向平、郭华东、景益鹏，中国工程院院士沈世钊、段宝岩，贵州省领导秦如培、刘奇凡、何力、卢雍政、谢晓尧，黔南州和平塘县、罗甸县党政主要领导等。

出席仪式的还有国家有关部委、中国科学院有关单位、国家天文台及国内天文机构负责人，来自美国、澳大利亚、英国、荷兰等国家的著名外籍专家，境内外有关高校天文院系负责人和专家，中国天眼项目建设单位负责人和国家天文台工程团队代表，省、州有关部门负责人。

在仪式上，刘延东、白春礼、连维良、南仁东、陈敏尔、孙志刚共同按下中国天眼启用球。

2 平塘史上的饕餮盛宴

中国天眼启用仪式结束，接着举办了平塘县有史以来一系列规格最高、效果最好的国际性活动。

这一天上午，由中国科学院和贵州省人民政府主办，国家天文台、贵州省科学技术厅、贵州省发展和改革委员会、黔南州人民政府承办，平塘县人民政府协办的“国际射电天文论坛”在平塘县隆重举行。国家自然科学基金委员会主任杨卫、中国科学院副院长王恩哥、贵州省副省长何力、中国天眼项目总工程师兼首席科学家南仁东、美国诺贝尔奖得主约瑟夫・泰勒、SKA 总干事菲利普・戴蒙德、美国国家射电天文台台长安东尼・比斯利、英国曼彻斯特大学教授彼得・诺曼・威尔金森等相关领导和国内外天文学界专家友人、黔南州党政领导出席。

国家天文台台长严俊主持射电天文论坛。贵州省副省长何力和中国科学院副院长王恩哥分别代表贵州省和中国科学院致辞。SKA 总干事菲利普・戴蒙德教授，英国曼彻斯特大学教授彼得・诺曼・威尔金森，中国科学院院士、国家天文台研究员武向平，中国科学院院士、上海交通大学教授景益鹏，国家天文台研究员彭勃等中外天文学界的专家分别围绕“天文大数据风暴：平方千米阵列与21世纪天文台”“中国天眼带给全球射电天文的独特机遇”“低频射电望远镜”“探测星系形成和暗物质的重器中国天眼”“中国天眼追梦者的长征”等内容开展天文知识交流讲座。在专家们现场讲座的同时，参加论坛的有关人员还进行了现场提问，向国内外知名专家寻求相关天文知识解答。通过国内外专家的专业解说，大家更进一步了解相关天文知识，增加了对探索宇宙和星外文明的渴求和欲望，对促进广大天文爱好者探索学习天文知识具有积极的推动意义。

这一天下午，国家天文科普基地授牌暨天文体验旅游团首游仪式在平塘国际射电天文科普旅游文化产业园举行。中国科学技术协会党组副书记、副主席徐延豪，贵州省副省长卢雍政，中国科学院国家天文台台长严俊，中国科学技术协会科普部副部长周世文，以及国家有关部委、贵州省、黔南州、平塘县，世界各地的首游团、旅行商、媒体等代表参加仪式。

授牌仪式由贵州省旅游发展委员会主任李三旗主持。黔南州委副书记、州长向红琼作天文科普旅游产品推介。中国科学技术协会科普部副部长周世文宣读国家科普教育基地命名文件，贵州省科学技术厅副厅长安守海宣读国家科普示范基地命名文件，中国科学技术协会党组副书记、副主席徐延豪为平塘国际射电文化科普旅游文化产业园授牌。最后，贵州省副省长卢雍政宣布天文体验旅游团首游活动正式启动。

这一天下午，平塘天文小镇奠基仪式在平塘国际射电天文科普旅游文化产业园地月广场举行，小镇正式开工建设。

奠基仪式由黔南州委副书记、州长向红琼主持。仪式上，黔南州委书记龙长春介绍了平塘天文小镇的基本情况，贵州省省委常委、常务副省长秦如培宣布平塘天文小镇正式开工，出席活动的领导为平塘天文小镇集中开工项目培土奠基。

这一天晚上，平塘国际射电天文科普旅游文化产业园开园仪式暨“触及未知的梦想”主题文艺晚会举行。诺贝尔物理学奖获得者、脉冲双星发现者约瑟夫·泰勒，国家天文台副台长郝晋新等国际国内专家以及国家部委和省、州领导、县四家班子出席开园仪式和晚会。

平塘县委书记臧侃在开园仪式上致辞，县委副书记、县长莫君锋主持开园仪式，黔南州委常委、副州长刘建民宣布正式开园。随后举行“触及未知的梦想”主题文艺晚会，来自国际国内的嘉宾、游客会聚于文化园中轴迎宾广场，将整个舞台围得水泄不通，热闹非凡。

3 盛会经验可圈可点

中国天眼落成启用，是国际天文学界的大事，是中国科学领域的大事，也是平塘经济社会发展的历史性机遇。

自筹备工作开展以来，贵州省委、省政府，黔南州委、州政府高度重视，各级领导多次到平塘调研指导工作，研究解决存在的困难和问题。平塘县委、县政府高度重视中国天眼落成启用系列活动筹备工作，成立了县委、县政府主要负责人任主任、常务副主任，县四家班子其他成员为副主任的筹备工作领导小组，建立了县四家班子领导为组长、副组长，有关部门负责同志为成员的11个专项职能工作组前往文化园建设一线，对筹备工作现场指挥调度。为扎实开展好中国天眼落成启用系列活动筹备工作，平塘县组建了由 2 名县级干部、35 名科级干部、52 名普通干部组成的建设指挥部负责推进文化园项目建设。在筹备工作的攻坚阶段，调派了 6 名县级干部，158 名党员、团员先锋，1800 名干部和广大群众一道奔赴各活动现场，加班加点、苦干实干，全力以赴投入筹备工作中。

在平塘县委、县政府的坚强领导下，全县广大干部群众大力弘扬“登高望远、精益求精、勇于争先”的中国天眼精神，始终以高度的政治责任感和饱满的工作热情，全力以赴，无私奉献，上下一心，发扬“不等不靠、主动作为、创新争先”的工作作风，树立“真抓实干”的态度，笃定“滴水穿石”的意志，战晴天、斗雨天，争分夺秒，精准发力，众志成城，各项筹备工作成效明显，将中国天眼落成启用系列活动办出了特色、办出了声誉、办出了成效，取得了圆满成功，获得了各级领导和广大嘉宾的一致好评和广泛赞誉，充分展示了平塘的良好形象和平塘干部的精气神。

中国天眼落成启用系列活动是平塘县有史以来举办的规格最高、影响最大的一次国际性活动，堪称一场特色鲜明、精彩纷呈、成果丰硕的饕餮盛宴，完美展示了“平塘形象”，全面铸就了“平塘精神”。

这一场高度成功的国际性大型盛会的举办，成功经验可圈可点，值得总结归纳——

形成了加快发展的思想共识，养成了不等不靠的政治自觉。一是坚持政治规矩，把贯彻执行好上级的指示精神作为全县的中心任务——同步小康的重点工作来落实。二是加强组织领导，确保政令畅通形成合力。2015 年 8 月，平塘县委、县政府抽调 100 多名领导干部成立了筹备工作领导小组和 11 个专项工作组前往文化园开展筹备服务工作，调派 6 名副县级干部常驻克度镇指挥、调度、推进项目建设，形成了“全县一盘棋”、上下联动、齐心协力开展筹备服务的强大合力，先后制订了 19 个筹备工作方案，组织召开了 11 次专题会议和 16 次现场办公会，筹备工作从半月一调度到一周一调度再到一日一调度，有力推进了各个筹备项目建设进度。同时，加强领导干部这个“关键少数”的政治思想建设和组织管理，注重发挥“关键少数”的示范带动作用，使广大干部群众学有目标、做有榜样，同心协力，主动配合、支持、参与筹备服务工作。三是强化宣传动员，转变思想观念，增强责任意识。采取多媒体、多平台、多角度、大手笔的宣传，平塘好声音不断远播，平塘新形象频频展现，平塘的知名度和美誉度伴随中国天眼大幅提升。

强化了知行合一的工作作风，养成了主动作为的责任自觉。一是反应迅速，注重时效。筹备工作动员令下达后，全县各级领导干部根据分工迅速行动，以“今天再晚也是早，明天再早也是晚”的时间观念，牢固树立“完不成任务就是不讲纪律”的思想意识，以“不达成功誓不休”的决心干事，以时不我待、只争朝夕的精神抓落实、抓调度，抢晴天、战雨天、斗夜间，“5+2”“白 + 黑”，快速推进各项建设任务。用不到 1 年的时间完成了文化园一期项目建设；363 天建成省内一流的五星级酒店，比正常工期缩短了 1 年；10 个月建成包含 5 座大桥的黔南州首条旅游公路，比平常工期缩短了整整 8 个月；40 天全部完成 690 栋房屋征拆，等等。在保证质量的前提下，以最快的速度、最短的时间完成了一批大工程、大项目，铸就了“平塘速度”，充分展示了平塘干部说干就干、马上就办、雷厉风行、务实高效的工作作风。二是服从安排，有令必行。各级领导干部讲政治、讲纪律、讲规矩，把筹备工作作为践行“两学一做”学习教育的具体行动，坚决执行“四个服从”的基本要求，服从工作调度，随时待命、随叫随到，充分展示了平塘干部良好的政治素养和忠诚的职业操守。三是全力以赴，任劳任怨。筹备工作中，各级干部克服重重困难，始终坚持坚守一线，平均每天蹲点 12 小时，没有特殊情况从不请假。一线工作任务重、压力大，条件差、要求高，但始终没有半句怨言，始终按照任务去抓落实、抓推进，充分展示了平塘干部特别能吃苦、特别能战斗的精神风貌。

锻造了勇争一流的干事风格，养成了创新争先的行动自觉。一是不甘落后，明志而勇。此次活动的筹备，平塘努力克服各类客观条件制约，用一年时间建成文化园等一批重大基础设施项目，创新打造“观天探地，世界唯一”的天文科普旅游和地质探秘旅游业态，使平塘成为贵州展示给世界的又一个窗口，涌现出了一大批先进集体和先进个人，充分彰显了平塘干部群众不甘落后的志气和敢于争先的锐气。二是攻坚克难，志在必得。面对时间紧、任务重、零经验的严峻挑战，面对财力弱与投入大的突出矛盾，县委、县政府满怀信心，全县干部群众斗志昂扬，上下一心，团结奋进，主动迎难而上，一一落实“军令状”，以“不破楼兰终不还”的劲头，持续攻城拔寨，用实际行动，充分诠释了登高望远的创新精神，充分彰显了精益求精的工匠精神，充分展示了勇于争先的拼搏精神，有力地证明了平塘干部群众能干事、会干事、干成事。三是追求卓越，加压奋进。在时间紧、任务重、要求严的筹备任务下，全县各级各部门仍然自我加压、自我提标，把每一项工作都做到最好、做成精品，并最终圆满实现预期目标，充分说明了平塘人有实力挑重担、胜重任、出精品。

树立了先公后私的大局观念，彰显了勇于牺牲的奉献精神。一是工程项目区群众顾全大局，积极支持征地拆迁。在征拆任务下达后，项目区特别是文化园片区的广大群众，第一时间签订补偿安置协议，第一时间进行搬迁。二是广大党员心怀大局，主动投身建设一线。在攻坚阶段，广大党、团员积极响应县委、县政府号召，158 名党员、团员自愿组建先锋服务队，主动投身建设一线，充分发挥了党员、团员的先锋模范作用。在冲刺期，广大党员和机关干部又积极响应县委、县政府号召，3 天就组成了 1800 人的队伍奔赴各活动点开始筹备服务，再一次证明了平塘的干部是思发展、想干事、愿干事，甘愿奉献、不怕牺牲的好干部。三是领导干部服从大局，表率担纲攻坚任务。县四家班子领导带头做表率，主动认领工作任务，包保项目建设，以“等不起”“坐不住”“慢不得”的责任感、使命感和紧迫感，在工作落实上做示范、树标杆。各职能组组长和各级各部门主要领导带头落实县委县政府的决策要求，亲临一线、靠前指挥，使得活动取得圆满成功，充分显现了平塘领导干部强烈的责任担当和表率意识。

凝聚了全民参与的发展合力，营造了上下一心的兴业氛围。一是县委、县政府围绕中国天眼谋篇布局，基本形成了“抢抓中国天眼机遇，围绕中国天眼谋动”的议事决策思维。二是行业部门围绕配套设施建设集中投入。筹备工作开始后，各行业部门积极服从县委县政府安排部署，向上级争项目、争资金、争政策，大量的项目、资金、人员集中投入，汇聚了抱团发展、聚力攻坚的强大力量，呈现出了“大建设、大工地、大发展”的动人画卷，真真切切地书写了“敢教日月换新天”的壮丽诗篇。三是广大群众围绕中国天眼创业就业。“大射电”带动大旅游。随着中国天眼的影响力不断放大，平塘的人气不断聚集，“依托中国天眼、分享中国天眼”的意识不断在群众中生根发芽，大家纷纷围绕中国天眼创业就业，餐饮、住宿、运输等服务空前繁荣，营造了大众创业、万众创新的浓烈氛围。

筹备中国天眼落成启用系列活动的成功，创造了丰硕的建设成果，积淀了一批成功经验，实现了物质文明和精神文明的双丰收，是平塘干部向国家和人民交出的一份满意答卷，是平塘干部德、能、勤、绩的优异的检验证明，为平塘开创更快更高更好的工作局面奠定了坚实的基础，提供了坚强的精神动力。

4 媒体聚集，浓墨重彩

在这个部分，我还必须为中外媒体联动宣传、为天眼落成造势记下浓墨重彩的一笔。

按照贵州省委、省政府工作要求，省委宣传部与中国科学院科学传播局、省科学技术厅积极组织各大主流媒体进行高规格密集宣传。中国天眼落成启用系列活动期间，媒体聚集，精彩纷呈，形成全方位、立体化的传播格局。

新华社、中央电视台、人民网、《中国日报》、中国国际广播电视台等中央各主要新闻媒体纷纷聚焦FAST，创新传播方式，在头版等重要版面和《新闻联播》《焦点访谈》《朝闻天下》等黄金时段节目的持续刊播系列报道，开展了高规格的密集宣传。

《人民日报》9月26日头版头条刊发《习近平致信祝贺我国500米口径球面射电望远镜落成启用》等报道。中央电视台8个频道、栏目联合发力，共直播3场、发稿26条。9月25日《新闻联播》头条播出《习近平致信祝贺我国500米口径球面射电望远镜落成启用》等3条报道，持续时长近6分钟。9月24日《共同关注》栏目在14：00和16：00分别进行了2场现场直播，播出《FAST馈源舱首次大范围变角度移动》等3条报道，持续时长20多分钟。9月25日客户端《央视新闻》直播《带你探秘：FAST“大脑”——总控室》《焦点访谈》播出《倾听宇宙的声音》专题；《朝闻天下》《新闻30分》《24小时》先后播出报道；9月26日《中华民族》栏目播出纪录片《星空之约》。

新华社采写播发《“天眼”竣工，为我国增添科研利器与国防重器》《“天眼”安全运行需多重保障》等报道。《新华每日电讯》9月26日头版头条刊发《习近平信贺“中国天眼”落成启用》，4版刊发《“天眼”工程里的中国创造》等报道。

中央人民广播电视台9月26日《新闻与报纸摘要》播出《习近平致信祝贺我国500米口径球面射电望远镜落成启用》《射电望远镜“FAST”落成启用仪式在贵州省平塘县举行》。《光明日报》《经济日报》《工人日报》9月26日头版头条分别刊发《习近平致信祝贺我国500米口径球面射电望远镜落成启用》报道，《科技日报》头版先后刊发《习近平就FAST落成启用发贺信》《FAST：既能仰望星空，又能融入产业》《电磁检测让“天眼”免遭辐射》以及工程组图《百变FAST》等报道。

人民网、新华网等网络媒体共刊发新闻信息 13000 多篇。人民网转载《中国“天眼”将在未来 20 年至 30 年保持世界一流地位》，新华网刊发《中国“天眼”世界瞩目》，科学网刊发《探秘 FAST：不只是“庞大”》，新浪网等网络媒体、新媒体纷纷转载有关报道，形成二次传播。

国内外100余家媒体、200余名记者分7批次，对活动进行采访报道。最早一批记者于 9 月 16 日入驻克度镇直至中国天眼项目落成启用系列活动结束，进行长达 10 天的深入挖掘，达到了良好效果。

境外各主流新闻媒体围绕 FAST 大射电望远镜建设落成启用等关键时间节点，从科技、旅游等不同视角推出相关报道，进一步扩大了对外传播和影响。

英国 BBC 播出《中国启用世界最大单口径射电望远镜》；英国卫视刊发《中国的科学革命》；美国 CNN 刊发《中国巨型太空望远镜开始探测外星生命》；法新社、美联社、德新社等多家境外主流媒体刊发《世界最大单口径射电望远镜启用》报道。中国香港《文汇报》刊发《习近平致函祝贺“中国天眼”落成启用》《“中国天眼”收到天外之音》等报道。

贵州省各新闻媒体统一开设《天眼开眼——迎接 FAST 时代》等专栏、专题，围绕关键时间节点在重要版面和时段，以专版、专题、消息、通讯、侧记、图片等形式持续报道，通过全媒体联动，形成全方位、立体化传播。

《贵州日报》先后在重要版面刊发报道 200 多条（幅），整版特别报道 4 个。9 月 26 日头版刊发《国家重大科技基础设施 500 米口径球面射电望远镜（FAST）在平塘落成启用　习近平致信祝贺　刘延东宣读并致辞》，配发评论员文章《登高望远得先机》；在头版及其他版面先后刊发《FAST 落户贵州　巡天遥看一千河》《FAST 精神如何炼成》等系列深度报道。

《当代贵州》文字、图片、网络直播联动，多层次、多角度宣传。

《当代贵州》周刊在第37期（10月）推出深度专题报道和评论《FAST——科技新力量贵州新机遇》。

贵州广播电视台在重要时段开设专栏并推出30天倒计时，在《新闻联播》以及综合广播《听说天下》《午间关注》等重要时间段节目中播发报道15条。中央电视台先后推出5集深度系列报道《天文小镇的发展故事》；连续推出《FAST回顾历程》《“FAST之父”南仁东：这是一道科学的风景》等报道。

多彩贵州网策划推出专题报道《“天眼”睁眼》，9月25日对天眼落成启用进行全程直播。推出《探索宇宙奥秘　带你体验射电天文馆》等报道。《贵州都市报》《贵州商报》《贵阳晚报》等都市类媒体持续关注，刊发图文报道260余篇，整版36个。《黔南日版》等各市州日报、电视台、网站对启用活动与《贵州日报》同步联动刊播。

据不完全统计，共有国内外100余家媒体进行现场报道。截至2016年9月28日，中央主要新闻媒体共刊播相关报道116篇，其中头版头条9篇（条）；省内新闻媒体刊播相关报道1200篇，整版报道40个；网络新闻信息13558篇。平塘县新闻中心撰写中国天眼相关新闻150余条，被州级以上媒体采用近100条。平塘县电视台播出中国天眼相关新闻100余条，被中央电视台采用30余条，被贵州电视台采用10余条，被黔南电视台采用50余条。

第十四章

深空猎奇 宇宙求索

SHENKONG LIEQI
YUZHOU QIUSUO

中国天眼给人的第一感觉就是大：直径500米，高差173米，从空中俯瞰，它就像一口由群山环抱的“超级大锅”。它既是目前世界上最大的单口径巨型射电望远镜，更拥有国际一流的灵敏度和综合性能。

群山拥抱的银灰色超级大锅，由4450块、186种大小不同的三角形反射面板拼成，稳稳地坐落于其中。沿着大锅的边缘走一圈需要40分钟左右，而这口大锅的面积，足足有30个足球场那么大。

与FAST的恢宏气势和豪华阵容相比，不远处的工程指挥部相形见绌，简易的板房连厕所都无法安装，二楼铁皮搭就的楼板走起来还咣当作响。项目的工艺师、工程师们就驻扎在这里，从2011年开工一直坚守至落成启用。

“国家给的经费有限，算算资金还是很紧张，这种情况下，一定要把钱投到工程上去，先保证工程。如果把钱花在生活上，设备做不出来怎么办？”王启明说。在他看来，工程的每一笔钱南仁东都要绞尽脑汁细分。

在贵州南部雄浑磅礴的万山丛中，镶嵌着一口巨大的“天锅”。那银白色的天锅雍容华贵，显得那样庄严安详，锅壁上均匀布局的三角形反射面板熠熠生辉，犹如天神的盔甲；天锅四周高耸的六座铁塔，犹如天神守护天际的长矛。

头上顶着璀璨的星空，身边依着苍翠的群山，这座天锅与天空、大地形成了一幅和谐壮美的宏大画卷。

观星河耿耿，听宇宙风声！

它，就是名震世界的中国天眼！

2016年9月25日，贵州省黔南州平塘县克度镇大窝凼，世界上最大的单口径巨型射电望远镜——500米口径球面射电望远镜，历经23年的构想、预研究、开工建设、反复调试的艰辛过程，宣布落成启用。

落成启用仪式上，中共中央总书记、国家主席、中央军委主席习近平发来贺信，向参加研制和建设的科技工作者、工程技术人员、建设者表示热烈的祝贺和诚挚的问候。中共中央政治局委员、国务院副总理刘延东出席启用仪式。启用仪式上，刘延东宣读了习近平的贺信并致辞。

从此，黔南大地“生长”出来的这只巨大天眼，开始接收来自宇宙深处的电磁信号。它日夜不停地仰望璀璨的星空，承载着人们对浩瀚宇宙的无限遐想。

这个中国最大的天文工程，将倾听来自遥远宇宙最轻柔的“呢喃”，获取并分析各种宇宙信息，挖掘隐藏在星空深处的无穷奥秘。

▲ 空中遥望 FAST

1 名震世界的中国天眼

FAST 是我国具有自主知识产权、世界最大单口径、最灵敏的射电望远镜，能够接收到 137 亿光年以外的电磁信号，观测范围可达宇宙边缘。FAST 项目总工程师兼首席科学家南仁东生前介绍，FAST 可以窥探星际之间互动的信息，观测暗物质，测定黑洞质量，甚至搜寻可能存在的星外文明。

FAST 由主动反射面系统、馈源支撑系统、测量与控制系统、接收机与终端及观测基地等几大部分构成。

FAST给人的第一感觉就是大：直径500米，高差173米，从空中俯瞰，它就像一口由群山环抱的“超级大锅”。它既是世界上最大的单口径巨型射电望远镜，更拥有国际一流的灵敏度和综合性能。

为什么需要一台如此大口径的望远镜？科学家告诉我们，来自宇宙天体的无线电信号极其微弱，半个多世纪以来，所有射电望远镜收集的能量尚翻不动一页纸。只有让望远镜的灵敏度变得更高，探测微弱无线电的能力才能更强；而要想提高灵敏度，就需要扩大射电望远镜的口径。

FAST的口径达到了世界之最——500米。FAST能接收到137亿光年以外的电磁信号，这个距离接近于宇宙的边缘。从射电望远镜诞生至今，人类共发现了2800多颗脉冲星，如果FAST的工作时间全部用于观测脉冲星，它在一年时间内就有望将这个数量翻倍。因此，FAST加盟大口径望远镜家族，将大大推进人类认识宇宙的速度。

“看着FAST落成启用，那种感觉就像研究生时候日夜辛苦读书，终于等到毕业那天校长拨穗。”FAST工程总工艺师、主动反射面系统总工程师王启明欣慰地说，“在这里待久了，看着FAST从无到有，许多人都有了感情，它就像自己的孩子一样。”

如今，这个睡眼惺忪的孩子已经准备好“睁开眼睛”看向新世界。随着拼版的不断变形，500米的球冠状主动反射面上实时形成一个300米直径的瞬时抛物面，FAST灵活地转动着这个巨型眼珠，来自宇宙的秘密通过电磁波汇聚眼底，一览无余。

为了听清来自宇宙的轻声“呢喃”，FAST要把覆盖30个足球场的信号，聚集在药片大小的空间里，这并非易事。为此，科学家们奇思妙想，用6根大跨度柔索，牵引馈源舱做高精度三维扫描运动。该设计将馈源支撑结构系统自重降至约30吨。轻巧的馈源舱，既降低造价，又提高稳定性，可在百米尺度大工作空间内实现瞬时焦点，实时达到毫米级高精度定位，从而实现对天体的高精度指向跟进观测。

“FAST 不仅宏伟壮观，其最震撼人心的是它的精准。它要求在如此大的尺度上达到毫米级精准，并且要在约定时刻内到达。”FAST 工程测量与控制系统总工程师朱丽春说。

这个钢筋铁骨的庞然大物，500 米的结构，处处都是头发丝般毫米级的精度要求。用来编织索网的 7000 多根手臂般粗细的钢缆，每一根的加工精度都被控制在 1 毫米以内；最终的 500 米口径的天线精度是 3 毫米，反射面单元的厚度只有 1.3 毫米。

“由索网结构支撑的反射面通过反射聚焦，将射电信号聚拢到一点上。铺设一块块反射面单元就花了 11 个月。”王启明说。

索网结构会随着天体的移动自动变化，带动钢索网上活动的 4450 块反射面板产生变化。球冠反射面在射电源方向形成 300 米口径瞬时抛物面，将望远镜接收机移动到抛物面的焦点上，可以观测到 40 度天顶角内任意方向的天体。

▲ FAST 首席科学家南仁东博士在指导青年科技工作者

射电信号聚焦的点就是“锅底”正上方悬挂的馈源舱，馈源舱下平台安装着 FAST 用来接收宇宙外来信号的馈源接收机，通过它把数据传输出去。“与国外的射电望远镜不同，FAST 的馈源舱可以移动。”FAST 工程馈源支撑系统副总工程师李辉说，“我们的创新之处还在于，将一直以来万吨级的馈源平台重量降至约 30 吨。”

“没有精密测控，FAST 会变成瘫痪的植物人。”朱丽春说，以馈源舱的测控精度为例，进行观测时，仅仅一个移动舱体的简单过程，都要经过三级精密测控。“大锅”里还伫立着 24 个放置激光全站仪的基墩，这是进行位置基准的重要设备，工程师们用梅花桩将其打到了地面的基岩，经过 3 年测试，达到了 1 毫米的稳定性。

与号称“地面最大的机器”的德国波恩 100 米望远镜相比，FAST 望远镜灵敏度提高约 10 倍；与美国阿雷西博 305 米望远镜相比，中国天眼综合性能提高约 10 倍，并将在未来 20 ~ 30 年保持国际一流设备的地位。

2 探索宇宙新世界

利用贵州的喀斯特洼地作为台址，取法自然，是 FAST 的创举。选址始于 1994 年，从前期选址到设计研发、后期维护都由中国科学家完成。

“从选址开始，FAST 的建造就充满艰辛不易。”台址与观测基地系统总工程师朱博勤介绍。作为我国自主知识产权的大科学装置，FAST 由中国科学家创新设计、研发制造、组织施工。

FAST 工程选址始自 1994 年。“这是件异常复杂的事情，既要考虑电磁波环境、地质条件，还要考虑造价问题。”朱博勤回忆，“在排除了火山口、矿坑和陨石坑等低洼地形后，锁定了喀斯特地貌。”科学家们总共考察了391个洼地，经过反复比较论证，最终选定贵州省平塘县克度镇的大窝凼洼地。“我们确认，这里是建造FAST最完美的地点。”

FAST团队从391个备选洼地中选定大窝凼作为倾听宇宙的地方，因为它不大不小，深度合适，形状很圆，适于施工建设。这附近5千米半径内没有一个乡镇，25千米半径内只有平塘一个县城，周围只有十几户人家，无线电波干扰较少。

此后，FAST的创意经过10多年反复锤炼，其间对主动反射面、光机电一体化的馈源支撑系统、高精度的测量与控制、接收机等多项关键技术开展了长达14年的合作研究，它凝聚了来自多家科研单位的众多中国科学家的创新研究成果。

为了做好FAST的后期维护，FAST的细节处处透露着科学家的用心。凑近大锅“锅面”观察，三角形的反射面板是白色半透明的，布满了小孔。侧耳倾听，还有微风穿过面板产生的轻微哨声。“每块面板的50%面积都是镂空的。”王启明说，考虑到贵州多雨的气候，这种设计能够让雨点穿过面板，落入地面，不会影响反射面。“漂浮物和小颗粒可以通过面板直接过滤，大的物体也能被定期直接清理。这种透风的设计，还能够减少大气流动对电波接收的干扰，透光的性能也不妨碍‘锅底’植被的生长，可谓一举多得。”王启明说，这种工艺并不会影响观测效果。

FAST的灵敏度非常高，极易受到电磁干扰。“除了对望远镜进行电磁屏蔽专项设计，还要保护台址周边宁静的电波环境。”FAST工程副总经理、办公室主任张蜀新说，为保护FAST免受电磁干扰，2010年12月电磁兼容工作组成立，负责电磁环境的保护和无线电干扰的协调。贵州省也制定了《贵州省500米口径球面射电望远镜电磁波宁静区保护办法》，已于2013年起实施。“未来人们想要进入FAST区域，是绝对不允许携带手机和照相机等电子设备的。”

“建设射电望远镜，越大越好，这样才能观测到更多天体，有助于研究宇宙起源、寻找地外文明。” 王启明说。FAST 望远镜的灵敏度，也就是观测暗弱天体的能力，与其口径的二次方成正比；其可观测宇宙空间的体积，即大约可观测的天体数目，与其口径的三次方成正比。“FAST 投入使用后，可观测的天体数目将大幅度增加，可为科学家提供更多更好的观测统计样本。”

身形庞大的 FAST 背负重大科学任务，据 FAST 工程副总工艺师孙才红介绍，FAST 将观测宇宙中的中性氢，“这有助于研究宇宙大尺度物理学，以探索宇宙起源和演化”。脉冲星观测也是 FAST 的重点。此外，还要研究主导国际低频甚长基线干涉测量网，获得天体超精细结构。“FAST 也担负着寻找地外文明的任务，探测星际分子，搜索可能的星际通信讯号，包括大家最感兴趣的外星人。” 孙才红说。未来 3 ~ 5 年 FAST 的重点工作是调试和试观测工作。“并不是说今天建成了，明天就能立刻‘下锅炒菜’。” 朱博勤说，对于系统高度复杂的 FAST 来说，建成并不代表了它的性能已经达到了最优。“反射面由球状变为抛物面的变形过程，以及馈源舱的移动精度，都还需要进一步调试。” 据他介绍，科学家们还将利用 FAST 对已经发现的脉冲星进行观测，以此验证望远镜的各项指标，为发现新的脉冲星作准备。“科学家总是希望能够获得高质量的观测数据，所以未来将通过调试和试观测，以达到望远镜的最佳性能。我们当然也期待这个过程中会有一些令人惊喜的发现。”

在 FAST 选址大窝凼之前，当地的十几户人家居住在不通路、不通水、不通电的封闭小世界里，对于望远镜怎么会建成一口“大锅”，为何要建这个大家伙，他们真的不懂。项目团队跟村民们解释了很多，当初他们还是听得云里雾里，最后听到要用“大锅”接收信号来找“外星人”，村民们听懂了。

村民们为“外星人”搬到了镇上，开始打量山洼外面那片新天地；FAST 则代替他们张望着故土穹顶的星空，以同样的好奇心，探索着深空里的新世界。

FAST 将如何寻找外星人呢？ FAST 工程副总工艺师孙才红介绍，人们平常接收的来自电台、电视台等的信号是经过编码的，而天文天体目标发射的信号没有人为调试的过程，如果某天望远镜接收到有规则的信号，一定不属于天体现象，就有可能是外星文明的信号哩。

除了寻找外星生命，天眼还可以满足人类对于宇宙的诸多的奇思幻想：黑洞的边缘是怎样的？星星来自哪里？为什么会有我们？这些秘密将通过电波在穿越亿万光年时空后来到这里。

观测脉冲星是天眼的重要任务之一。天文学家介绍，脉冲星就像天体物理实验室，可以研究一些特殊天体物理和宇宙演化现象。如果发现脉冲星与黑洞组成的双星系统，科学家可利用脉冲星去研究黑洞周围的时空。

观测脉冲星同时还能达到应用上的目的。孙才红说，当前观测的脉冲星有 2000 多颗，有些脉冲星的周期频率的标准比地球上最好的原子钟还准，通过天眼观测进一步补充脉冲星的数量，以后就有可能实现脉冲星导航，这对于深空探测具有重要意义。

此外，FAST 还可能观察到早期宇宙的蛛丝马迹——中性氢云团的运动。所谓中性氢，就是宇宙中未聚拢成恒星发光发热的氢原子，由一个质子加一个电子组成。中性氢云团的运动正反映了早期宇宙的蛛丝马迹。天眼观测中性氢信号，就可能获知星系之间互动的细节，甚至发现第一代天体以及宇宙漫长发育历程的线索。如果足够幸运，地球上的人类将通过天眼探知宇宙起源秘密，同样也能据此分析宇宙的未来。

“一些天体演化的过程，必须通过天文观测验证理论。”孙才红说，恒星演化的最后阶段变成脉冲星，太阳演化的结果变成白矮星。白矮星的密度相当于将上万头大象压缩在一立方厘米的空间里，而脉冲星的密度，相当于将上亿头大象压缩到一个指甲盖大小的空间里。这些演化只

▲ 诺贝尔物理学奖获得者约瑟夫·泰勒高度赞扬中国天眼

有在宇宙发生，地球上是模拟不出来的，因此需要更大的望远镜观测更远的天文现象，让宇宙的图景更加清晰，让人类对地外空间的认识更进一步。

3 只为国家发展战略

自 1963 年建成以来，坐落于波多黎各喀斯特地貌中的美国阿雷西博射电望远镜，已雄踞世界上接收面积最大的单口径射电望远镜的宝座长达半个世纪。阿雷西博的最初口径为 305 米，20 世纪 70 年代扩建至 350 米。

如今，FAST 终于将取代阿雷西博望远镜，成为新的射电望远镜之王。FAST 工程馈源支撑系统副总工程师李辉介绍："国外的望远镜和我们很像，但是它的馈源舱放在一个平台上，总重 1000 吨，是不能动的，而 FAST 的馈源舱是悬挂在空中，可以灵活移动接收聚焦的电波，馈源支撑结构系统自重只有 30 吨左右。"

凭借500米的口径、相当于30个足球场的接收面积，FAST不仅将在尺寸规模上创造单口径射电望远镜的世界新纪录，而且在灵敏度和综合性能上，也登上世界的巅峰。

“FAST工程涉及的技术是前沿的，我们站在世界前沿，尽管非常难，也非常艰险，但是风景非常美丽，这是我们的幸运之处。”朱丽春说。

FAST工程副总经理、办公室主任张蜀新表示，天眼的综合设计体现了我国的自主创新能力，其建设将推动众多高科技领域的发展，提高原始创新能力、集成创新能力和引进消化吸收再创新能力。它的建设与运行将促进西部经济的繁荣和社会进步，符合国家区域发展的总体战略。

从1993年提出构想，到2016年落成启用，FAST经历了自主创新雕琢技能的23年。通过不断创新、雕琢各项技能，具有我国自主知识产权的FAST，成为世界上单口径最大、最具威力的射电望远镜，其反射面总面积25万平方米，光反射面板就用掉2000多吨铝合金，圈梁、索网和6座支撑馈源舱的高塔用掉1万多吨钢材。

与FAST的恢宏气势和豪华阵容相比，不远处的工程指挥部相形见绌，简易的板房连厕所都无法安装，二楼铁皮搭就的楼板走起来还咣当作响。项目的工艺师、工程师们就驻扎在这里，从2011年开工一直坚守至落成启用。

“国家给的经费有限，算算资金还是很紧张，这种情况下，一定要把钱投到工程上去，先保证工程。如果把钱花在生活上，设备做不出来怎么办？”王启明说。在他看来，工程的每一笔钱南仁东都要绞尽脑汁细分。“这样花钱可比赚钱累多了。”他笑着说。

FAST项目支出非常节省，很多设计都在前期做了充分的预研。至今指挥部的房屋后面，还堆放着许多当初的试验样机。我们看到，光是拉动天眼变形所用的促动器就大大小小摆了十几根。

“促动器做了9个试验台，几十台样机在同时做，历经8年才诞生适合的产品。钢索的疲劳试验也做了上百次，常用的斜拉桥上的钢索，安装强度是 200 兆帕、200 万次弯曲，但 FAST 的钢索设计要求是安装强度 500 兆帕、200 万次弯曲，因此经历了无数次失败。那时我们非常着急，调研了上百家企业、大学等。最终，当承建单位研发出符合要求的新钢索时，申请了 12 项专利。”王启明说。

在高标准的技术要求筛选下，FAST 荟萃了国内最牛的施工单位。比如做圈梁的单位，是参建过鸟巢、国家大剧院的；做面板网架的单位，是参建过水立方的。“这些企业将别的工程当作一号工程来做，而把 FAST 称为零号工程。很多企业不图赚钱，而是觉得，作为行业翘楚，如果连这个世界第一的工程建设都不做，怎么能说得过去。”王启明说。

工期紧迫，项目团队需要一边克服技术上的难题，一边做好工程上的把关。“当时工人的工作时间安排精细到半小时以内，每一步工序都有严格的要求。比如刷油漆，必须晴天清洗完晾干才能刷，电焊焊条淋雨后必须烤干才能行，否则会产生气孔影响工程质量。贵州雨水最多的时候工人一连半个月刷不了油漆，等在工地上着急，但那也不行，坚决不能刷。”王启明说。

无数的技术工人在这里洒下了辛勤的汗水。在工程最为复杂的反射面板的安装上，11 个月的时间，工人们高空作业，坐在节点上拼装，一坐就是一天。下了雨没法下来，只能披着雨衣原地等待。吃饭靠绳子把饭盒吊上去，他们还要尽量少喝水，避免上厕所。王启明说，那时工地上的条件非常艰苦。

FAST 这一世界级的工程能帮助人们捕捉更多来自宇宙的讯息，孕育着重大的天文发现，而“高灵敏度”“更多来自宇宙的讯息”也意味着海量数据存储和复杂的计算要求。工程师们认为，天文学作为最先经历信息爆炸的科学领域之一，历来以数据量大、数据类型复杂见称。而 FAST 作为射电天文学界毋庸置疑的“世界第一天眼”，其对数据存储

▲ 南仁东和他背后的工程指挥部

与计算的需要同样也是“天文级”的。

FAST 究竟需要多强的计算能力呢？工程师认为，短期内，FAST 的计算性能需求至少要达到每秒 200 万亿次以上，存储容量需求更是无法想象。而随着时间推移和科学任务的深入，其对计算性能和存储容量的需求将爆炸式增长，数据量和计算量“大得惊人”。“许多天文学家或多或少都曾因数据处理无机可用而叫苦不迭。FAST 项目则不存在这个问题。因为 FAST 在设计之中将配套的超算中心规划在内。”曙光信息产业股份有限公司（简称曙光公司）总裁历军说。作为科学大数据方案的提供商，曙光公司率先面向地球模拟、气象环保、空天大数据、基因研究、天文探测、深度学习等领域提供融合超级计算、大数据、云计算的融合架构解决方案。此次为 FAST 配套超算中心，曙光公司就是共建单位之一。

凭借在高性能计算领域领先的技术实力和丰富的行业经验，曙光公司承担了支撑 FAST 运行的后端高性能计算机的研制和建设工作。目前，首期系统已经建成并投入使用，可满足 FAST 未来一年左右观测数据存储和初步分析处理的需求。“曙光还将针对 FAST 的需求特点继续在数据的高效存储、数据处理的性能优化、系统的功耗控制和快速交付等方面加强研发，以满足未来 FAST 运行和相关科学研究需求。”历军说，超算中心的接入就像是给天眼连接上了计算“大脑”，将 FAST 探测到的未知信息处理成人类可解读的内容。据历军透露，超算系统全部建成后，计算能力将达到每秒千万亿次以上，网络传输速度将达到每秒 100 千兆，以高效能的数据存储、分发、计算和分析全力支撑 FAST 高灵敏度、高性能的天文观测。

专家介绍，天文研究是典型的数据密集型科学，数据的采集、存储、管理、分析和可视化已成为天文学研究的新手段和新流程。作为继实验科学、理论科学、计算科学之后的第四种科学发现的模式，“科学大数据”逐渐成为新的科学发现的基础。FAST 项目正是超级计算与观天大数据完美结合的典型范例。

可以预见，FAST 及其配套的超算中心投入使用后，FAST 基地将成为国际天文学界又一重要的科研中心。

第十五章

天文小镇 星际家园

TIANWEN XIAOZHEN
XINGJI JIAYUAN

中国天眼选址确定在大窝凼之前，我们世世代代生活在大山深处，任何物资进出全靠人力或者马驮，根本谈不上发展经济。喂大一头猪要出售，在外边是 10 元钱一斤的话，在我们这边最多是 5 元钱一斤；自家养大的牛也是这样，卖不了好价钱，价格要比外面交通方便的地方低一半。但是没有办法呀，谁让我们世代生存在这个极其艰难的环境呢！

因为中国天眼，我们的生活、工作、子女的成长环境发生了翻天覆地的变化，短短时间内让我们从落后原始的生存状态进入天堂般的幸福日子。

当你驾车驶出独罗高速航龙匝道口，沿着宽阔笔直的城际大道往西北方向行走 1000 米许，一座气势宏伟、气派非凡的小镇便扑入眼际。风格迥异的建筑，宽阔的街道，高大的天文时空塔，在蓝天白云下，在苍翠群山中，独具魅力。那风韵，那景致，令人目不暇接，令人心旷神怡！若是夜晚，灯火辉煌并变幻着色彩，让天地间美轮美奂。——这就是金科和航龙的农民居住的天文小镇……走进天文小镇，你会处处感受“天文”元素融入其中，让人体验到“天文”的气息。

仰望星空
你是那颗晶莹的星
为我散发诗样的媚
于是
你成了我
今生的故乡
我成了你
前世的彼岸

1 往事不堪回首

现在，我们只能在脑海深处和文图资料中还原搬迁前的大窝凼了——

青山环抱着一片圆圆的洼地，洼地四周的山峰云遮雾罩，绿树葱茏。从平罗公路金科岔路口一路穿行，崇山峻岭层峦叠嶂，朝西逶迤15千米，便来到了一眼看见大窝凼的山垭口。山垭口处，一棵硕大的古柏枝叶纵横交错，密得连阳光都透不过，黑洞洞的，灰蒙蒙的。逼仄的山路惊险崎岖，飘带似的时隐时现，向凼底匍匐而下，从垭口到凼底人家还需要小心步行40分钟左右。悬崖峭壁之间，路宽70厘米左右，仅能容两人擦肩而过，稍不注意就会滚下山崖。

凼底内灰瓦木屋点缀在田畴之间，炊烟缭绕，鸡犬相闻。12户65口清一色杨氏族人安静地居住在这个名叫大窝凼的地方，因为没有出山的路，数十年来山里人家就过着这样一种日子：到克度镇上赶场，凌晨3点就要背着自种的农产品或者山货出门，翻山越岭5小时，到场坝卖了货物，买上生活中必需的东西，胡乱填下辘辘饥肠，于夜幕降临之前迈起双腿返回凼底的家。孩子们上学也不容易，从山坳到半山腰的靛塘小学，要走一个半小时的山路。

可生活再清苦，大窝凼的山民也舍不得离开留下世代宗族印迹的老宅。在静寂晴朗的夜晚，他们会抬头仰望散布穹顶之上的星辰！

大窝凼自然条件如此艰苦，大窝凼所属的当年名叫绿水村的其他5个寨子的生存状况如出一辙。

2020年4月12日，在金科社区宽敞明亮的办公楼二楼会议室，我们跟当过村主任的杨昌傲、刘品扬和村民刘品军、杨小美等座谈时，深切感受到大家对搬迁出深山之前，极度贫困日子的印象一生忘怀不了——

现在的金科社区由以前的金科、绿水两个村合并而成，当年绿水村的生存条件在整个克度镇是最差的，典型的喀斯特深山区，出行环境十分恶劣，自然生产条件很差。中国天眼选址确定在大窝凼之前，我们世世代代生活在大山深处，任何物资进出全靠人力或者马驮，根本谈不上发展经济。喂大一头猪要出售，在外边是10元钱一斤的话，在我们这边最多是5元钱一斤；自家养大的牛也是这样，卖不了好价钱，价格要比外面交通方便的地方低一半。但是没有办法呀，谁让我们世代生存在这个极其艰难的环境呢！

因为交通不方便，没有出行的道路，绿水村最恼火的是读书、看病和住房。我们村靛塘小学，那个年代一天只能开4节课。为了准时到校，大多数孩子早上7点半就得从家里出发，远的到学校2个半小时，近的也要走1小时。孩子早上胡乱填填肚子，午饭是从家里打包带去学校的简单食物。学校10点上课，下午3点半放学。放学晚的话，学生回家就天黑了。第二就是就医难，那个年代，只有实在熬不过去的病才设法送去医院，命长的能够一路颠簸到医院，命短的等不及送到医院就已经不行啦。杨昌傲的母亲曾经生了场重病，请十多个人轮流帮忙用滑竿抬出山送进医院。2001 年腊月，刘品扬的爱人生小娃，家里条件差，产妇痛得要死，怎么生都生不出来。寨子上老少知道后，齐拢过来，砍了两根大竹子绑上木椅做成滑竿，打着火把，20 多个人连夜抬着滑竿将他的爱人送到克度医院，小孩平安降生，母子俩才转危为安。住房这块，家家户户全是简陋的木板房，房前屋后堆着柴草，不注意就会引起火灾。1998 年我们大窝凼进入天眼选址视野，我们绿水村的老老少少高兴得睡不着觉。

快言快语的杨昌傲特别激动地谈到一个细节，而且强调道："敬请蒙主席您一定要原汁原味地写进您的书里！"

杨昌傲说——

南仁东老师给我的印象实在深刻。记得是 1999 年的一天，我去大窝凼办事，在大窝凼坳口三王庙，就是现在天眼山垭口那里，遇上南老师召集杨朝明等大窝凼的七八个人，还有政府的李国斌书记，只见南仁东着装朴素，面容憨厚，正在跟大家介绍建设"天锅"的规划。如果没有人介绍他是一位大科学家的话，我还以为站在我们这帮农民中间的他就是一个普普通通的农民大伯。南老师他这个人呀，和农民在一起，他就是一个农民；和工人在一起，他就是一个工人；和科学家在一起，他就是一个了不起的科学家。我在天眼基地上做工多年，他跟我们这些农民工感情好得很，把我们当亲兄弟看待，一点架子都没有。这一辈子，我还没有碰上过第二位如此心胸豁达、品格高尚的人哩！

杨小美今年 31 岁，是从 20 多千米远的罗甸县董架乡嫁到金科来的媳妇，现在担任金科村副主任。她第一次知道大窝凼是在念初三的时候，班主任带他们来大窝凼参观，在这里照了毕业照，就在"窝窝"中间照的。

从山旮旯搬到镇里住进政府给搬迁户建成的楼房后，杨小美眼界开阔了很多，思想观念也发生很大转变。嫁到金科不久，她与丈夫外出打工，在外漂泊了很多年。孩子出生后她就回到老家带孩子生活，男人继续出门打工才能维持家里经济周转。男人独自外出打工挣钱养家那些日子，山村生活的清贫、养育子女的辛劳、思念丈夫的痛苦，时时都在折磨着身体单薄弱小的她。孩子三四岁了，她将小孩子留守在家，跟着男人一道出去打工挣钱偿还在老家修建房屋欠下的债务。

在外打工的日子里，每当吃饭时，看见别人家的小孩子幸福地跟爸妈在一起，她立即就想起留守在家的两个孩子，就情不自禁落下心酸的泪水。杨小美满怀感激之情地告诉我们："国家将大窝凼整体搬迁安置到克度街上后，我很快辞工回来，名扬四海的中国天眼和已经建成的天文小镇，已经开启我们克度人生命的第二个春天，出门打工不如在家门口务工已经在我们克度成为现实。我现在一边担任护林员，一边担任村副主任，每个月有3000多元的稳定收入，又能每天看护子女和家庭，日子是一天更比一天好哩！"

大伙你一言我一语，话语中洋溢着满满的幸福味儿：

2008年底中国天眼奠基以后因工程建设需要，金科村其他五个寨子跟大窝凼一样，积极响应国家号召，相继搬迁到克度镇上来啦。因为有了南老师，因为有了天眼，我们才有机会从世代居住的偏僻得不能再偏僻、贫穷得不能再贫穷的山旮旯搬出来！

现在交通环境改变了，孩子读书方便了，我们的医疗有保障了，家家户户的破旧木房变成了崭新漂亮的大洋房，水、电、路、通信、房这几大块发生了翻天覆地的变化，过上了我们村几代人想都不敢想的幸福生活。

现在我们金科村六个组的乡亲父老都全部搬出来了，如果没有南仁东老师就没有我们今天的金科村，是南老师改变了我们金科，改变了克度。不仅改变了我们的生活条件，而且改变了我们的思想观念，用现在的流行话来说，人生观、世界观、价值观，都发生了改变。

总之，一句话概括，就是感恩党和政府，感恩南仁东老师，对我们金科村的关爱和帮助。因为中国天眼，我们的生活、工作、子女的成长环境发生了翻天覆地的变化，短短时间内让我们从落后原始的生存状态进入天堂般的幸福日子。

现在大家都看到了，金科村发生了很大的变化，原来这里一直都跟贫穷连成一片，现在已经变成天文小镇了，我们老百姓过的日子都好了。2009 年的时候，我们先搬迁了大窝凼 12 户村民，这后面几年时间，我们村的群众全部搬迁到平塘天文小镇。

平塘天文小镇现在很漂亮，已经被国家评为“十大科技旅游胜地”之一了哩！

2 天文小镇我新家

2019 年国庆，独山至罗甸高速公路全线建成通车，从平塘县城到建于航龙的天文小镇仅半小时车程了。

当你驾车驶出独罗高速航龙匝道口，沿着宽阔笔直的城际大道往西北方向行走 1000 米左右，一座气势宏伟、气派非凡的小镇便扑入眼际。风格迥异的建筑，宽阔的街道，高大的天文时空塔，在蓝天白云下，在苍翠群山中，独具魅力。那风韵、那景致，令人目不暇接，令人心旷神怡！若是夜晚，灯火辉煌并变幻着色彩，让天地间美轮美奂。

——这就是金科和航龙的农民居住的天文小镇，老百姓称之为“天文城”。

平塘作家雷远方先生用他如椽之笔，详尽地记录下了山村嬗变成闻名于世的天文小镇的前因后果——

天文小镇所在的地方叫航龙，方圆十几平方千米，地势平坦，土地肥沃，距离已经连成一片的克度街 4 千米。航龙东面是巍峨的大山，西边是连绵的丘陵地带和一大片田坝，碧绿的霸王河从小村的中央蜿蜒流淌，用“山清水秀”来形容一点也不为过。断航（断杉至航龙）公路和册三（册亨至三江）公路在航龙村西边缘相接，往西前往罗甸县，往北前往惠水县。

短短几年，为何航龙这个小村嬗变成天文城？这得从中国天眼的建设说起。国家 2006 年确定大窝凼作为中国天眼最理想的地址；2007 年 7 月，国家发展和改革委员会正式批复立项；2008 年 12 月，FAST 工程正式在大窝凼奠基；2011 年 3 月，FAST 正式开工建设，总投资约 12 亿元；2016 年 9 月竣工。

2012 年，也就是 FAST 正式开工建设的第 2 年，平塘县委、县政府及时将打造一座现代化的天文小镇纳入发展旅游业的规划之中，其规划地点就选中了航龙村，那里交通便利，有山有水有万亩山地，开发利用空间很大。

FAST 工程副经理彭勃博士主导设计了天文小镇。项目规划面积 3 平方千米，按照国家 5A 级景区标准建设，重点规划建设漩涡星系广场、中轴迎宾广场、FAST 访客服务中心、平塘国际天文体验馆、星辰主题酒店等 15 个项目，将平塘天文小镇建成集天文科普、宇宙探秘、旅游度假、文化交流为一体的科技旅游目的地。有了规划，平塘县积极筹措上百亿元资金，与中国天眼同步进行建设。

在建设过程中，房屋征地拆迁 414 户，航龙村民为天文小镇的建设作出了巨大牺牲和贡献。

至 2016 年 9 月初，一个依托中国天眼而建设的天文小镇诞生了。这一年的 9 月 25 日，一个特殊的日子，更让天文小镇名声大噪，天下皆知。

这一天，在天文小镇举行了 500 米口径球面射电望远镜落成启用仪式。落成启用仪式上，中共中央总书记、国家主席、中央军委主席习近平发来贺信，中共中央政治局委员、国务院副总理刘延东宣读贺信并致辞，刘延东、白春礼、连维良、南仁东、陈敏尔、孙志刚等领导共同按下启用球，海内外嘉宾及平塘干部群众数万人云集航龙，共同庆贺！

这一天，在天文小镇举行国际射电天文论坛，中国科学院副院长王恩哥、FAST 工程总工程师兼首席科学家南仁东、美国国家射电天文台台长安东尼·比斯利等国内外科学家出席射电天文论坛，就 FAST 项目带给全球射电天文的机遇和意义进行了研讨。

这一天，在天文小镇举行国家天文科普基地授牌暨天文体验旅游团首游仪式，来自全球各地的游客代表、旅行商代表、媒体代表参加仪式，中国科学技术协会党组副书记、副主席徐延豪为平塘授予国家科普示范基地牌匾，同时举行了天文体验旅游首游活动。

这一天，在天文小镇举行平塘国际射电天文科普旅游文化园开园仪式暨“触及未知的梦想”主题文艺晚会，晚会舞台以时空穿梭机为造型，利用激光灯、LED 等现代设备，使得舞台美术美轮美奂，给现场观众带来了一场融合了平塘特色民族歌舞 + 科幻震撼的视听盛宴。

这一天，在天文小镇举行了航龙——未来天文小镇开工仪式……

从这一天起，航龙成为中国独一无二特色天文小镇，被誉为“平塘天文小镇”。时隔 378 天，即 2017 年 11 月 7 日，以“聚焦大射电·联通天地人”为主题的第十二届贵州旅游产业发展大会在天文小镇隆重召开，时任省委书记孙志刚为中国天眼景区“中国科技旅游基地”揭牌，时任省委副书记、代省长谌贻琴作推介讲话。当天晚上，天文小镇惊艳上演了一场融合科技与艺术的“时空之眼”天文科普秀，吸引了全球目光。

从此，平塘天文小镇盛名不胫而走，享誉天下！

走进天文小镇，你会处处感受“天文”元素融入其中，让人体验到“天文”的气息。

国际天文科技文化园，设计理念：世纪星云，景观融合。它的总面积为 57 万平方米，依托霸王河自然条件，以银河休闲轴、星辰迎宾轴和生态休闲滨水区、漩涡系花园区为空间布局，建了“宇宙之眼”“银河演绎”“星辰迎宾”广场，以及金星、木星、水星、火星、土星、天王星、海王星、太阳等星系的抽象建筑物；其中的天缘星辰大酒店、访客中心等建筑设计为不规则的多边形，寓意无垠太空里的点点繁星，与射电天文科普园的主题紧紧相扣；沿河的天缘星辰大酒店客房，与景观很好地融合，霸王河的景色尽收眼底。

喀斯特生态公园，沿霸王河而建，大型休闲公园、亲子活动花园、繁星广场、星月连廊、观星平台等11个主体景观，无不突出“天”的韵味。

时光之门，高 25.8 米，宽 22.5 米，倾斜造型，是一座采用花岗岩、铸铜、镜面不锈钢、光电装置等材质的时光元素雕塑。螺旋递进方式的空间架构、律动的光电装置，给人以空灵悠远、犹如进入时光隧道的视觉效果。

时光刻度，高 16.8 米，长 31.5 米，宽 14 米，采用不锈钢、声光设置、生物装置感应系统进行修建，以时间罗盘为设计灵感，以天文科幻为主题，以十二地支和朱雀、玄武、青龙、白虎四大神兽代表时间和空间，其心脏部分代表生命在延续，表针代表时光流逝。

平塘国际天文体验馆，建筑占地 7000 平方米，展陈用地约 5000 平方米。从空中俯瞰，整个建筑犹如一架星际飞船，静静地停泊在群山之中，耀眼夺目。馆内分为序厅、天象厅、射电体验厅、儿童天文园、天文科普厅，内设数码星象厅、天文 5D 视频厅、地质 5D 视频厅、综合专题展览区、多媒体科普教育室、互动体验区的跳跃太空舱和月球漫步、天文地质模拟体验区、知识园、星系体验厅、影视观摩台等，其内容丰富，无不与天文有关。到此参观，你既可以进行科普体验、互动和娱乐，又可以通过听觉、视觉、触觉感受声、光、电的特效技术，快乐，刺激。

天文时空塔，为天文小镇核心区的地标性建筑。碟形塔基半径23米，“碟”上为直径18米的圆筒，圆筒顶端又为一“小碟”，“小碟”上为火炬造型，设计有擎天射灯。整个塔的结构：外表玻璃幕墙、铝板装饰，整体外形圆润美观，富有灵性。碟形，象征飞碟，表达人类对UFO（不明飞行物）及宇宙外空的向往和探索的决心。半径23米，寓意500米口径球面射电望远镜从提议建设、选址、规划建设到落成启用，历时23年；塔高99.99米，寓含九九归一、天长地久之意；塔身直径9米，设计有5部电梯，寓意九五之尊。2019年6月，天文时空塔荣获第十三届（2017—2018年）第一批中国钢结构金奖工程。

天幕商业街，共14栋单体楼，设计长度450米。“天幕”设计自东向西，中为“虫洞”雕塑。采用三角拼接，形成龙鳞飞天之效果，寓意龙的传人遨游太空。置身其间，仿佛穿越了神话传说中的天上、人间、地下三界，VR（虚拟现实）体验令人遐想无穷。入夜，流光天幕灯光变幻，星光熠熠，璀璨辉煌，恍惚间，天幕触手可及，星辰触手可揽，让人惊喜连连，时空交错的新奇感受溢满心中。

球幕飞行影院，融合了投影技术、曲面融合技术、360度的3D特效技术、动感平台技术等高新技术，集球幕影院、飞行影院、多维影院、过山车等主流特种影院设备优势于一体，是当前国内最新型的动感球幕飞行影院。你若置身逼真的立体画面中，会感受到前所未有的刺激和快乐，会享受到一场视觉与听觉的极致盛宴。

在天文小镇上漫步，你还会发现，那些街道、灯饰、大桥等，无处不融入天文气息。小镇的街道命名有张衡路、神舟路、嫦娥路、瑞伯路；小镇上的两座桥以“日月桥”“星汉桥”命名，桥名出自曹操诗《观沧海》“日月之行，若出其中；星汉灿烂，若出其里”，也极具天文特色和文学韵味；入夜，飞碟、星云、溶洞等形状路灯流光溢彩；景观灯、桥灯、建筑灯、山体彩灯璀璨迷人，使天文小镇显得奇幻而神秘。

寻觅这些“天文”的味道，慕名而来观看大国重器——中国天眼的访客，纷至沓来，络绎不绝。他们入住天文小镇上的天眼迎宾馆或天缘星辰大酒店，之后出发，到平塘国际天文体验馆了解天文科普知识，参与洞穿黑洞、坐上宇宙飞船的体验，到中国天眼科普瞭望台欣赏中国天眼的风采，到塘边天坑群探访世界最大天坑群的神秘，到平里河领略亚洲第一高桥的磅礴，到塘边去参与布依族村民对歌、聆听天籁之音——八音弹唱，到牙舟陶小镇去体验陶器制作，到掌布去鉴“天书”的神奇，到甲茶去游览“小桂林”的风光……于是，天文小镇成了他们的目的地和出发地，圆了他们“触及未知”和领略中国天眼之城平塘的魅力的梦想……

此外，平塘依托“首批中国十大科技旅游基地”和中国天眼的招牌，以“教育＋旅游”的模式，推出了天文科普研学游，让航龙成了中国天文科普研学游的中心。每年，来自北京、上海等地的成千上万名中小学生云集天文小镇研学、旅游。这些学生“沐浴千年星光，寻觅宇宙灯塔”，见证天眼奇观，绘制美丽星空，探秘天坑地质，解喀斯特地貌，揭宇宙神奇奥秘，丰富他们的人生阅历，让航龙融入他们的人生记忆里……

如果你有兴趣，步入航龙星际家园参观，那会使你不虚此行。航龙村，包括航龙、抵郎、利甲、上沙坝、下沙坝等10多个组，居住着490户2351人。村里有商店、道班、水泥厂、学校等。2014年，根据建设平塘天文科普文化园的需要，征地和拆迁近414户的住宅及附属设施。

2016年，天文科技文化园建成后，政府立即投入巨资，在天文小镇西面统一规划修建村民心中最美的别墅——星际家园。

星际家园占地面积315亩，总建筑面积9万多平方米，项目总投资2.5亿元，安置289户，配套建设社区服务中心、幼儿园、农贸市场、公厕、地面停车场。街道两旁绿树成荫，树下茵茵绿草，体育休闲设施一应俱全。

星际家园外墙都画着星云、星空、大射电图案，迈入“园”内，

280 多栋楼房朱甍碧瓦，或高或低，错落有致。红屋顶、罗马柱、大拱门的建筑风格，充分体现出欧陆风情，与天文科技旅游文化园的现代科技感交相辉映。行走间，你会仿佛到了欧洲风情街，品味了一回欧洲风韵呢。

除了建筑风格之外，星际家园的另外一个特点——蕴藏中国古代天文学内涵。289 栋楼房，分为角宿、井宿、奎宿、斗宿四大块。中国古代天文学家将沿黄道、赤道附近的星空，划分为二十八个不等的区域，每一区域叫作一宿。二十八宿按东、西、南、北四个方位平均分为四组，称为“四象”。“角、井、奎、斗”均是古代天文学的宿名，分属二十八宿里的“四象”。这“四象”中，东方为首的是“角”，南方为首的是“井”，西方为首的是“奎”，北方为首的是“斗”。为区别这些楼群，设计者用东经路、西经路、北纬路、南纬路四条街道隔开，而中线则设置宽阔的格林尼治路，直通迎宾广场、游客中心、天幕商业街。这样的设计便于游客能辨别方位，找到要去的地方——这既体现了设计者的独具匠心，又展示中华文化的博大精深，丰富了星际家园的天文内涵。

“当年祖祖辈辈生活在这片土地上的村民，他们做梦都没有想到，今天能够住上这样的别墅，能够成为别墅的主人……”在星际家园走访，遇到担任驻村网格长的张利华时，他感慨不已。“村民们在别墅居住，靠什么为生啊？”陪同我们采访的平塘资深文化人、知名作家雷远方主席问。“有开家庭宾馆的，有开餐饮店的，有开小卖部的，到目前为止，共有家庭宾馆 46 家，餐饮店 26 家，其他服务业 10 家，其中，有湖南、四川、上海、浙江外来投资商到此投资，租用村民楼房开宾馆、饭店，其中 4 家宾馆租用楼房 10 栋，5 家饭店租用楼房 11 栋……”张利华述说这些，如数家珍。

告别了耕牛、锄头，告别了日出而作、日落而息的田园生活，这些来自大山深处的农民，如今改变了身份，成了老板、店长、房东，并正在不断酿造甜蜜的生活，意气风发地奔走在幸福生活的路上。真的是：航龙原是小山村，天眼落户换乾坤；星际家园风光美，天文小镇遍地春。

短短几年间，航龙华丽转身，熠熠生辉；短短几年间，航龙热闹非凡，天下闻名！小而言之，这不正是普通老百姓的小康梦吗？大而言之，这不正是我们苦苦追寻的中国梦吗？

第十六章

时代楷模 南老仁东

SHIDAI KAIMO
NANLAO RENDONG

南仁东竖立起一座科学的丰碑，踏过平庸，把有限的人生谱写在无垠的苍穹。他的一生，以国家的需要开始，以国家的需要结束。但是，他却谦虚地称，自己没什么高尚的理想。

南仁东时刻关心关注贵州尤其是黔南州的发展。他多次提出项目建设一定要考虑对地方经济社会的促进作用，要给地方百姓带来好处。克度镇的数千名移民是最直接的受益者。

23 年中，南仁东殚精竭虑，带领老、中、青三代科技工作者克服了不可想象的困难，实现由跟踪模仿到集成创新的跨越。

南老经常说："我每天都在想三件事。我们是谁？我们从哪儿来？茫茫宇宙中，我们真是孤独的吗？"

如果说天眼只是一个信念，而他对于民族的担当才是他的信仰。南老留给我们的不仅仅是他让这一方水土、一方百姓获得了幸福的生活，更重要的是像他一样的那些对于宇宙有探索欲望的年轻人，还有像他一样的科研工作者们，同样在他的身上找到了自己的未来。

我在中科院，我在绿水村，我在大窝凼
是否犹记短暂的相聚日子
我的矜持，我的孤寂，我的白昼与黑夜
就像你撩发仰望星空一样
仰望我天生的善良
和那
质本洁来还洁去的倔强

2017 年 12 月 8 日上午 9 点，由中宣部、中国科学院、科技部、中国科学技术协会、中共贵州省委主办的“时代楷模”南仁东先进事迹报告会在人民大会堂举行。中国科学院条件保障与财务局副局长郑晓年，中国科学院国家天文台研究员、FAST 工程副经理彭勃，国家天文台高级工程师杨清阁，贵州省黔南州大数据管理局局长张智勇，中国新闻社科技记者张素，分别从不同角度讲述“中国天眼之父”的感人故事。

《贵州日报》于报告会举办的同期，在头版连载该报资深记者肖郎平采写的《追记“时代楷模”天文科学家南仁东》如下万字长文，纪念南老仁东令人尊敬和感动的一生。我仅作细微改动，以飨读者。

1 老骥伏枥，志在千里

当个体的自由和国家的责任发生冲突时，你会怎么办？

▲ 工作中的南老

南仁东，一位天文科学家，遇到过冲突，抗拒过冲突。最终，他竖立起一座科学的丰碑，踏过平庸，把有限的人生谱写在无垠的苍穹。

他的一生，以国家的需要开始，以国家的需要结束。但是，他却谦虚地称，自己没什么高尚的理想。

人类活动产生的人为电磁波越来越多，如何在电波环境严重恶化之前加快探索宇宙的步伐？天文学家们忧心忡忡。

1993 年，在日本召开的第 24 届国际无线电科学联盟大会上，中国、南非、澳大利亚、日本等十个国家的天文学家提出，联合建造新一代射电大望远镜。

南仁东获悉后，满怀激动，认为中国也应当建一个，后来提出建设一台 500 米口径的球面射电天文望远镜（FAST）。

这是一个疯狂的梦想。当时，国内天文望远镜最大口径只有 25 米。

很多人都认为这不可能实现。

1994年，南仁东开始为FAST项目选址，正式踏上逐梦之路。谁也没想到，仅选址就耗时12年。研究团队建立了391个候选洼地的地形地貌数据库，再从中精选出100多个，随后进行漫长的实地勘察。踏遍青山，最终选中了贵州省平塘县的大窝凼。

2016年9月25日，中国天眼工程竣工。这是世界独一无二的项目。令人欣喜和自豪的是，调试阶段的FAST，就已经探测到数十颗优质脉冲星候选体，其中8颗得到国际认证，实现中国望远镜发现脉冲星“零”的突破。

人类过去60年来发现的脉冲星总计2800多颗。国内外同行预计，FAST有可能发现的数量将是过去的两三倍。

同事们记得，他总是说：“人是要做一点事情的。人总得有个面子吧，往办公室一躺，什么也不做，那不是个事。”他做了一件国之重器的大事情，不仅如此，还把别人不看好的大事情做好了。

这个项目意味着，中国的射电天文研究摆脱了过去依赖别人的二手数据的状况。这使中国天文学界倍感振奋。中国科学院院士崔向群说，以前用国外观测数据，虽然能够得到一些成果，但更多的是人家已经吃剩的冷饭，FAST可以使中国天文学研究水平得到整体提升。

更令人值得期待的是，诺贝尔奖历史上明确基于天文观测的10项成果中有6项出自射电望远镜，可以预见，未来完全可能有诺奖级成果从贵州深山走向世界。

中国天眼迅速引起了海外媒体的巨大关注。法新社称，中国将这一雄心勃勃的太空项目视作该国科技进步的象征。英国《每日电讯报》网站报道表示，天文学家把这个望远镜称为搜寻外星生命形式方面的一个“游戏规则改变者”，中国比其他任何国家看得都更远。

中国天眼更是引起国际天文学界的巨大关注。“METI国际”机构主席道格拉斯·瓦科克说，FAST 是“在宇宙中搜寻生命方面的游戏规则改变者”。SKA 总干事菲利普·戴蒙德说：“中国已为世界天文学界作出了很多贡献，FAST 的建成更加令人惊叹，它把中国天文学带到世界第一梯队。”

习近平总书记三次提到天眼工程。FAST 落成启用当天，习总书记特意发来贺信。此后，中国天眼又分别被写入 2017 年新年贺词和党的十九大报告。

贺信评价中国天眼说：“它的落成启用，对我国在科学前沿实现重大原创突破、加快创新驱动发展具有重要意义。”

南仁东时刻关心关注贵州尤其是黔南州的发展。他多次提出项目建设一定要考虑对地方经济社会的促进作用，要给地方百姓带来好处。

克度镇的数千名移民是最直接的受益者。村民们感慨，如果不是中国天眼，他们可能一辈子也走不出大山。大窝凼杨天信全家 6 口搬进安置点，盖了新房，还开了一个轮胎销售店，日子过得红红火火。村支部书记感慨，几代人没想过甚至不敢想的生活，今天呈现在面前。

中国天眼成为贵州的世界级名片。移民安置点克度镇打造的天文小镇，被评为全国十大科技旅游胜地之一，每年游客至少 30 万人次，比美国阿雷西博天文台客流多一倍。

中国天眼推动了贵州相关科技研究。2006 年贵州大学引进第一个天文学博士，2008 年国家天文台与贵州大学共建的天文联合研究中心挂牌成立，2016 年黔南民族师范学院开办天文学专业。

中国天眼也促进了贵州大数据事业。目前，国家天文台已经在贵州师范大学建成天眼早期数据中心，正在贵安新区规划建设中国天眼数据处理中心。同时，在这一基础上，贵州将申建 SKA 亚洲区域中心，建设国际天文学界又一重要的科学研究中心，改写西部省份没有大型超算中心的历史。

中国天眼促进了贵州的开放大格局，为全球天文学家搭建了一个合作交流的高端科研平台，既打开了人类探索宇宙的新天眼，更打开了世界认识贵州的新天窗。

甚至，连普通村民也因中国天眼打开了和世界沟通的窗口。李大艳以前在外面打工，现在是一名宾馆服务员，下班回到家就躲起来背单词，因为外国客人越来越多。现在，经过刻苦学习和培训，她已经能说简单的英语。

20世纪60年代初，18岁的南仁东意气风发，以平均98.6分（百分制）的高考成绩如愿地迈进清华大学。他那么渴望进入清华，却又差点弃清华而去。

高考前，有一个北京军校的招生老师提出保送，南仁东却拒绝了这种别人羡慕还来不及的事情，声称除了清华、北大，哪都不去。

但是，如愿以偿的喜悦很快被痛苦取代。他被调剂到无线电专业而不是他所选择的建筑系。原因是，他的成绩太优秀，比分数线高出50多分，国家更需要无线电人才。

南仁东耿耿于怀，甚至跑回家，说什么都不想读了。结果，他遭到工程师出身的父亲的严厉训斥。就这样，中国少了一个建筑工程师，多了一个卓越的天文学家。

当年的大学生被称为天之骄子，更何况是名牌大学毕业生。但是，少年得志的南仁东并没有如一般人所想象的那样顺利，毕业后被分配到吉林省通化市一个无线电厂。在那段长达十年的庸常岁月中，他对开山放炮、电镀、锻造等都在行，成为厂里的技术科长。

恢复高考，是他的命运转机。1978年，他考取国家天文台的研究生。

今天的学霸们可能会认为这不算什么。是啊，和动辄30岁出头就已经是教授、博导的新学霸们相比，和崇尚“出名要趁早”的文艺青年们相比，南仁东33岁才上研究生、42岁才博士毕业，怎么说都算不上人生的赢家。

“老骥伏枥，志在千里；烈士暮年，壮心不已。” 48 岁那年，当同龄人开始谋划个人的退休生活时，南仁东开始谋划国家重大科技基础设施工程；62 岁那年，他才盼来项目正式获批；71 岁那年，他在生命走向终点前等到了竣工的隆重时刻。

在清华读书期间，有一年，周恩来总理到学校视察并会见学生代表，南仁东不仅是代表之一还被周总理点名发言，这件事情让他激动了一辈子。南仁东一生最崇拜的科学家是爱因斯坦，最钦佩的老师是清华大学的老校长梅贻琦，最景仰的伟人是周恩来总理。三种精神，在南仁东的人生里，就像是三座灯塔，指引他最终成为世界巨匠。

南仁东用诗歌一般的语言号召人们，同时似乎也预言了自己的人生，“美丽的宇宙太空，以它的神秘和绚丽，召唤我们踏过平庸，进入到无垠的广袤！”

2 迎难而上，舍我其谁

中国已经是全球第二大经济体，然而，却面临着创新的挑战。在激烈的国际竞争中，唯开拓者进，唯创新者强，唯开拓创新者胜。

对于南仁东这样的天文学家来说，创新之路在哪里？

FAST 项目有不少创新，其中荦荦大端者有三个。首先，利用巨型喀斯特洼地作为望远镜台址，使得望远镜建设突破百米极限；其次，自主发明主动变形反射面，在观测方向形成 300 米口径瞬时抛物面汇聚电磁波；最后，自主发明轻型索拖动馈源支撑系统和并联机器人，实现望远镜接收机的高精度指向跟踪。

23 年中，南仁东殚精竭虑，带领老、中、青三代科技工作者克服了不可想象的困难，实现由跟踪模仿到集成创新的跨越。

主动反射面是中国天眼的重大创新之一，这项伟大的构思由天文科学家邱育海提出。1998年，邱育海在《天体物理学报》发表的一篇论文，阐述了具有主动主反射面的巨型球面射电望远镜的构思。国家天文台研究员、FAST工程副经理彭勃回忆，在望远镜方案的酝酿期，他推荐了最新的主动反射面技术。南仁东说："老彭啊，你给我找了一个大麻烦，把我逼得毫无退路了。"

在8个鸟巢那么大的洼地里铺满这样精巧的镜片，每一片还都要会动，难度之大，可见一斑。但为了把FAST建成最好的望远镜，南仁东还是放弃了自己研究已久的镜面方案，咬牙承担下了这个"大麻烦"。

彭勃说："现在我常常在想，那时的南老师，一定经历了痛苦的心理挣扎和自我革命。我也常常在想，如果我们不这么折腾他，是不是他也不会走得这么早？"

然而，要想实现会动的目标，必须有支撑反射面实现变形的索网结构以及让馈源舱进退自如的驱动索。

此前，包括斜拉桥的钢索在内，全球索网标准最高的纪录只能达到FAST索网设计要求的一半，其强度是200兆帕、200万次弯曲。

然而，FAST的钢索上需要安装反射面板，需要经常调换角度和不断拉伸，设计人员提出的要求是，钢索强度为500兆帕、200万次弯曲。

事实上，FAST索网是世界上跨度最大、精度最高的索网结构，也是世界上第一个采用变位工作方式的索网体系。在这次索网技术攻关中，诞生了12项专利，其中发明专利7项，这些成果也会应用到国民经济的其他领域，比如港珠澳大桥就应用了这项技术。可以说，这是目前世界上最好的索网。

同时，FAST馈源舱是一个索驱动的并联机器人，舱重量大大降低。美国阿雷西博望远镜馈源舱重达千吨，而天眼的馈源舱仅重30吨。这样既降低造价，又提高稳定性，可实时达到毫米级高精度定位，实现对天体的高精度指向跟进观测。因此，各项性能指标远超美国阿雷西博望远镜。

大多数情况下，项目负责人会倾向于避免创新，这会增加项目风险性，造价也不可控。南仁东也一样，对创新保持谨慎，尽管这样，但他不怕创新，该承担责任时就敢于拍板。他的助理姜鹏说："其实他并不喜欢创新，风险大，但是工程需要，被逼着创新。"

创新之一就是，利用贵州的巨型喀斯特洼地作为望远镜台址。有人会疑惑，洼地是天然的，这算什么创新？

答案在于，如果在平地上建设射电天文望远镜，最大口径只能在百米以内，再大的话，其自重以及风荷载就会让望远镜发生变形乃至压垮。

所以，选择喀斯特洼地作为望远镜台址，可以突破百米极限。那么，能不能在平地挖个坑呢？可以。不过，如果在平地挖一个这么大的坑，得耗资 30 亿元。可是，利用大窝凼天然洼坑，土建工程耗资仅 1 亿余元。

最艰难的创新是索网结构。2010 年，他们对来自知名企业的十余根钢索进行疲劳实验，均以失败告终。此时，台址开挖工程已开始，但索网达不到要求，反射面的结构形式就不能确定下来。

核心技术买不来，也等不起，唯一的道路，就是自主研发。姜鹏就是在此时走近南仁东，负责解决索网疲劳问题："索网对他来说是个陌生的领域，他就慌了，手足无措，头发都乱了，竖着。"

姜鹏至今记得一个被定格的背影，空旷的会议室里，南仁东背着手站在黑板前，盯着最终被放弃的草图："像一个无助的孩子。我当时很难理解，这样的大科学家也会手足无措。"

技术攻关时，他总是一支接一支地抽烟，屋子里浓烟弥漫，同事们开玩笑说要戴防毒面具才敢去他办公室。2015 年 3 月，他被确诊患有肺癌。

南仁东和研究团队前后做了十多种方案，往返厂家五六次，经历近百次失败，最终研制出满足要求的钢索结构。

在最困难的时候，南仁东甚至说过，国家给了这么多钱，如果建不好，他就从大窝凼西峰顶的山崖跳下去。面对如此巨大的压力，必须有绝处逢生的勇气，才能担当。

“科学与艺术是可以相结合的”，这是南仁东常常挂在嘴边的一句话。建设 6 座馈源支撑塔时，在大窝凼那个地方要找到平地非常难。在这种情况下，有人建议差不多就行了。但是，他明确表示不行，6 座塔一定要均匀分布，看起来才有美感。

有了他的坚持，大窝凼变成一个现代机械美感与自然环境完美契合的工程奇迹，中国天眼成为一道美丽的科学风景。

中国天眼是个庞然大物,圈梁周长1.6千米,步行环绕一圈要40多分钟。

中国天眼也是个超级重器，圈梁、索网和 6 座支撑馈源舱的高塔用掉 1 万多吨钢材，反射面板用掉 2000 多吨铝合金。

尽管它又大又重，但绝不粗糙，而是处处实现毫米级精度控制。工程人员要把 4450 块反射面板单元最终构成完整的 FAST，更复杂的是，这些反射面板单元种类达 484 种，安装铆接部件有 140 种。同时，施工要求安装精度误差不超过 2 毫米，最终控制在 1 毫米以内。

2000 多个液压促动器，密布在反射面背后，与大地相连，通过钢索伸缩，让反射面实现精确变位，误差不超过 1 毫米；索网由 7000 多根手臂粗的钢缆组成，每一根钢缆的加工精度都被控制在 1 毫米以内；500 米口径的天线精度是 3 毫米；每一块反射面板的制造精度是 1.5 毫米。

反射面板的弧度近似完美，这是精益求精的另一个例子。南仁东对施工要求不断提高，从 10 毫米、7 毫米、3 毫米直至 2.1 毫米，这对工程来说是巨大考验。通俗地说，打造一个 500 米口径的球面，出现一点凹凸不平是正常的，但是，它竟然实现了近乎完美的圆。

FAST 工程测量与控制系统总工程师朱丽春说：“FAST 宏伟壮观，

最震撼人心的是它的精准。它要在如此大的尺度上达到毫米级精准，并在约定时刻内到达。”

据介绍，一位国际同行来到大窝凼，看到6座铁塔牵拉着钢索和硕大的球面镜，连声说“了不起！了不起！”，最后还留下一句话：“这活儿也就是中国人能够干成。”

3 践行中国梦

有一次，南仁东回到老家，他津津有味地吃着丰盛的家宴：“从来没吃过这么好吃的，太羡慕你们了，我就是个苦行僧。”

弟弟南仁刚心疼地问：“哥，你又不缺钱，天天在大山里奔波吃苦，值吗？”他放下筷子，连声说：“值……值……值……”

国家天文台台长严俊说，南仁东的学术水平也很高，完全可以做理论研究，但他这个人不服输，总觉得中国古代的天文学研究那么辉煌，应该重新振兴。

选址的艰辛，难以形容。12年中，南仁东几乎走遍当年圈选的中国西南的窝凼。有一次，下窝凼时遭遇瓢泼大雨，眼看山洪就要冲下来了。他赶紧往嘴里塞了救心丸，连滚带爬地回到垭口，全身都湿透了，汗水混着雨水，鞋子裂开一道5厘米长的口子。还有一次，他差点掉下悬崖，所幸被两棵小树挡住。

台址勘察期间，为了更清晰地了解现场，掌握第一手资料，制定正确的危岩治理方案，年已六旬的南仁东在没有路的大山里攀爬。遇到陡峭山顶，大家劝他在山下等结果，他却坚持要一起上去。

建设过程中，南仁东和团队成员一样过集体生活，住板房、吃食堂。有时候去太晚了，食堂没什么菜，做饭的大妈问要不要煎个鸡蛋，他摆

▲ 时任贵州省委书记赵克志在大窝凼施工现场与南仁东亲切交谈

摆手，刮着塑料盆里的剩菜凑合。在长达 23 年的预研究、立项、建设过程中，吃方便面更是司空见惯。

2014 年，天眼反射面板单元即将吊装，南仁东不顾自己已是 69 岁的老人了，坚持第一个做“小飞人”载人试验。高空中无落脚之地，稍有不慎，就可能摔下来。下来后，他的衣服被汗水浸透了，但发现了存在的几个问题。

即使到了 70 岁，他还在往工地上跑。一个闷热的夏日午后，中国电子科技集团公司第五十四研究所的邢成辉看见，南仁东放下筷子就跑去工地，生怕一个地锚项目测量出现误差。

以理论成就来说，他可以安安稳稳地做一个书斋学者搞纯理论研究；按理来说，以年过半百的年龄，他应该像大多数人那样规划退休生活而不是去折腾巨大的项目。早在 1984 年，南仁东使用国际甚长基线网（VLBI）对活动星系核进行系统观测研究，主持完成欧洲及全球网 10 余次观测，首次在国际上应用VLBI“快照”模式取得丰富的天体物理成果。2006年，在他本人不在场的情况下，仍当选国际天文学会射电天文分部主席。

但是，这些理在他那里都不是理，只要国家需要，只要自己能做，就宁愿做一个有担当的苦行僧。

尊严的挑战，总是知识分子内心最敏感而最难跨越的难关。南仁东内心深处有着知识分子常见的傲骨，但是，为了事业和梦想，他选择了放低自我。

都说“万丈红尘一壶酒”，似乎喝酒干不了正事。然而，南仁东喝酒是为了正事，为了一件关系国之重器的大事。他生前和身边的人说，为了FAST，干了最不能接受的事——陪人喝酒。鲜有人知，他内心经历过什么样的挣扎。

严俊说，那时候的南仁东，“团队成员越来越少，经费也没有，大家都叫他‘丐帮帮主’。常人有困难要后退，他不是，一板一眼”。正是这种执着的韧性，在日后长达12年的预研过程中，没名分，没人，没经费，他也咬牙干下去。

项目初期，经费紧缺。南仁东坐着咣当、咣当响的绿皮火车，花50小时，一趟一趟地在北京和贵州之间来回跑。

为了寻求技术上的合作，他坐火车从东北哈尔滨工业大学跑到东边的同济大学，再跑到西北的西安电子科技大学，合作单位日渐增多。他还设法多参加国内外的学术会议，逢人就推销项目。“我开始拍全世界的马屁，让全世界来支持我们。”

度过了最艰难的十多年之后，FAST项目逐渐有了名气。2006年，南仁东的立项申请得到通过，成为国家重大科技基础设施工程之一。

南仁东大学修的外语是俄语，英语是自学的。在最后的国际评审中，他提前把整篇英语稿子背了下来。通过评审时，专家委员会主席激动地冲上前紧紧握住他的手说：“You did it（你做成了）！”

南仁东有悲天悯人的情怀，眼睛不只是向上仰望星空，也向下环顾众生。

大窝凼附近所有的山头，南仁东都爬过。他经常饶有兴致地跟别人介绍，这里原来是什么样，住着哪几户人家，哪里有水井，种着什么树。

他发自内心地喜欢这里，用饱含深情而又富有诗意的话说："我们选到了一个地球上独一无二的最适合 FAST 的台址，是我们从 300 多个候选洼地里挑选出来的。春雨催醒期待的嫩绿，夏露折射万物的欢歌，秋风编织七色锦缎，冬日下生命乐章延续着它的优雅，大窝凼时刻让我们发现，给我们惊奇。"

1996 年 5 月，陪同考察台址的当地干部张智勇收到南仁东的信，信中夹着 500 元钱。信的大意是，下乡看到很多农村家庭还很穷，孩子上不起学，特意寄点钱过来，希望物色合适的学生资助他们完成学业。

张智勇说，收到信的时候，非常感动，心想，这样一个科学家，在忙科学的同时，心里还装着农村孩子，还惦记着孩子们读书，真是不容易。南仁东先后多次寄钱资助孩子们上学，直到他们中学毕业。

馈源支撑塔施工期间，南仁东得知不少工人都来自云南的贫困山区，家里非常艰难，便悄悄打电话给现场工程师雷政，让他了解工人们的身高和腰围。

再来工地时，南仁东随身带了一个大箱子。晚上，在工人宿舍打开箱子，里面装满 T 恤、休闲裤和鞋子："这是我跟老伴去市场挑的，很便宜，大伙别嫌弃。"回来的路上，他对雷政说："他们都太不容易了。"

国家富强，目的是让人民过上好日子。然而，实现中国梦，不可能人人都在温室里待着，南仁东选择科学的苦行僧道路，就是为了让人民少吃苦。相反，有些人之所以能做温室里的花朵，是因为有南仁东这样的民族脊梁承受着风吹雨打。

4 一缕忠魂报家国

国家天文台，B 座 333 号，门口贴着办公室主人的黑白照。一般来说，黑白照可能是怀旧的格调，也可能是遗照。

这张照片的主人确实有格调。他曾经在荷兰用最后的钱买了纸笔为人画像而凑够了游学的路费，日本国立天文台也挂着他画的富士山油画，他经常信手拈来用诗歌般的语言讲述天文研究。

这张照片也确实是一张遗照。在 FAST 工地上，他侧身扭头的瞬间被定格，站在用来仰望星空的望远镜圈梁边，回眸凝视着多情的人间。

他说，他不希望被人记住。但是，他可以忘记自己所做的事，人们却不会忘记。

国家天文台研究员陈学雷说，有一年，单位开全体大会，自己正好和南仁东坐在一起。领导宣布工作人员获奖情况时，南仁东突然对他说："小陈啊，我从来没得过任何奖。"

陈学雷吃了一惊。南仁东那时已快退休，早在 20 世纪 90 年代就当过北京天文台副台长，在国际射电天文界也是大名鼎鼎的学者，怎么会没得过奖呢？南仁东很肯定地说，他从未得过奖，连先进工作者之类的奖都没得过。

这是一个有强烈事业心的人，却没有功利心。即使是 FAST 这样令人扬名立万的重大工程，南仁东获得的奖励也寥寥无几，他总是把别人的名字放在前面。

工程还在建设时，有人问他，这项目建成后，国家得好好奖励你吧？可他转身就走，对方看他情绪不对就追上来问怎么了。他说，如果项目建不好，会对不起国家的投入与期望，对不起贵州人民，对不起团队，对不起平塘县大窝凼的乡亲！

南仁东说，他不希望被人记住。但是，项目竣工后，外界巨大的关注推倒了他低调的围墙，中央电视台 2016 年度科技创新人物、2016 中国科学年度新闻人物、2017 年全国创新争先奖章等荣誉称号纷至沓来。

国家天文台纪委书记石硕说，2017 年 4 月 26 日，在 FAST 团队申报“中国科学院杰出成就奖”初评答辩时，她最后一次见到南仁东。南仁东叮嘱她，报告时一定不要提他生病的事情，科学奖项应该用实力说话，不希望评委心生同情。4 个多月后，FAST 团队不负众望，通过终评。

9 月 17 日，国家天文台发布的讣告称：“南仁东先生一生朴素宽厚，淡泊名利，待人诚恳，胸怀全局，鞠躬尽瘁，为我国天文学事业的发展作出了突出贡献。”

11 月 17 日，中央宣传部追授南仁东“时代楷模”荣誉称号，称赞他“不计个人名利得失，长期默默无闻地奉献在科研工作第一线，与全体工程团队一起通过不懈努力，迈过重重难关，实现了中国拥有世界一流水平望远镜的梦想”。

南仁东是院士王绶琯的学生，按照正常的路径，他也可以多发论文，多出理论成果，从而有条不紊地走上院士的评选道路。

但是，南仁东并没有多少纸上论文，他是把穷尽下半生的论文写在了中国坚实的大地上！ 20 多年来，他全身心扑在中国天眼这一件事上。他 48 岁那年提出这个项目，等立项已经 62 岁了，项目成绩还没有出来。

时间都去哪儿了？

23 年只为 FAST 一件事。FAST 工程由台址勘察与开挖、主动反射面系统、馈源支撑系统、测量与控制系统、馈源与接收机系统及观测基地六大系统组成，他有太多的地方需要学习。

作为 FAST 首席科学家和总工程师，南仁东原本不用事必躬亲，但他孜孜不倦，博闻强识，学习力学、测控、水文、地质等知识，谦虚地说自己是“战术型的老工人”。工程伊始，要建一个水窖。他在送来的设计图纸上迅速标出几处错误退回去，施工方非常惊讶，这个搞天文的科学家怎么还懂土建？他曾经对工程副经理张蜀新说："你以为我是天生什么都懂吗？其实我每天都在学。"

另一个麻烦的是，他这个人有傲气，有脾气，任性，不在乎人际关系。

2017 年 8 月，在当年中国科学院院士初步候选人名单中，72 岁的南仁东赫然在列。在同期 157 个候选人中，他年龄最大，按规则被推荐人一般不超过 65 岁。知情者说，这是人们送给他的，如果要低头求人或者做交易，他是不干的。

但他明白，自己没有这样的"狗屎运气"。他对推荐自己为候选人的院士同事说，别折腾了，我活不到那一天。果然，愿意送院士头衔给他的人们，终究还是败给了死神。

南仁东投入时间的激流，坚持伟大的梦想，尽管有时不得不委屈自己。最终，这个从自我的心灵神坛走下的人，走上了人们的心灵神坛，为梦想低头的人最终收获无数人的仰望。

"如果有一天我真的不行了，我就躲得远远的，不让你们看见我。"在生命的尾声，南仁东去美国做最后的治疗。

2017 年 9 月 15 日深夜，北京时间 23 点 23 分，南仁东与世长辞。冥冥之中似有巧合，死神也选择了一个能纪念他持续 23 年致力于一件大事的数字。如果抢救还可以再活一段时间，然而，他被推进重症监护室前表示，要有尊严地死，上呼吸机可以，插管就不要了。

幸运的是，他在与病魔抗争中等到了竣工的那一天，也看到了天眼调试期间就初试锋芒的卓越表现。不幸的是，这个命运并不算太顺利的科学家，他的生命在刚刚踏入人生巅峰的时刻就戛然而止。

次日早晨，严俊台长在南京参加学术会议，早起抽空为新疆天文台成立 60 周年撰写一首庆祝的《渔歌子》词作，刚写了一段，就看到南仁东夫人在微信上发布的消息。

他人祝词未毕，南师死讯突至，严俊的心情异常难过。他说，自己有脆弱的一面，平时听到《世上只有妈妈好》的歌都会流泪。他想大哭一场，但他不能。那一天，正好是另一个院士的生日，按照中国人的习惯，在这样的日子最好不提死亡的字眼。死与生，悲与乐，无情与有情，交汇在一个时间点，令他无比难受。

南仁东临终前要求，丧事从简，不举行追悼仪式。严俊说："老南如果知道我这样公开地怀念他，肯定是要怪我的。但我们应该怀念他！因为他，中国的射电天文事业从落后变成超前，FAST 让我们至少领先世界其他国家二三十年！"

4 月底，甘恒谦见到老师南仁东最后一面，他因脚部小手术住院，突然见到拎着慰问品来看望自己的老师，这让他既惊讶又感动。"我这个小病从来没有告诉南老师，他来医院前也没有打电话给我。他自己都病重成那样了，却还来看望我这个受小伤的学生。"此时，南仁东已病情加重，生命进入倒计时。

对姜鹏来说，别离是另一种滋味。2017 年 5 月，他给南仁东汇报工作后问："老爷子，听说你要去美国？"南仁东低沉地说："你有时间回来吗？"姜鹏说工作太忙，离不开。

谁承想，生离死别，一念之间。噩耗传来后，姜鹏打开南仁东发来的最后一封邮件，发出明知不会再有回复的回复："老爷子，咱们还能聊聊吗？怎么感觉我的心情糟透了呢？"

无论东方还是西方，都有人相信，流星是死亡的告别仪式，每一颗流星代表着一个生命的逝去。

不过，这一次，人们宁愿相信，逝者南仁东已化作天边的一颗星辰。作为天文学家，南仁东一定会付之一笑。然而，在人们心中，他的人生轨迹已灿若星光。

二十三载风雨路，一缕忠魂报家国。

南仁东用尽了生命中最后的力气兑现着他在心中许下的承诺。如今天眼已经让中国人首次用自己的望远镜发现了新的脉冲星。而在天眼所在地，一个全新的天文小镇拔地而起，因 FAST 工程而搬迁的村民摆脱了世代贫困，生活发生了翻天覆地的变化。

那个一直戴着安全帽、和工人们打成一片的老南，那个足迹遍布整个贵州的山窝、无论多么陡峭的山都爬过的南老师，我们不会忘记。可是大家心里有遗憾，因为他没有给大家说再见的机会。

第十七章

精神永在 继往开来

JINGSHEN YONGZAI
JIWANG KAILAI

南仁东胸怀祖国、服务人民的爱国情怀，敢为人先、坚毅执着的科学精神，淡泊名利、忘我奉献的高尚情操，精益求精、真诚质朴的人格魅力，亦如梅贻琦先生的故事在清华的新老校友中流传一样，令人无法忘怀，奉为做人做事的标杆。

2020 年 5 月 13 日，中国天眼首次发现一个新的快速射电暴。当年 12 月 15 日，国际科学期刊《自然》公布了 2020 年世界十大科学发现，中国天眼在快速射电暴方面的研究成果入选。

2021 年 2 月 5 日上午，习近平总书记在贵阳亲切会见了中国天眼项目负责人和科研骨干，通过视频察看中国天眼现场，并同总控室的科技工作者代表连线，勉励广大科技工作者勇攀世界科技高峰，为加快建设科技强国、实现科技自立自强作出新的更大贡献。

2021 年 3 月 31 日 0 时起，中国天眼正式面向全球科学界开放使用，这意味着，未来不仅在脉冲星、中性氢方面，而且在快速射电暴等天文观测成果中，南仁东等的巡天愿景会诞生更多属于中国创造的传奇故事！

中国天眼，包含着自力更生、奋发图强的中国自信！

中国天眼，包含着开拓创新、敢为人先的执着追求！

中国天眼，包含着精益求精、追求卓越的科学担当！

中国天眼，包含着爱国奉献、顾全大局的情怀品格！

中国天眼，包含着团结奋进、协同攻关的优良作风！

中国天眼这个国家重器、国家利器、观天巨目，将引领中国天文走向“黄金时代”！

1 爱国奉献，追求卓越

南仁东，1945年2月出生于吉林辽源，以吉林省高考理科状元的优秀成绩考入清华大学无线电系。1968年从清华大学毕业后，分配到吉林省通化无线电厂工作。1978年我国恢复研究生制度，遂考入中国科学院北京天文台读天体物理专业研究生，师从著名天文学家王绶琯院士。在研究生学习期间，独立提出利用射电强源CygA校准密云米波综合孔径望远镜的方法，成功应用于观测，并完成了电离层改正模型及望远镜阵列的成像。

研究生毕业后，南仁东留北京天文台工作。1984年开始使用国际甚长基线网（VLBI）对活动星系核进行系统观测研究，主持完成欧洲和全球网10余次观测；创新VLBI偏振观测技术方法并在VLBI领域取得突出成果。他曾参加我国探月工程早期科学数据下行和VLBI精密测轨方案论证；参与航天USB测控网与中国VLBI网结合进行卫星精密定轨的方案论证；推进启动我国脉冲星自主导航研究，提出 FAST 脉冲星计时阵的应用目标。

1985 年以来，南仁东先后在荷兰、日本、加拿大、美国、英国及意大利等多家天文机构进行客座研究，回国后曾担任北京天文台副台长、北京天文学会理事长、国际宇航科学院 IAASETI 委员会委员、国际天文学会射电专业委员会主席等职务。

南仁东这位国际上成名已久的天文学家，是国家重大科技基础设施建设项目——500 米口径球面射电望远镜工程（简称 FAST）的发起者和奠基人。他主导提出利用我国贵州省喀斯特洼地作为望远镜台址，从论证立项到选址建设，到落成启用，历时 23 年，主持攻克一个又一个技术难题，为 FAST 重大科学工程的顺利建成发挥了无可替代的作用，作出了卓越贡献。自 1994 年起，他一直负责 FAST 的选址、预研、立项、可研及初设，编订了 FAST 科学目标；他大胆提出利用贵州省喀斯特洼地作为望远镜台址，在大山深处奔波选址 12 年；他全面指导 FAST 工程建设，主持攻克了主动反射面、索疲劳、动光缆、高效握拔力锚固技术、大跨度索网安装和精度控制等一系列技术难题，为 FAST 的建成作出了卓越贡献；他虚怀若谷，视名利如粪土，一心扑在项目上，与全体工程团队一起不懈努力，迈过重重难关，实现了中国拥有世界一流水平望远镜的梦想。

在南仁东的心目中，工人是一个有着特殊情感的词汇。1968 年，从清华大学无线电系毕业的他，正赶上“上山下乡”，被分配到吉林省通化无线电厂工作。他跟厂里的工人完全打成一片，跟他们一同工作、生活，一起到长白山打狍子。在通化无线电厂的 10 年间，南仁东不仅学会了车钳铆电焊，还收获了一群让他牵挂了一辈子的工人朋友。

几十年后，在 FAST 项目建设过程中，人们总会看到戴着安全帽身穿工作服的南仁东在施工现场手把手干着基础工人的活。工人做不了的活儿，他手到擒来，干劲十足，让技术人员、工人心服口服。他经常坐在地上跟工人、农民聊天，能叫得出工人、农民弟兄的名字，知道他们家里的大事小情，即使偶尔回北京，他也不忘给工人买运动服和水果。

他对待工人、农民弟兄，就好像自己亲人一样，跟大伙打成一片。与科学家在一起，他就是一个科学家；与工人在一起，他就是一个工人；与农民在一起，他就是一个隔壁家的农民大伯。每次到工地上就对工人说辛苦了、注意安全，这条件不怎么好。大家都发自内心佩服南老一点架子都没有，非常接地气。

他对亲人百般珍爱却充满愧疚，对同事严格要求却又关怀备至，对乡亲循循善诱、真诚以待，对工作事业满怀热忱、坚定不移，对国家无限忠诚、全心全意付出。南仁东胸怀祖国、服务人民的爱国情怀，敢为人先、坚毅执着的科学精神，淡泊名利、忘我奉献的高尚情操，精益求精、真诚质朴的人格魅力，令人无法忘怀。

作为一个科学家，他的精神，他的责任感，他肩上的重担，他一直铭记在心。作为一个科学家，南仁东决意把每一项事业都做到极致，而在这个过程中，他也把一个又一个平凡化为了传奇。他跟他的团队说，如果FAST在他有生之年建不好的话，他就从大窝凼西峰顶的山崖跳下去。

南仁东老师非常伟大，他是为天眼而生，为天眼而逝！天眼就是他的儿子，他就是天眼的父亲，他无愧于“天眼之父”这个称谓！如果把整个天眼建设工程比作一棵大树，南老师就是这棵大树的树干、主干。为天眼建成、启用作出巨大贡献的广大科技工作者、工人，贵州、黔南、平塘的领导干部，以及平塘的父老乡亲，就是这棵大树的枝枝叶叶。因为大家的共同努力，这棵大树枝繁叶茂，茁壮成长，成为国之重器、国之利器。他为国家厉行节约，花最少的钱，做最伟大的事，把钱全部花在刀刃上，每用国家的一分钱，他都是精打细算，计较到让人觉得他是铁公鸡的地步，他的吝啬，他的斤斤计较，让有限的经费发挥到极致，实际就是为了整个国家。南老师个人资助过很多学生，花自己的钱帮助别人，他却非常大方。什么叫负责？什么叫奉献？什么叫爱国？这就是。

这么多年轻的科学家跟着他，像当年的聂跃平、彭勃、朱博勤、朱丽春等青年才俊，跟着他的时候都是三十出头，在他们人生的黄金时代，跟随南老共同干了十几二十年，甚至一辈子，到头来如果一事无成，他怎么去交代？

大量的科研院所，都是科技水平、科研水平最高的单位，参与到这个宏大的工程之中，南老师用自己人生最宝贵的时光，用自己极致的智慧，引领着大家将这个宏大的工程做到极致。中国天眼的伟大就不说了，大家已经知道。按现在的工程投资动辄几十上百个亿而言，中国天眼不到12亿元，投资堪称小儿科；FAST 项目，23年里没有发生一起贪腐事件。没有南仁东，就不会有这个伟大的奇迹！

2 一位科学家的淡泊和风骨

2015年3月，南仁东被确诊为肺癌。手术后3个月，他忍着病痛又奋斗在施工现场。2017年4月，南仁东生命进入倒计时。在最后的日子里，他坚持着参加工程例会，通过电话、电邮和同事交流，希望大家尽快完成 FAST 调试及试观测。

北京时间2017年9月15日23时23分，距中国天眼启用一周年只差10天，72岁的南仁东倒在了中国天眼传来捷报之前。这位 FAST 工程的发起者及奠基人，生命在欣慰与遗憾中戛然而止。南仁东夫人郭家珍老师泪洒衣襟："他最大的遗憾就是，命运没有再给他一点时间，让他再为 FAST 做一点工作。"

南仁东身上蕴藏着中国知识分子深厚的家国情怀。这种情怀，使他将人生的价值附丽于祖国的前途命运，将个人的分量置于国家的天平上衡量。

致天下之治者在人才！

任何社会的发展进步都离不开知识分子发挥建设性作用。从钱学森、邓稼先等直到南仁东，这些优秀知识分子的先进事迹充分表明，正是有了此等精神情怀，他们才能始终与国家利益和人民需要相向而行，无惧艰辛，勇往直前。

1993 年，获悉科学家们在日本的国际无线电科学联盟大会上提出，要在全球电波环境继续恶化之前接收更多来自外太空的信息，建造新一代射电大望远镜时，南仁东便提出了“咱们也建一个”的想法，随之付诸 23 年的光阴。这也是知识分子勇于创新精神的折射。我国现代化建设与世界上一些国家相比起步晚，因此必须用敢为天下先的勇气、思维方式和价值观念，抓住最先进的知识和技能跟上时代发展。

近年来，中国的科学家与建设者们用一系列超级工程书写着“弯道超车”的奇迹，从绿色建筑上海中心大厦到跨海大桥港珠澳大桥，从天眼探空到蛟龙探海，从神舟飞天到高铁奔驰，中国智慧、中国速度一次次展现了当代中国的风采，令国人骄傲，令世界瞩目，而这背后是无数个南仁东的默默奉献。

南仁东曾说过：“美丽的宇宙太空，以它的神秘和绚丽，召唤我们踏过平庸，进入到无垠的广袤。”就在党的十九大召开前夕，中国科学院国家天文台宣布，中国天眼发现数颗新脉冲星，这是我国射电望远镜首次发现脉冲星。南仁东老师这段话令人印象尤其深刻：“我们是谁？我们从哪里来？茫茫宇宙中，我们真是孤独的吗？”“人类之所以脱颖而出，从低等的生命演化成现代这样，出现了文明，就是有一种对未知探索的精神。”

南方有仁东，追寻天星梦。

他燃尽了一生，用不朽的功绩，在天文学领域，挺起了一个民族的脊梁！他用自己23年的奋斗，打开了中国人追问宇宙的天眼！

如今英雄已远去，但英雄并未被遗忘！

为宣传弘扬南仁东的先进事迹和崇高精神，2017年11月，中共中央宣传部决定，追授南仁东“时代楷模”荣誉称号，号召全社会向他学习。

2018年10月15日，“时代楷模”天眼巨匠南仁东塑像落成暨“南仁东星”命名仪式在贵州省平塘县500米口径球面射电望远镜台址举行。

“时代楷模”天眼巨匠南仁东塑像落成暨“南仁东星”命名仪式由中共中央宣传部、中国科学院等有关单位及贵州省委宣传部共同主办。在贵州平塘揭幕的是南仁东的第二座塑像，第一座塑像已于当年9月30日在北京揭幕。

仪式上，与会领导共同为南仁东先生的塑像揭幕。该塑像由中国美术馆馆长吴为山创作完成，体现了南仁东全神贯注、专心致志探讨科学问题的一个瞬间。中国科学院科学传播局局长周德进为吴为山颁发了塑像捐赠证书。

中国科学院国家天文台副台长郝晋新在仪式上宣读了“南仁东星”国际命名公报：2018年9月25日，经国际天文学联合会小天体命名委员会批准，中国科学院国家天文台于1998年9月25日发现的国际永久编号为“79694”的小行星被正式命名为“南仁东星”。FAST工程总经理严俊向南仁东家属颁授了小行星命名公报、证书及轨道运行图。

小行星命名是一项国际性的、永久性的崇高荣誉。国家天文台在具有发现权和命名权的小行星中，选取“79694”号小行星命名为“南仁东星”，有三层寓意：首先，这颗小行星发现于1998年9月25日，是FAST落成启用日期的整18年前；其次，国际永久编号“79694”中的“94”代表从1994年选址预研开始，至2016年FAST落成启用，南仁东先生23年的坚持不懈；最后，国际天文学联合会正式命名这颗小行星的日期为 2018 年 9 月 25 日，是 FAST 落成启用 2 周年，也是这颗小行星发现 20 周年的日子。

2018 年 12 月 18 日上午 10 点，庆祝改革开放 40 周年大会在北京人民大会堂隆重举行。大会宣读了《中共中央　国务院关于表彰改革开放杰出贡献人员的决定》。决定指出，党中央、国务院决定，授予于敏等 100 名同志“改革先锋”称号，南仁东名列其中。

2019 年 9 月 17 日，在庆祝中华人民共和国成立 70 周年之际，国家主席习近平签署主席令，根据十三届全国人民代表大会常务委员会第十三次会议 17 日下午表决通过的《全国人民代表大会常务委员会关于授予国家勋章和国家荣誉称号的决定》，授予 42 人国家勋章、国家荣誉称号。南仁东、顾方舟、程开甲等 6 名科学家被授予“人民科学家”国家荣誉称号！

这无疑是国家对南仁东等科学家的最高褒奖！

所谓执着，就是在党和人民最需要的地方冲锋陷阵、顽强拼搏，几十年如一日埋头苦干。所谓创新，就是对党和人民事业矢志不渝、百折不挠，从无到有、坚守一心为民的理想信念。所谓奉献，就是在平凡的工作岗位上忘我工作、无私奉献，不计个人得失，舍小家顾大家，具有功成不必在我、功成必定有我的崇高精神。

这些，无疑都是对南仁东一生最真实的写照。一个民族、一个国家正是有像他这样始终选择仰望星空的英雄，我们的民族、我们的国家才有希望。弘扬他们执着、创新、奉献的鲜明品格，是我们每一个中国人应该而且必须做的。崇尚英雄，是我们最应该推崇的价值追求！

习近平主席在颁奖仪式上说：崇尚英雄才会产生英雄，争做英雄才能英雄辈出！南仁东的身上生动体现了中华民族精神和社会主义核心价值观。

伟大时代呼唤伟大精神，崇高事业需要榜样引领。南仁东是勇担民族复兴大任的天眼巨匠，他为科学事业奋斗到生命的最后一刻，用无私奉献的精神谱写了精彩的科学人生，他的爱国情怀、科学精神、高尚情操与杰出品格堪称楷模，必将激励广大科技工作者全面贯彻党的十九大精神，以习近平新时代中国特色社会主义思想为指导，服务党和国家战略目标，勇攀世界科技高峰，在全面建成小康社会、开启全面建设社会主义现代化强国新征程中作出新的贡献。

从 FAST 选址到建成的 23 年中，南仁东为工程的推进、建设和发展呕心沥血、殚精竭虑，身患重疾仍坚持奋斗在第一线，为这一国之重器奉献了终身，他无愧于“时代楷模”的称号，无愧于“人民科学家”的国家荣誉称号。南仁东走了，但他的故事并没有结束，他已经和 FAST 融为一体。南仁东和 FAST，充分彰显了中华民族伟大的创造精神、奋斗精神、团结精神、梦想精神，鼓舞着人们不忘初心、牢记使命、执着追寻，为实现中华民族伟大复兴继续新征程、建功新时代、展现新作为、创造新业绩。我们必将看到更多新时代的发展成就在中华民族伟大复兴中国梦的征程中一一展现。

面对国家给予他的荣誉，他的遗孀郭家珍老师通过微信的方式给国家天文台严俊台长写了一封感人肺腑的信：

我的先生南仁东一定不曾奢望会得到这样一份至高的荣誉称号。他就是千千万万中国知识分子当中的普通一员，普通得不能再普通。他不曾有过任何的豪言壮语、宏图大志。他只是恪尽职守，终其一生完成了他应该完成的那一份工作。是这个伟大的时代成就了他，是他点点滴滴平凡的工作和生活折射出了不平凡的光辉。是博大精深的中华文化滋养了他，养成他淡泊名利、坚持真理、一诺千金、善良勤劳的优秀品格，是无数的科技泰斗教育和影响了他，给予他渊博的学识，铸就他敢为人先、迎难而上、坚韧不拔的科学精神。他就是你的邻居、朋友、同事，而他身体力行的也不过是这个伟大时代赋予每一个中国人的职责。这块奖牌不仅凝聚着祖国和人民对他的品格和一生成就的肯定，更凝聚着祖国和人民对每一位普通劳动者的期待。捧在手里一定是沉甸甸的，不是英雄造时势，而是时势造英雄，让我们每一个人从点点滴滴做起，为实现中华民族伟大梦想继续砥砺前行。

生前，他曾和家人说过这样一句话："我特别不希望别人记住我。"甚至，连遗言都是"丧事从简，不举行追悼会"。

干干净净地来，默默无闻地走，他留存的是一位科学家的淡泊和风骨。

3 精神永在，继往开来

2019 年清明之际，南仁东遗孀郭家珍老师来到贵州 FAST 现场缅怀南仁东先生，有感而发，写下这篇催人泪下感天动地的祭文：

"野棠花落，又匆匆过了，清明时节。"亲爱的仁东，我来到 FAST 现场。这里原本是你的主场，我来了，你却走了。代替你的是一座雕像。面对它，我多想迎向你那坚毅且深邃的眼神，再跟你来一次心灵的碰撞，只可惜泪水模糊了双眼，我什么也没看见，你是不是看见了我？

FAST 是你生命的一部分，在我眼里它就是你的纪念碑。我抚摸着圈梁，心里五味杂陈，十分震撼，也有些酸楚，不由想起李后主的一首词，很是应景："独自莫凭栏，无限江山，别时容易见时难。流水落花春去也，天上人间。"你这个不起眼的小老头，一个普通人，竟然干了这么大一件不平凡的事，我早该对你刮目相看。

正如你曾经说过的："这是一道美丽的风景，科学的风景。"我深知，你不惜以命相搏，只为给年轻一代天文学家留下这观天望宇的利器。我也"希望他们有运气，能取得重大成果，用这些成果，回馈国家，回馈公众，回馈射电天文界”，而这也将是对你最好的纪念。

记得你当年萌生“在中国造FAST”这一想法时，就有老同事告诫过你，搞大科学工程，风险大，耗时长，写不了文章，出不了成果，得不偿失；我也劝你三思，可你义无反顾，还是一脚踏上了这条不归路。

FAST预研究阶段，缺少经费，你花公家的钱比花自家的还要俭省，在市内办事，从不打车，全靠蹬自行车；去外地出差坐绿皮火车，乘当地的公交。你个人的收入明显低于天文台你曾经的同事甚至学生。好在我们都是对物质生活要求不高的人，钱，有点儿就够。你把精力全都放到了FAST上，多年来发表的文章有限，也出不了成果，更没有得到过任何褒奖，再加上为人处事你有洁癖，在一次天文台申请院士的评审会上，你的申请第一轮就被淘汰。从那以后，你不再申请。那申请材料至今藏于家里的书柜，如果哪一天院士评审制度改革需要的话，我愿意把它捐给有关部门。因为看不到出路，身边的人纷纷离去，另寻出路，你几乎成了光杆司令，只剩下几位学生还在帮你支应。FAST正式立项以后，经费较先前充裕，前景可期，招聘新人你有了挑挑拣拣的底气，曾经离去的旧人也纷纷回归。FAST终于有了一支像样的队伍。你却依旧全年无休，日日操劳，能自己做的事，决不假他人之手。你是一个洒脱的人，可在FAST这件事上，你拿得起，却放不下。

去世以后，国家对你的品格和成就给予极高的评价。你被授予“时代楷模”及“改革先锋”荣誉称号，习主席在新年贺词中还特别提到了你的名字。我曾无数次地设想，如果你活着会有怎样的感言。你从不贪天之功为己功，沽名钓誉更超出了你做人的底线。你必定会再说一遍：“盛名之下，其实难副。荣誉归全体FAST人！”

你没有给孩子们留下什么钱财，但你留下了宝贵的精神财富，够他们受用一生啦！我可以告慰你的是：孩子们得了你的真传，个个自强不息，有担当。我们的外孙女继承了你的绘画天赋，最近拿到好几所大学的录取通知。你一定很高兴吧？你的精神力量不仅鼓舞着家人，在社会上也引起不小的反响。你得到国内外许多相识和不相识的人的尊敬。你临终时就医的那家医院，医生和护理人员对你都很敬重。那位主治医生特意嘱咐ICU负责抢救的医生："这是一位了不起的科学家，很睿智也很有趣，请务必尽力。"医院更是给了你最大幅度的医药费减免。国内墓地管理单位，也因为对你的敬慕，给予了价格上的优惠。你的骨灰盒上需要一件薄至1毫米的瓷质照片，遍寻网络，最薄的也只能做到2.5毫米，得知我的需求后，义乌的一位制作商特意从荷兰进口了符合要求的瓷片，经过多次摸索试验，才烧制成功，还坚决拒绝收取费用。他对我说："这是一位大科学家，为国家作出了巨大贡献，这一单一定不能收钱。"你的墓盖上时常有人自发摆放鲜花。两位在墓地附近卖花的小贩还常常抽空去擦拭你的墓碑，使它看起来要比邻近的都干净。有一次，我去银行办理与你有关的业务，那位柜员认出了你的名字，抬起头非常崇敬地说："这是那位造天眼的老先生吧？他真了不起！"凡此种种，不胜枚举。我很感动。

也许是审视的角度不同，我眼中的你跟媒体报道的也有不同，没有那么高大，也不是什么英雄。你就是我那个有鲜活灵魂，刚正不阿，正直善良，幽默风趣，有个性，有担当，也有许多缺点，把家当客栈，来去匆匆的甩手丈夫。有一次，家里的门把手松了，你让我修一下，我大为光火，冲你嚷："那是女人该干的活吗？"你笑嘻嘻地说："我眼睛看不见！"其实我并不真的怪你。你每每从单位回来，累得像一团烂泥，一头扎进沙发里，不消5分钟就昏昏睡去。我哪里忍心再支使你干那些杂七杂八的家务事。60岁以后你的视力下降许多，眼睛调焦的能力减弱，口袋里常常装着两三个不同度数的老花镜。FAST工程纪录片里也出现过，你戴着两个眼镜查看施工现场零部件的镜头。你在FAST工程中能做到明察秋毫，不放过任何瑕疵，只因为你更投入、更关注。怕我担心，在家里你很少谈及工作上的事。你所遭遇的科学和技术上的重重困难，以及其他种种风险和不顺遂，多数是你去世以后，我从媒体上看到的，这让我心痛不已。

你来世上走这一回，除与我相伴，遍尝人间百味，更重要的使命是在这块生你养你的土地上，为人类探索宇宙奥秘，奉献你的全部智慧和才华。你的一生，极富传奇色彩，没有虚度，很圆满。我为你骄傲！

我们的人生路虽不尽平坦，但充满乐趣。如果有来生，我还与你携手共度。我愿意相信：你的远去，只是化作了天空中最亮的一颗星，与FAST遥相望，与挚爱的亲人长相守；我愿意相信：你只是太累啦，比我早些睡下了。好好睡吧！在天堂等着我。

如今的平塘大窝凼，不仅成为世人瞩目的天文观测基地，也成为拉动地方发展的一个亮点。

为积极推进中小学生科普知识教育，平塘县依托中国天眼建设平塘天文科普教育基地。两年来，先后被中国科学院、国家旅游局、科技部、教育部等国家部委授予“全国科普教育基地”“首批中国十大科技旅游基地”“国家科普示范基地”“全国中小学生研学实践教育基地”等称号。作为国际射电天文论坛的永久会址，平塘连续举办三届国际射电天文论坛、第二届中法SVOM卫星科学讨论会、中国一南非射电天文、空间测地与空间科学双边会议、第九届空间碎片学术交流会、中国天文学会第六届青年天文论坛等系列高端学术会议，中国科学院院士、诺贝尔物理学奖获得者杨振宁，诺贝尔奖获得者约瑟夫·泰勒，SKA总干事菲利普·戴蒙德等知名科学家相继造访，平塘成功走出了一条科研带动科普工作的有效路径。

自2016年9月25日FAST落成启用以来，平塘天文科普教育基地已成为很多人首选的研学目的地。四年间对来自全国近180万人进行了有效的天文科学知识普及教育。仅2018年暑假，就有全国500多批次的中小学生研学团队到科普教育基地开展暑期研学。

依托得天独厚的资源优势，平塘县制定《平塘县校园天文科普教学工作实施方案》，通过增订天文科普教材、开设天文科普课程等方式推进中小学生天文科普知识教育；先后邀请国际著名天体物理学家乔瑟琳·贝尔，中国科学院院士、探月工程首席科学家欧阳自远等国内外著名专家为全县师生做科普讲座。

2020 年 5 月 11 日，国家天文台与贵州省平塘县在北京举行座谈会。国家天文台党委书记赵刚、贵州省平塘县委书记臧侃出席，国家天文台副台长郝晋新、李春来、薛随建，党委副书记石硕及科学家代表、职能部门负责人参加座谈会。

国家天文台与平塘县对近阶段开展的中国天眼环境安全保障相关工作进行交流，并就 FAST 数据中心项目建设、中国天眼景区合作运营达成共识，双方将在前期合作的基础上进行更深层的合作，以科学手段建立相关联防联控机制，在促进地方经济发展同时，持续有效保障中国天眼电磁环境质量和周边环境安全，以实现台地双方合作共赢、互利互惠。

臧侃对国家天文台一直以来对平塘县给予的帮助和支持表示感谢，并表示下一步将继续贯彻落实好习近平总书记对中国天眼的批示指示精神和省、州决策部署，严格执行中国天眼环境安全保护的相关办法、规定和意见，一如既往地为中国天眼安全运行做好服务，为中国天眼实现“早出成果、多出成果，出好成果、出大成果”目标作出地方的努力和贡献。同时，希望国家天文台继续关心平塘地方事业的发展，支持平塘按期实现全面脱贫，加强沟通协作，共同为中国天眼电磁环境质量总体稳定、稳中向好及地方经济社会发展而努力奋斗。

赵刚代表国家天文台对臧侃一行表示欢迎并对平塘县委、县政府及平塘人民在 FAST 建设及运行过程中的贡献表示衷心感谢。赵刚表示，FAST 自开始至今已历时约 26 年，这是台地深入合作的成果，26 年的合作成就了国之重器，也促成了天文台与平塘的深厚感情和家人情怀。希望双方在做好中国天眼保护的同时，成立工作专班，继续在平塘县旅游资源开发、天眼景区运营、中国天眼 IP 品牌合作开发、5G 技术在中国天眼保护的试点运用等领域继续开展更加深入的合作，携手共创台地双方的美好明天。

梦想裹挟着创新的风险一步一步把时间的坐标推到今天，FAST 成为目前世界上最灵敏的射电望远镜。

彭勃记得他早年作为留学生代表接受德国电视节目采访时说："中国也要在望远镜灵敏度发展曲线坐标图里点个点！"朋友听了这话私下跟他说："你敢在德国吹牛。要点个点，就必须做第一，当世界老大。"

"当老大就当老大！"彭勃回答得很是干脆。从 FAST 的想法成形，到今天成为全球最灵敏的宇宙"淘金"设备，过去了 26 年，尽管时间长了些，FAST 工程团队名单上前三位中，南仁东和吴盛殷都已化作天空中最亮的星辰，与 FAST 遥相望，当年算得上是年轻人的聂跃平、彭勃、朱博勤也戴上了老花镜！

不久前，中国天眼将"眼珠"升级，安装了新的馈源——目前世界上唯一一台十九波束接收机。这个新装备与原来的单波束接收机相比，不仅可以将 FAST 的巡天效率提高数倍，还能够实现多科学目标同时观测。

2020 年 5 月 13 日，一个激动人心的消息传来：中国天眼首次发现一个新的快速射电暴。有专家认为，这很可能是来自距离地球约 85 亿光年外的星际空间。这一神秘天文现象，迅速引发人类对星外文明的遐想和探究。

据英国广播公司（BBC）2020 年 12 月 2 日报道，美国国家科学基金会（NSF）周二发表声明称，当地时间 2020 年 12 月 1 日上午 7 点 55 分，位于波多黎各的阿雷西博天文台望远镜坍塌，结束了它数十年的天文发现之旅。阿雷西博天文台是世界著名的天文台。从它1963年竣工到2016年中国500米口径球面射电望远镜竣工之前的50多年里，阿雷西博天文台的305米射电望远镜是世界上最大的单孔径望远镜，被用于射电天文学、大气科学和雷达天文学三个主要研究领域。

至此，地球“两大眼睛”只剩中国天眼，位于贵州省黔南州平塘县大窝凼的中国天眼，成为世界射电天文学领域内“唯一重要的仪器”。阿雷西博天文台望远镜坍塌前的11月，中国科学院国家天文台在北京召开新闻发布会，中国科学院院士、FAST科学委员会主任武向平宣布，中国天眼FAST将从2021年起面向全世界科学家开放，中国天眼将成为“世界巨眼”。

2020年12月15日，国际科学期刊《自然》公布了2020年世界十大科学发现，中国天眼FAST望远镜在快速射电暴方面的研究成果入选。这是天文学家第一次观测到位于银河系内的快速射电暴，最新观测证实极强磁场中子星（磁星）是快速射电暴的来源之一，极强磁场中子星也成了目前唯一被观测验证的可以产生快速射电暴的天体。

同日，法新社报道，2021年4月1日起，中国天眼正式面向全球科学家开放使用，彰显中国成为全球科研中心的愿景，体现中国构建人类命运共同体的大国理念。

被寄予厚望的中国天眼不负所托，在调试阶段就系统发现新脉冲星，截至目前，共发现300多颗脉冲星，科学家们将借助中国天眼进一步进行各项基础研究，发现更多未知星体、未知宇宙现象、未知宇宙规律。它将从脉冲星“专业户”转型成为国际瞩目的多栖“观天利器”。

2021年2月5日上午，习近平总书记在贵阳亲切会见了中国天眼项目负责人和科研骨干，听取中国天眼建设历程、技术创新、国际合作等情况介绍。习近平指出，中国天眼是国家重大科技基础设施，是观天巨目、国之重器，实现了我国在前沿科学领域的一项重大原创突破，以

▲ 仰望星空

南仁东为代表的一大批科技工作者为此默默工作，无私奉献，令人感动。

习近平通过视频察看中国天眼现场，并同总控室的科技工作者代表连线，向他们以及全国广大科技工作者拜年。习近平强调，全面建设社会主义现代化国家，必须坚持科技为先，发挥科技创新的关键和中坚作用。他勉励广大科技工作者以南仁东等杰出科学家为榜样，大力弘扬科学家精神，勇攀世界科技高峰，在一些领域实现领跑，为加快建设科技强国、实现科技自立自强作出新的更大贡献。

自 2021 年 3 月 31 日起，中国正式向国际科学家开放 FAST，各国科学家可以通过在线方式向中国科学院国家天文台提交观测申请，申请的项目将交由 FAST 科学委员会和时间分配委员会进行评审、提出项目遴选建议，并于 8 月 1 日起分配观测时间。2021 年是中国天眼面向全球科学家开放的第一年，预计分配给国外科学家的观测时间约占 10%。

毫无疑问，未来不仅在脉冲星、中性氢方面，而且在快速射电暴等天文观测成果中，南仁东等科学家们的巡天愿景会诞生更多属于中国创造的传奇故事！

FAST 大事记

1994 年 6 月，北京天文台设立大射电望远镜 LT 课题组，启动选址，开始了 13 年合作预研究。

1998 年 3 月，FAST 完整概念问世。

1998 年 4 月，全国 20 家科研院所组建 FAST 项目委员会。

1999 年 3 月，知识创新工程首批重大项目“大射电望远镜 FAST 预研究”启动。

2005 年 1 月，国家自然科学基金交叉重点项目“巨型射电天文望远镜的新模式”启动。

2005 年 9 月，顺利通过中国科学院组织的国家科技重大基础设施 FAST 建议书专家评审会。

2006 年 3 月，中国科学院基础科学局举行 FAST 项目国际评估与咨询会，建议尽快立项建设。

2007 年 7 月，国家发展和改革委员会批复 FAST 工程正式立项。

2008 年 10 月，国家发展和改革委员会批复 FAST 工程可行性研究报告。

2008 年 12 月，FAST 工程奠基。

2009 年 2 月，中国科学院、贵州省人民政府批复 FAST 工程初步设计和概算。

2011 年 3 月，FAST 工程正式开工。

2012 年 1 月，973 计划“射电波段的前沿天体物理课题及 FAST 早期科学研究”启动。

2012 年 12 月，FAST 台址开挖与边坡治理工程验收。

2013 年 10 月，《贵州省 500 米口径球面射电望远镜电磁波宁静区保护办法》执行。

2013 年 12 月，FAST 工程圈梁钢结构顺利合龙。

2014 年 11 月，FAST 馈源支撑塔制造和安装工程竣工验收。

2015 年 2 月，FAST 索网工程完成。

2015 年 11 月，FAST 馈源舱（代舱）首次升舱成功，舱停靠平台通过验收。

2016 年 3 月，中国科学院、贵州省人民政府联合批复 FAST 工程调整初步设计及概算。

2016 年 6 月，FAST 综合布线工程验收；馈源舱（正舱）主体完工。

2016 年 9 月，《黔南布依族苗族自治州 500 米口径球面射电望远镜电磁波宁静区环境保护条例》正式实施。

2016 年 9 月，超宽带接收机安装成功，完成 FAST 首次脉冲星观测。

2016 年 9 月 25 日，FAST 工程竣工。

2017 年 8 月，FAST 发现新脉冲星，实现中国射电望远镜脉冲星发现零的突破。

2017 年 10 月 10 日，FAST 取得的首批成果对外公布，已发现 6 颗脉冲星。

2017 年 12 月 13 日，馈源舱通过验收。

2018 年 2 月 27 日，FAST 首次发现毫秒脉冲星。

2018 年 5 月 29 日，中国科学院 FAST 重点实验室在 FAST 现场举行揭牌仪式。

2018 年 9 月 30 日，南仁东事迹展暨南仁东塑像揭幕仪式在京举行。

2018 年 10 月 15 日，国家天文台宣布，已将 1998 年 9 月 25 日发现的国际永久编号第 79694 号小行星命名为南仁东星。

2018 年 12 月 18 日，庆祝改革开放 40 周年大会上，中共中央、国务院授予南仁东“改革先锋”称号，颁授“改革先锋”奖章。

2018 年 12 月 31 日，习近平主席 2019 年新年贺词中点名“南仁东星”。

2019 年 6 月，成立 500 米口径球面射电望远镜科学委员会。

2019 年 7 月，中国科学院国家天文台成立 FAST 运行和发展中心。

2019 年 9 月，FAST 被中共中央宣传部授予“爱国主义教育示范基地”，被中国科学院授予“筑梦天眼·至诚报国”党员主题教育基地。

2019 年 9 月，南仁东研究员获得“人民科学家”国家荣誉称号。

2019 年 12 月，证实发现脉冲星超过 100 颗。

2020 年 1 月 11 日，500 米口径球面射电望远镜顺利通过国家验收，正式开放运行。

2020 年 11 月 4 日，国家天文台在北京召开新闻发布会，介绍中国天眼的运行情况及最新科学成果。

2020 年 12 月 15 日，中国天眼快速射电暴成果入选《自然》2020 年十大科学发现。

后记：感谢的话

2020年3月初，根据中共黔南州委关于开展中国天眼精神研究工作安排，州社科联及时成立中国天眼精神课题组，作为一项年度重大工作开展，由我具体负责。

我在工作中发现，通过文学作品记述、重现中国天眼群体英雄事迹和中国天眼精神的长篇报告文学著作，目前还是一个空白。作为一个黔南人，作为一个长期从事报告文学采访创作的作家，我有责任、有义务去做这项工作，不管结果如何，当竭尽全力去完成，没有退路。

我们先后多次赴北京、西安、平塘等地，通过集体座谈、个人专访、实地调研、查阅收集档案资料等形式，走访20多家单位，采访参与中国天眼建设的科学家、地方党政领导和干部群众近300人，记录、整理文字资料近40万字、图片200多张并组织召开了中国天眼精神研讨会听取专家意见等。在上述大量工作的基础上，我们进行了本书创作。

报告文学这种文体不像小说，是不允许虚构的。为真实全面记述中国天眼诞生那段可歌可泣的历史，那些感人肺腑的人和事，我动用了报告文学一切可用的叙述手段，回忆录、贺信、演讲、采访、报道、公告、电文、命令、报告、引用、方案书等应有尽有，综合而立体地再现中国天眼从无到有的艰难与辉煌。

我就是一个在海边拾贝的孩子。本书是站在走在前面的广大老师的肩膀上开展工作的，凝聚融汇了众多报道、研究中国天眼的优秀成果，我创作本书的唯一目的就是全面真实再现中国天眼英雄群体事迹和彰显伟大的中国天眼精神。诚若全国政协副主席、民革中央常务副主席郑建邦先生在所作序言中说："让我们从中国天眼精神中，树立创新思维，增强民族担当，培养人类情怀，承担起培根铸魂的神圣使命，更加充满信心地迈向全面建设社会主义现代化强国的新征程！"在此，我谨向本书所参考和引用的优秀成果的所有作者致以最诚挚的感谢！

全国政协副主席、民革中央常务副主席郑建邦先生欣然作序，全国人大常委会原副委员长、民革中央原主席周铁农先生欣然题写书名，这是对我创作的极大鼓励和对《中国天眼》一书的高度肯定。

中国科学院国家天文台、西安电子科技大学、中国天眼基地，黔南州委宣传部、社科联、科技局、科协，平塘县四家班子及天眼办、文联、融媒体中心、气象局等众多单位给予各种支持。摄影家代传付及众多采访对象无偿提供大量图片，知交杨正勇跟我亲密无间合作。段宝岩、严俊、彭勃、聂跃平、朱博勤、朱丽春、邱育海、仇原鹰等著名科学家，张树昭、陈有德、莫才军等领导，刘霞、黄福希、雷远方、肖郎平、罗曼卿、扶曼、罗运军、吴昌艳、曹安虎、胡金华、刘又溦、王伟、金玉斌等朋友、同事，湖北科学技术出版社等给予各种帮助。值此付梓之际，特致以深深敬谢！

蒙倬敏

2021 年 3 月 18 日